SUPERBESTSELLER

491

Della stessa autrice

La culla vuota
Incubo
Nella notte un grido
Non piangere più, signora
Mentre la mia piccola dorme
Le piace la musica, le piace ballare

MARY HIGGINS CLARK

LA SINDROME DI ANASTASIA

SPERLING
PAPERBACK

Traduzione di Maria Barbara Piccioli
A cura di Guado - Milano
The Anastasia Syndrome and Other Stories

I edizione Sperling Paperback s.r.l. gennaio 1996

ISBN 88-7824-590-9
86-I-96

PER FRANK «TUFFY» REEVES
CON AMORE E ALLEGRIA

Indice

La Sindrome di Anastasia 1

Il terrore serpeggia alla riunione di classe 139

Giorno fortunato 203

Doppia visione 231

L'angelo smarrito 265

Ho visto le loro avide labbra nel crepuscolo
Spalancate in un orrido ammonimento,
E svegliandomi mi sono trovato
Sul fianco gelido della collina.

Ed ecco perché dimoro qui
Solo e debole vago,
Ma è avvizzito il falasco del lago,
E nessun uccello canta.

JOHN KEATS
La Belle Dame Sans Merci

La Sindrome di Anastasia

SOLLEVATA e insieme riluttante, Judith chiuse il libro e posò la penna sullo spesso taccuino. Aveva lavorato per ore e le doleva la schiena quando spinse indietro l'antiquata sedia girevole e si alzò. Era una giornata grigia e già da tempo aveva acceso la potente lampada da tavolo con cui aveva sostituito l'elaborato lume vittoriano con frange, uno dei pezzi d'arredamento dell'appartamento preso in affitto nel quartiere di Knightsbridge a Londra.

Stirando braccia e spalle, Judith andò alla finestra e guardò giù, verso Montpelier Street. Alle tre e mezzo, il grigiore del giorno di gennaio si andava già stemperando nell'imminente crepuscolo e il lieve vibrare dei vetri indicava che il vento soffiava ancora.

Sorrise inconsciamente, ricordando la lettera ricevuta in risposta alla sua richiesta di informazioni sull'appartamento che occupava:

Cara Judith Chase,

l'appartamento è disponibile dal primo settembre al primo maggio. Lei è in possesso di ottime referenze e sono felice di sapere che si sta accingendo a scrivere il suo nuovo libro. L'Inghilterra della guerra civile del Diciassettesimo secolo si è dimostrata meravigliosamente feconda per gli scrittori romantici ed è gratificante che se ne interessi anche un'autrice storica del suo calibro. L'appartamento è semplice ma spazioso e credo che lo troverà più che adeguato. L'ascensore è spesso fuori servizio; ma tre piani di scale non sono poi così tanti, le pare? Personalmente, preferisco salire sempre a piedi.

La lettera terminava con una firma, precisa e dai caratteri filiformi: *«Beatrice Ardsley»*. Da amici comuni, Judith sapeva che lady Ardsley aveva ottantatré anni.

Sfiorò con le dita il davanzale e percepì l'aria fredda, tagliente, che si insinuava all'interno attraverso il telaio di legno. Con un brivido, decise che aveva giusto il tempo per un bagno caldo. Fuori, la strada era quasi deserta e i pochi passanti camminavano frettolosi, la testa incassata nel collo e il bavero rialzato. Si stava staccando dalla finestra quando, proprio sotto di lei, una bambina si precipitò in strada a passi incerti. Con sgomento Judith la guardò inciampare e cadere sul selciato. Se in quel momento un'auto fosse sbucata da dietro l'angolo, certo il conducente non l'avrebbe vista in tempo. Qualche decina di metri più avanti c'era un uomo anziano. Judith aprì la finestra per lanciargli un avvertimento, ma proprio allora una giovane donna sbucò dal nulla e si chinò a sollevare la bambina tra le braccia.

«Mamma, mamma», gridava la piccola.

Judith chiuse gli occhi e si coprì il viso con le mani; le pareva di ascoltare di nuovo se stessa gemere forte: «Mamma, mamma». Oh, Dio. Non di nuovo!

Si costrinse a riaprire gli occhi. Come previsto, la donna e la bambina erano scomparse. Restava solo il vecchio, che arrancava con cautela lungo il marciapiede.

Si stava agganciando una spilla di brillanti sulla giacca dell'abito da cocktail in faille di seta, quando squillò il telefono. Era Stephen.

«Com'è andato il lavoro oggi, tesoro?»

«Bene, credo», Judith sentì i battiti del suo cuore accelerare. Quarantasei anni, e ancora reagiva come una scolaretta al suono della voce di lui.

«Judith, c'è in corso una maledettissima riunione di emergenza del Gabinetto e temo che faremo tardi. Ti dispiacerebbe molto se ci trovassimo direttamente da Fiona? Vuoi che ti mandi l'auto?»

«Non ce n'è bisogno. Farò prima in taxi. Se fai tardi tu, è una questione di Stato. Se capita a me, è soltanto una questione spiacevole.»

Stephen rise. «Dio, se sapessi com'è più facile la vita, ora che ci sei tu!» Abbassò la voce. «Sono pazzo di te, Judith. Restiamo alla festa lo stretto indispensabile, poi andiamo a cena in qualche posticino tranquillo.Noi due soli.»

«Perfetto. Ciao, Stephen. Ti amo.»

Posò il ricevitore e sorrise. Due mesi prima, durante una cena, si era trovata seduta accanto a sir Stephen Hallett. «Il miglior partito d'Inghilterra», le aveva confidato la padrona di casa, Fiona Collins. «Bello. Affascinante. Pieno di verve. Ministro degli Interni. Con ogni probabilità sarà il prossimo primo ministro. E, Judith, tesoro, come ciliegina sulla torta, è disponibile.»

«Ho incontrato Stephen Hallett una volta o due a Washington, anni fa», aveva replicato Judith. «Piaceva molto sia a me sia a Kenneth. Ma sono venuta in Inghilterra per scrivere un libro, non per trovarmi un uomo, per quanto affascinante possa essere.»

«Oh, sciocchezze», aveva ribattuto Fiona. «Sei vedova da dieci anni, mi sembra abbastanza. E come scrittrice ti sei già fatta un nome. Tesoro, è troppo piacevole avere un uomo per casa, soprattutto se la casa è al numero dieci di Downing Street. Me lo sento nelle ossa, tu e Stephen sareste perfetti insieme. Il guaio è che pur essendo una bella donna, i segnali che trasmetti sono sempre gli stessi: 'State lontani, non sono interessata'. Non farlo anche stasera, ti prego.»

Lei non aveva inviato segnali negativi e dopo cena Stephen l'aveva accompagnata a casa ed era salito per il bicchiere della staffa. Avevano parlato fin quasi all'alba. Al momento di andarsene, lui le aveva sfiorato le labbra con un bacio. «Se avessi mai trascorso una serata più piacevole in vita mia, non me la ricordo», aveva bisbigliato.

Trovare un taxi non fu facile come Judith aveva creduto e dovette aspettare dieci minuti buoni al freddo prima che ne arrivasse uno. Mentre attendeva sul marciapiede, si sforzò di non guardare la strada. Eccolo lì, il punto in cui dalla finestra aveva visto la bambina cadere. Visto, o immaginato.

Fiona abitava a Belgravia in una casa stile Regency. Suo marito Desmond, presidente di un impero editoriale che si estendeva in tutto il mondo, era uno degli uomini più potenti d'Inghilterra.

Dopo avere lasciato il cappotto in guardaroba, Judith si infilò nel bagno adiacente. Nervosamente, si applicò il lucidalabbra e ravviò qualche ciocca scompigliata dal vento. Il suo colore naturale era castano scuro e non aveva ancora cominciato a tingersi i rari capelli grigi. Una volta, un giornalista aveva definito color zaffiro i suoi occhi, aggiungendo che il delicatissismo incarnato porcellana giustificava la credenza generale che Judith fosse di origini e di nascita inglesi.

Era tempo di passare in salotto, di mettersi nelle mani di Fiona e farsi trascinare da un gruppo di ospiti all'altro. Fiona non mancava mai di presentarla con la loquacità di un banditore d'asta. «La mia cara, carissima amica Judith Chase. Una delle più prestigiose autrici americane. Premio Pulitzer. American Book Award. Perché questa stupenda creatura abbia voluto specializzarsi in rivoluzioni, quando io potrei passarle i pettegolezzi più succosi, non lo capirò mai. Comunque, i suoi saggi sulla rivoluzione francese e quella americana sono semplicemente eccezionali e si leggono come fossero romanzi. Adesso sta scrivendo sulla nostra guerra civile, su Carlo I e Cromwell. Si è letteralmente tuffata nella storia inglese. Mi terrorizza l'idea che possa scoprire sgradevoli segreti sui nostri antenati.»

Fiona avrebbe proseguito nella sua dettagliata illustrazione finché non avesse avuto la certezza che tutti avevano capito chi fosse Judith, dopodiché, all'arrivo di Stephen, si sarebbe aggirata tra gli ospiti bisbigliando che il ministro degli Interni e Judith si erano conosciuti proprio lì, a casa sua, durante una cena, e che ora... A quel punto avrebbe alzato gli occhi al cielo, lasciando che ciascuno tirasse da solo le proprie conclusioni.

Sulla porta del soggiorno, Judith indugiò un istante per cogliere una veduta d'insieme. Cinquanta o sessanta invitati, calcolò, e almeno la metà erano facce familiari: leader governativi, il suo editore inglese, gli amici titolati di Fiona, un famoso commediografo... Fugacemente pensò che ogni volta che entrava in quella stanza rimaneva affascinata dalla squisita semplicità dei tenui colori dei divani antichi, dai quadri degni di essere esibiti in un museo, dall'eleganza discreta delle tende leggere che incorniciavano le porte-finestre che davano sul giardino.

«La signora Chase, non è vero?»

«Sì.» Judith accettò una coppa di champagne dal cameriere e al tempo stesso lanciò un sorriso impersonale a Harley Hutchinson, noto columnist e primo pettegolo d'Inghilterra. Più o meno sulla quarantina, Hutchinson era alto e snello, con inquisitori occhi nocciola e lisci capelli castani che gli ricadevano perennemente sulla fronte.

«Posso dirle che stasera è deliziosa?»

«Grazie.» Judith fece un breve sorriso e fece per allontanarsi.

«È sempre un piacere vedere una bella donna che è anche dotata di un'innata eleganza. Una qualità che non si riscontra spesso negli ambienti più esclusivi di questo paese. Come va il suo libro? Trova il nostro piccolo battibecco cromwelliano interessante come i contadini francesi e i coloni americani?»

«Oh, direi che il vostro piccolo battibecco è assolutamente all'altezza degli altri.» Judith sentì che l'ansia causatale dall'allucinazione sulla bambina cominciava a dileguarsi. Il sarcasmo appena velato che era l'arma di Hutchinson si stava rivelando un toccasana per il suo equilibrio psichico.

«Mi dica, signora Chase. Ha l'abitudine di tener nascosto il suo lavoro finché non lo ha ultimato, o le piace mostrarlo durante la stesura? Alcuni scrittori amano parlare delle loro fatiche giornaliere. Per esempio, quanto e che cosa sa sir Stephen della sua nuova opera?»

Era arrivato il momento di ignorarlo, decise Judith. «Mi scusi, ma non ho ancora parlato con Fiona.» E si allontanò senza aspettare la replica di Hutchinson. Fiona le dava le spalle e quando lei la chiamò si volse e la baciò in fretta sulla guancia mormorando: «Tesoro, solo un momento. Ho finalmente bloccato il dottor Patel e voglio sentire quello che ha da dire».

Il dottor Reza Patel era uno psichiatra e neurologo famoso in tutto il mondo. Judith lo esaminò con attenzione. Sulla cinquantina. Intensi occhi neri che ardevano sotto le sopracciglia folte. Una fronte che corrugava di frequente quando parlava. Una bella testa di capelli scuri che incorniciavano il viso olivastro dai tratti regolari. Un abito grigio millerighe di ottimo taglio. Oltre a Fiona, gli si stringevano intorno altre quattro o cinque persone le cui espressioni, mentre lo ascoltavano parlare, andavano dallo scetticismo al timore. Judith era al corrente della capacità di Patel di far regredire i pazienti sotto ipnosi fino alla prima infanzia per indurli a descrivere nei dettagli le esperienze traumatiche vissute e sapeva che la psicanalisi la considerava la più importante conquista di quegli anni. Sapeva anche che la sua nuova teoria, da lui definita sindrome di Anastasia, aveva sorpreso e allarmato il mondo scientifico.

«Non prevedo di poter dimostrare la fondatezza della mia teoria in breve tempo», stava dicendo Patel. «Ma dopotutto, solo dieci anni fa molti ridevano della mia convinzione secondo cui la combinazione di farmaci blandi e ipnosi avrebbe potuto eliminare i blocchi che la mente costruisce per proteggersi. Però ora questa teoria è generalmente accettata. Perché un essere umano deve sottoporsi ad anni di analisi per scoprire la radice del suo problema, quando è possibile individuarla con poche, brevi sedute?»

«Ma certo la sindrome di Anastasia è un'altra cosa», obiettò Fiona.

«Un'altra cosa, ma molto simile.» Parlando, Patel gesticolava. «Guardate la gente riunita in questa stanza. La *crème de la crème* inglese. Individui intelligenti. Bene informati. Dei leader a tutti gli effetti. Uno qualunque di loro potrebbe essere un ricettacolo più che idoneo per riportare fra noi i grandi personaggi della storia. Pensate come sarebbe migliore il mondo se potessimo contare, per esempio, sui saggi consigli di Socrate. Ecco, prendiamo sir Stephen Hallett. A mio avviso, sarà un eccellente primo ministro, ma non sarebbe confortante sapere che a consigliarlo c'è Disraeli o Gladstone? Che uno di questi grandi uomini è, letteralmente, parte del suo essere?»

Stephen! Judith si voltò in fretta e vide Fiona che si precipitava a salutare il nuovo arrivato. Sentendo su di sé gli occhi di Hutchinson, si costrinse a restare accanto al dottor Patel anche quando gli altri ospiti si furono allontanati. «Dottore, se ho ben capito la sua teoria, Anna Anderson, la donna che sosteneva di essere Anastasia, veniva curata per un esaurimento nervoso. Lei è convinto che nel corso di una seduta - alla paziente erano stati somministrati dei farmaci e si trovava sotto ipnosi - la Anderson sia inavvertitamente regredita fino al momento dell'assassinio della granduchessa Anastasia e degli altri membri della famiglia imperiale russa.»

Patel annuì. «Esatto. Al momento di abbandonare il corpo, invece di passare all'altro mondo, lo spirito della granduchessa è entrato nel corpo di Anna Anderson. Le loro identità si sono fuse. Anna Anderson è diventata a tutti gli effetti l'incarnazione vivente di Anastasia, con i suoi ricordi, le sue emozioni, la sua intelligenza.»

«E la personalità originale di Anna Anderson? Dov'è finita?» volle sapere Judith.

«Pare che a questo proposito non si sia verificato alcun conflitto. Era una donna molto intelligente, ma è entrata senza riluttanza nel suo nuovo ruolo di erede ancora in vita al trono di Russia.»

«Ma perché proprio Anastasia? Perché non sua madre, la zarina, o una delle sue sorelle?»

Patel inarcò le sopracciglia. «Una domanda molto acuta, signora Chase, e ponendola lei ha messo il dito proprio su uno dei problemi relativi alla sindrome di Anastasia. La storia ci insegna che Anastasia era la più tenace delle donne della sua famiglia. Forse le altre hanno accettato con rassegnazione la morte, passando in un'altra dimensione. Lei invece non era disposta ad andarsene, ha lottato per restare su questa terra, e per rimanere in vita si è impadronita della mente, al momento assente, di Anna Anderson.»

«Sta dicendo che le uniche persone che lei potrebbe, in teoria, riportare indietro sono quelle che non volevano morire, che desideravano disperatamente continuare a vivere?»

«Proprio così. Ecco perché ho menzionato Socrate, che fu costretto a bere la cicuta, e non Aristotele, che invece morì per cause naturali. Invece stavo solo scherzando quando ho sostenuto che sir Stephen potrebbe essere un ottimo ricettacolo per lo spirito di Disraeli. Disraeli infatti è morto serenamente, ma un giorno o l'altro avrò le capacità necessarie anche per richiamare in vita coloro che riposano in pace, ma la cui assistenza dovesse rivelarsi di nuovo necessaria. Ma ecco sir Stephen che viene a prenderla.» Patel sorrise. «Sa? Ammiro moltissimo i suoi libri. La sua preparazione mi procura un vivissimo piacere.»

«Grazie.» Doveva chiederglielo. «Dottor Patel», mormorò con voce concitata, «lei è riuscito a far sì che certi suoi pazienti ricordassero avvenimenti della loro prima infanzia, vero?»

«Sì.» L'espressione del medico si fece più attenta. «La sua non è una domanda oziosa.»

«No, non lo è.»

Patel estrasse di tasca un biglietto da visita. «Se dovesse desiderare parlarmi, sarei lietissimo di ascoltarla.»

Judith sentì una mano posarsi sul suo braccio e quando alzò gli occhi incontrò quelli di Stephen. «Che piacere vederti», lo salutò, sforzandosi di mantenere neutra la voce. «Conosci il dottor Patel?»

Stephen rivolse un secco cenno di saluto al medico poi, infilato il braccio sotto quello di Judith, la pilotò verso l'altro capo della stanza. «Tesoro, perché diavolo perdi tempo con quel ciarlatano?»

«Ma non è...» Judith si interruppe. Stephen Hallett era proprio l'ultima persona che avrebbe potuto sottoscrivere le affermazioni del dottor Patel. I quotidiani avevano già ampiamente pubblicizzato la teoria dello psichiatra secondo cui Stephen era il candidato ideale per ospitare lo spirito di Disraeli. Alzò la testa e gli sorrise, senza curarsi del fatto che in quel momento quasi tutti i presenti li stavano osservando.

Ci fu un po' di agitazione quando comparve sulla soglia il primo ministro. «Di solito non partecipo volentieri a questi cocktail party», disse la nuova arrivata a Fiona, «ma per amor suo, mia cara...»

Stephen passò un braccio intorno alla vita di Judith. «È arrivato il momento che tu conosca il primo ministro, tesoro.»

Andarono a cena al *Brown's Hotel.* Mentre mangiavano un'insalata e una sogliola *à la Véronique*, Stephen le raccontò la sua giornata. «Forse la più frustrante della settimana. Maledizione, Judith, il primo ministro dovrebbe decidersi ad agire. L'umore del paese esige le elezioni. Abbiamo bisogno di un mandato e lei lo sa. I laboristi lo sanno, e noi ci troviamo a un punto morto. E tuttavia capisco. Se non intende ripresentare la sua candidatura, allora è chiaro che... Quando verrà il mio momento, so che mi sarà molto difficile ritirarmi dalla vita pubblica.»

Judith giocherellava con l'insalata. «Perché la vita pubblica è tutto per te, vero, Stephen?»

«Durante gli anni della malattia di Jane è stata la mia salvezza. Occupava il mio tempo, i miei pensieri e le mie energie. Non so dirti a quante donne sono stato presentato nei tre anni successivi alla morte di mia moglie. Ne ho frequentata qualcuna, ma presto mi sono reso conto che i loro nomi e le loro facce si confondevano nella mia mente. Sai qual è un test interessante per capire se una donna è quella giusta? Se fa dei progetti che riguardano anche te, è visibilmente annoiata quando tu sei inevitabilmente in ritardo? Poi una sera, una fredda sera di novembre, ti ho conosciuta da Fiona e tutto mi è sembrato diverso. Ora, quando i problemi si accumulano, c'è sempre una vocetta che mi bisbiglia: 'Tra poche ore vedrai Judith'.»

Tese la mano a sfiorare quella di lei. «Adesso permettimi di rivolgerti una domanda. Ti sei costruita una carriera di successo; mi hai detto che a volte lavori tutta la notte e che in certi casi, quando si avvicina una scadenza, ti isoli dal mondo per giorni e giorni. Io rispetto il tuo lavoro come tu rispetti il mio, ma ci sarebbero occasioni, molte occasioni, in cui avrei bisogno di averti accanto in un viaggio all'estero o magari in un'occasione mondana. Sarebbe troppo impegnativo per te, Judith?»

Lei guardava il suo bicchiere. Nei dieci anni trascorsi dalla morte del marito era riuscita a crearsi un'esistenza autonoma e del tutto soddisfacente. Lavorava come giornalista al *Washington Post* quando Kenneth, corrispondente alla Casa Bianca della Potomac Cable Network, era rimasto ucciso in un incidente aereo. Il denaro dell'assicurazione le aveva permesso di lasciare il giornale e avviare il progetto che la ossessionava da quando per la prima volta aveva letto un libro di Barbara Tuchman. Era decisa a diventare una scrittrice storica.

Le migliaia di ore dedicate a noiose ricerche, le lunghe notti passate alla macchina per scrivere, le riletture e le revisioni avevano dato i loro risultati. Il suo primo lavoro, *Il mondo è sottosopra,* che trattava della rivoluzione americana, aveva vinto il premio Pulitzer ed era diventato un best-seller. Il secondo, pubblicato due anni prima, sulla rivoluzione francese, *Buio a Versailles,* aveva riscosso un analogo successo e si era guadagnato un American Book Award. I critici l'avevano osannata, definendola «un'affascinante narratrice che scrive con l'erudizione di un docente di Oxford».

Alzò la testa e guardò Stephen. La luce soffusa, emanata

dalle applique e dalla candela chiusa nella campana di vetro che tremolava sul tavolo, ammorbidiva i tratti severi dei suoi lineamenti aristocratici e accentuava i toni grigio-blu degli occhi. «Probabilmente anch'io, come te, amavo il mio lavoro, ma al tempo stesso lo usavo per dimenticare che, dalla morte di Kenneth, non avevo più una vita privata. C'è stata un'epoca in cui riuscivo a rispettare le scadenze e al tempo stesso soddisfare senza difficoltà tutti gli impegni che mi venivano dall'essere sposata con un corrispondente alla Casa Bianca. Credo che la soddisfazione di poter essere una donna e una scrittrice sia immensa.»

Con un sorriso, Stephen le prese la mano. «Vedi, la pensiamo allo stesso modo.»

Ma Judith si ritrasse. «Stephen, c'è una cosa su cui dovresti riflettere. A cinquantaquattro anni non sei troppo vecchio per sposare una donna in grado di darti un figlio. Io ho sempre sperato di avere una famiglia, ma chissà come, non è successo. E certo non succederà ora che ho quarantasei anni.»

«Ho uno splendido nipote che ha sempre amato la proprietà di Edge Barton. Sarò felice che vada a lui insieme con il titolo, quando sarà il momento. Alla mia età, una prospettiva di paternità non è più fra gli interessi primari.»

Stephen salì da lei per un brandy. Brindarono con solennità l'uno all'altra e concordarono sull'opportunità di non attirare troppa attenzione sulla loro vita privata. Judith non voleva essere infastidita dai giornalisti mondani mentre lavorava. E una volta cominciata la campagna elettorale, Stephen voleva poter rispondere a domande concernenti il suo programma politico, non i suoi sentimenti. «Anche se naturalmente ti ameranno tutti», osservò. «Bella, piena di talento e per di più inglese e orfana di guerra. Pensa che giornata campale per i mass media, quando potranno finalmente accomunare i nostri nomi!»

Judith ebbe un'immagine improvvisa e vivida dell'incidente di quel pomeriggio. La bambina, *«Mamma, mamma!»* La settimana precedente, mentre si trovava nei pressi della statua di Peter Pan, a Kensington Gardens, aveva provato la tormentosa sensazione di essere già stata lì. E dieci giorni prima era quasi svenuta nella stazione di Waterloo, sicura di avere sentito il fragore di un'esplosione, di aver visto schegge e detriti cadere intorno a lei...

«Stephen, c'è una cosa che sta diventando molto importante per me. So che nessuno è venuto mai a reclamarmi dopo che sono stata trovata a Salisbury, ma ero una bambina ben vestita e palesemente ben curata. Esiste un modo per rintracciare la mia famiglia d'origine? Potresti aiutarmi?»

Lo sentì irrigidirsi. «Buon Dio, Judith, non pensarci neppure! Mi hai già parlato degli sforzi che hai fatto in questo senso e di come non siano valsi assolutamente a nulla. Molto probabilmente i tuoi genitori sono morti durante i bombardamenti. E anche se fosse possibile arrivare a qualcosa, non abbiamo alcun bisogno di portare alla luce qualche lontano cugino che magari fa lo spacciatore di droga o il terrorista. Ti prego, nel mio interesse, di dimenticare questa storia, almeno finché resto un personaggio pubblico. Dopo ti aiuterò, te lo prometto.»

«La moglie di Cesare deve essere al di sopra di ogni sospetto?»

Stephen l'attirò a sé. Judith percepì la morbidezza della giacca di lana contro la guancia, la forza delle sue braccia. Il bacio di lui, avido ed esigente, stimolò i suoi sensi, risvegliò in lei desideri e sensazioni che si era sforzata di dimenticare dopo la morte di Kenneth. Ma sapeva di non potere rimandare all'infinito la scoperta delle proprie radici.

Fu lei a liberarsi dall'abbraccio. «Mi hai detto che domani avrai una riunione di buon'ora», gli ricordò. «E stasera io vorrei scrivere un altro capitolo.»

Le labbra di Stephen le sfiorarono la guancia. «Preso nella mia stessa rete. Ma hai ragione, almeno per l'immediato futuro.»

Dalla finestra, Judith guardò l'autista di Stephen aprirgli la portiera della Rolls. Le elezioni erano inevitabili. Presto sarebbe salita su quella Rolls in qualità di moglie del primo ministro della Gran Bretagna? Sir Stephen e lady Hallett...

Amava Stephen. Allora perché quell'ansia? Inquieta, andò in camera, dove infilò una camicia da notte e una calda vestaglia di lana, poi si sedette alla scrivania. Pochi minuti dopo era totalmente concentrata nella stesura di un altro capitolo del suo saggio sulla guerra civile inglese. Aveva completato la parte riguardante le cause del conflitto: le tasse incredibilmente onerose, lo scioglimento del Parlamento, l'ostinata affermazione del diritto divino dei sovrani, l'esecuzione di Carlo I, gli anni di Cromwell, il ripristino della monarchia. Ormai era pronta a scrivere del destino toccato ai regicidi, coloro che avevano progettato, ratificato o eseguito la condanna a morte di Carlo I e che avrebbero poi conosciuto la rapida giustizia di suo figlio, Carlo II.

Il mattino seguente, la sua prima sosta fu agli archivi pubblici di Chancery Lane. Harold Wilcox, il viceresponsabile, fu lietissimo di disseppellire per lei cataste di vecchi documenti. Sembrava, pensò Judith, che secoli di polvere si fossero accumulati su quelle pagine.

Wilcox era un fervente ammiratore di Carlo II. «Era un ragazzino di neppure sedici anni quando dovette lasciare il paese per sfuggire al destino che minacciava suo padre. Giovanissimo, ma in gamba. Il principe passò attraverso le linee dei seguaci di Cromwell Testa Tonda a Truro, e da lì raggiunse via mare il Jersey e poi la Francia. Tornò alla testa dei Realisti, riparò nuovamente in territorio francese e visse lì e in Olanda finché l'Inghilterra non tornò in sé e lo supplicò di tornare.»

«Viveva vicino a Breda», disse Judith. «Ci sono stata.»

«Una città interessante, vero? Con un po' di attenzione, non è difficile vedere molti visi dai tipici tratti Stuart. Carlo II amava le donne. Fu a Breda che firmò la famosa dichiarazione in cui prometteva il perdono ai carnefici di suo padre.»

«Ma non mantenne la promessa. In realtà, quella dichiarazione fu una menzogna brillantemente congegnata.»

«Scrisse che concedeva la sua misericordia là dove era voluta e meritata. Ma né lui né i suoi consiglieri credettero mai che qualcuno la meritasse davvero. Ventinove uomini furono processati per regicidio. Altri si consegnarono e furono a loro volta incarcerati. Quelli che furono giudicati colpevoli vennero impiccati e squartati.»

Judith assentì. «Infatti. Ma non è mai stato spiegato con chiarezza perché il re presenziasse anche alla decapitazione di una donna, lady Margaret Carew, consorte di uno dei regicidi. Quale crimine aveva commesso?»

Harold Wilcox si accigliò. «Intorno agli eventi storici prolificano sempre pettegolezzi», asserì. «Io non mi occupo di pettegolezzi.»

Il vento freddo degli ultimi giorni aveva ceduto il posto a un sole sfolgorante e a una brezza leggera. Lasciati gli archivi, Judith percorse a piedi il chilometro e mezzo che la separava da Cecil Court e trascorse il resto della mattinata vagabondando per le vecchie librerie della zona. Dappertutto c'erano turisti e lei pensò che ormai la stagione durava dodici mesi all'anno. Poi si rese conto che agli occhi di un inglese anche lei appariva come una straniera.

Aveva le braccia cariche di libri quando decise di fermarsi per uno spuntino in uno dei piccoli caffè nei pressi del Covent Garden. Mentre attraversava l'affollata piazza del mercato, indugiò a guardare i giocolieri e i danzatori con gli zoccoli, uno spettacolo particolarmente gaio in quell'inaspettata giornata di sole.

E poi accadde. Il gemito penetrante, regolare degli allarmi antiaerei lacerò l'aria. Le bombe oscurarono il sole, precipitando verso di lei; l'edificio alle spalle dei giocolieri si disintegrò in un ammasso di mattoni infranti e fiamme. Stava soffocando. Il fumo bollente le bruciava il viso, le riempiva i polmoni. Le sue braccia ricaddero inerti e i libri rotolarono a terra.

Freneticamente protese un braccio in cerca di sostegno. «Mamma», bisbigliò. «Mamma, non riesco a trovarti.» Un singhiozzo le scaturì dalla gola, ma già il lamento delle sirene si andava spegnendo, il fumo si diradava e il sole tornava a brillare. Quando la vista le si schiarì, si accorse di stringere la manica di una donna malvestita che portava un fascio di fiori di plastica. «Tutto bene, tesoro?» le chiese quest'ultima. «Non stai per svenire, eh?»

«No. No. Sto bene.» In qualche modo, Judith riuscì a raccogliere i libri e a raggiungere un caffè. Senza preoccuparsi di guardare il menu che la cameriera le porgeva, chiese tè e toast. Quando l'ordinazione arrivò, le mani le tremavano al punto che riusciva a fatica a sollevare la tazza.

Pagato il conto, estrasse dal portafoglio il biglietto da visita datole dal dottor Patel alla festa di Fiona. In Covent Garden aveva notato una cabina telefonica. Lo avrebbe chiamato da lì.

Fa' che ci sia, pregò mentre componeva il numero.

La segretaria non voleva passarle la comunicazione. «Il dottor Patel ha appena terminato l'ultima visita della giornata. Nel pomeriggio non sarà in studio. Posso fissarle un appuntamento per la prossima settimana.»

«Gli dica il mio nome. Gli dica che è un'emergenza.» Judith chiuse gli occhi. Il gemito delle sirene. Stava per accadere di nuovo.

Poi udì la voce del medico. «Ha il mio indirizzo, signora Chase. Venga subito.»

Quando arrivò allo studio di Patel, in Welbeck Street, Judith si era più o meno ripresa. Ad accoglierla trovò una donna sottile, sulla quarantina, con indosso un camice bianco e i capelli biondi raccolti in un severo chignon. «Sono Rebecca Wadley», si presentò, «l'assistente del dottor Patel. Il dottore la sta aspettando.»

Lo studio dello psichiatra era enorme. Le pareti erano rivestite in legno di ciliegio e una era interamente coperta di libri. La massiccia scrivania di quercia, le poltrone comode e il divano imbottito, discretamente collocato in un angolo, creavano l'atmosfera tipica dello studio di un erudito. Lì nulla parlava di medicina.

Judith ne registrò inconsciamente tutti i dettagli e dietro invito del medico depose i suoi sacchetti su un tavolo di marmo vicino alla porta. Quando lanciò un'occhiata allo specchio sovrastante il tavolo, notò sgomenta di essere pallidissima, con le labbra livide e le pupille enormemente dilatate.

«Sì, ha l'aria di chi ha appena subito uno choc», osservò il dottor Patel. «Venga. Si sieda. Mi racconti che cos'è successo.»

L'atteggiamento cordiale che aveva esibito al party era scomparso e mentre l'ascoltava i suoi occhi divennero seri e l'espressione grave. Di tanto in tanto la interrompeva per chiedere un chiarimento. «Aveva meno di due anni quando l'hanno trovata che vagabondava per Salisbury, giusto? Non aveva ancora cominciato a parlare, oppure lo choc l'aveva privata di questa capacità. Non aveva addosso alcun documento di identificazione, e questo fa pensare che fosse in compagnia di un adulto. Sfortunatamente, capita spesso che siano la madre o la nurse a tenere i documenti dei più piccoli.»

«Il vestito e il golfino che indossavo erano fatti a mano», gli fece notare Judith, «non mi sembra che questo confermi l'ipotesi di un abbandono.»

«Ciò che più mi stupisce è che il tribunale abbia autorizzato l'adozione», fu la risposta di Patel, «e in particolar modo che lei sia stata affidata a una coppia americana.»

«La mia madre adottiva era l'ausiliaria inglese che mi trovò a Salisbury. Era sposata con un ufficiale della Marina americana. Avevo quasi quattro anni quando gli venne finalmente concesso di ritirarmi dall'orfanotrofio per andare a vivere con loro.»

«È mai stata in Inghilterra prima d'ora?»

«Parecchie volte. Dopo la guerra, mio padre, Edward Chase, entrò in diplomazia e prima di andare all'università ho vissuto con i miei in molti paesi stranieri. Visitammo l'Inghilterra e tornammo persino all'orfanotrofio. Strano, di quel posto non ricordo nulla. Era come se fossi stata sempre con i miei genitori, e le circostanze del mio ritrovamento non mi turbavano. Ma ormai loro sono morti da anni e io vivo in Inghilterra da cinque mesi, totalmente immersa nella storia inglese. È come se tutti i miei geni inglesi fossero entrati in azione. Qui mi sento a casa. Questo è il mio posto.»

«Quindi qualunque blocco difensivo la sua mente infantile abbia eretto, ora sta vacillando», sospirò Patel. «Succede. Ma credo che dietro queste allucinazioni ci sia più di quanto lei creda. Sir Stephen sa che è venuta da me?»

Judith scosse la testa. «No. In effetti credo che ne sarebbe molto infastidito.»

«Credo sia 'ciarlatano' il termine con cui mi definisce, non è così?»

Judith non rispose. Le tremavano ancora le mani. Con un gesto deciso, le serrò in grembo.

«Non importa», riprese Patel. «Mi sembra che i fattori da considerare siano tre. Lei si è immersa nella storia inglese, in un certo senso costringendo la sua mente a tornare al passato. I suoi genitori adottivi sono morti e i tentativi di rintracciare la sua famiglia di origine non le provocano più alcun senso di colpa. Per finire, il fatto di vivere a Londra costituisce per lei uno stimolo ulteriore. L'episodio riguardante la bambina e la sensazione di *déjà-vu* provata davanti alla statua di Peter Pan a Kensington Gardens hanno probabilmente una spiegazione molto semplice. Non si può escludere la possibilità che abbia giocato lì, da piccola. Gli allarmi antiaerei, il bombardamento.... Non si può neppure escludere che abbia effettivamente vissuto esperienze del genere, sebbene questo non spieghi il suo abbandono a Salisbury. E ora mi dica, vuole che l'aiuti?»

«La prego, sì. Ieri ha detto che è in grado di far regredire i suoi pazienti fino alla prima infanzia.»

«Non sempre. I soggetti di grande ingegno, e non esito a collocarla in questa categoria, sono ostili all'ipnosi. La vivono come una resa alla volontà di un altro. Ecco perché ho bisogno della sua autorizzazione a fare uso, se necessario, di un farmaco che sbloccherà questa resistenza. Ci pensi su. Può tornare la prossima settimana?»

«La prossima settimana?» Ma certo, non poteva pretendere che lui si mettesse subito all'opera. Judith si sforzò di sorridere. «Telefonerò alla sua assistente domattina per fissare un appuntamento.» Si alzò per andare a recuperare i libri e la borsa a tracolla che aveva posato sul tavolo.

Fu allora che la vide. La stessa bambina. Questa volta correva fuori dalla stanza. Era così vicina che poteva vedere con chiarezza il vestito che indossava. E il golfino. Gli stessi indumenti che *lei* portava quando era stata trovata a Salisbury, gli indumenti che adesso erano chiusi in un armadio del suo appartamento di Washington.

Fece un passo avanti; voleva dare un'occhiata al visetto circondato da una massa di riccioli d'oro, ma in quel momento la piccola scomparve.

Judith svenne.

Quando tornò in sé, era sdraiata sul divano nello studio di Patel. Rebecca Wadley le teneva una bottiglietta sotto il naso. L'odore pungente dell'ammoniaca la fece trasalire. Con una mano allontanò la bottiglia. «Sto bene», mormorò.

«Mi racconti quello che è successo», le intimò quasi Patel. «Che cos'ha visto?»

Con voce rotta, Judith descrisse l'allucinazione. «Sto impazzendo?» chiese alla fine. «Tutto questo non è da me. Kenneth diceva sempre che avevo più buonsenso di tutta Washington messa insieme. Che cosa sta accadendo?»

«Semplice: lei è vicina al crollo, più vicina di quanto credessi. Se la sente di cominciare subito il trattamento? Dovrà firmare i necessari moduli di autorizzazione.»

«Sì. Sì.» A occhi chiusi, Judith ascoltò Rebecca Wadley che le illustrava la procedura: le avrebbe sbottonato il colletto della camicia, tolto gli stivali e poi le avrebbe messo addosso una coperta leggera. Da ultimo le fece firmare una serie di moduli.

«Bene, signora Chase, adesso il dottore si metterà al lavoro. È comoda?»

«Sì.» Le venne rimboccata la manica, un laccio le fu stretto intorno al braccio, poi sentì una leggera trafittura sul dorso della mano.

«Judith, apra gli occhi. Mi guardi. Sta cominciando a rilassarsi.»

Stephen, pensò Judith, fissando il viso indistinto di Reza Patel. Stephen...

Dietro il divano era collocato un finto specchio che permetteva di seguire e filmare le sedute senza che il paziente ne fosse turbato. Rebecca Wadley passò direttamente nel laboratorio, accese una telecamera, lo schermo televisivo, l'interfono e le apparecchiature che avrebbero monitorizzato il battito cardiaco e la pressione sanguigna di Judith. Seguì con attenzione il rallentamento del battito del cuore, il calo della pressione a mano a mano che Judith soccombeva alla volontà di Patel.

Judith stessa si sentiva andare alla deriva, ed era confusamente consapevole di stare cedendo ai gentili suggerimenti di Patel di rilassarsi e sprofondare in un sonno ristoratore. No, pensò allora. No. Cominciò a lottare contro l'insidiosa sonnolenza che la stava invadendo.

«Non risponde. Tenta di reagire», mormorò con voce tranquilla la Wadley.

Patel annuì e spinse la valvola fissata all'ago ipodermico infilato nella mano di Judith, iniettandole un piccolo quantitativo di farmaco.

Judith voleva disperatamente restare sveglia. Tutto il suo corpo l'ammoniva a non lasciarsi andare. Lottò per aprire gli occhi.

Ancora una volta Patel lasciò fluire il liquido.

«È arrivato alla dose massima, dottore. Non le permetterà di ipnotizzarla. Sta già riacquistando coscienza.»

«Il litencum», ordinò il medico.

«Dottore, non credo...»

Patel aveva già usato il litencum per superare blocchi fisiologici in casi di pazienti gravemente disturbati. Il farmaco aveva le stesse caratteristiche della sostanza usata per Anna Anderson, la donna che sosteneva di essere la granduchessa Anastasia. Patel era certo che, se somministrato in grosse quantità, il litencum avrebbe ricreato la sindrome Anastasia.

Rebecca Wadley, che stimava Reza Patel come genio e l'amava come uomo, era spaventata. «Reza, no», lo supplicò.

Judith udiva vagamente le loro voci. La sensazione di sonnolenza si stava dileguando. Si mosse.

«La fiala», sollecitò Patel.

Rebecca la prese e l'aprì; poi tornò frettolosamente nello studio e rimase a guardare Patel che ne estraeva una goccia e la iniettava nella vena di Judith.

Ancora una volta Judith si sentì scivolare via. Intorno a lei la stanza sbiadì. Tutto era buio e caldo e lei stava di nuovo andando alla deriva.

La Wadley rientrò in laboratorio e consultò i monitor. Il battito cardiaco stava rallentando, la pressione sanguigna calava. «È sotto effetto.»

Il medico annuì. «Judith, adesso ti farò qualche domanda. Rispondere non sarà difficile. Non proverai né disagio né dolore, anzi, ti sentirai calda e a tuo agio e ti sembrerà di galleggiare. Cominceremo da questa mattina. Parlami del tuo nuovo libro. Non stai effettuando delle ricerche?»

Era all'archivio e parlava con il viceresponsabile, raccontava a Patel del ripristino della monarchia, di come tempo prima si fosse imbattuta in un episodio che l'aveva affascinata.

«Quale episodio, Judith?»

«Il re presenziò alla decapitazione di una donna. Carlo II si dimostrò un sovrano eccezionalmente misericordioso. Perdonò la vedova di Cromwell e perfino suo figlio, che divenne poi lord Protettore. Sosteneva che in Inghilterra era già stato versato abbastanza sangue. Le uniche esecuzioni a cui assisté furono quelle degli uomini che avevano firmato la condanna a morte di suo padre. Che cosa aveva fatto quella donna per indurlo a presenziare alla sua esecuzione? Perché la odiava tanto?»

«Sono questi gli interrogativi che ti affascinano?»

«Sì.»

«E dopo avere lasciato gli archivi pubblici dove sei andata?»

«Al Covent Garden.»

Rebecca Wadley ascoltava il dottor Patel che riportava Judith indietro nel tempo, fino al giorno del suo matrimonio con Kenneth, poi al suo sedicesimo compleanno, al quinto, e infine all'orfanotrofio e all'epoca dell'adozione.

Judith Chase non era una donna comune, comprese. La nitidezza dei suoi ricordi aveva dello stupefacente nonostante regredisse sempre di più. Ancora un volta si disse che avrebbe potuto assistere mille volte a quel fenomeno, restando sempre intimorito davanti allo spettacolo di una mente che si apriva e rivelava i suoi segreti, allo spettacolo di un essere adulto che si esprimeva nel modo un po' sconnesso ed esitante di un bambino.

«Judith, prima che ti portassero all'orfanotrofio, prima che venissi trovata a Salisbury... raccontami quello che ricordi.»

Inquieta, lei scosse la testa. «No. No.»

Il monitor mostrava un'accelerazione del battito cardiaco. «Sta cercando di escluderla, di bloccarla», esclamò in tono concitato la Wadley. Poi, sgomenta, guardò Patel iniettare alla paziente un'altra goccia di farmaco. «No, dottore.»

«C'è quasi arrivata. Non posso fermarmi adesso.»

La Wadley teneva gli occhi fissi sullo schermo. Il corpo di Judith era completamente rilassato. Il polso non superava i quaranta battiti al minuto, la pressione sanguigna oscillava tra i settanta e i cinquanta. Pericoloso, pensò la donna, troppo pericoloso. Aveva sempre saputo che in Patel si nascondeva un fanatico, ma non lo aveva mai visto agire con tanta avventatezza.

«Dimmi che cosa ti ha spaventata, Judith. Sforzati.»

Judith emetteva respiri brevi, affrettati. Ora le sue frasi erano frammentarie, la sua voce aveva assunto il timbro acuto e un po' stridulo di una bambina molto piccola. Stavano per salire su un treno e lei teneva la mamma per mano. Cominciò a piangere; il piagnucolio spaventato di una bimba.

«Che cosa sta succedendo?» La voce di Patel era gentile.

Judith artigliò la coperta e invocò piangendo la madre. «Arrivano di nuovo, proprio come quando stavamo giocando. Mammina ha detto: 'Corri, corri!' Non mi teneva più per mano. È così buio... Sto salendo la scaletta. C'è il treno... Mammina aveva detto che dovevamo salire sul treno.»

«E sei salita, Judith?»

«Sì. Sì.»

«Hai parlato con qualcuno?»

«Non c'era nessuno. E io ero tanto stanca. Volevo dormire, così avrei ritrovato mammina quando mi fossi svegliata.»

«E quando ti sei svegliata?»

«Il treno si è fermato. C'era di nuovo luce. Sono scesa... non ricordo altro.»

«Va bene. Non pensarci più. Sei una bambina in gamba. Mi sai dire come ti chiami?»

«Sarah Marrssh.» La voce era confusa.

Marsh o Marrish, pensò Rebecca. Ora Judith si esprimeva come una bambina di due anni.

«Quanti anni hai, Sarah?»

«Due.»

«Sai quand'è il tuo compleanno?»

«Quattro maggio.»

Rebecca aumentò il volume dell'interfono e cominciò a prendere appunti, sforzandosi di interpretare correttamente il linguaggio infantile, strascicato.

«Dove abiti, Sarah?»

«Kent Court.»

«Sei felice lì?»

«Mammina piange tanto. Molly e io giochiamo.»

«Molly? Chi è Molly, Sarah?»

«Mia sorella. Voglio mammina. Voglio mia sorella.»

Judith cominciò a piangere.

Rebecca lanciò un'occhiata al monitor. «Il polso è più veloce. Sta resistendo di nuovo.»

«Ora ci fermiamo», dichiarò Patel. Toccò la mano di Judith. «Judith, adesso ti sveglierai e ti sentirai fresca e riposata. Ricorderai tutto quello che mi hai raccontato.»

Rebecca si lasciò sfuggire un sospiro di sollievo. Grazie a Dio, pensò. Sapeva che già da tempo Patel ardeva dal desiderio di sperimentare il litencum. Si protese per spegnere lo schermo e attonita rimase a fissare il viso stravolto di Judith che urlava: «No! Non fatele questo!»

Gli aghi dei monitor presero a sobbalzare. «Fibrillazione cardiaca», esclamò Rebecca.

Patel strinse le mani di Judith. «Judith. devi obbedirmi.»

Ma Judith non poteva udirlo. Era in piedi su un palco per le esecuzioni eretto fuori della torre di Londra e il giorno era il 10 dicembre 1660...

Piena d'orrore, guardava la donna con indosso un abito verde scuro e un mantello, che veniva scortata oltre i cancelli della torre, tra la folla irridente. La donna sembrava vicina alla cinquantina e i capelli castano scuro erano striati di grigio. Camminava eretta, ignorando le guardie che le si affollavano intorno. I lineamenti finemente scolpiti erano irrigiditi in una maschera di odio e furore. Aveva le mani legate davanti a sé con del filo metallico che le mordeva la carne. La cicatrice a forma di mezzaluna, proprio alla base del pollice, spiccava rossa e nitida nella luce del primo mattino.

Sotto gli occhi di Judith, la folla si separò per lasciare passare dozzine di soldati che marciavano ordinatamente verso uno spazio recintato e addobbato con drappi a poca distanza dal palco. I soldati ruppero i ranghi per permettere il passaggio a un uomo giovane e snello che portava un cappello piumato, brache scure e un farsetto ricamato. La folla inneggiò con frenesia quando Carlo II alzò la mano.

Come in un incubo, Judith vide la donna che veniva condotta al palco delle esecuzioni fermarsi davanti a una lunga picca su cui era affissa una testa umana. «Sbrigati», le ordinò un soldato, spingendola.

«Mi negheresti l'addio a cui una moglie ha diritto?» La voce della donna era piena di gelido disprezzo.

I soldati la sospinsero verso il punto in cui sedeva il sovrano. Il dignitario che era in piedi al suo fianco svolse una pergamena e lesse. «Lady Margaret Carew, Sua Maestà ha giudicato che sarebbe indelicato che voi foste impiccata, sventrata e squartata.»

La plebaglia più vicina cominciò a urlare. «Forse che non ha viscere proprio come mia moglie?» gridò un uomo.

La donna li ignorò. «Simon Hallett», disse con voce piena d'amarezza, «tu hai tradito mio marito. Hai tradito an-

che me. Se riuscirò a fuggire dall'inferno, troverò il modo di punire te e i tuoi.»

«Basta così.» Il capitano delle guardie l'afferrò e cercò di spingerla verso la piattaforma dove il boia aspettava. Con un gesto di sfida, lei si volse e sputò ai piedi del re.

«Bugiardo!» gridò. «Avevi promesso misericordia, bugiardo. È un peccato che non abbiano preteso anche la tua testa quando hanno spiccato quella di tuo padre.»

Un soldato la colpì al viso, trascinandola via. «Questa morte è troppo misericordiosa per te. Se potessi fare a modo mio, ti brucerei sul rogo.»

Judith sussultò, accorgendosi che lei e la prigioniera si assomigliavano moltissimo. Lady Margaret fu costretta a inginocchiarsi. «Questa non te la toglierai più», la schernì un altro soldato, coprendole i capelli con una cuffia bianca.

Il boia sollevò l'ascia, che per un istante indugiò alta sul ceppo. Lady Margaret volse la testa e i suoi occhi si fissarono in quelli di Judith, severi, imperiosi. «No! Non fatele questo!» urlò lei. Attraversò di corsa la piattaforma e corse ad abbracciare la donna proprio nel momento in cui l'ascia cadeva.

Judith aprì gli occhi. Il dottor Patel e Rebecca Wadley le erano accanto. Lei sorrise. «Sarah», disse. «È questo il mio vero nome, giusto?»

«Quanto ricorda di quello che ci ha detto, Judith?» domandò Patel, cauto.

«Kent Court. È questa la strada che ho menzionato, vero? Adesso ricordo. Mia madre. Eravamo nei pressi della stazione ferroviaria. Lei teneva per mano me e mia sorella. Poi le bombe volanti. Un ronzio, un ronzio di aerei sopra di noi.

Le sirene. Poi il rombo dei motori cessò. E dappertutto c'era gente che urlava. Qualcosa mi colpì al viso. Non riuscivo a trovare mia madre. Salii di corsa sul treno. Il mio nome: Sarah. E Marsh, o forse Marrish.» Si alzò e afferrò la mano di Patel. «Come posso ringraziarla? Almeno adesso so da dove cominciare a cercare. Proprio qui, a Londra.»

«Qual è l'ultima cosa che ricorda prima che io la svegliassi?»

«Molly. Dottore, avevo una sorella. Anche se mia madre è morta, ora so qualcosa della mia famiglia. Cercherò i certificati di nascita. Scoprirò chi sono.»

Judith si abbottonò il colletto della camicia, abbassò la manica e si passò una mano tra i capelli; poi si chinò per infilarsi gli stivali. «Se non riuscissi a trovare il mio certificato di nascita, mi ipnotizzerà di nuovo?» chiese.

«No», rispose Patel con fermezza. «Non per un certo tempo, almeno.»

Appena Judith fu uscita, il medico si voltò verso Rebecca. «Fammi vedere gli ultimi minuti di registrazione.»

Serio, osservò l'espressione di Judith passare dall'orrore alla rabbia e la ascoltò di nuovo urlare: «No! Non fatele questo!»

«Fare che cosa?» proruppe Rebecca. «Che cosa stava vivendo Judith Chase?»

Patel aveva la fronte aggrottata, gli occhi pieni d'ansia. «Non ne ho idea. Avevi ragione, Rebecca. Non avrei dovuto iniettarle il litencum. Ma forse, dopotutto, non è successo nulla di grave. Di qualunque cosa si sia trattato, non ricordava nulla.»

«Questo non lo sappiamo con certezza», obiettò la Wadley. Gli posò una mano sulla spalla. «Reza, ho cercato di avvertirti. Non devi usare i nostri pazienti come cavie, anche se desideri aiutarli. Judith Chase sembra essersi completamente ripresa. Prega Dio che sia davvero così.» Poi, dopo una pausa: «C'è una cosa strana, però. Al suo arrivo, hai per caso notato una leggera cicatrice a forma di mezzaluna alla base del pollice destro di Judith? Quando le cercavo la vena per l'iniezione non l'ho vista. Ma guarda l'ultima inquadratura, un istante prima che si svegliasse. La cicatrice c'è.»

Stephen Hallett non si accorse di quanto era bella la campagna in quel soleggiato pomeriggio che preannunciava la primavera, mentre si recava a Chequers, la residenza di campagna del primo ministro.

La signora vi si era recata dopo la breve apparizione alla festa di Fiona e, secondo Stephen, l'improvvisa convocazione non poteva avere che un significato: il primo ministro desiderava informarlo della sua decisione di ritirarsi dalla pubblica arena. E voleva dirgli che avrebbe sostenuto la sua candidatura a leader del partito.

Stephen sapeva di essere il candidato ideale, fatta eccezione per un'unica, piccola macchia. Per quanto tempo quel terribile scandalo di trent'anni prima avrebbe continuato a inseguirlo? Quel lontano evento rischiava forse di annullare le sue chance? Il primo ministro era così generoso da volergli dire personalmente che non poteva sostenerlo, o intendeva annunciargli proprio il contrario?

Rory, l'autista che era alle sue dipendenze da molto tempo e Carpenter, la guardia del corpo assegnatagli da un ramo speciale di Scotland Yard, erano uomini intelligenti e, ne era certo, perfettamente consapevoli dell'importanza di quell'incontro. Quando si fermarono di fronte all'imponente dimora, Carpenter scese per primo e gli fece il saluto militare mentre Rory teneva aperta la portiera.

Il primo ministro era in biblioteca. Sebbene i raggi del sole intiepidissero la stanza, indossava un cardigan pesante e l'energia che l'aveva sempre caratterizzata sembrava essersi spenta. Anche la sua voce, quando lo salutò, pareva avere perduto il consueto vigore.

«Stephen, è sempre un male perdere il gusto per la lotta. Me la stavo giusto prendendo con il mio cervello per avermi tradito in questo modo.»

«Ma sicuramente, signor primo ministro...» Stephen s'interruppe subito. Non voleva insultarla con vuote frasi di circostanza. Da mesi il palese affaticamento di lei era l'argomento preferito dei mass media.

Il primo ministro gli fece cenno di sedersi. «Ho appena preso una decisione molto difficile. Mi ritirerò a vita privata. Dieci anni di questo incarico sono più che abbastanza per chiunque. Voglio dedicare più tempo alla mia famiglia. Il paese è pronto per delle nuove elezioni e a guidare la campagna deve essere un capo del partito eletto di fresco. Stephen, io credo che lei sia il mio successore ideale. Ha tutti i requisiti necessari.»

Stephen attese. Era quasi certo che la parola successiva sarebbe stata «ma». Si sbagliava.

«Senza dubbio la stampa si precipiterà a rivangare quel vecchio scandalo. Io stessa ho ordinato nuove indagini.»

Il vecchio scandalo. Quando era un procuratore legale di venticinque anni, Stephen era entrato nello studio legale del suocero, Reginald Harworth. Un anno dopo, l'avvocato Harworth era stato arrestato per malversazione e condannato a cinque anni di carcere.

«Lei fu completamente scagionato», riprese il primo ministro, «ma faccende sgradevoli come questa hanno il vizio di saltare fuori a ogni pié sospinto. Comunque, non credo che il paese dovrebbe privarsi delle sue capacità a causa di una parentela incresciosa.»

Stephen si rese conto di avere il corpo rigido, teso. Il primo ministro lo avrebbe appoggiato.

Il viso della donna si fece serio. «Voglio una risposta franca. Nella sua vita privata c'è qualcosa che potrebbe creare situazioni imbarazzanti per il partito, costarci le elezioni?»

«No.»

«Nessuna di quelle sgualdrine che hanno l'abitudine di vendere la storia della loro vita ai giornali scandalistici? Dopotutto, lei è un uomo attraente ed è vedovo.»

«Le implicazioni di quanto dice mi offendono, signor primo ministro.»

«Non devono. Ho bisogno di sapere, e certo se ne rende

conto anche lei. Judith Chase. Me l'ha presentata ieri sera. Nel corso degli anni ho avuto modo di incontrarne parecchie volte il padre, il padre adottivo, credo. Mi sembra una donna irreprensibile.»

La moglie di Cesare dev'essere al di sopra di ogni sospetto, pensò Stephen. Non era quello che aveva detto Judith solo la sera prima?

«Penso e spero di sposare Judith, sì. Siamo entrambi d'accordo sull'opportunità di mantenere il massimo riserbo sul nostro fidanzamento, per il momento.»

«Molto saggio. Be', contate pure sulla mia benedizione. I suoi genitori adottivi appartenevano all'alta società e, in quanto orfana di guerra, la circonda un'accattivante atmosfera romantica. È una di noi.» Il primo ministro sorrise, un sorriso che la illuminò tutta. «Congratulazioni, Stephen. I laburisti ci faranno penare, ma vinceremo. Lei sarà il prossimo primo ministro, e nessuno sarà più felice di me quando verrà il momento di presentarla a Sua Maestà. E ora faccia il bravo ragazzo e versi uno scotch a tutti e due. Dosi generose. Dobbiamo prepararci con molta cura.»

Lasciato lo studio di Patel, Judith tornò direttamente a casa. In taxi si accorse che continuava a bisbigliare fra sé «Sarah Marsh, Sarah Marrish». Imparerò ad apprezzare il mio vero nome, pensò piena di gioia. L'indomani avrebbe cominciato la ricerca dei suoi documenti di nascita. Poteva solo augurarsi di essere nata a Londra. Se i suoi ricordi erano esatti, le informazioni di cui ormai era in possesso avrebbero reso tutto molto più facile. Non c'era da stupirsi che non fosse stata rintracciata! Se era salita su un treno a Londra e ne era scesa a Salisbury, dove aveva perso la memoria, si spiegava perché nessuno si fosse mai presentato a reclamarla. Era certa che sua madre e Molly fossero morte quel giorno, ma potevano esserci dei cugini, si disse. Chissà, forse ho una famiglia numerosa che abita proprio dietro l'angolo.

«Siamo arrivati, signora.»

«Oh.» Judith frugò nella borsa alla ricerca del portafoglio. «Ero distratta.»

A casa, si preparò una tazza di tè, poi andò risoluta alla scrivania. Sì, l'indomani avrebbe cominciato le ricerche di Sarah Marrish, ma quel giorno avrebbe fatto meglio a restare Judith Chase e tornare al suo libro. Studiò gli appunti presi all'archivio e ancora una volta si riscoprì a fantasticare sulla donna, lady Margaret Carew, giustiziata alla presenza del re, e sul crimine che poteva avere commesso.

Erano quasi le sei quando Stephen chiamò. Lo squillo stridulo del telefono, così diverso da quello degli apparecchi americani, mandò bruscamente all'aria la concentrazione in cui sempre sprofondava quando scriveva. Solo allora, stupita, si accorse del tempo che era passato. Fatta eccezione per la lampada da tavolo, l'appartamento era immerso nel buio. Allungò la mano verso il telefono. «Pronto.»

«Tesoro, qualcosa non va? Hai una voce strana.» Stephen sembrava preoccupato.

«Oh, Signore, no. È solo che quando scrivo sono in un altro mondo. Ho bisogno di un paio di minuti per tornare sulla terra.»

«Ecco perché sei una scrittrice così in gamba. Ceni a casa mia, stasera? Ho notizie piuttosto interessanti.»

«Questo vale anche per me. A che ora?»

«Ti va bene per le otto? Ti mando la macchina.»

«Perfetto.»

Judith riattaccò sorridendo. Sapeva che Stephen detestava perdere tempo al telefono, eppure riusciva a essere conciso senza mai apparire brusco. Dicendosi che per quel giorno aveva già lavorato abbastanza, attraversò il soggiorno accendendo via via le luci e andò in camera.

C'è qualcos'altro di terribilmente inglese in me, pensava pochi minuti dopo, mentre si rilassava nell'acqua calda e fragrante. Adoro queste vecchie vasche da bagno con i piedini.

Aveva tempo per un riposino, o meglio, per stendersi un po', si disse infilandosi sotto la trapunta. Chissà di che natura erano le notizie di Stephen. Le era parso piuttosto tranquillo, quindi non poteva trattarsi di qualcosa riguardante le elezioni. No, certamente no. Neppure lui aveva tanto sangue freddo.

Per l'appuntamento con Stephen, Judith scelse un abito di seta stampata che aveva comperato in Italia e i cui colori vivaci le ricordavano degli acquerelli mescolati a casaccio su una tavolozza. Era il vestito giusto per ravvivare quella tetra serata di gennaio. Il vestito giusto per comunicare una bella notizia. «Stephen, ti piace il nome Sarah?»

Lasciò i capelli sciolti; le sfioravano giusto il colletto dell'abito. Il filo di perle che era stato di sua madre, la madre adottiva. Gli orecchini di perle e brillanti, il sottile braccialetto di brillanti. Una serata di festa. E non dimostri la tua età, assicurò alla propria immagine riflessa. Dopotutto, pensò poi, per un po' oggi ho avuto di nuovo due anni e forse questo mi ha ringiovanita. Sorrise, divertita dall'idea, e si guardò le mani, cercando di decidere quali anelli mettere.

Fu allora che li notò. I deboli contorni di una cicatrice a forma di mezzaluna alla base del pollice. Accigliata, si sforzò di ricordare da quanto tempo l'avesse. Da ragazzina si era schiacciata la mano nella portiera di un auto, riempiendosela di tagli e di escoriazioni. C'era voluto molto tempo perché le cicatrici dell'intervento di chirurgia plastica sbiadissero.

Ed ecco che una stava ricomparendo. Fantastico!

Erano le otto meno cinque. Certo l'auto di Stephen la stava già aspettando. Rory arrivava sempre in anticipo.

La casa londinese di Stephen era in Lord North Street. Lui si rifiutò di comunicarle le novità finché non ebbero cenato e si furono seduti sul soffice divano a schienale alto della biblioteca. Nel camino crepitava il fuoco e una bottiglia di Dom Perignon si stava raffreddando nel secchiello per ghiaccio d'argento. Stephen, che aveva congedato la servitù e chiuso la porta della stanza, si alzò con fare solenne, aprì lo champagne e, riempite due coppe, gliene porse una. «Brindiamo.»

«A che cosa?»

«Alle elezioni generali. Alla promessa del primo ministro di sostenere la mia candidatura.»

Judith balzò in piedi. «Stephen, mio Dio, Stephen.» Accostò il bicchiere a quello di lui. «La Gran Bretagna è davvero fortunata.»

Le loro labbra si cercarono, si unirono. «Tesoro, non una parola con nessuno», la mise poi sull'avviso Stephen. «Per le prossime tre o quattro settimane sarò impegnatissimo a organizzare la campagna elettorale, partecipare a dibattiti, farmi notare nelle conferenze internazionali della CEE sul terrorismo e cercare discretamente i necessari sostenitori.»

«A Washington tutto questo si chiama promuovere un profilo alto.» Judith gli sfiorò la fronte con le labbra. «Dio, sono così orgogliosa di te, Stephen.»

Lui rise. «Un profilo alto è esattamente l'obiettivo che ci proponiamo. Poi il primo ministro annuncerà la sua decisione di non ricandidarsi. La prima battaglia ci sarà in occasione della scelta del nuovo leader. Avrò parecchia concorrenza, ma con lei alle spalle dovrei farcela. Dopodiché, il primo ministro andrà dalla regina e chiederà lo scioglimento del Parlamento. Un mese dopo saranno indette le elezioni generali.»

Le passò un braccio intorno alla vita. «E se il nostro partito vincerà e io sarò primo ministro, diventerà indispensabile per me sapere di trovarti qui, ogni sera. Tesoro, in tutti questi anni non mi ero mai reso conto di quanto fossi solo finché non ti ho conosciuta, da Fiona. Così elegante. Così bella e spiritosa. Ma con un'ombra di tristezza negli occhi.»

«Un'ombra che adesso non c'è più.»

Tornarono a sedersi sul divano, lui con le gambe allungate sul tavolino, lei accoccolata al suo fianco. «Raccontami tutto del tuo incontro con il primo ministro», lo sollecitò.

«Be', ti assicuro che all'inizio ero certo che stesse solo cercando di scaricarmi nel modo più gentile. Judith, non credo di averti mai parlato di mio suocero.»

Ascoltando Stephen raccontarle dello scandalo e del timore che il passato gli costasse l'appoggio del primo ministro, Judith capì che non avrebbe potuto parlargli della visita fatta al dottor Patel e che non avrebbe potuto contare sul suo aiuto per le ricerche che aveva in mente. Non c'era da stupirsi che Stephen si fosse opposto con tanta veemenza al suo desiderio di rintracciare la sua famiglia d'origine. Per i giornali sarebbe stata una vera pacchia scoprire che la futura moglie del nuovo primo ministro era una paziente del tanto discusso Reza Patel.

«E ora passiamo alle tue novità», concluse Stephen. «Mi hai detto di avere buone notizie.»

Con un sorriso Judith gli sfiorò il viso. «Ricordo quando Fiona mi disse che ti avrebbe messo a sedere accanto a me, quella sera. Mi disse anche che eri assolutamente affascinante e aveva ragione. Le mie novità impallidiscono davanti alle tue. Volevo semplicemente dirti che ho fatto una chiacchierata interessantissima con il viceresponsabile degli archivi pubblici. Sembra molto documentato sulla storia di Carlo II e in particolare sulle sue vicende con le donne.» Accostò le labbra a quelle di lui, lo circondò con le braccia, sentì l'ardore della sua risposta. Oh, Dio, pensò, quanto lo amo. E glielo disse.

Il venerdì sera partirono per la casa di campagna di Stephen, nel Devon. Durante il tragitto di tre ore lui le parlò della proprietà di Edge Barton. «È a Branscombe, un bellissimo villaggio costruito all'epoca dell'invasione normanna.»

«Circa novecento anni fa, quindi», precisò Judith.

«Diavolo, non devo mai dimenticare che ho a che fare con una storica. La famiglia Hallett entrò in possesso della proprietà quando Carlo II tornò sul trono. Immagino che vi troverai dei riferimenti nelle tue ricerche. È un posticino delizioso, anche se non sono molto orgoglioso del mio antenato, Simon Hallett. Pare che fosse un tipo alquanto infido. Ma credo e spero che amerai Edge Barton quanto la amo io.»

La casa si trovava su una sporgenza nei pressi di un bosco. Le lampade che brillavano dietro le finestre proiettavano raggi di luce sulla facciata di pietra. Il tetto di ardesia splendeva nel chiarore della luna. Sulla sinistra, un'ala a timpani di tre piani — la parte più antica dell'edificio, le spiegò Stephen — si ergeva maestosa al di sopra delle cime degli alberi. Stephen le indicò la porta a tutto sesto completa di lunetta e sbarre lucide, vicino all'ala destra della dimora. «C'è sempre qualche antiquario che viene a supplicarmi di vendergliela. Con la luce, si vedono ancora le tracce del fossato. Adesso è secco, ma pare che fosse una difesa molto efficace tanti anni fa.»

Grazie alle sue ricerche, Judith aveva acquisito una profonda conoscenza delle antiche case inglesi, tuttavia quando l'auto si fermò davanti all'ingresso principale di Edge Barton si accorse che le sue reazioni erano molto diverse da quelle sperimentate al cospetto di altri edifici storici.

Stephen la stava guardando. «Be', tesoro. Hai l'aria di approvare.»

«Mi sembra quasi di tornare a casa» sospirò lei.

Sottobraccio, esplorarono l'interno della casa. «Per anni vi ho trascorso pochissimo tempo», raccontò Stephen. «Jane era molto ammalata e preferiva stare a Londra, dove le sue amiche potevano andare spesso a trovarla. Io ci venivo da solo e mi fermavo solo il tempo sufficiente per presenziare al mio collegio elettorale.»

Il soggiorno, la sala da pranzo, il grande atrio, il camino in stile Tudor nella camera sopra il soggiorno, la scala normanna nell'ala antica, le magnifiche finestre con la modanatura concava e, nel vestibolo del piano superiore, la levigata pietra Beer che generazioni di bambini avevano coperto di disegni di navi e persone, cavalli e cani, iniziali, nomi e date. Judith si fermò a studiare gli scarabocchi mentre una cameriera saliva loro incontro.

C'era una telefonata per sir Stephen. «Torno fra un momento, tesoro», mormorò lui.

Due iniziali sembravano ardere sulla parete. V.C., 1635. Judith vi passò sopra le dita. «Vincent», sussurrò, «Vincent.» Come stordita, scese nell'atrio e imboccò la scala che portava al salone da ballo del quarto piano. Era immerso nel buio. A tastoni cercò l'interruttore, lo trovò e rimase a guardare la sala piena di gente che indossava abiti del Diciassettesimo secolo. Sulla sua mano, la cicatrice fiammeggiò. Era il 18 dicembre del 1641...

«Edge Barton è una dimora magnifica, lady Margaret.»

«Non posso sostenere il contrario.» La voce di Margaret Carew era fredda mentre si rivolgeva al giovane damerino i cui capelli accuratamente arricciati, le fattezze regolari e gli abiti ricercati non potevano nascondere l'aura di duplicità e astuzia che emanava. Era Hallett, figlio bastardo del duca di Rockingham.

«Vostro figlio Vincent mi guarda corrucciato. Non credo di godere del suo favore», disse ancora lui.

«Ha qualche motivo per non concedervi il suo favore?»

«Forse intuisce che amo sua madre. Margaret, John Carew non è uomo per voi. Avevate quindici anni quando l'avete sposato. A trentadue, siete la più bella delle donne presenti in questa sala. Quanti anni ha John? Cinquanta? E da quell'incidente di caccia è praticamente uno storpio.»

«Ed è anche il marito che amo con tutto il cuore.» Margaret intercettò gli occhi di suo figlio e gli fece un cenno. Rapido, lui le si avvicinò.

«Madre.»

Era un bel giovane, alto e ben sviluppato per i suoi sedici anni. I suoi tratti erano tipicamente Carew, ma, come Margaret gli ricordava spesso scherzosamente, doveva ringraziare lei per la folta capigliatura castano scuro e gli occhi verde-azzurro. Quelle erano caratteristiche della famiglia Russell.

«Simon, avete già conosciuto mio figlio, Vincent. Vincent, ricordi Simon Hallett?»

«Certo.»

«Ed esattamente che cosa ricordate sul mio conto, Vincent?» Il sorriso di Hallett era pieno di condiscendenza.

«Vi ricordo del tutto indifferente alle nuove tasse che minacciano tutti i presenti di questa sera, signore. Ma come mio padre ha osservato, quando un uomo non ha nulla per cui essere tassato gli è facile giurare fedeltà a un re che crede nel diritto divino della monarchia. Non è un fatto, signor Hallett, che è speranza della vostra famiglia che i possedimenti confiscati dalla Corona per inadempienza vengano un giorno ceduti agli apologeti del re? A voi? Mio padre ha notato come si accendono i vostri occhi quando accompagnate i vostri amici a Edge Barton Manor. Dunque questa casa esercita un fascino tanto grande su di voi, così come apparentemente fa mia madre?»

Hallett era paonazzo per la collera. «Siete un impertinente.»

Con una risata, lady Margaret prese il braccio del figlio. «No, è un giovane molto scaltro. Vi ha comunicato l'esatto messaggio che io gli avevo affidato. Avete ragione, Simon Hallett. Mio marito, sir John, non sta bene, ed ecco perché preferisco evitargli il fastidio di parlare con voi. Non entrerete più in questa casa con il pretesto di accompagnare amici comuni. Non siete il benvenuto qui. E se davvero siete vicino al re come volete farci credere, dite a Sua Maestà che il motivo per cui molti di noi hanno abbandonato la sua corte è che non possiamo tollerare il suo disprezzo per il Parlamento, la sua indifferenza verso i diritti e le necessità del suo popolo. La mia famiglia ha servito sia nella camera dei Lord sia nella camera dei Comuni fin da quando il Parlamento è stato creato. Nelle nostre vene scorre il sangue dei Tudor, ma questo non significa che vogliamo tornare ai tempi in cui gli unici di-

ritti che un sovrano riconosceva erano la sua volontà e la sua ostinazione.»

La musica riempiva la sala. Margaret volse le spalle a Hallett, sorrise al marito, seduto in compagnia di amici con il bastone vicino, ed entrò nelle danze con il figlio. «Hai la grazia di tuo padre», gli disse. «Prima dell'incidente, gli dicevo spesso che era il miglior ballerino d'Inghilterra.»

Vincent non ricambiò il sorriso. «Madre, che accadrà?»

«Se Sua Maestà non accetta le riforme sollecitate dal Parlamento, scoppierà la guerra civile.»

«In questo caso, combatterò al fianco del Parlamento.»

«Prega Dio che tutto si risolva prima che tu abbia l'età per combattere. Neppure Carlo può credere di vincere in questo scontro.»

Judith aprì gli occhi. Stephen la stava chiamando. Scuotendo la testa, si precipitò verso le scale. «Quassù, tesoro.» Quando furono vicini, gli passò le braccia intorno al collo. «Mi sembra di conoscere Edge Barton da sempre.» Non si accorse che la cicatrice, che poco prima aveva assunto una vivida tonalità cremisi, era tornata a essere un segno pallido, quasi invisibile.

Il lunedì Judith andò in macchina a Worcester per vedere il luogo in cui si era svolta l'ultima grande battaglia della guerra civile, nel 1651. Visitò per prima cosa il distretto amministrativo, la costruzione di legno che era stata il quartier generale di Carlo II. Ora completamente ristrutturata, conteneva uniformi, elmi e moschetti che i visitatori erano incoraggiati a maneggiare. Quando prese in mano l'uniforme di un capitano dell'esercito di Cromwell, Judith si sentì invadere da un'improvvisa, terribile tristezza. Una presentazione audiovisiva evocava in modo più che realistico le circostanze storiche e gli eventi che avevano condotto alla guerra. Con gli occhi che le bruciavano, Judith rimase a guardare senza accorgersi di avere serrato le mani a pugno.

Un inserviente le diede una cartina del cosiddetto percorso della guerra civile, in cui era tracciata la progressione geografica della battaglia di Worcester. Le spiegò: «Le truppe realiste subirono una pesante sconfitta alla battaglia di Naseby. La guerra si concluse a tutti gli effetti quel giorno, vinta da Cromwell e dai suoi parlamentari. Ma si trascinò ancora e l'ultimo grande scontro si svolse qui. Alla testa dei realisti c'era il giovane Carlo. Allora aveva solo ventuno anni e gli storici sostengono che costituì un 'incomparabile esempio di valore', seppure inutilmente. A Naseby i realisti persero cinquecento ufficiali, una perdita da cui non si ripresero più».

Judith lasciò il distretto amministrativo. Era una tipica giornata invernale, fredda e umida. Portava un impermeabile con il bavero rialzato. Si era raccolta i capelli in uno chignon e qualche ciocca le incorniciava il viso, in quel momento pallidissimo e con gli occhi dilatati.

Vagabondò per la città seguendo la cartina, fermandosi di tanto in tanto a consultare i suoi appunti e a buttare giù qualche impressione. Sul tetto della cattedrale di Worcester indugiò a guardare il panorama; proprio da lassù Carlo II aveva osservato i preparativi di Cromwell alla battaglia. E quando divenne ovvio che tutto era perduto, le truppe realiste si erano votate alla morte in un ultimo attacco finale contro i parlamentari, con l'intento di coprire la fuga del monarca. Da lì Carlo aveva cominciato il suo lungo, penoso viaggio che attraverso l'Inghilterra lo avrebbe portato in Francia, al suo rifugio.

Peccato che fosse fuggito, pensò con amarezza, mentre la cicatrice sulla sua mano cominciava ad ardere. Davanti a lei non si stendeva più il paesaggio invernale di Worcester. Era un calda serata di luglio del 1644 e una carrozza chiusa la stava portando a Marston Moor, dove sperava di trovare Vincent ancora vivo...

Un rullo di tamburi accompagnava un piccolo distaccamento di truppe di Cromwell. Alla vista della carrozza che si avvicinava, un paio di sentinelle si fece avanti e bloccò il passaggio con due lunghe pertiche.

Lady Margaret scese dalla carrozza. Indossava un semplice abito blu scuro di ottimo lino con un colletto bianco increspato. Sulle spalle portava un mantello dello stesso colore. Fatta eccezione per l'anello nuziale, non aveva gioielli. I folti capelli castano scuro, ora striati d'argento, erano raccolti sulla nuca. Gli occhi, gli occhi verde-azzurro della famiglia Russell, erano oscurati dal dolore.

«Per favore», supplicò. «So che a molti feriti non è prestata alcuna cura. Mio figlio ha combattuto qui.»

«Da che parte?» La domanda del soldato fu accompagnata da un sogghigno.

«È un ufficiale dell'esercito di Cromwell.»

«Dal vostro aspetto, avrei detto che fosse un cavaliere. Mi dispiace, ma già troppe donne stanno setacciando questi campi. Gli ordini sono di non fare entrare più nessuno. Penseremo noi ai cadaveri.»

«Vi prego», implorò ancora Margaret. «Vi prego.»

Si avvicinò un ufficiale. «Qual è il nome di vostro figlio, signora?»

«Capitano Vincent Carew.»

L'ufficiale, un uomo dal viso piatto sui trentacinque anni, si fece serio. «Conosco il capitano Carew. Non l'ho più visto da quando la battaglia è terminata. Ha partecipato alla carica contro il reggimento Langdale. Si è svolta ne-

gli acquitrini, sulla destra. Forse dovreste cominciare da lì le vostre ricerche.»

I campi erano ingombri di morti e morenti. Tra loro si aggiravano donne di tutte le età in cerca del marito, del fratello, del padre o del figlio. Armi ormai inservibili e cavalli morti testimoniavano lugubremente la ferocia della battaglia. L'aria pesante della sera era piena di insetti che ronzavano intorno ai cadaveri. Di tanto in tanto si levava un grido di dolore e di agonia. Un altro cadavere era stato identificato.

Margaret si unì alle altre donne. Buona parte dei corpi giaceva bocconi, ma lei non aveva bisogno di voltarli. Cercava una massa di capelli castano scuro che si rifiutavano di adattarsi al semplice taglio rotondo adottato da molti degli uomini di Cromwell, capelli che si arricciavano intorno a un viso fanciullesco.

Davanti a lei, una giovane donna cadde sulle ginocchia e si gettò sul cadavere di un soldato con l'uniforme di cavaliere. Gemendo, prese a cullarlo. «Edward, marito mio.»

Margaret le sfiorò la spalla in un tacito gesto di simpatia. Poi vide quello che era accaduto. Il soldato morto impugnava ancora la spada da cui pendevano brandelli di stoffa. A pochi passi, un giovane ufficiale fedele al parlamento giaceva a terra con il torace squarciato. Margaret sbiancò; l'istinto le diceva che i lembi di stoffa rimasti sulla spada erano stati strappati dalla sua giubba. La massa di capelli castani. I bei lineamenti patrizi così simili a quelli del padre. Gli occhi verde-azzurro della famiglia Russell, che la fissavano senza vederla.

«Vincent, Vincent.» Si inginocchiò accanto a lui, gli strinse la testa al petto, il petto che vent'anni prima le sue labbra infantili avevano succhiato. «... Combatterò a fianco

del Parlamento.» «Prega Dio che tutto si risolva prima che tu abbia l'età per combattere. Neppure Carlo può credere di vincere in questo scontro.»

La giovane donna accanto a lei cominciò a urlare. «No... no... no...»

Margaret la guardò. È giovane, si disse. Troverà un altro marito. Io non avrò mai un altro figlio. Con tenerezza infinita, baciò Vincent sulla fronte e lo adagiò di nuovo sul terreno paludoso. Il cocchiere l'avrebbe aiutata a trasportare il suo corpo alla carrozza. Poi si chinò sulla vedova che singhiozzava. «È un peccato che la spada di vostro marito non abbia attraversato il cuore del re», disse. «Se fosse stata mia, avrebbe senza dubbio trovato il bersaglio.»

Judith rabbrividì. Il sole era scomparso e il vento soffiava più impetuoso. Si accorse di trovarsi accanto a un gruppo di turisti. Uno di loro cercava di richiamare l'attenzione della guida. «In che anno fu giustiziato Carlo I?»

«Venne decapitato il 30 gennaio del 1649», rispose Judith. «Quattro anni e mezzo dopo la battaglia di Marston Moor.» Poi sorrise. «Scusate. Non volevo intromettermi.» Si affrettò giù per i gradini, di colpo ansiosa di allontanarsi da quel luogo, di tornare a casa, accendere il fuoco e bere uno sherry. Buffo, pensò mentre guidava nel traffico sempre più intenso, quando ho cominciato questo libro nutrivo molta più simpatia per i realisti. Credevo che tutti gli Stuart fino a Maria fossero o molto stupidi o molto scaltri e che Carlo I fosse entrambe le cose, ma che non meritasse di essere giustiziato. Ora però, più approfondisco le ricerche, più mi convinco che i parlamentari che firmarono la sua condanna a morte avessero ragione e che se fossi stata là, mi sarei messa in coda anch'io per firmare...

Il giorno successivo, con il cuore che le batteva forte, Judith salì i bassi gradini che conducevano alla porta girevole dell'anagrafe, a St. Catherine House, Kingsway. Fa' che sia questo il posto giusto, pregò tra sé, ricordando come, stando ai suoi genitori adottivi, le autorità avessero esaminato i registri parrocchiali di Salisbury e affisso la sua fotografia nei paesi vicini, nella speranza di rintracciare la sua famiglia. Ma se era nata a Londra ed era salita su quel treno... Fa' che sia vero, pensò. Fa' che sia vero.

Aveva progettato quella sosta per il giorno prima, ma un'occhiata all'agenda le aveva ricordato la visita a Worcester, dopodiché aveva deciso senza esitazione di attenersi al programma stabilito. Forse perché temeva che i suoi sforzi sfociassero in un vicolo cieco, che il ricordo del bombardamento vicino alla stazione e i nomi Sarah e Molly Marsh o Marrish non fossero altro che invenzioni capricciosamente fornite dal suo inconscio.

Al banco delle informazioni si accodò a una fila inaspettatamente lunga. Da qualche brandello di conversazione comprese che buona parte della gente che si trovava lì era spinta dal desiderio di risalire ai propri antenati. Quando toccò finalmente a lei, le venne detto che i registri anagrafici erano conservati nel primo reparto, nei grandi volumi ordinati cronologicamente.

«Ogni anno è diviso in quattro trimestri e i registri sono etichettati marzo, giugno, settembre e dicembre», la informò l'impiegato. «Quale data le interessa?... Quattordici o quattro maggio? Allora deve cercare nel volume di giugno. Contiene le registrazioni di aprile, maggio e giugno.»

La stanza era piena di gente e l'unico posto a sedere ancora libero era a un capo di uno dei lunghi tavoli. Judith si tolse il mantello verde con il cappuccio che aveva impulsivamente acquistato quella mattina da Harrods. «È delizioso, vero?» aveva osservato la commessa. «Perfetto per questo tempo così mutevole. Non è pesantissimo, ma con un maglione sotto la terrà calda.»

Indossava una delle sue tenute preferite, un maglione fatto

a mano, pantaloni aderenti e stivali. Ignara delle occhiate ammirate che la seguivano, prese il grosso registro contrassegnato Giugno 1942.

Sgomenta, scoprì che sotto i nomi Marrish e Marsh non compariva alcuna Sarah e neppure Molly. Possibile che tutto quello che aveva detto sotto ipnosi fossero semplici fantasie? Si rimise in coda per parlare di nuovo con l'impiegato.

«La legge non prevede che ogni nuovo nato venga registrato entro un mese?»

«Infatti.»

«Quindi, quello che ho appena esaminato è il volume giusto.»

«Be', non necessariamente. Ricordi che nel 1942 eravamo in guerra. È probabile che la persona che sta cercando non sia stata registrata prima del trimestre successivo, o perfino più tardi.»

Judith tornò al suo posto e cominciò a scorrere le numerose pagine di Marrish e Marsh, cercandone qualcuno accanto a cui figurasse l'iniziale S. Forse Sarah era il secondo nome, si disse. Capita che un bambino venga chiamato con il suo secondo nome, se il primo è quello della madre. Tuttavia non c'erano Marsh o Marrish con quell'iniziale. Ogni riga conteneva il cognome, il nome imposto al neonato, il nome da nubile della madre e il distretto in cui aveva avuto luogo la nascita. Tali informazioni erano elencate insieme con il volume e il numero di pagina dell'indice, riferimenti indispensabili se si voleva ottenere una copia dell'estratto di nascita. È chiaro, pensò. Senza il nome giusto non arriverò a nulla.

Judith non se ne andò che all'ora di chiusura, con le spalle che le dolevano per le ore passate curva sui registri. Gli occhi le bruciavano e la testa le pulsava. No, non sarebbe stato facile. Se solo avesse potuto contare sull'aiuto di Stephen. Lui certo aveva più esperienza. Forse c'erano modi di esaminare quelle registrazioni che lei ignorava... E forse l'immaginazione le aveva giocato un brutto scherzo e Sarah Marrish o Marsh era solo un prodotto della sua fantasia.

Sulla segreteria telefonica trovò un messaggio di Stephen e il suono della sua voce bastò a rincuorarla. Ansiosa, compose il numero privato del suo ufficio. «Si lavora fino a tardi», osservò non appena fu in linea.

Lui rise. «Potrei dire lo stesso di te. Com'è andata a Worcester? Sei rimasta impressionata dalla nostra mancanza di amore fraterno?»

Era stata Judith a sottintendere che sarebbe tornata a Worcester anche quel giorno. Certo non poteva parlargli delle indagini che aveva svolto.

Esitò, poi disse in fretta: «Oggi la mia ricerca è andata un po' a rilento, ma fa parte del gioco. Ma dimmi, il fine settimana ti è piaciuto quanto è piaciuto a me?»

«Non ho smesso un minuto di pensarci. In questo momento lo ricordo come un'oasi nel deserto.»

Il sabato e la domenica erano andati a cavallo. Stephen ne aveva sei nelle scuderie di Edge Barton e i suoi prediletti erano Market, un castrato nero carbone e Juniper, una giumenta. Erano entrambi saltatori. Stephen era rimasto deliziato nel constatare che Judith era un'ottima cavallerizza e insieme avevano vagabondato a lungo per la proprietà.

«Mi avevi detto che sapevi a malapena stare in sella», l'aveva scherzosamente accusata.

«Un tempo andavo moltissimo a cavallo. Ma negli ultimi dieci anni ho avuto poche occasioni per esercitarmi.»

«A vederti non si direbbe. Sono rimasto di sasso quando mi sono ricordato di non averti parlato del ruscello. In genere i cavalli si rifiutano di saltare.»

«Non so perché, ma il ruscello non è stata una sorpresa per me», aveva risposto lei.

Tornati nella scuderia, erano smontati e sottobraccio si erano diretti verso casa. Appena lontani dagli occhi degli inservienti, Stephen le aveva circondato la vita con il braccio.

«Judith, è sicuro. Fra tre settimane il primo ministro annuncerà il ritiro e verrà scelto il nuovo capo del partito.»

«Tu.»

«Ho il suo appoggio. Come ti ho già detto, altri rivendicheranno l'incarico, ma sono ottimista. Le settimane prima delle elezioni saranno frenetiche e temo che avremo poco tempo per stare insieme. Credi di poterlo sopportare?»

«Ma sì, certamente. E se riuscirò a terminare il libro mentre tu sei occupato con la campagna, tanto di guadagnato. A proposito, sir Stephen, è davvero un piacere vederti vestito così invece che in abito da lavoro o da sera. Il giusto tocco alla Ronald Colman, direi. Un tempo adoravo guardare quei vecchi film che trasmettevano a tarda notte e lui era senz'altro il mio preferito. Sto cominciando a sentirmi come se fossimo gli amanti di *Random Harvest.* Smithy e Paula non si incontrarono più o meno alla nostra età?»

«Judith!» La voce di Stephen sembrava giungere da molto lontano.

«Oh, scusami. Stavo solo pensando a te e al fine settimana e mi chiedevo se in questo momento assomigli a Ronald Colman.»

«Spiacente di deluderti, tesoro, ma sarebbe un paragone ingiusto per il defunto signor Colman. Che cosa fai stasera?»

«Mi preparerò qualcosa da mangiare, poi mi metterò alla macchina per scrivere. Il lavoro di ricerca è necessario, ma un libro non si scrive da solo.»

«Be', dacci dentro. Judith, le elezioni sono fissate per il 13 marzo. Che cosa ne diresti di un tranquillo matrimonio d'aprile, preferibilmente a Edge Barton? È il posto a cui mi sento più legato. Fin da quando sono nato, ha significato per me rifugio, conforto e pace, e sento che tu almeno in parte hai già catturato la sua atmosfera.»

«Ne sono certa.»

Judith riattaccò pensando che le sarebbe piaciuto mangiare qualcosa in fretta e poi mettersi a letto a leggere. Ma aveva dedicato un'intera, preziosa giornata agli acquisti da Harrods e all'anagrafe e non voleva coccolarsi troppo. Così fece una doccia, infilò un pigiama caldo e una vestaglia e, dopo essersi scaldata un po' di minestra, tornò alla scrivania. Era soddisfatta del lavoro svolto fino a quel momento; il primo terzo del dattiloscritto trattava gli eventi che avevano condotto alla guerra civile; la parte centrale parlava della vita in Inghilterra durante il conflitto: l'alternarsi delle vittorie e delle sconfitte, le occasioni sprecate di riconciliazione fra il re e il Parlamento, la cattura, il processo e l'esecuzione di Carlo I. Al momento si stava occupando del ritorno di Carlo II dall'esilio francese, della sua promessa di concedere la libertà di culto, «libertà di pensare secondo coscienza», del processo agli uomini che avevano firmato la condanna a morte del padre.

Carlo era tornato in Inghilterra il giorno del suo trentesimo compleanno, il 29 maggio 1660. Judith prese la penna per sottolineare i suoi appunti sulle molte petizioni che il sovrano aveva ricevuto dai realisti e in cui si chiedeva una ridistribuzione dei titoli e delle proprietà di cui erano stati spogliati dagli uomini di Cromwell.

La testa prese a pulsarle. La cicatrice sulla mano destra cominciò a splendere. «Oh, Vincent», bisbigliò. Era il 24 settembre 1660...

Nei sedici anni successivi alla morte di Vincent, lady Margaret e sir John avevano vissuto tranquillamente a Edge Barton. Solo l'esecuzione del re e la sconfitta delle truppe realiste aveva offerto qualche consolazione a lady Margaret. Perlomeno, la causa per cui suo figlio era morto aveva trionfato. Ma nel corso di quegli anni lei e John si erano allontanati. Solo dietro le insistenze della moglie lui aveva firmato l'ordine di esecuzione del re, e non era mai riuscito a perdonarselo.

«L'esilio sarebbe stato sufficiente», le ripeteva spesso. «E in cambio che cos'abbiamo avuto, invece? Un lord Protettore che si comporta come un monarca e il cui atteggiamento puritano ha spogliato l'Inghilterra della libertà religiosa e di tutte le gioie che un tempo conosceva.»

Amava il marito quasi quanto odiava il re giustiziato, il vederlo deperire fino a diventare un vecchio svanito, la consapevolezza che lui non poteva perdonarle di averlo costretto a diventare un regicida e il rimpianto mai spento per la morte del figlio avevano mutato Margaret. Sapeva di essere diventata una donna piena di amarezza. Il suo carattere era ormai leggendario e lo specchio le diceva che non assomigliava più alla bella giovane figlia del duca di Wakefield che era stata il vanto della corte all'epoca del suo matrimonio con sir John Carew. Solo quando sedeva ad ascoltare John che, sempre più spesso, parlava del passato, riusciva a ricordare com'era stata felice la sua vita un tempo.

Carlo era tornato in Inghilterra in maggio. Sostenendo che già troppo sangue era stato versato, promise il perdono generale a tutti, a eccezione degli uomini direttamente coinvolti nell'assassinio del padre. Quarantuno dei cinquantanove che avevano firmato la condanna a morte erano ancora in vita. Carlo assicurò un trattamento più mite a chi si fosse consegnato spontaneamente.

Margaret non si fidava del re. Era chiaro che a John restava poco da vivere; già la sua mente cominciava a vacillare e spesso chiamava Vincent perché andasse a cavalcare con lui. Aveva cominciato a guardare Margaret con lo stesso amore palesatole tanti anni prima e parlava di andare a corte e di organizzare il ballo annuale a Edge Barton. Il respiro affannoso e il pallore dicevano a Margaret che il suo cuore stava cedendo.

Con l'assistenza di una manciata di pochi servitori devoti, Margaret ideò un piano. John sarebbe andato a Londra per arrendersi al re; i contadini e la gente di città avrebbero visto la carrozza che lasciava Edge Barton. Ma appena buio, la carrozza avrebbe fatto ritorno. Era già stato preparato un appartamento per John nelle sale nascoste, un tempo note come buche dei preti. Lì, all'epoca di Elisabetta I, molti rappresentanti del clero cattolico avevano trovato rifugio mentre tentavano di raggiungere la Francia. Poi la carrozza sarebbe ricomparsa in qualche punto lungo la strada per Londra e chiunque l'avesse vista avrebbe pensato che era stata assalita dai briganti e che i suoi occupanti erano stati uccisi.

Il piano funzionò. Il cocchiere, generosamente ricompensato, partì per le colonie americane. Il cameriere personale di John rimase con lui nell'appartamento segreto. A notte fonda, Margaret sgattaiolava in cucina e con l'aiuto di Dorcas, un'anziana sguattera, preparava da mangiare per entrambi.

Quando fu reso noto il destino dei regicidi, impiccati e poi squartati a Charing Cross, Margaret capì di avere preso l'unica decisione possibile. John sarebbe morto in pace a Edge Barton.

Simon Hallett arrivò all'alba del 2 ottobre, accompagnato da un contingente di soldati del re. Margaret era appena tornata in camera sua dopo avere trascorso la notte con John. Quando aveva preso tra le braccia il suo fragile corpo, aveva avvertito il freddo che precede la morte. Sapeva che al marito restavano poche settimane, o addirittura pochi giorni di vita. Si infilò in fretta una vestaglia e corse giù per le scale.

Erano passati diciotto anni da quando aveva visto l'ultima volta Simon Hallett che, finita la guerra, aveva raggiunto il re in Francia. Con il tempo i suoi lineamenti deboli si erano induriti e l'arroganza aveva preso il posto dell'ambiguità che tanta repulsione le aveva ispirato in passato.

«Lady Margaret, è un piacere rivedervi», la salutò lui, sardonico, quando lei aprì la pesante porta di legno. Senza aspettare il suo permesso, le passò davanti e si guardò intorno. «Non avete avuto troppa cura di Edge Barton, dall'ultima volta che sono stato qui.»

«Mentre voi eravate in Francia a languire ai piedi del vostro reale signore, altri inglesi restavano a casa a pagare tasse onerose per compensare i costi della guerra.» Margaret sperava che i suoi occhi non rivelassero il terrore che provava. Simon Hallett sospettava forse che la carrozza di John non fosse stata assaltata dai briganti? L'ordine che lui impartì ai soldati confermò i suoi timori.

«Perquisite ogni centimetro della casa. È probabile che ci sia un buco dei preti. Ma, attenzione, non danneggiate niente. Già così com'è, non costerà poco restaurarla. Sir John si nasconde; non torneremo senza di lui.

Lady Margaret chiamò a raccolta tutto il disprezzo e l'odio che coltivava nell'animo. «Vi sbagliate», disse a Hallett. «Se mio marito fosse qui vi avrebbe accolto con la spada.» E lo avresti fatto davvero, John, pensò. Solo che non ci sei. Ti sei rifugiato in un passato più felice...

A una a una, tutte le stanze furono frugate. Armadi vennero aperti, muri saggiati nell'eventualità di passaggi segreti. Seduta nel grande atrio vicino al fuoco acceso da un servo, Margaret oscillava tra terrore e speranza, mentre Simon si aggirava per la casa, sempre più impaziente. Alla fine tornò da lei. Dorcas aveva appena portato a Margaret tè e pane, e lei capì che tutto era perduto quando lo sguardo pensoso di Simon si posò sull'anziana serva. Rapido come un lampo attraversò la stanza, l'afferrò per le braccia e gliele torse dietro la schiena. «Tu sai dov'è», dichiarò. «Dimmelo subito.»

«Non capisco che cosa intendete, signore», si lamentò Dorcas. La sua supplica divenne un grido quando Simon le torse di nuovo le braccia e il raggelante crepitio delle ossa che si spezzavano echeggiò nell'ampia sala.

«Vi mostrerò dov'è», strillò la donna. «Ma basta. Basta.»

«Forza, allora.» Simon sospinse la vecchia singhiozzante su per la scalinata.

Pochi minuti dopo i soldati trascinavano giù sir John in ceppi. Simon Hallett stava infilando la spada nella guaina. «Quella serva non è vissuta per rimpiangere la sua insolenza», annunciò a Margaret.

Come stordita, lei si alzò e corse dal marito. «Margaret, credo di non stare troppo bene», le mormorò John con fare incredulo. «Fa molto freddo. Di' ai servi di attizzare il fuoco. E mandami Vincent. È tutta la mattina che non vedo quel ragazzo.»

Margaret lo abbracciò. «Ti seguirò a Londra.» Mentre i soldati spingevano fuori il signore della casa, lei si rivolse a Simon. «Perfino quei pazzi si accorgeranno che sta male. Che giudichino me, se vogliono qualcuno da mettere sotto processo. Sono stata io a pretendere da mio marito che firmasse la condanna a morte del re.»

«Grazie per l'informazione, lady Margaret.» Hallett guardò l'ufficiale in capo. «Avete udito la sua confessione.»

A Margaret non fu concesso di assistere al processo del marito, ma gli amici gliene parlarono. «Sostenevano che recitava la parte dello sciocco, ma che in realtà aveva escogitato un astuto piano di fuga. È stato condannato come regicida e la sentenza dovrà essere eseguita entro tre giorni.»

Impiccato a Charing Cross. Il suo cadavere sventrato e squartato. La sua testa impalata su una picca.

«Devo vedere il re», disse Margaret. «Devo fargli capire.»

I suoi cugini non l'avevano mai compresa né perdonata

per essersi schierata a fianco dei parlamentari. Ma apparteneva a una delle grandi famiglie d'Inghilterra e riuscirono a farle avere udienza.

Era il giorno previsto per l'esecuzione di John. Margaret fu introdotta alla presenza di Carlo II. Sapeva che il re, parlando con i suoi consiglieri, aveva sostenuto di essere stanco di impiccagioni e di non volerne altre. Lo avrebbe supplicato perché a sir John fosse concesso di morire in pace a Edge Barton e si sarebbe offerta al suo posto.

Simon Hallett stava in piedi alla destra del re. Parve divertito nel vederla profondersi in un inchino. «Sire, prima che ascoltiate lady Margaret, di cui conosco le grandi capacità di persuasione, posso presentarvi gli altri testimoni?»

Sgomenta, Margaret vide entrare il capitano delle guardie che avevano arrestato John. «Lady Margaret ha giurato di essere stata lei a costringere il marito a firmare la condanna a morte di Sua Maestà.»

«Ma è esattamente quello che sono venuta a dirvi. Sir John non voleva firmare. Non mi ha mai perdonata per averlo costretto», gridò lei.

«Vostra Maestà», la interruppe Simon Hallett. «Tutta la vita di sir John Carew, la sua carriera militare, i suoi anni in Parlamento, stanno a indicare che è un uomo di salde convinzioni, certo non disposto a farsi influenzare da una moglie molesta. Non è per scusarlo che sto dicendo tutto questo, ma per farvi capire che, nonostante la vostra natura liberale e misericordiosa, state guardando una donna che è colpevole non meno di quanto lo sarebbe se avesse firmato quell'imperdonabile documento di suo pugno. C'è un'altra persona che vorrei pregarvi di ascoltare, lady Elizabeth Sethbert.»

Entrò una donna sulla quarantina. Perché il suo viso

le sembrava familiare? si chiese Margaret. Lo capì quasi subito. Era stato il marito di lady Elizabeth a uccidere Vincent. «Io non dimentiherò mai, Vostra Maestà», cominciò lady Elizabeth, fissando Margaret con freddo disprezzo. «Mentre tenevo mio marito fra le braccia, lieta che avesse dato la vita per voi, questa donna mi disse che era un peccato che la sua spada non fosse penetrata nel cuore del re. Mi disse: 'Se fosse stata mia, avrebbe certo trovato il bersaglio'. Quando se ne andò, chiesi di lei a un ufficiale, dato che si trattava chiaramente di una nobildonna. Non ho mai dimenticato l'orrore di quel momento e ho narrato questo episodio molte volte. Ecco come Simon Hallett ne è venuto a conoscenza.»

Il re volse lo sguardo su Margaret. Lei sapeva che il sovrano si piccava di essere un esperto di fisiognomia e sosteneva di capire il carattere della gente studiandone il volto. Disse allora: «Sire, sono qui per riconoscere la mia colpa. Fate di me quello che desiderate, ma risparmiate un uomo ammalato e dalla mente vacillante».

«Sir John Carew è abbastanza intelligente per fingersi pazzo, sire», interloquì Hallett. «E se il vostro grazioso perdono gli permettesse di tornare a Edge Barton, quanto prima tornerebbe di sicuro miracolosamente in salute. Dopodiché lui e sua moglie riprenderebbero a tramare con i loro pericolosi amici rivoluzionari. Queste canaglie complottano perché Vostra Maestà incontri lo stesso destino del nostro defunto re, vostro padre.»

Sbigottita, Margaret fissò Simon. I suoi cugini l'avevano informata che, dietro l'espressione sorridente, Carlo II era tormentato dal cupo presagio di incontrare il destino subito dal padre.

«Bugiardo!» gridò allora rivolta a Hallett. «Bugiardo!» Tentò di raggiungere il re. «Vostra Maestà, mio marito, risparmiate mio marito.»

Simon Hallett si buttò su di lei e la gettò a terra, coprendola con il suo corpo. Margaret scorse il bagliore di un pugnale nella sua mano e, temendo che volesse pugnalarla, cercò di strapparglielo. La punta le si conficcò nella base del pollice; poi Simon la costrinse a stringere l'impugnatura mentre la rimetteva in piedi.

«Volevate assassinare il re!» gridò. «Guardate, sire, aveva un'arma con sé.»

Margaret capì che sarebbe stato inutile protestare. Il sangue continuò a sgorgare dalla ferita mentre le legavano le mani e la trascinavano fuori della sala. Simon la seguì. «Voglio scambiare una parola con lady Margaret», disse alle guardie. «Fatevi indietro.» Poi le bisbigliò: «Proprio in questo momento sir John penzola da una corda a Charing Cross e le viscere gli vengono strappate dal ventre. Il re mi ha già nominato baronetto. Come ricompensa per avergli salvato la vita dalla vostra folle aggressione, gli chiederò, e mi verrà concessa, Edge Barton».

Nel corso del fine settimana Reza Patel aveva tentato ripetutamente di telefonare a Judith, senza tuttavia lasciare messaggi sulla segreteria telefonica. Non voleva che lei si allarmasse quando le avrebbe suggerito di andare da lui per un controllo della pressione sanguigna; voleva essere certo che l'ipnotico non avesse causato danni fisici.

Il lunedì Judith non era in casa e martedì sera lui e Rebecca si trattennero fino a tardi in ufficio per esaminare ancora una volta la registrazione della seduta di Judith.

«È accaduto qualcosa sul piano fisico», dichiarò alla fine Patel. «Lo sappiamo. Guarda il suo viso. Esprime rabbia, odio. Che genere di creatura è quella che Judith ha portato indietro? E da dove? Se la mia teoria è corretta, lo spirito, l'essenza della granduchessa Anastasia ha sopraffatto Anna Anderson. Accadrà lo stesso anche a Judith Chase?»

«La Chase è una donna molto forte», gli ricordò la sua assistente. «Ecco perché hai dovuto iniettarle tutto quel farmaco per farla regredire fino all'infanzia. Sai che non possiamo essere certi che, qualunque cosa abbia sperimentato, non abbia avuto fine quando l'hai svegliata. Di sicuro lei non ricordava nulla. Non è presuntuosa questa certezza di avere dimostrato la veridicità della sindrome di Anastasia?»

«Dio sa quanto preferirei essermi sbagliato, ma so che non è così.»

«Perché allora non la ipnotizzi di nuovo? Potresti farla regredire fino al punto in cui la misteriosa identità è entrata in lei e ordinarle di abbandonare il corpo di Judith.»

«Ma se non saprei neppure dove mandarla!» Patel scosse la testa. «Lasciami tentare ancora.»

Questa volta qualcuno rispose e subito Patel fece cenno a Rebecca, che premette il pulsante di amplificazione della segreteria telefonica.

«Sì?»

Rebecca e Patel si guardarono, perplessi. Era la voce di Judith, eppure non lo era. Il timbro era diverso, il tono brusco e altezzoso.

«Signora Chase? Judith Chase?»

«Judith non c'è.»

«Il suo nome», bisbigliò Rebecca.

«Posso chiederle il suo nome, signora? È un'amica della signora Chase?»

«Un'amica? Non direi proprio.» La comunicazione fu interrotta.

Patel si coprì il viso con le mani. «Rebecca, che cos'ho fatto? In Judith ora ci sono due personalità e la nuova è consapevole dell'esistenza di Judith. Ha già preso il sopravvento.»

Stephen Hallett non tornò a casa che a mezzanotte, dopo una giornata fitta di riunioni. Ovunque si parlava della decisione del primo ministro e Stephen non si era sbagliato quando aveva asserito che la sua elezione sarebbe stata controversa. Particolarmente chiassoso era stato Hawkins, uno dei ministri più giovani. «Pur non negando gli evidenti meriti di Stephen Hallett, devo avvertirvi, tutti quanti, che in caso di sua nomina si tornerà inevitabilmente a parlare del vecchio scandalo. I giornali ci sguazzeranno dentro. Non dimenticate, Stephen ha evitato per un soffio un'imputazione.»

«E sono stato completamente scagionato», aveva replicato subito Stephen. Aveva avuto la meglio nella scaramuccia e ora sapeva che avrebbe vinto le elezioni a leader del partito. Ma, Dio, pensò mentre si svestiva con gesti stanchi, che peso dover vivere all'ombra dei crimini di un altro! Quando fu a letto, lanciò un'occhiata all'orologio. Mezzanotte. Troppo tardi per telefonare a Judith. Chiuse gli occhi. Ringraziava Dio per lei e per quello che era. Grazie a Dio, Judith aveva capito perché lui non poteva permettersi di aiutarla nella ricerca della sua famiglia d'origine. Sapeva di averle chiesto molto, e mentre scivolava nel sonno promise a se stesso di ricompensarla in ogni modo possibile.

Il letto a quattro colonne che apparteneva alla sua famiglia da quasi tre secoli scricchiolò mentre si rigirava. Stephen pensò alla gioia di dividere quel letto con Judith, a come si sarebbe sentito orgoglioso nell'averla al suo fianco nelle occasioni pubbliche. Il suo ultimo pensiero fu che le ore migliori sarebbero state quelle che avrebbero trascorso da soli nel suo amato rifugio, Edge Barton...

Alle dodici e dieci Judith alzò gli occhi, guardò l'ora e stupefatta si rese conto che la minestra sul vassoio posato sulla scrivania era fredda e che lei stessa era gelata fino nelle ossa. Concentrarsi va bene, ma questo è troppo, si disse, mentre passava in camera da letto. Si tolse la vestaglia e con un sospiro di sollievo si infilò tra le lenzuola, tirandosi le coperte fino al collo. Quella maledetta cicatrice sulla mano. Era rossa e mentre lei la guardava cominciò a sbiadire. Quando le vecchie cicatrici cominciano a riaffiorare, vuole dire che si sta invecchiando, pensò allungandosi per spegnere la luce.

Chiuse gli occhi e cominciò a pensare alla proposta di Stephen di un matrimonio in aprile. Mancavano dieci, undici settimane, calcolò. Finirò questo maledetto libro e poi andrò a fare acquisti, si ripromise. Era felice che Stephen avesse suggerito di celebrare le nozze a Edge. In quelle ultime settimane il ricordo degli anni infantili vissuti con i genitori adottivi e di quelli trascorsi a Washington con Kenneth era andato allontanandosi sempre di più. Sembrava quasi che la sua vita fosse cominciata la sera in cui aveva conosciuto Stephen, ed era come se ogni fibra del suo essere riconoscesse nell'Inghilterra la sua patria. Stephen aveva cinquantaquattro anni, lei quarantasei e proveniva da una famiglia longeva. Potremmo avere addirittura venticinque anni da passare insieme, si disse. Stephen: i suoi modi formali, che a volte incutevano addirittura soggezione, servivano a mascherare un uomo solo e, incredibilmente, insicuro. Lo scandalo in cui era rimasto coinvolto il suocero spiegava molte cose...

Ho bisogno di scoprire il mio vero nome, Stephen, pensò mentre chiudeva gli occhi. A meno che non mi stia illudendo del tutto, dovrei essere vicina alla verità, ormai. Se è vero che sono stata separata da mia madre e da mia sorella durante un bombardamento, in qualche modo riuscirò a scoprire anche il resto. Probabilmente sono morte tutt'e due quel giorno. Mi piacerebbe potere andare a deporre un fiore sulle loro tombe, ma ti prometto che non scoverò nessun lontano cugino che potrebbe crearti imbarazzo. Si addormentò cullata dal pensiero che le sarebbe piaciuto moltissimo diventare lady Hallett.

Il giorno dopo, Judith lavorò tutta la mattina, soddisfatta della pila di fogli che si andava accumulando vicino alla macchina per scrivere. Tutti i suoi amici scrittori le ripetevano che avrebbe dovuto procurarsi un computer. Finito questo libro, mi prenderò un po' di tempo libero, decise. Dopodiché imparerò a usare il computer. Non doveva essere troppo difficile. Kenneth mi chiamava sempre «la signora aggiustatutto». Diceva che avrei dovuto fare l'ingegnere o il tecnico. Ma, riconobbe tra sé mentre si stirava, quando si viaggia per raccogliere materiale non è facile trovare una stampante.

Ne avrebbe comperata una dopo il matrimonio. Stephen temeva che a lei non avrebbe fatto piacere doverlo accompagnare nelle occasioni ufficiali o, viceversa, rimanere da sola troppo spesso e troppo a lungo, ma Judith sapeva che avrebbe apprezzato entrambi gli aspetti della sua nuova vita. I dieci anni passati con Kenneth erano stati meravigliosi ma frenetici, dato che entrambi si erano dedicati con impegno alla carriera. La loro delusione più grande era stata non avere avuto figli. Poi i dieci anni di vedovanza, durante i quali il lavoro era stato il suo obiettivo e al tempo stesso la sua salvezza. Non posso correre per sempre, si disse. È ora di godersi un po' di tranquillità.

Il sole entrava a fiotti nella stanza. *Oh, essere in Inghilterra adesso che aprile è vicino.* O gennaio, o qualunque altro mese; in Inghilterra non c'era stagione che non le piacesse. Per l'intera mattina aveva scritto della Restaurazione, durante la quale, come Samuel Pepys aveva annotato nel suo diario, si accendevano innumerevoli falò e le campane del Bow risuonavano gaie. Si brindava al re e nei paesi si ballava intorno ai pali ornati di fiori. Colori vivaci avevano preso il posto del lugubre grigio dei puritani e il re e la regina andavano a cavalcare a Hyde Park.

All'una Judith decise di uscire; voleva fare un giro intorno a Whitehall Palace per cercare di sperimentare a sua volta il sollievo che gli inglesi dovevano avere provato allora, quando la monarchia era stata restaurata senza un'altra guerra civile. Soprattutto, voleva andare a vedere la statua di Carlo I. Era il monumento equestre più bello e antico di Londra e durante gli anni di Cromwell era stata data a un mercante di robivecchi perché la distruggesse. Ma l'uomo, riconoscendone l'immenso valore e volendo restare fedele al re morto, non aveva ubbidito, limitandosi a tenerla nascosta fino al ritorno di Carlo II. Allora era stato commissionato un magnifico piedistallo e alla fine la statua era stata posta in Trafalgar Square, rivolta verso Whitehall e il luogo in cui Carlo era stato giustiziato.

Judith, che aveva lavorato in vestaglia, fece una rapida doccia, si applicò un po' di lucidalabbra e di mascara e si asciugò i capelli, notando che erano un po' troppo lunghi. Non che le stessero male, ammise mentre si guardava con aria critica allo specchio. Ma a quasi quarantasette anni dovrei sforzarmi di avere un aspetto più sofisticato. Poi inarcò le sopracciglia. Non dimostri affatto i tuoi anni, ragazza mia. L'immagine riflessa era rassicurante. Capelli castano scuro con qualche ciocca dorata. Da bambina era stata bionda. Pelle tipicamente inglese. Viso ovale, grandi occhi azzurri. Chissà se assomiglio alla mia vera madre, si chiese.

Indossò un paio di pantaloni grigio carbone, un maglione bianco a collo alto e stivali. La mia uniforme, pensò. Certo non potrò andare in giro per la città vestita così, quando sarò la moglie di Stephen. Indugiò un attimo, incerta se prendere l'impermeabile o la mantella nuova. Optò per la mantella. Infilò nella tracolla i taccuini e il materiale di consultazione di cui avrebbe potuto avere bisogno e uscì.

Dignitoso e calmo, cavalca
Presso la sua Whitehall:
Solo il vento notturno soffia:
Né folla, né ribelli rumoreggiano.

In Trafalgar Square, mentre esaminava la magnifica statua del re giustiziato, Judith ricordò queste strofe della poesia di Lionel Johnson. Il sovrano, con i capelli lunghi fino alle spalle, la barba curata, la testa eretta e la postura regale, aveva in effetti un'espressione piena di pace. Lo stallone che cavalcava sembrava scalpitare e lo zoccolo anteriore destro era sollevato, come se fosse sul punto di partire al galoppo.

Eppure, pensò, Carlo I era stato molto odiato. Come sarebbe il mondo oggi, se fosse riuscito a distruggere il Parlamento? Alle sue spalle si stava avvicinando uno degli inevitabili gruppi turistici. La guida attese che tutti gli si radunassero intorno a semicerchio prima di attaccare il consueto discorsetto. «Quella che oggi chiamiamo Trafalgar Square era un tempo parte di Charing Cross», esordì. «Molto adeguatamente, questa statua venne eretta proprio nel luogo dell'esecuzione di molti regicidi; non vi pare una sottile forma di vendetta da parte del re defunto? A quei tempi le esecuzioni erano truculente. I condannati venivano impiccati e si strappava loro le viscere mentre erano ancora in vita.»

John, morire così... Un vecchio ammalato, confuso...

«Il re fu decapitato il 30 gennaio. Se tornerete martedì prossimo vedrete la corona di fiori che la Royal Stuart Society deposita sul piedistallo. È un'usanza che si ripete anno dopo anno fin da quando la statua è stata collocata qui. A volte i turisti e gli scolari aggiungono le loro ghirlande. Una cerimonia molto commovente.»

«La statua dovrebbe essere distrutta e gli sciocchi che la onorano con offerte floreali puniti.»

La guida si volse a guardare Judith. «Chiedo scusa, signora. Mi ha chiesto qualcosa?»

Lady Margaret non rispose. Passò nella mano sinistra la tracolla con i libri e con la destra, su cui la cicatrice a mezzaluna spiccava purpurea, inforcò gli occhiali scuri e si tirò sul viso il cappuccio della mantella, nascondendolo quasi completamente.

Per un po' vagabondò senza meta lungo il Victoria Embankment, fino ad arrivare al Big Ben e al Parlamento. Là attese, gli occhi fissi sugli edifici, totalmente ignara dei passanti e delle occhiate incuriosite che qualcuno le lanciava.

Sentiva le sue stesse parole echeggiarle nelle orecchie: «La statua dovrebbe essere distrutta e gli sciocchi che la onorano con offerte floreali puniti». Ma come, John? si chiese. Che cosa posso fare io?

Incerta, percorse Bridge Street, attraversò Parliament Street, girò a destra e si trovò in Downing Street. Le case in fondo all'isolato erano circondate da poliziotti. Una di esse era il numero civico 10. L'abitazione del primo ministro. Quella che sarebbe diventata la futura casa di Stephen Hallet, discendente di Simon Hallet. Margaret ebbe un sorriso amaro. Quanto tempo, pensò. Ma ora sono qui, finalmente. A fare giustizia per John e per me stessa.

Prima la statua, decise. Il 30 gennaio avrebbe deposto con gli altri la sua corona. E, nascosto tra i fiori e le foglie, ci sarebbe stato dell'esplosivo.

Ripensò alla polvere pirica che durante la guerra civile aveva distrutto tante case. Quali esplosivi si usavano al giorno d'oggi? Tre isolati più in là si fermò a guardare un giovane muscoloso che maneggiava un martello da fabbro. Un brivido la attraversò. L'ascia che veniva sollevata, e poi calata con forza. L'atroce agonia, la lotta per non staccarsi dall'esistenza terrena, e poi l'attesa e la consapevolezza, mai vacillante, che in qualche modo sarebbe ritornata. E così era stato, quando Judith Chase si era precipitata a salvarla.

L'operaio si era accorto dello sguardo di lei. Dalle sue labbra scaturì un fischio penetrante. Lei sorrise con fare seducente e gli fece cenno di raggiungerla. Quando lo lasciò, fu con la promessa di incontrarlo di nuovo a casa sua quel pomeriggio alle sei.

Da lì, andò alla libreria centrale di consultazione in Leicester Square, dove un cortese assistente le posò davanti parecchi libri, sussurrandole via via i titoli: La congiura delle polveri, Autorità e conflitti nel XVII secolo, La storia degli esplosivi.

Quella sera, tra le braccia sudate dell'operaio, fra una carezza e una frase lusinghiera, Margaret gli parlò della necessità di distruggere una vecchia rimessa che sorgeva sulla sua tenuta di campagna e di non avere il denaro per assumere un'impresa di demolizione. Rob era così in gamba! Non poteva procurarle il materiale di cui aveva bisogno e insegnarle a usarlo? Lo avrebbe pagato bene.

Rob schiacciò la bocca su quella di lei. «Sei dinamite, lo sai? Vediamoci domani sera, tesoro. Mio fratello sta per tornare dal Galles. Lavora in una cava, laggiù. Per lui non sarà un problema procurarti quel che ti serve.»

Quando Judith tornò a casa, alle dieci, trovò due messaggi di Stephen. Era rimasta sorpresissima nell'accorgersi di quanto fosse tardi quando, alle nove e mezzo, era entrata in un pub di Soho. Sgomenta, si rese conto che l'ultima cosa che ricordava era se stessa in piedi davanti alla statua di Carlo I. Questo era accaduto più o meno alle due; che cosa aveva fatto durante il resto del tempo? Aveva programmato di fare altre ricerche sulla sua nascita, e probabilmente, si disse, è questo che ho fatto. Possibile che davanti a un altro insuccesso, io abbia reagito in modo anomalo? Ma era una domanda alla quale non trovò risposte.

Ascoltò i messaggi in cui Stephen la pregava di richiamarla subito. Ma prima una doccia, si disse. Aveva il corpo indolenzito e si sentiva sporca. Sganciò il fermaglio della mantella. Perché diavolo l'aveva comperata? Solo ora si rendeva conto di non trovarla affatto comoda. La scaraventò in fondo all'armadio e sfiorò con una mano l'impermeabile. «Tu sei più nel mio stile», commentò ad alta voce.

Lasciò scorrere l'acqua sul viso, sui capelli e sul corpo. Acqua calda, con sapone e shampoo delicatamente profumati, poi frizzante acqua fredda. Per qualche inspiegabile ragione, le tornò alla mente una frase del *Macbeth*: «Tutto l'oceano del grande Nettuno basterà a lavarmi questo sangue dalle mani»? Chissà perché mi ricordo proprio questo brano, si chiese. Mentre si asciugava, notò che la cicatrice spiccava di nuovo rossa sulla pelle.

Con l'accappatoio legato intorno alla vita sottile, i capelli umidi raccolti in un asciugamano, i piedi infilati in un paio di pantofole comode, andò a telefonare a Stephen. Dalla sua voce capì di averlo svegliato.

«Tesoro, mi dispiace», si scusò.

«Se mi sveglierò durante la notte, mi sentirò molto meglio sapendo di averti parlato», la rassicurò lui. «Che cos'hai fatto, tesoro? Mi ha chiamato Fiona per dirmi che stasera eri attesa da lei. Qualcosa non va?»

«Santo cielo, Stephen, l'avevo completamente scordato.» Nervosamente, Judith si mordicchiò il labbro inferiore. «Avevo lasciato inserita la segreteria e sto controllando i messaggi soltanto adesso.»

Stephen rise. «Una donna con un unico scopo. Ma è meglio che tu faccia la pace con Fiona, tesoro. Era già arrabbiata perché non avrebbe potuto esibirmi come futuro capo del partito. Forse dovremmo permetterle di organizzare la festa di fidanzamento, dopo le elezioni. Le dobbiamo molto.»

«Le sarò debitrice per tutta la vita», mormorò quieta Judith. «Telefonarle sarà la prima cosa che farò domani mattina. Buonanotte, Stephen. Ti amo.»

«Buona notte, lady Hallett. Ti amo anch'io.»

Disprezzo i bugiardi, pensò Judith mentre riattaccava, eppure ho appena mentito. L'indomani sarebbe andata dal dottor Patel. Nessuna Sarah Marrish o Marsh compariva nel registro dell'anagrafe del maggio 1942. Si era forse inventata tutto quello che aveva detto allo psichiatra? E in questo caso, che altri brutti scherzi le stava giocando la mente? Perché quel giorno aveva perduto ben sette ore?

Alle dieci del mattino seguente, la centralinista del dottor Reza Patel violò l'ordine di filtrare le telefonate e lo chiamò in ufficio per annunciargli che all'apparecchio c'era la signora Chase e che si trattava di un'emergenza. Patel e Rebecca stavano ancora una volta discutendo del potenziale pericolo in cui versava Judith. Subito il medico premette i pulsanti dell'amplificatore e di registrazione dell'apparecchio. Quasi con avidità, lui e Rebecca ascoltarono Judith raccontare delle sette ore di cui non conservava alcun ricordo.

«Credo che dovrebbe venire subito qui», le disse alla fine Patel. «Se ricorda, ha firmato un modulo che mi autorizzava a filmare le sedute. Vorrei che visionasse il nastro, forse potrebbe esserle d'aiuto. Non ho alcun motivo di pensare che i suoi ricordi d'infanzia non siano esatti e se fossi in lei non mi preoccuperei troppo per quella che, a quanto pare, considera un'amnesia. Lei è una donna dotata di un'estrema capacità di concentrazione, l'ho capito quando l'ho ipnotizzata. Mi ha detto lei stessa che a volte, quando lavora, non si accorge del tempo che passa.»

«È vero», confermò Judith. «Ma una cosa è stare seduta alla mia scrivania quando succede, e un'altra essere in Trafalgar Square alle due, per poi ritrovarmi in un pub di Soho alle ventuno e trenta. Vengo subito da lei.»

Quel giorno Judith indossava pantaloni beige, stivali marroni, un maglione di cashmere anch'esso beige e un foulard sui toni del marrone e del giallo sulle spalle. L'impermeabile le parve caldo e comodo mentre allacciava la cintura e ancora una volta rimpianse le trecento sterline spese per la mantella.

Nello studio di Patel, una Rebecca attonita stava chiedendo: «Non vorrai mostrarle la registrazione?»

«Solo fino al punto in cui regredisce agli anni dell'infanzia. Ma non vedi, Rebecca? Ha già cominciato a fare domande. È necessario che si concentri su quell'aspetto della seduta e non su ciò che potrebbe esserle accaduto. Ancora non sappiamo come aiutarla, e non lo sapremo mai, a meno di non riuscire a scoprire chi si nasconde in lei. Presto, fai una copia della cassetta fino al punto in cui comincio a ordinarle di svegliarsi.»

Mentre raggiungeva in taxi lo studio di Patel, Judith si rese conto di essere molto preoccupata. Il medico le aveva iniettato una droga e lei non aveva dimenticato la serie di articoli che anni prima aveva scritto sull'LSD e i suoi effetti. Si sforzò di ricordare quali fossero. Allucinazioni. Perdita della memoria. Temporanea perdita della coscienza. Oh, Dio, si chiese, che cos'ho fatto?

Ma poco dopo, quando fu davanti allo schermo televisivo, si sentì profondamente commossa. Le abili domande di Patel. Lei che ricordava i suoi compleanni, il matrimonio con Kenneth, i genitori adottivi. L'abilità con cui Patel la faceva regredire fino ai primi anni dell'infanzia. La sua palese riluttanza a parlare del bombardamento. Sentì le lacrime pungerle gli occhi mentre si guardava piangere per la madre e la sorella. Poi un nuovo pensiero le balenò alla mente. I nomi. *Molly. Marrish.* «Fermate la registrazione, per favore.»

«Certo.» Rebecca premette il pulsante di stop del comando a distanza che aveva in mano.

«Non si potrebbe tornare indietro, per favore? Vede, ricordo che avevo una precisa difficoltà di pronuncia, da bambina. I miei mi hanno raccontato che mi riusciva estremamente difficile pronunciare la *P,* e ora non sono sicura se il nome di mia sorella era Molly o Polly. Alzate il volume quando pronuncio Marrish o Marsh. Il suono non è chiarissimo, vero?»

Ascoltarono con attenzione tutti e tre. «È possibile», convenne poi Patel. «Non è escluso che stia tentando di dire qualcosa come Parrish.»

Judith si alzò. «Be', questo almeno mi apre un'altra strada... per quando avrò esaminato tutti i Marsh e i Marrish, March e Markey e Markham e Marmac e Dio solo sa quanti altri nomi. Dottore, mi dica la verità, c'è qualcosa che dovrei sapere in merito alla terapia a cui mi sta sottoponendo? Perché ho perso quelle ore, ieri?»

Ebbe l'impressione che Patel scegliesse con cura le parole prima di risponderle. Il medico era seduto alla scrivania e giocherellava con un tagliacarte. Nell'angolo lei notò lo specchio e il tavolo verso cui si stava dirigendo quando aveva avuto la visione di una bambina.

Reza Patel seguì la direzione del suo sguardo e capì immediatamente a che cosa stava pensando. Sollevato, seppe di avere trovato la risposta. «La settimana scorsa lei è venuta da me perché soffriva di allucinazioni ricorrenti, anche se io in realtà preferisco definirli varchi nella memoria. Tale disturbo si sta protraendo, anche se forse in una forma lievemente diversa. Ieri lei si stava recando all'anagrafe. Non dimentichiamo che aveva già subito una grossa delusione. A mio avviso, è tornata là e per la seconda volta le sue ricerche non hanno avuto alcun esito. Questa può essere una spiegazione alla sua amnesia. Inoltre, Judith, non è escluso che oggi abbia centrato un fattore estremamente significativo. Forse il nome che stava cercando di pronunciare non era Marrish bensì Parrish, o qualcosa di simile. Si è sentita frustrata non trovando subito le informazioni che cercava, ma la prego, si conceda delle altre possibilità. Presti attenzione a eventuali fenomeni insoliti, amnesie, *déjà-vu*, un nome o un pensiero che le venga in mente senza alcuna spiegazione logica. Il cervello umano ha uno strano modo di fornirci indizi, quando sondiamo l'inconscio.

Era un discorso logico, ma Judith ripeté ugualmente la domanda. «Quindi non è possibile che sia stato il farmaco che mi ha iniettato a provocare certe reazioni?»

Rebecca teneva gli occhi fissi sul comando a distanza che aveva ancora in mano. Reza Patel alzò la testa e guardò Judith in faccia. «Assolutamente no.»

Non appena lei fu uscita, si rivolse a Rebecca. «Che cosa potevo dirle?» sussurrò quasi con disperazione.

«La verità», rispose tranquilla la donna.

«A che scopo terrorizzarla?»

«Non si trattava di terrorizzarla, ma di metterla sull'avviso.»

Judith andò direttamente a casa. Per quel giorno non se la sentiva di tornare all'anagrafe. Sedette invece alla scrivania, con i taccuini aperti e la vecchia macchina per scrivere alla sua sinistra. Lavorò senza sosta fino al primo pomeriggio, confortata dalla sicurezza che il libro procedeva bene. Alle due si preparò un sandwich e una tazza di tè, poi si rimise all'opera. Se si fosse concentrata per tutto il pomeriggio, sarebbe probabilmente riuscita a finire il capitolo. Lei e Stephen si erano accordati per una cena in tarda serata.

Alle quattro e mezzo cominciò a battere a macchina gli appunti sul processo ai regicidi: *«Alcuni non esiterebbero a sostenere che il loro fu un processo equo, che agli imputati venne concessa più considerazione di quanta loro stessi ne avessero garantita al re. In piedi nell'aula affollata, echeggiante degli scherni della folla, ribadirono coraggiosamente di avere agito secondo coscienza e si dichiararono certi che il loro Dio li avrebbe giudicati con clemenza.»*

Le dita di Judith ricaddero dalla tastiera. La cicatrice sulla sua mano cominciò a pulsare. Lei spinse indietro la sedia e lanciò un'occhiata all'orologio. Non aveva un appuntamento?

Lady Margaret si precipitò all'armadio e prese la mantella verde. Pensavi di poterla nascondere, Judith? la schernì. Agganciò il fermaglio, ma prima di tirare su il cappuccio raccolse i capelli in uno chignon. Afferrò frettolosa la grossa tracolla di Judith, trovò un paio di occhiali scuri e uscì.

Rob l'aspettava nella sua stanza. Sul davanzale della finestra erano posate due lattine di birra. «Sei in ritardo», le disse.

Lady Margaret gli indirizzò un sorriso civettuolo. «Non per colpa mia. Riuscire a filarsela non è sempre facile.»

«Dove abiti, tesoro?» chiese lui, aprendole il mantello e abbracciandola.

«Nel Devon. Hai portato quello che mi avevi promesso?»

«C'è tempo per pensare agli affari.»

Un'ora dopo, sdraiata accanto a lui sul letto disfatto, Margaret ascoltava rapita Rob che stava dicendo: «Ora che conosci il potenziale di questa roba, stai bene attenta a quello che ti farò vedere. Te ne ho portato abbastanza da far saltare in aria tutto Buckingham Palace, ma devo ammettere che mi piaci. Domani sera?»

«Certamente. Avevo promesso di pagarti per il disturbo. Duecento sterline basteranno?»

Erano le nove meno dieci quando Judith alzò la testa. Mio Dio, pensò, l'auto sarà qui a minuti. Si precipitò in bagno per cambiarsi, poi decise di fare una doccia. Il fatto è che a stare seduta così a lungo mi si irrigidiscono tutti i muscoli, rifletté. Non riusciva a capire perché provasse di nuovo quella sensazione di sporco.

Il 30 gennaio, un lunedì, era una giornata fredda e limpida, il sole splendeva e l'aria era asciutta e frizzante. Gli insegnanti tenevano ansiosamente d'occhio il flusso di scolari radunatisi intorno agli studenti scelti per deporre la corona ai piedi della statua di Carlo I.

C'erano già altri omaggi floreali. Le macchine fotografiche scattavano di continuo e gruppi di turisti ascoltavano attenti il dramma della vita e della morte del sovrano giustiziato.

Lady Margaret aveva già deposto la sua corona e ora ascoltava con sdegno un ragazzino con gli occhiali e l'aria timida, che recitava la poesia di Lionel Johnson.

«Presso la statua di re Carlo a Charing Cross», cominciò il giovane.

Lì vicino, un vigile urbano sorrideva ai visetti seri dei bambini. I due che tenevano la corona erano chiaramente consapevoli della propria importanza. Spazzolati e tirati a lucido, pensò lui. Bambini inglesi, gentili e beneducati, che onoravano il loro sfortunato sovrano. Il vigile lanciò un'occhiata alle corone accatastate contro il piedistallo della statua e socchiuse gli occhi. Fumo. C'era del fumo che filtrava lentamente attraverso i fiori.

«Indietro!» gridò allora. «Tutti indietro!» Con un salto si avvicinò ai bambini. «Indietro, fatevi indietro!» Spaventati e confusi, i ragazzi ubbidirono e il cerchio intorno alla statua si ampliò. «Indietro! Non mi sentite?» tuonò ancora lui. «Fate spazio.»

Anche i turisti, intuendo il pericolo, si affrettavano ad allontanarsi.

Irrigidita dalla collera, Margaret guardò il vigile spingere da parte le corone, raccogliere il pacchetto di carta marrone che lei aveva nascosto sotto i fiori e gettarlo nella zona rimasta sgombra. Si udirono grida e urla di spavento quando echeggiò l'esplosione e parecchie schegge piovvero sulla folla.

Mentre sgattaiolava via, Margaret si accorse che un turista stava riprendendo la scena con una telecamera. Si coprì meglio il viso con il cappuccio e si mescolò tra i passanti che correvano verso il luogo dell'attentato per prestare aiuto ai feriti. Il Big Ben batté mezzogiorno.

Stava sprecando troppo tempo, si rimproverò Judith mentre varcava la porta girevole dell'anagrafe. Erano le dodici e mezzo e anche se si era messa a lavorare all'alba non avrebbe dovuto concedersi quell'ora di passeggiata. Avrebbe fatto meglio a impiegarla esaminando le registrazioni delle nascite.

Stava diventando sempre più difficile nascondere a Stephen quanto stava facendo. All'inizio, l'interesse di lui per le sue ricerche l'aveva lusingata e riempita di gioia, ma da quando passava parecchie ore al giorno all'anagrafe e in biblioteca ad esaminare le cronache sui bombardamenti londinesi del 1942, era costretta a rispondere in modo quanto mai vago e insoddisfacente alle domande di lui. E sto diventando trascurata, pensò. Chissà come, ma dal portafoglio le mancavano duecento sterline.

Stava seguendo il percorso ormai familiare tra gli scaffali, quando un altro pensiero le balenò alla mente... Santo cielo, ho di nuovo dimenticato di chiamare Fiona. Le telefonerò da qui, quando mi concederò una pausa.

Evitò con cura di prendere in considerazione i volumi della lettera P finché non fu certa di avere esaminato tutte le registrazioni effettuate nel maggio del 1942 sotto ogni possibile variazione del nome Marrish.

Una donna anziana le fece cortesemente posto al tavolo affollato.

«Spaventoso, vero?» commentò, e all'occhiata interrogativa di Judith aggiunse: «Mezz'ora fa qualcuno ha cercato di far saltare in aria la statua di Carlo I. Dozzine di bambini sono rimasti feriti, anche se solo superficialmente. Sarebbero morti se non fosse stato per un vigile che vedendo il fumo ha capito che qualcosa non andava. È una vergogna. Questi terroristi meriterebbero la pena di morte e, lasci che glielo dica, il Parlamento dovrebbe fare qualcosa in proposito».

Scioccata, Judith s'informò sui particolari. «Sono stata lì proprio l'altro giorno», disse. «C'era una guida turistica che parlava della cerimonia prevista per oggi. Santo cielo, questi bombaroli devono essere pazzi.»

Scuotendo la testa con fare incredulo, tornò a concentrarsi sui volumi del 1942 e a consultare i suoi appunti. Stava pensando al nastro che Patel le aveva mostrato. Ho detto «maggio» con chiarezza, ricordò. E anche la cifra «quattro», era certa. Ma aveva inteso dire quattro oppure quattordici o ventiquattro? Non c'era da sbagliarsi sulle parole «bombe volanti», anche se pronunciate da una bambina. Dalle sue ricerche aveva appreso che Londra era stata bombardata per la prima volta il 13 giugno 1944. Una bomba era caduta nei pressi della stazione di Waterloo il 24 dello stesso mese. Ricordo che salivo su un treno, pensò ancora. Indossavo soltanto un golfino leggero sul vestito, quindi la stagione doveva essere piuttosto inoltrata. Ipotizziamo che proprio quel giorno la stazione di Waterloo fosse la nostra meta. Mia madre e mia sorella rimasero uccise e io vagabondai fino ad arrivare in stazione e salii su un treno. Fui ritrovata la mattina seguente a Salisbury. Questo spiegherebbe perché nessuno di quelli che mi conoscevano a Londra vide la mia fotografia.

Aveva detto di abitare a Kent Court. Una bomba volante era caduta su Kensington High Street il 13 giugno 1944 e pochi giorni dopo un'altra aveva colpito Kensington Church Street. Kensington Court era una strada residenziale nelle vicinanze.

La statua di Peter Pan si trovava a Kensington Gardens, il parco adiacente alla zona, e in una delle sue allucinazioni lei aveva visto una bambina che toccava la statua. Se le indagini avessero dimostrato che aveva effettivamente vissuto nel quartiere di Kensington, non era affatto impossibile che avesse anche assistito al primo attacco delle bombe volanti.

Judith si accorse di tremare. Stava accadendo di nuovo. La tavola e gli scaffali scomparvero. Nella stanza di fece buio. *La bambina. La vedeva caracollare fra le macerie, la udiva singhiozzare. Il treno. Lo sportello aperto. I pacchi e i sacchi accatastati all'interno.*

L'immagine svanì, ma questa volta Judith non provò alcun turbamento, bensì un'improvvisa felicità. Sono io stessa a colmare i vuoti della mia memoria, pensò trionfante. Doveva trattarsi di una carrozza destinata al trasporto delle merci. Ecco perché nessuno mi ha vista. Mi ero nascosta sotto qualcosa di voluminoso e mi ero addormentata. Le date coincidono.

Il giorno successivo, il 25 giugno 1944, Amanda Chase, l'ausiliaria che aveva sposato un ufficiale della Marina americana, Edward Chase, si imbatté in una bambina di due anni che vagabondava sola per Salisbury. Il vestito ricamato a nido d'ape e il golfino di lana che indossava erano sporchi e pieni di macchie. La bambina la guardava muta e con gli occhi sbarrati, incapace di parlare. All'inizio parve diffidente, poi si gettò tra le braccia aperte di Amanda. La bambina senza documenti di identificazione. La bambina che nessuno reclamò mai. Amanda ed Edward Chase andavano a trovarla spesso all'orfanotrofio, dove l'avevano chiamata Judith, e la portavano a fare delle gite. Quando cominciò a parlare, fu lei a chiamarli spontaneamente mamma e papà. Due anni più tardi, dopo che gli sforzi per ritrovare la sua vera famiglia si furono rivelati inutili, la domanda di adozione presentata da Amanda ed Edward Chase venne accolta.

Judith ricordava ancora il giorno in cui aveva lasciato per sempre l'orfanotrofio. «Davvero posso venire a vivere con voi?»

Con gli occhi castani che sorridevano, Amanda l'aveva abbracciata. «Abbiamo fatto tutto il possibile per rintracciare chi ti ha perduta. Ma ora sei nostra.»

Edward Chase, l'uomo che doveva diventare suo padre, era alto, tranquillo e affettuoso. «Judith, c'è una frase anche troppo sfruttata quando si parla di adozione 'ti abbiamo scelto'. Ma direi che nel nostro caso non potrebbe essere più appropriata.»

Sono stati talmente buoni con me, pensò Judith con rinnovata speranza mentre cominciava un'altra lunga e tediosa ricerca sui registri. Ero felice con loro.

Edward Chase, laureato ad Annapolis, aveva scelto la carriera in Marina. Dopo la guerra era diventato attaché della Marina militare alla Casa Bianca. Judith ricordava vagamente le cacce al tesoro sui prati della residenza presidenziale in occasione della Pasqua e il presidente Truman che le chiedeva che cosa voleva fare da grande. Più tardi, Edward Chase era stato attaché militare in Giappone, e in seguito ambasciatore in Grecia e in Svezia.

Nessuno avrebbe potuto desiderare genitori più affettuosi, rifletté ancora Judith mentre apriva il volume alla lettera M. Erano entrambi sulla trentina quando l'avevano adottata, ed erano morti otto anni prima a distanza di un anno l'uno dall'altra, lasciando un considerevole patrimonio alla loro «amata figliola Judith».

Solo adesso capiva che era proprio la loro morte a impedirle di vivere come una slealtà i suoi tentativi di rintracciare la sua famiglia d'origine. Intanto le ore passavano. Marsh. March. Mars. Merrit. In nessuna derivazione di Marrish, in nessun nome che cominciasse per M nelle registrazioni del maggio 1942 compariva il nome proprio di Sarah. Era tempo di passare alla P, nella speranza che forse, solo forse, lei avesse effettivamente cercato di dire Parrish.

Percorse con il dito le varie pagine fino a quando non trovò il cognome Parrish. Parrish, Ann, distretto di Knightsbridge; Parrish, Arnold, distretto di Piccadilly. Poi lo vide.

	Cognome della madre	*Distretto*	*Vol.*	*Pag.*
Parrish Mary Elizabeth	Travers	Kensington	6B	32

Parrish! Kensington! Oh, Dio! Con l'indice puntato su quella riga, scorse con gli occhi l'intera pagina. Parrish, Norman, distretto di Liverpool; Parrish, Peter, distretto di Brighton; Parrish, Richard, distretto di Chelsea; *Parrish, Sarah Courtney, cognome della madre da nubile Travers, distretto di Kensington, Vol. 6B, Pagina 32.*

Non credendo a quello che aveva appena letto, Judith si precipitò dall'impiegata. «Che cosa significa?» domandò.

La donna aveva sul banco una piccola radio a transistor con il volume tenuto bassissimo. Riluttante, si strappò dal notiziario della BBC. «Che terribile attentato», mormorò. Poi, dopo una pausa: «Chiedo scusa. Mi stava chiedendo?»

Judith indicò i nomi di Mary Elizabeth e Sarah Courtney Parrish. «Sono nate lo stesso giorno e il cognome da nubile della madre è lo stesso. Questo significa che potrebbero essere gemelle?»

«Si direbbe. E noti la cura con cui è stata specificata chi era la maggiore. Spesso, questo presuppone un titolo da ereditare. Vuole la copia integrale dei certificati?»

«Sì, certamente. Oh, un'altra cosa. In Inghilterra, Polly non è forse uno dei nomignoli per Mary?»

«È molto frequente, sì. Anch'io ho una cugina che chiamiamo abitualmente così. Ora, per avere i certificati di nascita deve riempire i moduli appositi e pagare cinque sterline per ciascuna copia. Le verranno spediti a casa.»

«Sono molto dettagliati?»

«Oh, sì», le assicurò l'impiegata. «Data e luogo di nascita. Cognome da nubile della madre. Nome e professione del padre. Domicilio.»

Judith tornò a casa come stordita. Passando davanti a un'edicola, vide i grossi titoli di testa che parlavano dell'attentato in Trafalgar Square. Sulle prime pagine campeggiavano le foto dei bambini feriti. Impressionata, Judith comperò un quotidiano e non appena fu a casa lesse i resoconti dell'azione terroristica. Grazie al cielo, pensò, nessuno era rimasto ferito gravemente. Il foglio dedicava molto spazio alla tempestosa seduta in Parlamento. Il ministro degli Interni, sir Stephen Hallett, si era pronunciato senza mezzi termini: «Da molto tempo auspico la pena di morte per i terroristi. Oggi, qualcuno ha lasciato una bomba in un luogo che sapeva essere meta di intere scolaresche. Se uno di quei bambini fosse rimasto ucciso, in questo momento quel qualcuno non si starebbe forse preoccupando per il proprio collo? Il partito laburista è d'accordo, o dobbiamo continuare a coccolare questi potenziali assassini?»

In un altro articolo si diceva che per l'attentato era stata utilizzata la gelignite e che erano in corso indagini per individuare gli acquisti e le denunce di furti del pericolosissimo esplosivo.

Judith posò il giornale e diede un'occhiata all'orologio. Erano quasi le sei. Sapeva che Stephen avrebbe chiamato presto e voleva potergli dire che aveva parlato con Fiona.

L'amica era troppo presa dagli eventi del giorno per ricordarsi di essere arrabbiata con lei. «Che cosa terribile, vero, mia cara? Il Parlamento è in subbuglio. È certo che uno dei punti di forza della campagna elettorale sarà la pena di morte. Un vantaggio per il caro Stephen. La gente è indignata, offesa. Povero buon vecchio re Carlo. A quanto pare volevano fare a pezzettini la sua statua. Che peccato se ci fossero riusciti! È il più bel monumento equestre di tutto il paese, mentre ce ne sarebbero altri che non mi dispiacerebbe affatto veder saltare in aria. Certi danno l'impressione che i cavalli trascinino dei carri, non che abbiano in sella dei sovrani. Oh, be'.»

Stephen telefonò un quarto d'ora dopo. «Tesoro, stasera farò molto tardi. Devo incontrarmi con il capo di Scotland Yard e alcuni dei suoi.»

«Fiona mi ha raccontato del caos scoppiato in Parlamento dopo l'attentato. Nessun gruppo terrorista l'ha rivendicato?»

«Finora no. Ecco perché devo parlare con Scotland Yard. Sono il ministro degli Interni e gli atti di terrorismo rientrano nelle mie competenze. Come rappresentante di una nazione civile, avevo sperato che quando fu abolita le pena di morte fosse per sempre, ma quanto è accaduto oggi ne rende necessario il ripristino. Io credo che sarebbe un ottimo deterrente per questa gente.»

«Molti saranno certamente d'accordo con te, ma temo di non essere fra questi. Il solo pensiero di un'esecuzione mi fa gelare il sangue.»

«Dieci anni fa anch'io la pensavo così», replicò Stephen in tono pacato. «Ora non più. Non quando tante vite innocenti sono in costante pericolo. Devo scappare, tesoro. Cercherò di non fare troppo tardi.»

«A qualunque ora arrivi, sarò qui ad aspettarti.»

Reza Patel e Rebecca Wadley stavano per andare a cena quando squillò il telefono. Rispose Rebecca. «Signora Chase, che piacere sentirla! Come sta? Le passo subito il dottore.»

Con un gesto che gli era ormai divenuto automatico, Patel premette i pulsanti di registrazione e di amplificazione, poi lui e la sua assistente ascoltarono Judith riferire della sua nuova scoperta. «Non vedevo l'ora di parlarne con qualcuno», concluse lei con voce gaia, «e poi mi sono resa conto che lei e Rebecca siete le uniche persone in grado di capire quello che sta succedendo. Dottore, lei è un mago. Sara Courtney Parrish. Un bel nome, non le pare? E quando riceverò i certificati di nascita, avrò anche un indirizzo. Polly era la mia gemella! Non è incredibile?»

«Si sta rivelando un'ottima detective», commentò Patel con falsa allegria.

«Una buona ricercatrice, direi piuttosto», rise Judith. «Dopo un po' si impara a individuare le tracce giuste. Ma per qualche giorno dovrò sospendere le indagini. Domani voglio lavorare al mio libro, e c'è una mostra alla National Portrait Gallery che mi piacerebbe vedere. Sono esposti parecchi dipinti che raffigurano la corte di Carlo I. Dovrebbe essere interessante.»

«A che ora ci va?» si affrettò a chiederle Patel. «Pensavo di farci un salto anch'io e magari potremmo incontrarci per una tazza di tè.»

«Con piacere. Le va bene alle tre?»

«Perché incontrarla alla mostra?» volle sapere Rebecca quando Patel ebbe riappeso.

«Non ho motivo per chiederle di tornare qui, ma devo scoprire se ci sono in lei segni evidenti di un mutamento di personalità.»

Judith infilò un pigiama di seta color pesca con un paio di pantofole in tinta, si sciolse i capelli e li spazzolò e, dopo essersi struccata, si spruzzò un po' di acqua di colonia sui polsi. Per cena si preparò un'insalata e delle uova strapazzate. Posò il tutto sul solito vassoio insieme con una teiera piena e mangiò distrattamente alla scrivania mentre abbozzava un nuovo capitolo. Alle nove preparò un piatto di cracker e formaggio e i bicchieri per il brandy, poi tornò al lavoro.

Erano le undici e un quarto quando Stephen arrivò. Era molto pallido e aveva l'aria provata. «Mio Dio, che meraviglia essere qui», mormorò prendendola fra le braccia.

Si baciarono e Judith cominciò a massaggiargli le spalle. Poi, sottobraccio, andarono a sedersi sull'enorme divano di damasco marrone che era ovviamente uno dei tesori di Beatrice Ardsley. Una vecchia trapunta che ne proteggeva i braccioli e lo schienale era rimboccata sotto i cuscini e ricadeva fino a terra. Judith versò il brandy e porse un bicchiere a Stephen. «Credo proprio che in onore del futuro primo ministro dovrei togliere questa trapunta e fidarmi del fatto che non poserai i piedi sui preziosi cuscini di lady Ardsley.»

Fu ricompensata da un accenno di sorriso. «Attenta. Se solo chiudo gli occhi, rischio di addormentarmi e fare tutto un sonno fino a domattina. Che giornata infernale, Judith.»

«Com'è andato l'incontro con quelli di Scotland Yard?»

«Abbastanza bene. Fortunatamente un turista giapponese ha ripreso l'intera scena con la telecamera e ci ha messo a disposizione il filmato. Inoltre parecchia gente stava scattando foto. I telegiornali hanno già trasmesso un appello perché le fotografie vengano consegnate alla polizia. È prevista una sostanziosa ricompensa per chi fornirà indizi utili per l'identificazione dell'attentatore. Vedi, è stata una fortuna che la bomba abbia cominciato a fumare quasi subito. Non è escluso che qualcuno abbia accidentalmente fotografato chi l'ha deposta ai piedi della statua.»

«Lo spero proprio. Le immagini di quei bambini insanguinati spezzano il cuore.» Judith stava per dire che le ricordavano le sue allucinazioni sulla bambina sorpresa dal bombardamento, ma si costrinse a tacere. Era penoso, tuttavia, non rivelare all'uomo che amava che era probabilmente vicina a scoprire la sua vera identità.

Ma c'era un modo sicuro per impedirsi di svelare il suo segreto. Si accostò a Stephen e gli passò le braccia intorno al collo.

L'aiuto vicequestore Philip Barnes era il capo della Squadra Antiterrorismo di Scotland Yard. Era un uomo esile, affabile, prossimo alla cinquantina, con radi capelli castani e occhi nocciola e assomigliava più a un predicatore di campagna che a un alto funzionario di polizia. I suoi uomini avevano imparato in fretta che la sua voce morbida poteva diventare più sferzante di una frusta quando li rimproverava per qualcosa, che si trattasse dell'infrazione più insignificante o dell'errore più imperdonabile. Ma lo rispettavano a tal punto da averne quasi soggezione e alcuni avevano addirittura il coraggio di trovarlo simpatico.

Quella mattina Barnes era al contempo arrabbiato e compiaciuto. Arrabbiato perché i terroristi avevano scelto un obiettivo così insensato come la statua equestre e un giorno in cui il luogo sarebbe stato affollato di bambini e turisti; compiaciuto perché nessuno era rimasto ucciso o mutilato. Si sentiva anche intollerabilmente frustrato. «Perché mai i libici o gli iraniani dovrebbero avercela con quella statua?» si chiese. «Quanto all'IRA, se la sarebbe certamente presa con Cromwell. È stato lui a decimare il loro paese, non il povero vecchio Carlo.»

I suoi uomini non replicarono; sapevano che Barnes non si aspettava risposte.

«Quante fotografie sono arrivate?» domandò poi.

«Dozzine», rispose il suo primo assistente, il comandante Jack Sloane. Era un uomo alto e allampanato dai colori neutri, capelli color sabbia, occhi celeste chiaro e viso segnato di un atleta che passa tutto il suo tempo all'aperto. Fratello di un baronetto, era amico intimo di Stephen e la residenza di campagna della sua famiglia, Bindon Manor, non distava più di sei chilometri da Edge Barton. «Alcune devono ancora essere sviluppate, signore. I tecnici sono già al lavoro. E non appena sarà pronta e vorrà visionarla, abbiamo anche la videocassetta.»

«Le indagini sull'esplosivo come procedono?»

«Forse abbiamo già una traccia. Il caposquadra di una miniera del Galles riferisce della scomparsa di un notevole quantitativo di gelignite.»

«Quando si è accorto della sparizione?»

«Quattro giorni fa.»

Squillò il telefono. La segretaria di Barnes aveva ricevuto istruzioni di passargli le telefonate di una sola persona. «Sir Stephen», disse Barnes prima ancora di alzare il ricevitore.

Con poche parole ragguagliò Stephen sulla gelignite scomparsa, le foto dei turisti e la videocassetta. «Stavamo giusto per prenderne visione, sir. Se è interessante, provvederò a richiamarla subito.»

Cinque minuti dopo erano nella sala di proiezione. Si aspettavano le solite riprese qualitativamente scarse dei dilettanti, e rimasero quindi piacevolmente sorpresi nel constatare che si trattava invece di un ottimo filmato. Panoramica di Trafalgar Square. Primo piano della statua e del piedistallo. Inquadratura delle corone già deposte.

«Stop», ordinò Sloane.

L'operatore, abituato a quegli ordini concisi, ubbidì all'istante.

«Torna indietro di un paio di inquadrature.»

«Che cos'ha visto?» domandò il commissario Barnes.

«Quel ricciolo di fumo. Quando è stato effettuato il filmato, la bomba era già sul luogo.»

«Maledizione! Perché diavolo non ha ripreso anche chi l'ha piazzata!» sbottò Barnes. «D'accordo, continuiamo.»

Gli scolari. I turisti. Gli studenti che portavano la corona. L'impacciato attacco della poesia. Il vigile che si precipitava verso la statua e costringeva i bambini ad allontanarsi.»

«Quell'uomo si meriterebbe la George Cross», borbottò ancora Barnes.

La gente che fuggiva. L'esplosione. La telecamera che effettuava una panoramica generale.

«Fermo.»

Ancora una volta l'operatore bloccò la telecamera e tornò indietro.

«Quella donna con il mantello e gli occhiali scuri. Si è accorta di essere ripresa. Guardate come si tira il cappuccio sul viso. Tutti gli altri adulti stano correndo verso i bambini, solo lei si allontana.» Sloane si voltò verso uno dei suoi assistenti. «Voglio che la sua immagine venga isolata da ogni fotogramma. E ingrandita. Vediamo se riusciamo a identificarla. È probabile che abbiamo trovato qualcosa di interessante.»

Qualcuno accese la luce. «A proposito», riprese Sloane, «forse l'avrà ripresa anche qualche altro turista. Attenzione, quando esaminerete le fotografie.»

Per andare alla mostra della National Portrait Gallery, Judith, anche se riluttante, decise di indossare un abito grigio pallido, scarpe con il tacco alto e la pelliccia di zibellino. Erano passati pochi giorni dall'elezione di Stephen a capo del partito e non c'era articolo che non lo definisse come lo scapolo più interessante d'Inghilterra. Era dall'epoca di Heath che il paese non aveva un primo ministro celibe o vedovo, e secondo voci non confermate, sir Stephen nutriva un interesse romantico che avrebbe certamente soddisfatto l'opinione pubblica.

Quell'osservazione era opera del noto giornalista mondano Harley Hutchinson. Non è il caso che mi faccia vedere in giro vestita come una hippy del Greenwich Village, pensò Judith con un sospiro, mentre si spazzolava i capelli e si truccava con cura occhi e labbra. Dopo essersi appuntata sulla pelliccia una spilla d'argento a forma di rosa, si guardò allo specchio.

Vent'anni prima, quando si era sposata con Kenneth, aveva indossato il tradizionale abito bianco completo di velo. Ma che cosa avrebbe messo per il matrimonio con Stephen? Un semplice abito da pomeriggio, stabilì. E alla cerimonia avrebbero assistito solo pochi amici intimi. Al ricevimento, tenutosi al Chevy Chase Country Club tanti anni prima, avevano partecipato quasi trecento persone. La stessa gioia due volte nella vita, rifletté. Nessuno merita tanto.

Trasferì portafoglio e trousse del trucco nella borsa di camoscio grigio intonata alle scarpe e tirò fuori una versione ridotta della grossa tracolla. Sarò anche tirata a lucido, si disse con una smorfia, ma non posso rinunciare ai miei taccuini.

La National Portrait Gallery si trovava tra St. Martin Place e Orange Street, e in quei giorni ospitava una mostra di scene di corte dall'epoca dei Tudor a quella degli Stuart. I dipinti provenivano da collezioni private di tutta la Gran Bretagna e dei paesi del Commonwealth e i nomi dei personaggi minori raffigurati che era stato possibile identificare erano riportati su targhe incorniciate. Quando arrivò, la galleria era ancora piuttosto affollata e Judith notò che parecchia gente occhieggiava gli elenchi stampati, nella palese speranza di individuare qualche antenato da tempo dimenticato.

A lei interessavano soprattutto le scene di corte in cui comparivano Carlo I, Oliver Cromwell e Carlo II. Ebbe così occasione di paragonare gli abiti sgargianti dei cortigiani del «monarca felice», Carlo II, con le vesti severamente austere dei compagni di Cromwell. Trovò particolarmente affascinanti le scene che raffiguravano Carlo I e la sua consorte, Enrichetta Maria. Judith sapeva che, a dispetto della forte disapprovazione dei puritani, la regina adorava le sfilate in maschera. Un quadro in particolare attirò la sua attenzione: lo scenario era Whitehall Palace e le figure in primo piano erano quelle dei due sovrani. Tutti i membri della corte erano chiaramente abbigliati per una sfilata in maschera. Abbondavano le ali d'angelo, le aureole, i bastoni da pastore e le spade da gladiatore.

«Signora Chase, come sta?»

Immersa com'era nella contemplazione del quadro, Judith trasalì e voltandosi vide il dottor Patel. Il viso dai tratti regolari era sorridente, ma a lei non sfuggì l'espressione grave dei suoi occhi. Gli sfiorò il braccio. «Dottore, mi sembra piuttosto tetro, oggi.»

Lui accennò a un inchino. «Io invece stavo pensando che lei è bellissima.» Abbassò la voce. «Glielo ripeto ancora una volta, sir Stephen è davvero un uomo fortunato.»

Judith fece un cenno di diniego. «Non qui, la prego. Da quello che vedo, la galleria brulica di giornalisti.» Indicò il quadro. «Non è sorprendente? Se si pensa che è stato dipinto nel 1640, appena prima che sua maestà sciogliesse il Parlamento Breve!»

La targa che stava sotto il quadro diceva: «*Autore ignoto. Dipinto probabilmente tra 1635 e 1640*».

Judith indicò una bella coppia in piedi accanto al re, che era seduto. «Sir John e lady Margaret Carew», disse. «Quel giorno erano entrambi sconvolti. Sapevano che cosa sarebbe accaduto se il sovrano avesse ordinato lo scioglimento del Parlamento. Gli antenati di lady Margaret ne avevano fatto parte fin da quando era stato istituito. A quell'epoca gravissime divergenze politiche laceravano la sua famiglia.»

Patel lesse le informazioni riportate dalla targa. A parte il re e la regina, il figlio maggiore, Carlo, duca di York, e una mezza dozzina di membri della famiglia reale, gli altri personaggi non erano stati identificati. «Deve avere fatto un ottimo lavoro di ricerca», si complimentò allora. «Dovrebbe informare i nostri storici delle sue scoperte.»

Solo allora lady Margaret capì che non avrebbe dovuto parlare a Reza Patel di John e di se stessa. Gli voltò bruscamente le spalle e si diresse in fretta verso l'uscita.

Lui la raggiunse all'ingresso. «Signora Chase, Judith. Che cosa succede?»

Lei lo fissò, poi con tono altezzoso disse: «Judith ora non è qui».

«Lei chi è?» domandò prontissimo il medico. Poi, stupefatto, si accorse della cicatrice che spiccava rossa sulla mano destra della donna.

Lei indicò il dipinto. «Ve l'ho già detto, sono lady Margaret Carew.»

E, staccatasi da lui, si precipitò fuori.

Stupefatto, Patel tornò al dipinto ed esaminò con attenzione il viso della dama che Judith aveva identificato come lady Margaret Carew. Lo colpì la stupefacente rassomiglianza tra le due donne.

Pieno di apprensione lasciò la galleria, ignaro del brusio della conversazione intorno a lui e delle persone che cercavano di avvicinarlo per poterlo salutare. Almeno adesso so chi ospita il corpo di Judith, si disse. A quel punto si trattava di scoprire che cosa ne era stato di Margaret Carew e cercare di anticipare la sua mossa successiva.

Il vento si era fatto tagliente. Si girò per scendere lungo St. Martin Place e in quel momento sentì una mano sul braccio. «Dottor Patel.» Judith lo guardava ridendo. «Mi dispiace terribilmente. Ero rimasta così affascinata da quei quadri che mi sono avviata verso casa prima di ricordare che avevamo un appuntamento per il tè. Mi scusi.»

La sua mano destra. Sotto gli occhi di Reza Patel, la cicatrice sbiadì fino a diventare una linea quasi invisibile.

Il giorno seguente, 1 febbraio, portò una pioggia scrosciante e gelida. Judith decise di restare a casa a lavorare; Stephen le telefonò per dirle che andava a Scotland Yard e poi in campagna. «Vota conservatore, vota Hallett», scherzò. «È un peccato che tu sia una yankee e non possa darmi il tuo voto.»

«Davvero», concordò Judith. «Ma forse puoi usare un altro sistema. Mio padre mi raccontava che a Chicago una buona metà dei deceduti compariva ancora sulle liste elettorali.»

«Devi insegnarmi come si fa», rise Stephen, poi il suo tono cambiò. «Judith, resterò a Edge Barton per qualche giorno. Purtroppo non sarò quasi mai a casa, ma ti piacerebbe venire con me? Sapere di trovarti a casa ogni sera significherebbe molto per me.»

Judith esitò. Da una parte desiderava disperatamente tornare a Edge Barton, ma adesso che Stephen era così preso dall'imminente campagna elettorale, avrebbe avuto più tempo per continuare le sue indagini a Londra. «Mi piacerebbe moltissimo», rispose alla fine. «Ma non lavoro bene lontana dalla mia scrivania, e dato che avremmo comunque pochissime occasioni di vederci, credo sia meglio che resti qui. Conto di spedire al mio editore il dattiloscritto completo per le elezioni. Se ce la farò, so che mi sentirò una donna nuova.»

«Dopo le elezioni non sarò più così paziente, tesoro.»

«Lo spero proprio. Che Dio ti benedica, Stephen. Ti amo.»

A Scotland Yard, una stanza era stata adibita all'esame degli ingrandimenti fotografici che continuavano ad arrivare. In parecchie foto s'intravedeva la donna con gli occhiali scuri e la mantella, ma quasi sempre di lei non si scorgeva che il profilo. Il suo viso era quasi completamente nascosto dal cappuccio, che la donna si era tirata ancora di più sugli occhi quando si era accorta della telecamera. In tutte le foto in cui compariva, la sua immagine era stata evidenziata. «Un metro e settanta circa», calcolò il comandante Sloane. «Piuttosto snella, non ti pare? Non arrivava a sessanta chili. Capelli scuri e bocca irosa. Tutto questo non ci è di grande aiuto.»

L'ispettore David Lynch entrò a passi rapidi. «Credo che abbiamo qualcosa, signore. È appena arrivata un'altra serie di foto. Dia un'occhiata.»

Le nuove istantanee mostravano la donna con la mantella mentre deponeva una corona ai piedi della statua di Carlo I. La macchina fotografica aveva colto anche un angolo del pacchetto marrone nascosto sotto la ghirlanda.

«Ben fatto», approvò Sloane. «E non è tutto», proseguì Lynch. «Abbiamo indagato presso tutti i cantieri. Un caposquadra ci ha rivelato di aver visto una donna molto attraente con indosso una mantella scura civettare con uno dei suoi, un certo Rob Watkins. Pare inoltre che questo Watkins si sia vantato della cosa sostenendo che aspettava a casa sua la bella sconosciuta.» Lynch fece una pausa, e sul suo viso comparve un'espressione orgogliosa. «Abbiamo appena parlato con la titolare della pensione in cui alloggia Watkins. Non più di dieci giorni fa ha avuto una visitatrice. Si è presentata per due sere di seguito verso le sei e si è fermata per un paio d'ore. Era una signora con i capelli neri, occhiali scuri, età fra i trentacinque e i quarantacinque, e indossava una mantella verde scuro con il cappuccio, un capo molto costoso, ha sottolineato l'affittacamere. Portava stivali di pelle e una tracolla molto grande e, come ha affermato la testimone: 'Si sarebbe detto che era la regina in persona, da come si comportava. Terribilmente altezzosa'.»

«Credo sia meglio scambiare subito due chiacchiere con questo signor Rob Watkins», decise Sloane. Si rivolse a un assistente. «Portaci tutte le foto della donna con la mantella. Vediamo se questo tizio riesce a identificarla senza alcuna indicazione da parte nostra.»

«Un'altra cosa interessante», riprese Lynch, «è che secondo l'affittacamere l'amica di Watkins era sicuramente inglese, ma aveva uno strano accento, o comunque uno strano modo di parlare.»

«E questo che cosa vorrebbe dire?» scattò Sloane.

«Da quanto mi è sembrato di capire, era la sua cadenza a essere strana. La padrona di casa di Watkins dice che era come ascoltare uno di quei vecchi film in cui la gente usa parole come 'invero'.»

Scosse la testa davanti all'espressione perplessa di Sloane. «Mi dispiace, signore. Non ci capisco niente neppure io.»

Il 10 febbraio il primo ministro fece l'annuncio tanto atteso. Sarebbe andata dalla regina per chiederle di sciogliere il Parlamento e non avrebbe ripresentato la propria candidatura.

Il 12 febbraio Stephen fu eletto capo del partito conservatore; il 16 la regina sciolse il Parlamento ed ebbe inizio la campagna elettorale.

Scherzando, Judith diceva a Stephen che quando aveva voglia di vederlo le bastava accendere il televisore. Le poche volte che riuscivano a incontrarsi era di solito a casa di lui. Stephen mandava la sua auto a prenderla e, per evitare gli onnipresenti giornalisti, Judith entrava dalla porta di servizio.

Per Judith tuttavia era una fortunata coincidenza che Stephen fosse quasi sempre via mentre lei era occupata a finire il libro. Aspettava con ansia l'arrivo dei certificati di nascita e il suo stato d'animo oscillava tra un senso di ottimistica aspettativa e il timore. E se Sarah Parrish fosse solo qualcuno che aveva conosciuto da bambina? Che cosa avrebbe fatto in questo caso?

Sapeva che una volta sposata con il primo ministro sarebbe stata sempre alla ribalta. Allora non avrebbe più avuto la possibilità di dedicarsi a ricerche tanto private.

Stephen telefonava ogni mattina sul presto e ogni sera. Aveva spesso la voce roca per i troppi discorsi pronunciati e lei ne avvertiva la profonda stanchezza. «Sarà molto più difficile del previsto, tesoro», le confidò un giorno. «I laburisti si stanno impegnando a fondo, e dopo più di un decennio di governo conservatore molti elettori voteranno spinti dal semplice desiderio di cambiare.» La preoccupazione che trapelava dalla sua voce era sufficiente perché Judith lo perdonasse per l'egoismo dimostrato quando aveva rifiutato di aiutarla nelle sue ricerche. Capiva che in caso di sconfitta la delusione di Stephen non sarebbe stata minore dell'angoscia che lei stessa avrebbe provato se un giorno, davanti alla macchina per scrivere, si fosse resa conto di non avere più il dono...

Spinta dall'esigenza di finire il saggio e riprendere così le sue indagini, Judith prese ad alzarsi sempre prima. Ormai la sua sveglia suonava alle quattro, e lei lavorava fino a mezzogiorno, quando si concedeva una pausa per un sandwich e una tazza di tè, poi riprendeva fino alle undici di sera.

Molto spesso andava a passeggiare nel quartiere di Kensington sperando che, se si fosse concentrata abbastanza, uno dei vecchi edifici che si allineavano lungo le strade le sarebbe improvvisamente apparso familiare. Le sarebbe piaciuto rivedere la bambina fantasma correre davanti a lei, diretta a una delle case che forse era stata la sua. Era se stessa o Polly che vedeva nelle sue allucinazioni? si chiese, e la risposta le balenò immediata alla mente. Ero sempre io a seguire Polly. Lei correva più veloce... La finestra che dava sul suo passato si stava aprendo un po' di più. Perché i certificati impiegavano tanto tempo ad arrivare?

Non era più periodo di mondanità, a Londra. Fiona era occupatissima a lottare per mantenere il suo seggio in Parlamento e Judith non aveva difficoltà a rifiutare gli inviti che riceveva. Teneva accuratamente conto del tempo ed era certa di non avere avuto altri vuoti di memoria. Il dottor Patel telefonava con regolarità e la divertiva scoprirlo sempre apprensivo all'inizio della conversazione, quasi aspettandosi che lei gli riferisse chissà quale sinistra aberrazione.

Il 28 febbraio terminò la prima stesura del libro e nel corso della rilettura si rese conto che avrebbe dovuto apportarvi pochissimi cambiamenti prima di inviarlo al suo editore. Quella sera Stephen tornò dalla Scozia, dove aveva partecipato alla campagna dei candidati conservatori.

Non si vedevano da quasi dieci giorni e quando lei aprì la porta, rimasero per un lungo istante a fissarsi in silenzio. Stephen sospirò quando l'attirò a sé per baciarla e Judith sentì il calore e la forza delle sue braccia e il battito del suo cuore. Le loro labbra s'incontrarono e ancora una volta lei si rese conto che, per quanto avesse amato Kenneth, solo tra le braccia di Stephen avvertiva pienamente il senso di completezza che può dare un rapporto affettivo.

Mentre bevevano qualcosa, si raccontarono gli avvenimenti più salienti di quel periodo di separazione ed entrambi affermarono che l'altro aveva l'aria esausta. «Tesoro, sei troppo magra», le disse Stephen. «Quanti chili hai perso?»

«Non ci ho fatto caso, ma non preocuparti. Li riacquisterò non appena avrò terminato il lavoro. E, tra parentesi, sir Stephen, sei dimagrito anche tu.»

«Gli americani credono di avere il monopolio dei polli gonfiati, ma si sbagliano. A proposito, è meglio che telefoni a casa per avvertire che andiamo a cena.»

«Non è necessario. Ho già pensato a tutto io. Sarà una cena molto semplice. Insalata, costolette e una fantastica patata al forno per una giusta dose di carboidrati. Ti va?»

«E neppure un elettore ad augurarmi buona fortuna o a tormentarmi con i problemi fiscali! »

Nella minuscola cucina, Judith preparò l'insalata mentre Stpehen, che aveva dichiarato di essere un mago della griglia, si mise ai fornelli. Quando lo vide con le maniche rimboccate e avvolto in un grembiule da cuoco, a Judith sembrò che le rughe di stanchezza che gli segnavano il viso si fossero notevolmente spianate. «Da ragazzo», raccontò lui, «quando non c'erano ospiti per il fine settimana, mia madre dava la domenica libera alla servitù. Le piaceva trafficare in cucina e preparare da mangiare per mio padre e per me. Ho sempre avuto nostalgia di quelle meravigliose giornate in cui eravamo noi tre da soli. Ricordo che quando ci sposammo proposi a Jane di riprendere quella simpatica consuetudine.»

«E Jane che cosa disse?» domandò Judith, ma sospettava già la risposta.

Stephen ridacchiò. «Era sgomenta.» Lanciò un'occhiata da esperto alle costolette. «Altri tre minuti, direi.»

«L'insalata è pronta e le patate sono già in tavola.» Judith si sciacquò le mani, le asciugò, poi prese il viso di Stephen tra i palmi. «Ti piacerebbe davvero reintrodurre la vecchia tradizione? Quando non sono alla macchina per scrivere, sono una cuoca terribilmente in gamba.»

Quattro minuti dopo, mentre erano ancora abbracciati, Stephen fiutò l'aria ed esclamò in tono allarmato: «Buon Dio, le costolette!»

Le indagini sulla donna che aveva piazzato la bomba sotto la statua di re Carlo erano arrivate a un punto morto. Il giovane operaio edile, Rob Watkins, era stato interrogato a lungo, ma senza esito. Riconobbe senza difficoltà nella donna con la mantella scura la sconosciuta a cui aveva consegnato la gelignite, ma rimase ostinatamente fedele alla versione secondo cui Margaret Carew gli aveva detto che contava di usare l'esplosivo per demolire una vecchia casa di sua proprietà nel Devonshire. Sul conto di Watkins vennero svolte indagini approfondite e Scotland Yard finì con il concludere che era esattamente quello che sembrava: un operaio che amava immaginarsi un donnaiolo, senza alcun interesse per la politica e con un fratello che non si faceva scrupolo di appropriarsi del materiale della cava. La mensola del camino nel cottage dei loro genitori, nel Galles, era stata rifatta recentemente con marmo pregiato identico a quello utilizzato dal fratello di Rob nel suo ultimo lavoro.

Seppure riluttante, l'aiuto vicequestore Philip Barnes concordò con il suo primo assistente, il comandante Jack Sloane, sul fatto che Watkins era stato abilmente raggirato dalla donna con la mantella. L'insistenza dell'operaio nel ripetere che la donna presentatasi come Margaret Carew aveva una cicatrice rosso vivo all'attaccatura del pollice destro era l'unica traccia che fornisse loro qualche speranza.

I mass media non seppero nulla delle informazioni fornite da Watkins, che fu imputato di ricettazione e tradotto in carcere in quanto impossibilitato a pagare la cauzione. L'accusa di favoreggiamento nei confronti di una terrorista rimase sospesa sulla sua testa, subordinata a una sua futura collaborazione. Un ingrandimento della foto della ricercata fu distribuito a tutti i vigili urbani d'Inghilterra con le istruzioni di stare allerta. Dovevano cercare una donna bruna, sulla quarantina e con una cicatrice sulla mano destra.

Via via che le elezioni si avvicinavano, l'interesse per l'attentato cominciò a diminuire. Dopotutto nessuno era rimasto ferito gravemente e nessuna organizzazione ne aveva rivendicato la paternità. Nei programmi televisivi cominciarono a circolare freddure di ogni tipo. «Il povero vecchio Carlo. A quanto pare non è bastato tagliargli la testa, trecento anni dopo qualcuno ha cercato di farlo saltare in aria. Lasciatelo respirare un po'.»

Poi, il 5 marzo, si verificò un'esplosione alla torre di Londra, nella sala in cui erano esposti i gioielli della Corona. L'attentato causò trentacinque feriti, di cui sei gravi, e due morti: un custode e un anziano turista americano.

La mattina del 5 marzo Judith si rese conto di non essere soddisfatta della descrizione che aveva fatto della torre di Londra. Sentiva di non essere riuscita a illustrare il terrore che dovevano avere provato i regicidi e i loro complici lì imprigionati. Sapeva però che una visita al luogo in questione l'aiutava spesso a calarsi nell'atmosfera che cercava di rendere.

Era una giornata fredda e ventosa. Judith infilò l'impermeabile, si legò in testa un foulard di seta, tirò fuori di tasca i guanti e decise di non portare con sé la tracolla. Le lunghe ore passate seduta cominciavano a farsi sentire e il peso della borsa le faceva dolere la spalla. Si accontentò quindi di infilare in tasca i soldi e un fazzoletto. Non aveva intenzione di prendere appunti e voleva semplicemente fare un giro nella torre.

Come al solito, le sale e i cortili brulicavano di turisti. Guide che parlavano lingue diverse illustravano la storia dell'imponente costruzione. «Nel 1066, quando il duca di Normandia fu incoronato re d'Inghilterra, cominciò immediatamente a fortificare Londra contro eventuali attacchi. In origine la torre fu concepita e costruita come un forte, ma circa dieci anni dopo venne edificata la torre di pietra e da allora non fu chiamata altri che la torre di Londra.»

Era una storia che Judith conosceva bene, ma ugualmente si accodò a un gruppo che stava visitando le sale aperte al pubblico. Ad affascinare i turisti erano soprattutto le stanze della Bloody Tower, in cui sir Walter Raleigh era vissuto prigioniero per tredici anni. «È più grande di casa mia», commentò una giovane donna.

Un alloggio molto più confortevole di quello di molti poveracci, pensò Judith, rabbrividendo per il freddo. Di colpo il panico la assalì, costringendola ad appoggiarsi alla parete. Esci di qui, si disse, e subito dopo: Non essere ridicola, è proprio questa la sensazione che voglio trasferire nel mio libro.

Con le mani serrate a pugno nelle tasche, seguì il gruppo fino alla Jewel House, nella vecchia Waterloo Barracks, che ospitava i gioielli della Corona. «Fin dall'epoca Tudor questa torre ha ospitato prigionieri di rango», spiegò la guida. «Durante gli anni di Cromwell, il Parlamento ordinò che l'oro dei gioielli venisse fuso e le pietre vendute. Un vero peccato. Ma quando Carlo II tornò sul trono, si provvide a recuperare tutto quello che fu possibile e per la sua incoronazione, nel 1661, furono forgiati nuovi gioielli.»

Judith attraversò a passo lento la sala inferiore della Jewel House, fermandosi a contemplare il cucchiaio Consacrato; la spada di Stato, la corona di Sant'Edoardo; l'ampolla dell'Aquila, che conteneva l'olio santo utilizzato per ungere il monarca; lo scettro, su cui splendeva il brillante chiamato la Stella d'Africa...

Lo scettro e l'ampolla erano stati realizzati per la sua incoronazione, pensò Margaret. John e io abbiamo sentito parlare del loro splendore. Olio per ungere il petto di un bugiardo; uno scettro che verrà impugnato da una mano vendicativa, una corona che sarà posta sul capo di un altro despota.

Margaret fece dietrofront e tornò di corsa verso la Yeoman Warder. La stanza in cui mi hanno tenuta prigioniera è nella Wakefield Towers, pensò. Mi dissero che ero stata fortunata a non essere finita in una segreta in attesa di venire giustiziata. Dicevano che il re era stato così misericordioso con me solo perché il duca mio padre era stato amico del suo. Ma trovarono altri modi per torturarmi. Oh, Dio, faceva così freddo e loro si divertivano a descrivermi la morte di John. È morto invocando il mio nome e quello di Vincent, e loro hanno messo la sua testa su una picca in modo che io potessi vederla mentre raggiungevo il luogo dell'esecuzione. Fu Hallett a ideare tutte queste crudeltà. Venne a trovarmi e mi schernì raccontandomi della sua vita a Edge Barton.

«Signora Chase, sta bene?»

La voce ansiosa del custode seguì Margaret che saliva ciecamente la scala tortuosa, spingendo da parte la lenta fila di turisti. Nel cortile si passò una mano sulla fronte e notò che la cicatrice spiccava vivida come quando l'avevano imprigionata. Hallett mi prese la mano per esaminarla, ricordò. Mi disse che era un peccato che una mano così bella fosse stata deturpata. Margaret si voltò a fissare l'antica Waterloo Barracks. La corona e gli ornamenti creati per Carlo II non verranno mai posti nelle mani e sulla testa di Carlo III, giurò.

«Di nuovo la signora con la mantella verde.» Barnes sputò quasi quelle parole. «Tutti i poliziotti di Londra sono in stato d'allerta, eppure è riuscita a piazzare una bomba nella torre di Londra! Ma che cosa diavolo fanno i nostri?»

«Ci sono tanti turisti, signore», replicò Sloane con voce quieta. «Una donna che si intrufola in un gruppo passa inosservata, e quest'anno le mantelle vanno di moda. Probabilmente gli agenti sono rimasti allerta durante le prime settimane, poi, dato che non si erano verificati altri attentati, si sono rilassati.»

Ci fu un colpo alla porta e un istante dopo entrò l'ispettore Lynch. Aveva un'aria piuttosto turbata. «Vengo dall'ospedale», annunciò. «Il secondo custode della Jewel House non sopravviverà, ma è ancora in grado di parlare. Continua a ripetere un nome... Judith Chase.»

«Judith Chase!» ripeterono all'unisono e con uguale stupore Philip Barnes e Jack Sloane.

«Buon Dio», proruppe poi Sloane. «Ma non sa chi è? La nota scrittrice. Assolutamente fantastica.» Si accigliò. «Un minuto. Mi sembra di avere letto che sta scrivendo un saggio sulla guerra civile, ovvero sugli anni di Carlo I e Carlo II: forse abbiamo un indizio. C'è una sua fotografia sul retro del suo ultimo libro, ce l'ho a casa. Mandi qualcuno a comprarne una copia. Dobbiamo mostrarla a Watkins. Judith Chase! Ma in che razza di mondo viviamo?»

Jack Sloane esitò un istante prima di dire: «Signore, è molto importante che nessuno sappia che stiamo indagando su Judith Chase. Vado a procurarmi il libro. Voglio che neppure la sua segretaria sappia quello che sta succedendo».

Barnes lo guardò accigliato. «Perché?»

«Come lei sa, signore, la residenza della mia famiglia si trova nel Devonshire, a una decina di chilometri da Edge Barton, la casa di sir Stephen Hallett.»

«E con questo?»

«Il mese scorso la signora Chase era ospite di sir Stephen a Edge Barton. Si dice in giro che dopo le elezioni si sposeranno.»

Philp Barnes andò alla finestra e guardò fuori. Stava soppesando e valutando il potenziale disastro. In quanto ministro degli Interni, sir Stephen era responsabile dell'amministrazione della giustizia, e se fosse stato eletto primo ministro sarebbe diventato uno degli uomini più potenti del mondo. Il più piccolo scandalo avrebbe potuto mutare il risultato delle elezioni.

«Che cos'ha detto con esattezza il custode?» chiese a Lynch.

L'altro estrasse il taccuino. «Ho annotato tutto, signore. 'Judith Chase. Di nuovo. Cicatrice.'»

La foto di Judith, ritagliata dalla copertina del libro, fu mostrata a Rob Watkins. «È lei!» esclamò l'operaio, poi, notando l'espressione attonita dei suoi ascoltatori, esitò. «Ma no, guardatele le mani. Non ci sono cicatrici. E la bocca, e gli occhi. Sono diversi. Oh, certo si assomigliano. Abbastanza da essere sorelle.» Allontanò la foto, stringendosi nelle spalle. «Non mi dispiacerebbe portar fuori questa, una sera. Si può combinare?»

Judith ascoltò piena di sgomento la notizia dell'attentato alla torre di Londra al telegiornale delle undici. «Ero là proprio questa mattina», raccontò a Stephen quando lui le telefonò pochi minuti dopo. «Volevo immergermi nell'atmosfera, capisci. Quella povera gente, Stephen. Come si può essere tanto crudeli?»

«Non lo so, tesoro. Posso solo ringraziare Dio che tu non fossi lì quando è esplosa la bomba. Una cosa è certa, se il mio partito vince e io divento primo ministro, farò il possibile perché venga ripristinata la pena di morte per i terroristi e per tutti quelli che si macchiano di reati di sangue.»

«Dopo quanto è accaduto oggi, il numero degli elettori d'accordo con te aumenterà ancora, ma io continuo a pensarla diversamente. Quando torni a Londra, caro? Mi manchi.»

«Per un'altra settimana non se ne parla neppure ma, Judith, ormai è cominciato il conto alla rovescia. Mancano solo dieci giorni alle elezioni e dopo, che si vinca o si perda, avremo finalmente un po' di tempo per noi.»

«Vincerai, e nel frattempo io avrò terminato la revisione. Sono molto soddisfatta di quello che ho scritto oggi pomeriggio sulla torre. Credo davvero di essere riuscita a descrivere lo stato d'animo di chi vi era tenuto prigioniero. Non sai che felicità mi dia la consapevolezza che il lavoro procede bene. Perdo completamente il senso del tempo, ma è una sensazione magnifica.»

Dopo avere salutato Stephen, Judith andò in camera, dove notò sorpresa che le ante del secondo armadio, quello che lady Ardsley aveva tenuto per sé, erano semiaperte. Probabilmente non erano state ben chiuse fin dall'inizio, si disse spingendole finché non sentì lo scatto della serratura. Non vide il dozzinale zainetto seminascosto dietro la fila di tailleur e abiti austeri che costituivano il guardaroba londinese di lady Ardsley.

Alle dieci del mattino successivo Judith trasalì nel sentire l'improvviso ronzio del citofono. Uno degli aspetti più piacevoli del vivere a Londra è che nessuno ti capita mai in casa senza preavvisare con una telefonata, pensò mentre riluttante lasciava la scrivania e andava a rispondere. Era Jack Sloane, l'amico di Stephen del Devonshire, che le chiedeva un colloquio di pochi minuti.

Un uomo attraente, lo giudicò Judith poco dopo, guardandolo sorseggiare il caffè che gli aveva offerto. Più o meno sui quarantacinque anni e molto inglese, con i capelli chiari e gli occhi azzurri. Diffidente, con quel tocco di timidezza che caratterizza tanti inglesi di buona famiglia. Lei lo aveva incontrato spesso alle feste di Fiona e sapeva che lavorava a Scotland Yard. Possibile che le chiacchiere su lei e Stephen lo avessero indotto a effettuare un controllo ufficiale sulla sua persona? Attese, lasciando che fosse lui ad avviare la conversazione.

«Terribile, l'attentato di ieri alla torre», esordì Sloane.

«Tremendo», convenne Judith. «Pensi, ero là poche ore prima dell'esplosione.»

Jack Sloane si protese verso di lei. «Signora Chase, Judith, se posso chiamarla così, è proprio questo il motivo della mia visita. Pare che uno dei custodi della Jewel House l'abbia riconosciuta. Per caso le ha parlato?»

«So che le sembrerò un'idiota», sospirò lei, «ma la verità è che sono andata alla torre alla ricerca dell'atmosfera giusta per un capitolo del mio nuovo libro di cui non ero soddisfatta. Purtroppo, quando mi concentro tendo a chiudermi in me stessa. Se anche quell'uomo mi ha parlato, io non l'ho sentito.»

«Che ore erano?»

«Piò o meno le dieci e mezzo, direi.»

«Signora Chase, si sforzi di aiutarmi. Sono certo che lei è un'ottima osservatrice anche se, come ha appena sottolineato, era sprofondata nei suoi pensieri. Ieri pomeriggio qualcuno è riuscito a introdurre una bomba nella torre; un ordigno al plastico, ma piuttosto rozzo da quello che abbiamo potuto constatare. La bomba non può essere rimasta sul posto più di qualche minuto, prima di esplodere. È scoppiata nell'attimo stesso in cui il custode, che aveva notato il sacchetto, l'ha preso in mano. Quando ha superato l'area di controllo, ha per caso avuto la sensazione che le guardie fossero particolarmente attente mentre infilavano la sua borsa nel metal detector?»

«Non avevo borsa, ieri. Soltanto un po' di soldi nella tasca dell'impermeabile», sorrise Judith. «Sono tre mesi che giro per tutta l'Inghilterra facendo ricerche e ho la spalla indolenzita a forza di trasportare libri e macchine fotografiche. Ieri però mi sono resa conto di non avere bisogno di nulla se non della tessera per i mezzi pubblici e pochi spiccioli per il biglietto d'ingresso alla torre. Temo proprio di non poterla aiutare.»

Sloane si alzò. «Le lascio il mio biglietto da visita. A volte capita di vedere qualcosa e di registrarlo nella nostra mente senza che ce ne rendiamo conto. Il cervello umano assomiglia un po' a un computer ed è sorprendente constatare quante informazioni utili possa fornire, se sollecitato correttamente. Sono comunque molto lieto che lei non si trovasse alla torre al momento dell'attentato.»

«Ieri sono stata alla scrivania tutto il pomeriggio», replicò Judith, indicando lo studio.

Sloane vedeva con chiarezza la pila di fogli posata accanto alla macchina per scrivere. «Quanto lavoro! Invidio il suo talento.»

Si diresse verso la porta, scandagliando con gli occhi l'appartamento. «Dopo le elezioni, quando le cose si saranno calmate, sarei felice di poterla presentare alla mia famiglia.»

Sa di Stephen e di me, pensò Judith. Sorridendo, gli tese la mano. «Sarebbe un vero piacere per me.»

Jack Sloane abbassò gli occhi. Sulla mano destra di lei vide le tracce di una vecchia cicatrice, o forse di una voglia, ma nulla che assomigliasse alla mezzaluna color porpora descritta da Watkins. Una donna molto gradevole, pensò mentre scendeva le scale. Aprì il portone esterno proprio mentre un'anziana signora imboccava le scale portando un grosso sacchetto della spesa. Respirava con affanno e Sloane sapeva che l'ascensore era guasto.

«Posso aiutarla?» si offrì.

«Oh, grazie», ansimò la donna. «Mi stavo proprio domandando come avrei fatto a salire tre piani, il portiere non è mai al suo posto quando c'è bisogno di lui.» Gli lanciò un'occhiata diffidente, come chiedendosi se quel cortese sconosciuto non stesse semplicemente cercando il modo di entrare in casa sua.

Jack Sloane comprese. «Sono un amico della signora Chase, che abita al terzo piano», spiegò. «L'ho appena lasciata.»

Il viso della donna si rischiarò. «Io occupo l'appartamento proprio di fronte al suo. Una persona deliziosa, così carina. E un'ottima scrittrice, poi. Sapeva che esce con sir Stehpen Hallett? Oh, non avrei dovuto dirlo. Davvero imperdonabile da parte mia.»

Stavano salendo lentamente le scale; Jack portava il sacchetto della spesa. Quando si presentarono la donna disse di chiamarsi Martha Hayward. Signora Hayward.

Depositò la spesa sul tavolo della cucina della signora Hayward e, compiuta la sua buona azione, si accinse ad andarsene. Stava salutandola, quando una domanda gli salì spontanea alle labbra: «Ha mai visto la signora Chase con indosso una mantella?»

«Oh sì», rispose la donna. «Non la indossa spesso, ma è davvero bella. Verde scuro. Quando l'ho ammirata, il mese scorso, mi ha detto di averla appena acquistata da Harrods.»

Nel suo studio, Reza Patel leggeva i giornali del mattino. La mano che reggeva la tazza di caffè gli tremava mentre guardava le fotografie delle vittime dell'attentato alla torre di Londra. Fortunatamente, o sfortunatamente, la bomba aveva mancato il bersaglio. Era stata lasciata in un punto in cui avrebbe danneggiato forse irreparabilmente i gioielli della Corona, ma l'intervento del custode aveva fatto sì che l'esplosione si verificasse lontano dalle robuste bacheche di vetro e metallo che ospitavano il tesoro: questo drammaticamente però a costo della sua vita e di quella di un anziano turista.

Un altro articolo riportava la storia dei monili reali e raccontava come fossero stati smontati dopo l'esecuzione di Carlo I e quindi restaurati in occasione dell'incoronazione di suo figlio.

«Ancora Carlo I e Carlo II», mormorò Patel con voce carica d'angoscia. «È Judith, lo so.»

«Non Judith, lady Margaret Carew», lo corresse Rebecca. «Reza, a questo punto non credi di avere l'obbligo di andare a Scotland Yard?»

Lui calò con forza il pugno sulla scrivania. «No, Rebecca, no. L'unico obbligo che ho è nei confronti di Judith, ed è l'obbligo di tentare di liberarla da quella presenza malevola. Ma non so come riuscirci. Lei è la vittima innocente, non capisci? La nostra unica speranza è che sia dotata di una personalità abbastanza forte da poter resistere. Anna Anderson si è arresa senza esitare allo spirito della granduchessa Anastasia, ma Judith lotterà, seppure a livello incoscio, per mantenere la propria identità. Dobbiamo darle tempo.»

Quel giorno Patel telefonò più volte a Judith, ma gli rispose sempre la segreteria telefonica. Tentò ancora prima di lasciare lo studio e questa volta fu Judith in persona ad andare all'apparecchio, una Judith la cui voce traboccava di gioia. «Dottor Patel, ho ricevuto i certificati di nascita. Li avevano spediti a un indirizzo sbagliato, riesce a crederci? Ecco perché hanno impiegato tanto tempo ad arrivare. Abitavamo nella Kent House di Kensington Court. Ricorda? Avevo cercato di dirle che vivevo a Kent Court! È piuttosto vicino, no? Se non ho sbagliato tutto, il nome di mia madre era Elaine e mio padre era un ufficiale della RAF, il tenente pilota Jonathan Parrish.»

«Che bella notizia, Judith! E ora, che cosa conta di fare?»

«Domani vado alla Kent House. Forse qualcuno ricorda ancora la mia famiglia, qualcuno che all'epoca era giovane e che abita ancora lì. Se non avrò fortuna, studierò il modo di arrivare agli archivi della RAF. Il mio unico timore è che, se comincio a ficcare il naso in documenti governativi, Stephen venga a saperlo. Lei sa come la pensa al riguardo.»

«Lo so. E il libro? Come va?»

«Ancora una settimana di lavoro e avrò finito la revisione. Sa che stando ai primi scrutini i conservatori sono in testa? Non sarebbe meraviglioso se io terminassi il libro, Stephen vincesse le elezioni e, dulcis in fundo, rintracciassi anche la mia famiglia d'origine?»

«Meraviglioso davvero. Ma non lavori troppo. Ha sofferto di altre amnesie, recentemente?»

«No. Sto sempre seduta alla macchina per scrivere e le giornate scivolano via.»

Patel riappese e guardò Rebecca, che aveva ascoltato alla derivazione. «Che cosa ne pensi?» gli domandò lei.

«C'è qualche speranza. Quando Judith avrà finito il saggio non dovrà più occuparsi della guerra civile, e trovare le sue radici soddisferà un bisogno profondo che è in lei. Inoltre, il matrimonio con sir Stephen la impegnerà a tempo pieno e il dominio che Margaret esercita su di lei svanirà. Vedrai.»

Sloane stava facendo rapporto all'aiuto vicequestore Barnes, di Scotland Yard. Con loro nella stanza c'era soltanto l'ispettore Lynch. «Ha parlato con la signora Chase?» domandò Barnes.

Sloane notò come, nelle settimane successive al primo attentato, il viso sottile di Barnes si fosse riempito di rughe che gli solcavano le guance e la fronte. Nella sua qualità di capo della Squadra Antiterrorismo, di solito Barnes faceva i suoi rapporti al vicequestore per il Crimine, il più alto funzionario di Scotland Yard dopo il questore stesso. Sloane sapeva che Barnes si era assunto la pesante responsabilità di non riferire ai suoi superiori il possibile coinvolgimento di Judith Chase negli attentati, perché entrambi non avrebbero esitato un istante a parlare con sir Stephen Hallett. All'aiuto vicequestore Stephen non piaceva e avrebbe accolto con gioia la possibilità di metterlo in una situazione imbarazzante. Sloane ammirava la coraggiosa decisione di Barnes, ma al tempo stesso sapeva che se tacere il nome di Judith si fosse rivelato un errore, il suo capo l'avrebbe pagata cara.

Nell'ufficio faceva caldo, ma era una giornata tetra e fredda e Sloane aveva una gran voglia di una tazza di caffè. Per di più, non se la sentiva di riferire le novità.

Barnes accese l'interfono e disse alla segretaria di non passargli nessuna telefonata poi, dopo un'esitazione, latrò: «Tranne quelle di chi sappiamo». Si appoggiò allo schienale della sedia e congiunse la punta delle dita in un gesto che, i suoi collaboratori lo sapevano bene, indicava che non avrebbe accettato risposte meno che precise.

«Le ha parlato, Jack?» cominciò Barnes. «Dunque?»

«Non ha cicatrici, solo dei debolissimi segni sulla mano destra, ma bisogna aguzzare gli occhi per vederli. Ed era alla torre ieri mattina, non nel pomeriggio. Non ha parlato al custode, e se lui le ha rivolto la parola lei non l'ha sentito.»

«Quindi la sua versione coincide con quella del custode. Ma che cosa avrà inteso quell'uomo dicendo 'di nuovo'?»

«Signore, non le sembra che la situazione sia proprio quella sostenuta da Watkins: non la stessa donna, ma una che le assomiglia molto?» azzardò Lynch.

«Si direbbe proprio di sì. Immagino che dovremmo ringraziare il cielo di non essere costretti ad arrestare la futura moglie del futuro primo ministro, se quanto si dice in giro è vero», sospirò Barnes. «Signori, è ovvio che nel verbale non potrà essere omessa la circostanza che il custode ha visto la signora Chase alla torre e che lei ha confermato di trovarsi lì durante la mattinata. Ma nessuna enfasi, ripeto, nessuna enfasi, sulle parole 'di nuovo'. È chiaro che la donna che assomiglia alla signora Chase, la donna che ha detto a

Watkins di chiamarsi Margaret Carew, è quella che cerchiamo, ma dobbiamo essere corretti nei confronti sia della signora Chase sia di sir Stephen e il suo nome non dovrà essere trascinato in questa faccenda.»

Il comandante Sloane pensava alla lunga amicizia che lo legava a Stephen e al turbamento esternato da Judith Chase quando avevano parlato dell'attentato. Con aria preoccupata e a bassa voce, disse: «C'è un'altra cosa che dovete sapere. Judith Chase possiede una costosa mantella verde scuro che ha comperato da Harrods circa un mese fa».

In piedi davanti alla Kent House, al 34 di Kensington Court, Judith guardava le balaustre merlettate e la torre del condominio in stile Tudor. Era in quella casa che Mary Elizabeth Parrish e Sarah Courntey Parrish erano state portate dopo la nascita, avvenuta al Queen Mary Hospital. Suonò il campanello della portineria e si chiese, gli occhi fissi sul marmo sbiadito del pavimento dell'ingresso, se la fantasia non le stesse giocando qualche altro brutto scherzo. Ricordava di avere attraversato quell'ingresso e salito la scalinata tanto tempo prima?

La moglie del portiere era una donna prossima alla sessantina. Indossava un informe vestito di lana e ai piedi calzava un paio di scarpe bianche e blu in finta pelle. Il viso gradevole non aveva trucco, ma era incorniciato da candidi capelli ondulati. Socchiuse appena la porta. «Mi dispiace, ma non ci sono appartamenti liberi», disse.

«Non è per questo che sono qui.» Judith le tese il suo biglietto da visita. Aveva preparato una storiella che le sembrava plausibile. «Mia zia aveva una cara amica che viveva qui durante la guerra. Si chiamava Elaine Parrish e aveva due bambine. È passato molto tempo, ma per mia zia sarebbe una grande gioia poterle rintracciare.»

«Oh, cara, non credo che i registri di quegli anni esistano ancora. L'immobile è stato venduto così tante volte, che senso avrebbe tenere nota di tutta la gente che vi ha alloggiato in tutto questo tempo? Saranno almeno quarantacinque o cinquanta anni! No, temo proprio di non poterla aiutare.»

Cominciò a chiudere la porta, ma Judith la fermò.

«Aspetti, la prego. Immagino che abbia molto da fare, ma pensavo di pagarle il tempo che le farò perdere.»

La donna sorrise. «Mi chiamo Myrna Brown. Entri, cara. Credo che dopo tutto ci siano ancora dei vecchi registri in magazzino.»

Due ore dopo, coperta di polvere e con le unghie scheggiate, Judith tornò in portineria. «Credo che avesse ragione», disse a Myrna Brown. «La mia è un'impresa senza speranza. Negli ultimi vent'anni c'è stato un continuo ricambio di inquilini. Tranne in un caso: l'appartamento quattro B. Mi è sembrato di capire che gli occupanti siano rimasti gli stessi fino a quattro anni fa.»

Myrna Brown sollevò le braccia. «Santo cielo, che sciocca sono! Ma certo. Noi siamo qui solo da tre anni, ma l'ex portiere ci ha raccontato tutto della signora Bloxham. Aveva novant'anni quando finalmente ha lasciato l'appartamento per trasferirsi in una casa di riposo. Era ancora lucidissima, mi hanno detto, e ha protestato parecchio prima di andarsene, ma suo figlio non voleva che continuasse ad abitare da sola.»

Judith aveva la gola secca. «Per quanto tempo ha vissuto qui?»

«Oh, un'eternità, cara. Credo che sia arrivata quando era una sposina ventenne.»

«È ancora viva?»

«Non ne ho la minima idea, ma direi di no. D'altra parte, non si può mai dire, vero?»

Judith deglutì a fatica. Era vicina, vicinissima. Nel tentativo di riacquistare il controllo di sé, lanciò un'occhiata al piccolo soggiorno con la tappezzeria a colori vivaci, lo scomodo divano in crine di cavallo con le poltrone uguali e i termosifoni elettrici collocati sotto le lunghe finestre.

Il termosifone. Lei e Polly stavano facendo una gara. Lei era inciampata ed era caduta contro la stufa. Ricordava ancora il terribile odore di bruciato, i capelli attaccati al piano di metallo. Poi due braccia che la sollevavano, la culla-

vano, la portavano giù per le scale e infine la voce giovane e spaventata di sua madre.

«Immagino che se la signora Bloxham è ancora viva, la posta le venga inoltrata regolarmente.»

«All'ufficio postale non sono autorizzati a divulgare indirizzi, ma perché non si rivolge all'amministratore dello stabile? È probabile che loro ce l'abbiano.»

Più tardi, quel pomeriggio, a bordo di un'auto a noleggio Judith varcava i cancelli della casa di riposo Preakness, a Bath. Prima di mettersi in viaggio aveva telefonato e appreso che Muriel Bloxham era ancora ospite dell'istituto, ma che ormai aveva perso quasi completamente la memoria.

La capoinfermiera l'accompagnò nel salotto, un'ampia stanza soleggiata con grandi finestre ornate da tende a colori vivaci. Intorno al televisore erano radunati quattro o cinque vecchi seduti su sedie a rotelle. Tre donne che sembravano prossime all'ottantina chiacchieravano lavorando a maglia. Un uomo con il viso sparuto e i capelli candidi fissava diritto davanti a sé facendo dei gesti con la mano. Quando gli passò accanto, Judith sentì che canticchiava tra sé con voce sorprendentemente bene impostata. Buon Dio, pensò con una stretta al cuore, questa povera gente...

La capoinfermiera sembrò intuire i suoi pensieri. «È indubbio che alcuni di noi sopravvivono a se stessi, ma le assicuro che i nostri ospiti godono di tutte le comodità.»

Judith si sentì rimproverata. «Oh, sì, vedo», mormorò. Sapeva che con tutta probabilità la capoinfermiera credeva che fosse una parente della vecchia signora Bloxham, forse una parente afflitta da sensi di colpa e venuta per una visita frettolosa.

Si erano avvicinate alla finestra che dava sul parco. «Signora Bloxham», chiamò l'infermiera con voce cordiale. «Oggi abbiamo compagnia. Non è una bella sorpresa?»

La donna che sedeva sulla sedia a rotelle, fragile ma con le spalle ancora ben dritte, replicò: «Mio figlio è negli Stati Uniti. Non aspetto nessun altro». Il tono della voce era fermo.

«È questo il modo di trattare gli ospiti?» tuonò la capoinfermiera, ma Judith la fermò sfiorandole il braccio.

«La prego. Andrà tutto bene.» Lì accanto c'era un tavolino con una sedia. Judith se la tirò vicina e sedette accanto alla vecchia. Che viso meraviglioso, pensò, e il suo sguardo è ancora così limpido. Muriel Bloxham teneva il braccio destro posato sulla coperta che le nascondeva il corpo. Un braccio magro e raggrinzito.

«Be', chi è lei?» l'aggredì quasi l'anziana signora. «So che sto invecchiando, ma proprio non la riconosco.» Parlava con voce debole, ma chiara. Sorrise. «Comunque, che la conosca o meno, mi fa sempre piacere avere compagnia.» Poi un'espressione preoccupata le si dipinse sul viso. «Dovrei conoscerla? Mi dicono che comincio a perdere la memoria.»

Judith capì subito che parlare le costava un grosso sforzo. Doveva sbrigarsi a farle le domande che le stavano a cuore. «Mi chiamo Judith Chase. Credo che lei abbia conosciuto dei miei parenti, molto tempo fa, e vorrei chiederle qualche informazione su di loro.»

La Bloxham allungò la mano sinistra e le accarezzò il viso. «Com'è graziosa. Americana, vero? Mio fratello ha sposato un'americana, ma è stato molto tempo fa.»

Judith posò la mano su quella fredda e solcata di vene della donna. «Anch'io sto parlando di un'epoca molto lontana. Degli anni della guerra.»

«Mio figlio è stato in guerra», sospirò la signora Bloxham. «È stato prigioniero, ma grazie al cielo è tornato. Non come molti altri.» Chinò la testa sul petto e chiuse gli occhi.

«È inutile», pensò Judith. Non ricorda. Il respiro di Muriel Bloxham si era fatto regolare; dormiva. Judith approfittò di quel breve intervallo per studiare i lineamenti del suo viso. *Blammy voleva bene a Polly e a me. Ci preparava i dolci e ci leggeva le favole.*

Passò quasi mezz'ora prima che Muriel Bloxham riaprisse gli occhi. «Mi dispiace. Ma sono cose che capitano, quando si è molto vecchi.» I suoi occhi erano di nuovo vigili.

Non c'era tempo da perdere. «Signora Bloxham, si sforzi, la prego. Ricorda una famiglia di nome Parrish che viveva alla Kent House durante la guerra?»

L'altra scosse la testa. «No, non ho mai sentito questo nome.»

«Blammy, ci provi», la supplicò Judith, senza riflettere. «Per favore.»

«Blammy.» Il viso di Muriel s'illuminò. «Dopo le gemelle, nessuno mi ha più chiamata così.»

Judith si sforzò di non alzare la voce. «Le gemelle.»

«Sì, Polly e Sarah. Due bambine così graziose. Elaine e Jonathan si trasferirono da noi appena sposati. Lei era bionda, lui bruno, alto e bello. Erano talmente innamorati! L'aereo di Jonathan fu abbattuto una settimana dopo la nascita delle gemelle. Io andavo spesso a dare una mano a Elaine. Aveva il cuore spezzato, poveretta. Poi, quando cominciarono i bombardamenti, decise di portare le bambine in campagna. Nessuno dei due aveva famiglia, capisce. Fui io a organizzare le cose perché venisse ospitata da certi miei amici di Windsor. Il giorno della partenza, una bomba cadde proprio vicino alla stazione.»

La voce della signora Bloxham tremò. «Terribile. Terribile. Elaine morì e la piccola Sarah saltò in aria insieme con altra gente. Non riuscirono mai a ritrovarne il corpo. E Polly rimase gravemente ferita.»

«Polly non può essere morta!»

Sul viso della signora Bloxham comparve un'espressione vacua. «Polly?»

«Polly Parrish, Blammy. Che cosa ne è stato di lei?» Judith aveva gli occhi pieni di lacrime. «So che lo ricorda.»

Blammy sorrise. «Non pianga, cara. Polly se la cava bene; mi scrive ancora, di tanto in tanto. Ha una libreria a Beverley, nello Yorkshire. Parrish Pages, così si chiama il negozio.»

«Mi spiace, signora, ma deve andarsene. L'orario di visita è finito.»

La capoinfermiera guardava Judith con aria di disapprovazione.

Lei si alzò in fretta, poi si chinò a baciare sulla fronte la vecchia signora. «Arrivederci, Blammy. Che Dio la benedica. Tornerò a trovarla.»

Mentre si allontanava, sentì Muriel Bloxham che parlava alla capoinfermiera delle gemelle che un tempo la chiamavano Blammy.

L'imponente sistema informativo di Scotland Yard cominciò a scandagliare in sordina la vita di Judith Chase e nel giro di pochi giorni i risultati delle indagini erano già sulla scrivania di Sloane. C'erano rapporti che risalivano all'infanzia della donna, relazioni psichiatriche, articoli da lei redatti per il *Washington Post,* pagelle scolastiche, attività sociali, trascrizioni di discreti colloqui con le ex colleghe di Washington, con il suo commercialista e il suo editore.

«È tutto un coro di lodi», commentò Sloane parlandone con Philip Barnes. «Nulla che indichi atteggiamenti asociali o affiliazione a gruppi radicali. Al liceo è stata per tre volte rappresentante di classe, presidentessa del consiglio studentesco a Wellesley, ha partecipato a iniziative letterarie e culturali ed è sempre stata più che generosa con le istituzioni caritatevoli. Ci siamo risparmiati la figura degli sciocchi, signore, a non pubblicizzare le indagini che abbiamo svolto su di lei.»

«C'è solo una cosa che mi lascia perplesso.» Barnes teneva aperto davanti a sé l'annuario della scuola superiore frequentata da Judith. Sotto la sua fotografia, corredata dalla solita breve biografia, c'era una frase che lui aveva sottolineato. *La signorina Aggiustatutto. Dice che vuole diventare una scrittrice, ma vedrete: si metterà a costruire ponti.*

«Quegli ordigni erano rozzi, ma estremamente efficaci. Se Watkins si è limitato a fornire la gelignite, l'attentatore è stato molto abile a fabbricarli in modo che sfuggissero ai controlli.»

«Non mi sembra un fattore significativo, signore», obiettò Sloane. «Per esempio, le mie due sorelle hanno un'ottima manualità, ma dubito che la utilizzerebbero per scopi terroristici.»

«Nondimeno, voglio che la sorveglianza ventiquattr'ore su ventiquattro della signora Chase continui. Lynch o Collins hanno nulla da riferire?»

«Non proprio, signore. La signora passa buona parte del

suo tempo a casa, ma ieri è andata alla Kent House di Kensington Court. Stava indagando su una famiglia che ha abitato là molti anni prima, gente amica di sua zia.»

«Sua zia?» Barnes sollevò di scatto la testa. «Ma la Chase non ha parenti.»

Sloane si accigliò. Ecco che cosa lo aveva lasciato perplesso. «Avrei dovuto ricordarlo, ma dopo la Kent House si è recata in una casa di riposo di Bath a parlare con un'ospite molto anziana, e la cosa mi è sembrata abbastanza innocente.»

«Sul conto di chi indagava?»

«Non ne siamo certi, signore. Lynch ha tentato di parlare con la vecchia, ma non era molto in sé. Pare che la sua lucidità vada e venga.»

«In questo caso le suggerisco di andare lei stesso a trovarla e di fare un altro tentativo. Non dimentichi, Judith Chase è un'orfana di guerra inglese. Per quanto ne sappiamo, potrebbe avere rintracciato persone appartenenti al suo passato e in grado di influenzarla in qualche modo.»

Barnes si alzò. «Mancano solo sei giorni alle elezioni, e per quanto la lotta sia ancora serrata, ho tutti i motivi di credere che vinceranno i conservatori. Ecco perché è necessario che eliminiamo ogni dubbio su Judith Chase, se non vogliamo trovarci nell'imbarazzante posizione di fare cadere il nuovo governo prima ancora che cominci a esercitare le sue funzioni!»

Al ritorno da Bath, Judith si sentiva fisicamente e psicologicamente esausta. Fece un bagno caldo, attardandosi nella vasca per venti minuti buoni, poi infilò la camicia da notte e la vestaglia. Quando si guardò allo specchio, vide che era pallidissima; il suo viso si era assottigliato troppo ed era arrivato il momento di tagliarsi i capelli. Devo assolutamente prendermi una giornata di riposo, si disse; domani andrò dal parrucchiere e dalla manicure e mi concederò anche un massaggio al viso... Avrebbe sospeso il lavoro per un giorno o due, prima di rivedere le pagine che necessitavano di qualche correzione. E l'indomani avrebbe telefonato alla Parrish

Pages di Beverly per scoprire se Blammy aveva avuto ragione sul conto di Polly Parrish...

Polly, viva! Mia sorella, pensò. La mia sorella gemella! L'idea di avere davvero un parente stretto ancora in vita la spaventava e al tempo stesso la rendeva euforica. Andrò a vedere la libreria, si disse. Darò solo un'occhiata, almeno per il momento. Sapeva che non avrebbe potuto presentarsi a Polly prima di avere raccolto ulteriori informazioni. Ma in seguito, dopo la campagna, Stephen l'avrebbe aiutata a scoprire tutto il possibile sulla sua presunta sorella. Certo non avrebbe avuto nulla da obiettare finché il motivo delle indagini era noto a loro due soltanto. Ma sono sicura che scopriremo che Polly è a postissimo, si consolò Judith mentre si infilava nel letto, troppo stanca perfino per riscaldarsi un po' di minestra. Strano, anche lei lavora nell'editoria. Mi chiedo se abbia mai tentato di scrivere...

Dormiva così profondamente che il telefono squillò almeno una dozzina di volte prima che lo udisse, ma la voce ansiosa di Stephen la svegliò all'istante. «Judith, stavo cominciando a preoccuparmi. Devi essere stanchissima.»

«E felice», rise lei. «Ho deciso di prendermi un paio di giorni di libertà per schiarirmi la testa, poi di finire il libro e spedirlo.»

«Tesoro, temo che non riuscirò a tornare a Londra prima delle elezioni. Ti dispiace?»

Judith sorrise. «Ne sono quasi contenta. Ho l'aria di un gatto randagio. Qualche giorno in più mi darà la possibilità di rendermi presentabile.»

Si riaddormentò pensando: *Stephen, ti amo... Polly, sono io... Sono Sarah...*

Margaret sentiva che il suo ascendente su Judith si stava indebolendo. Una volta completato il libro, sapeva che Judith avrebbe perso ogni interesse per la guerra civile. Margaret aveva usato tutte le sue energie preparandosi al momento in cui avrebbe soggiogato Judith e ora sapeva di poter parlare come lei, senza più la cadenza che Rob Watkins aveva trovato tanto divertente. Adesso si muove-

va a proprio agio nel mondo della scrittrice e quel giorno aveva capito ciò che a Judith era sfuggito. Erano pedinate.

C'era ancora tanto da fare e lei aveva già scelto il luogo del prossimo attentato. Avrebbe avuto la forza di sopraffare di nuovo Judith?

L'ispettore Lynch passò buona parte della giornata successiva fuori del salone di bellezza di Harrods. Quando Judith ne uscì, alle cinque, aveva i capelli lucidi, il viso splendente e le unghie curate. Sembrava riposata e felice.

Tempo sprecato, pensò Lynch mentre la seguiva al ristorante dove Judith fece un rapido spuntino prima di tornare a casa. Questa qui è una terrorista come lo è mia nonna, bofonchiò tra sé, salendo sull'auto parcheggiata di fronte alla casa di lei, sull'altro lato della strada. Sam Collins sarebbe arrivato a momenti per sostituirlo. A Collins, un agente di tutta fiducia, era stato detto che Scotland Yard aveva ricevuto un biglietto anonimo in cui si collegava la signora Chase agli attentati, e sebbene la polizia ritenesse l'informazione del tutto inattendibile, era comunque necessario effettuare dei controlli. Era inoltre avvertito della necessità di mantenere il più totale riserbo sull'operazione.

Lynch vide una delle finestre di Judith illuminarsi. Doveva essere lo studio, stando alla descrizione che Sloane aveva fatto dell'appartamento; dunque la donna si era rimessa al lavoro. Pochi minuti dopo arrivò Collins. «Sarà una notte tranquilla», gli assicurò Lynch. «Quella è una a cui piace stare in casa.»

Collins annuì. Era un uomo dai lineamenti grossolani, il tipo che ci si immagina con il sacchetto del pranzo sempre in mano. Ma Lynch sapeva che era anche straordinariamente agile.

Judith non aveva programmato di lavorare, ma dopo il massaggio, il pedicure, la manicure e la seduta dal parrucchiere si sentì così rinvigorita che, si disse, forse avrebbe potuto rivedere le pagine che necessitavano di qualche modifica. L'euforia provocatale dalla telefonata mattutina che aveva fatto a Beverley l'aveva accompagnata per tutto il giorno. Il servizio informazioni le aveva fornito senza alcuna difficoltà il numero della Parrish Pages e lei aveva chiamato per informarsi sugli orari d'apertura. Poi, con fare indifferente, aveva chiesto: «La proprietaria è ancora Polly Parrish?»

«Oh, sì. Arriverà fra poco. Vuole che la faccia richiamare?»

«Oh, non importa. Grazie.»

Per tutto il giorno Judith aveva pensato: domani. La vedrò domani. E tra pochi giorni le elezioni saranno finite. Nelle ultime settimane aveva volontariamente evitato di pensare agli anni che l'aspettavano a fianco di Stephen, ma ormai non vedeva l'ora di essere a Edge Barton e trascorrervi con lui giorni e settimane intere. Giorni e settimane intere con Stephen primo ministro? Judith ebbe un sorrisetto pieno di rammarico. Avrebbero potuto considerarsi fortunati se fossero riusciti a strappare qualche ora da passare insieme!

Con il mento appoggiato sulla mano, lanciò uno sguardo affettuoso alla minuscola biblioteca di lady Ardsley nella stanza che aveva adibito a studio. Vecchi volumi mescolati a romanzi del rinascimento, gingilli vittoriani accanto a splendide porcellane antiche, un centrino inamidato sopra un magnifico tavolo Giacomo I.

Edge Barton, con i soffitti altissimi e le grandi sale, le finestre aggraziate e le porte antiche. L'interno aveva bisogno di qualche modifica, di un tocco femminile. Alcuni mobili dovevano essere ricoperti e bisognava sostituire le tende. Sarebbe stato bello poter dare a Edge Barton la sua impronta personale.

Torna al lavoro. Il Royal Hospital.

Fu come se un campanello le squillasse nella mente. Sorpresa, si scostò i capelli dalla fronte e notò che la cicatrice sulla mano era diventata rosea. Ricorrerò alla chirurgia plastica, giurò a se stessa. È pazzesco il modo in cui questo brutto segno si ostina a comparire e a scomparire, si disse.

Scartabellò il dattiloscritto e lo aprì all'ultimo capitolo, in cui aveva evidenziato la parte riguardante il Chelsea Royal Hospital. L'edificio, splendidamente conservato, era stato costruito da Carlo II come rifugio per i veterani e gli invalidi.

Veterani di Carlo II. I Simon Hallett di tutto il mondo appesi alle code del Monarca Felice! È così che lo chiamavano, il Monarca Felice. Vincent caduto in battaglia, John giustiziato, io stessa ingannata e uccisa... e il Monarca Felice ha edificato un rifugio per i suoi soldati perché potessero vivervi «come in un monastero».

Margaret spinse da parte il dattiloscritto, scaraventandone deliberatamente a terra parecchi fogli. Rapida si alzò, andò in camera e prese dall'armadio la borsa datale da Rob Watkins. La luce era migliore in cucina. Vi si trasferì con la borsa e ne versò il contenuto sul tavolo.

In strada, Sam Collins osservava con crescente interesse la successione di luci che si accendeva in casa Ardsley. Judith Chase doveva avere lasciato lo studio senza spegnere la luce, quindi era probabile che contasse di tornarvi. Erano solo le otto meno un quarto. Il fatto che la camera da letto fosse illuminata significava che intendeva coricarsi, o che aveva semplicemente voglia di cambiarsi? Vide illuminarsi anche la cucina e abbassò gli occhi sulla pianta dell'appartamento che Sloane gli aveva dato. Le finestre dello studio, della cucina, del soggiorno e della camera da letto guardavano tutte sulla strada; la porta di servizio e il vestibolo che collegava le varie stanze davano invece sul retro.

Sam si accorse che il tempo stava cambiando; nuvole dense avevano coperto le stelle comparse in prima serata e nell'aria umida si sentiva già l'odore della pioggia. I pochi passanti affrettavano il passo, chiaramente ansiosi di raggiungere le loro destinazioni.

Dall'abitacolo dell'auto priva di contrassegni, Sam continuò la sorveglianza dell'appartamento e poco dopo vide spegnersi le luci della cucina e della camera da letto. Probabilmente la donna si era solo cambiata d'abito e si era preparata una tazza di tè, pensò, chinando la testa all'indietro. Di colpo s'irrigidì. La tapparella della finestra dello studio si era mossa e per un istante vide con chiarezza Judith Chase. Guardava verso la macchina ed era vestita per uscire.

In fretta Sam si ritrasse nell'ombra dell'abitacolo. Sa che sono qui, pensò. E ha in mente di uscire. Durante la prima notte di sorveglianza aveva ispezionato i dintorni dello stabile; sapeva che sul retro si apriva una porta di servizio e che era possibile accedere alla strada adiacente attraverso un angusto cortile.

Aspettò qualche istante, poi si convinse che Judith sarebbe uscita lasciando la luce accesa nello studio. Allora scese e cominciò a correre lungo il muro di cemento che separava i due edifici. La porta di servizio si aprì e comparve Judith. Sam indietreggiò, spiandola da dietro l'angolo. La luce, per quanto fioca, gli permise di notare che portava una mantella scura. Forse quella lettera anonima diceva il vero, considerò allora. Non è escluso che lei sia realmente coinvolta negli attentati! Che cosa avrà in mente di fare? Va a un incontro segreto con i terroristi suoi complici? Non gli sarebbe affatto dispiaciuto risolvere il caso. La sua carriera ne sarebbe stata molto avvantaggiata...

Margaret percorreva rapida le strade quasi deserte. Certo a quell'ora l'uomo di Scotland Yard stava sonnecchiando nella sua auto. Sotto la mantella nascondeva il pacchetto che aveva confezionato. Lo aveva nascosto in una borsa della spesa proveniente dal vicino mercato e tra i manici sporgevano grappoli d'uva e mele: le cose giuste da portare a un veterano ricoverato in un ospizio. Ma l'orario delle visite era quasi scaduto. Le restava pochissimo tempo.

Silenzioso, Sam Collins seguì la figura snella che attraversava rapida la città, diretta al Tamigi. Quasi mezz'ora dopo, sorpreso, la vide entrare nella Royal Hospital Road. Che cosa diavolo aveva in mente? Forse una semplice visita? Oppure si era accorta di essere seguita e aveva deciso di usare l'uscita secondaria del suo palazzo solo per sfuggire a un fastidioso pedinatore? Indossava una mantella verde scuro, ma Sam ricordava che sua moglie ne aveva regalata una alla figlia in occasione del suo compleanno, sostendendo che quell'anno erano di gran moda.

L'atrio a cupola dello splendido edificio era pieno d'animazione. L'orologio appeso sopra il banco della reception segnava le otto e venti. Sam guardò Judith andare direttamente al banco e posarvi una borsa piena di frutta.

Avrebbe atteso che le consegnassero il lasciapassare destinato ai visitatori, decise, poi avrebbe chiesto all'impiegata il nome dell'ospite che la Chase era andata a trovare. Invece, il suo infallibile istinto lo spinse ad avvicinarsi al banco e fermarsi accanto alla sospetta, come se anche lui fosse lì per una visita.

«Sono venuta a trovare sir John Carew», disse Margaret a voce bassa, affrettata.

Carew! Collins avanzò di un passo. «Posso scambiare una parola con lei, signora?»

Margaret si girò di scatto, gli occhi splendenti di collera. Vide l'uomo tarchiato, l'uomo che doveva averla seguita, e che ora stava fissando la mano. La cicatrice ardeva ed era di un vivido rosso porpora.

Afferrò la borsa e la scaraventò dall'altra parte dell'atrio proprio mentre un terzetto di inservienti varcava la soglia.

D'istinto Sam capì che il pacchetto conteneva una bomba. Come un lampo, si precipitò all'altro capo della sala e vi si buttò sopra...

Margaret era in cortile quando la bomba esplose, riducendo l'atrio a un inferno di detriti e urla di panico. I ve-

tri delle finestre andarono in frantumi e una scheggia le graffiò la guancia mentre usciva e si affidava all'avvolgente protezione della pioggia che aveva cominciato a cadere.

Reza Patel e Rebecca erano a casa e guardavano la televisione quando venne trasmesso il notiziario speciale sulla tragedia verificatasi al Royal Hspital. Cinque morti e dodici feriti gravi. Livido in faccia, lo psichiatra telefonò a Judith. La donna rispose subito. «Sono seduta alla scrivania, dottore. A lavorare come il solito.» La sua voce suonava normale, addirittura allegra. «Spero solo che i miei lettori non reagiscano al mio libro come ho fatto io stasera», rise Judith. «Leggendo, mi sono addormentata.»

Devo avere perso conoscenza, pensò pochi istanti dopo, scorgendo sul pavimento una pagina che le era sfuggita quando aveva raccolto il dattiloscritto. Spense la luce dello studio e passò in camera, dove si spogliò in fretta. Stephen aveva detto che quella sera non le avrebbe telefonato; aveva una riunione sul tardi.

Le gambe le facevano male. Come se avessi partecipato a una maratona, osservò fra sé e sé. Forse un'aspirina l'avrebbe aiutata a rilassarsi. In bagno, mentre prendeva la confezione di aspirine, si guardò fugacemente allo specchio dell'armadietto. La sua nuova pettinatura era già in disordine. Le ciocche che le contornavano il viso si erano arricciate e quando si ravviò i capelli si accorse che erano lievemente umidi. Probabilmente nello studio faceva troppo caldo, pensò. Eppure io non sudo mai...

Quando si passò la crema sul viso, rimase sorpresa nel vedere una goccia di sangue sulla guancia. Sì, c'era un piccolo graffio. Non ricordava di esserselo fatto, d'altra parte l'estetista che l'aveva massaggiata aveva unghie così lunghe...

Tornò a letto e con una punta d'irritazione notò che le ante dell'armadio di lady Ardsley erano di nuovo socchiuse. Dovrò legarne le maniglie, si disse. Sarebbe terribile se le capitasse di passare di qua e pensasse che ho frugato tra le sue cose!

A letto, con le luci spente, tentò di rilassarsi, ma le gambe continuavano a dolerle, la testa le pulsava e presto cominciò a sentirsi piuttosto depressa. Colpa del lavoro, tentò di persuadersi, non del fatto che stasera non ho parlato con Stephen. Bisbigliò: «Stephen e Polly», ma quei nomi non le portarono alcun conforto. Era come, pensò scoraggiata, se entrambi si stessero allontanando da lei.

Profonde rughe di collera e sofferenza segnavano il viso di Barnes. Seduti intorno alla sua scrivania c'erano anche Sloane e l'ispettore Lynch, entrambi con gli occhi arrossati dalla stanchezza. Entrambi avevano passato la notte sul luogo dell'attentato, ma senza alcun esito. Dal corridoio, un medico aveva visto un pacchetto volare attraverso l'atrio e un uomo tarchiato avventarsi per prenderlo. L'istinto lo aveva indotto a indietreggiare: una reazione che senza alcun dubbio gli aveva salvato la vita. Degli altri feriti, nessuno era stato in grado di dire chi avesse portato il pacchetto. I tre inservienti davanti ai quali era caduta la bomba, la receptionist e l'ispettore Collins erano morti.

«È indispensabile stabilire», cominciò con voce aspra Barnes, «se Collins stava effettivamente seguendo Judith Chase. Stando alle apparenze, si direbbe di sì. La sola altra alternativa è che dall'appartamento di lei o da un altro dello stesso stabile sia uscito qualcuno che lo ha insospettito. Ha telefonato alla signora Chase, Jack?»

«Sì, signore, circa un'ora fa. Mi sono attaccato a una scusa alquanto debole, sostenendo che eravamo alla ricerca disperata di un indizio, anche insignificante, e le ho chiesto se non aveva notato qualcosa di insolito durante la sua visita alla torre.»

«E la sua risposta?»

«Non ha avuto esitazioni. Mi ha ribadito di non aver notato nulla e ha ripetuto che quando svolge delle ricerche è sempre totalmente concentrata sul suo lavoro. In pratica, sostiene, non si accorge di niente di quello che la circonda.»

«Le è sembrata nervosa?»

Lynch si accigliò. «Non proprio nervosa, signore. Spenta, direi. Mi ha detto di avere finito il libro e di non avere più un briciolo di energia. Contava di restare a letto tutto il giorno per rileggerlo e poi di spedirlo al suo agente.»

Barnes calò il pugno sulla scrivania, un gesto che preannunciava inevitabilmente tempesta. «Perché diavolo Collins non ci ha avvertito che si accingeva ad abbandonare l'auto? Non avrebbe impiegato più di trenta secondi con il telefono.»

«Forse non aveva neppure quei trenta secondi, signore.»

«O forse non si è curato di farlo. Maledizione, Sam era uno dei nostri uomini migliori. Ha salvato almeno una dozzina di vite buttandosi addosso a quella bomba. Jack, la vecchia che Judith Chase è andata a trovare. Che cosa le ha detto, con esattezza?»

«Proprio nulla, signore. Non pensava in modo coerente. La capoinfermiera mi ha detto che a volte è lucidissima, ma che spesso vaneggia per giorni e giorni di fila. L'unica informazione che ho ottenuto è che, subito dopo la partenza della signora Chase, la Bloxham ha parlato alla capoinfermiera di due gemelline di due anni, Sarah e Polly, che un tempo la chiamavano Blammy.»

«Gemelle!» proruppe l'ispettore Lynch, improvvisamente dimentico della stanchezza. «Signore, come lei sa, Judith Chase venne trovata a Salisbury quando aveva due anni e nessuno si presentò mai all'orfanotrofio in cui era ospite per reclamarla, anche se dal suo abbigliamento era evidente che proveniva da una famiglia agiata. Non è possibile che stia cercando di rintracciare, o magari abbia già rintracciato, la sua famiglia d'origine? E che nelle sue ricerche abbia scoperto di avere una gemella?»

Mordendosi il labbro inferiore, Barnes allontanò con un gesto impaziente i capelli che gli ricadevano sulla fronte. «Una sorella gemella che le assomiglia moltissimo e che forse è membro di qualche organizzazione politica clandestina? Sì, avrebbe un senso. Dio santo, le elezioni sono fissate per dopodomani. Dobbiamo assolutamente risolvere questa faccenda.

Judith Chase è andata da quella vecchia solo due giorni fa e questo dovrebbe significare che non ha ancora trovato tutto quello che sta cercando. Quindi, non possiamo essere certi che sia entrata già in contatto con persone appartenenti al suo passato. Se non l'ha fatto e se riusciamo a scoprire chi sono queste persone e, se necessario, *diffidare* la Chase dal contattarle, forse ci sarà ancora possibile tenere lei e sir Stephen fuori da questo maledetto pasticcio. Oppure, se ha già trovato qualcuno e si tratta di gente poco raccomandabile, è necessario che io lo sappia prima che sir Stephen diventi primo ministro. Jack!»

Sloane si alzò. «Signore?»

«Torni alla casa di riposo! Parli con lo psichiatra, gli spieghi quello che stiamo cercando di scoprire. Forse lui sa quali sono i tasti giusti per fare parlare la signora Bloxham, se è così che si chiama. La Chase ha parlato anche con la moglie del portiere della Kent House, vero?»

«Sì.»

«Be', faccia altrettanto. Poi voglio un elenco completo di tutti i pensionati che si trovavano al Royal Hospital ieri sera. Scopra i nomi di eventuali visitatori che abbiano lasciato l'ospizio verso le otto e mezzo e li rintracci. Qualcuno di loro potrebbe avere visto entrare Collins e la persona che stava seguendo. E Cristo Iddio, si accerti che Judith Chase non muova neppure un passo senza qualcuno alle calcagna.»

Il telefono sulla scrivania di Barnes squillò. La sua segretaria gli parlò con voce affannata. «Mi dispiace interromperla, ma il questore voleva informarla che sir Stephen ha convocato una riunione d'emergenza; vuole essere aggiornato sull'andamento delle indagini.»

Stephen telefonò a Judith alle nove del mattino seguente, strappandola al sonno profondo in cui era caduta. La sua mano strinse forte il ricevitore quando sentì la voce di lui. Le era parso di trovarsi in acque scure e calde, e di nuotare nel tentativo di raggiungere la riva. Si costrinse a svegliarsi e mormorò il nome di Stephen, poi si alzò puntellandosi su un gomito sentendolo dire: «Sono in auto, tesoro, a dieci minuti da casa tua. Sto andando a una riunione d'emergenza con i funzionari di Scotland Yard. Dopo devo tornare subito in campagna, ma che cosa ne diresti di offrire una tazza di caffè a un uomo che spasima dalla voglia di stare un po' con te?»

«Ma Stephen, certamente! Sarà bellissimo rivederti.»

Judith riappese e saltò giù dal letto. Nello specchio del bagno vide che aveva gli occhi gonfi e assonnati; una goccia di sangue si era coagulata sul piccolo graffio che le solcava la guancia. Ho un aspetto orribile, pensò. Aprì la doccia, si tolse la camicia da notte e, protettasi i capelli con una cuffia, si offrì al getto dell'acqua, prima caldo poi freddo, per scrollarsi di dosso gli ultimi brandelli di sonno.

Un po' di fondotinta bastò a nascondere il graffio; un tocco di fard attenuò il pallore del viso e con qualche colpo di spazzola ridiede forma alla pettinatura. Indossò un caffettano di morbida lana sul cui sfondo nero esplodevano vivaci turbinii di arancio, lilla e fucsia, poi si affrettò in cucina, dove mise la caffettiera sul fuoco e cominciò ad apparecchiare la tavola vicino alla finestra. Di colpo si fermò e si chinò a raccogliere qualcosa che aveva notato sul pavimento. Era un pezzetto di fil di ferro ritorto. Da dove veniva? si chiese gettandolo nel cestino dei rifiuti. Il citofono ronzò in quel momento. «Il caffè è pronto, signore. Salga pure.»

Pochi secondi dopo apriva la porta e si gettava fra le braccia di Stephen.

Mentre bevevano il caffè e mangiavano i toast con marmellata, lui le parlò dell'attentato al Royal Hospital.

«Ho lavorato fino a tardi e non ho neppure acceso il televisore», disse Judith. «Ma, Stephen, come si può essere tanto perversi da mettere una bomba in un ospizio per veterani?»

«Non si sa ancora nulla. Di solito c'è sempre qualche organizzazione che rivendica la paternità dell'attentato, ma quando questo non accade, scoprire il responsabile diventa spesso una questione di semplice fortuna. Stamattina l'indignazione pubblica ha raggiunto l'apice. Perfino Buckingham Palace ha espresso ufficialmente la sua profonda preoccupazione e ha inviato le più sentite condoglianze ai familiari delle vittime.»

«Tutto questo influenzerà in qualche modo le elezioni?»

Stephen scosse la testa. «Tesoro, detesto l'idea di passare il resto della mia vita a pensare di essere stato eletto perché qualcuno se ne va in giro a piazzare bombe per tutta Londra, ma certo la ferma posizione che ho assunto in favore della pena di morte per i terroristi avrà il suo peso. Il partito laburista non è ancora disposto a cambiare idea al riguardo e il suo grido per la vita suona terribilmente debole alle orecchie di una nazione costretta a temere che i suoi figli saltino in aria ogni volta che vanno ad ammirare un monumento o vengono ricoverati in ospedale per una tonsillectomia.»

I cinque minuti che Stephen aveva messo in programma divennero trenta. Andandosene, le disse: «Judith, in tutta onestà credo che vincerò le elezioni. Se e quando questo accadrà, sarò convocato a Buckingham Palace dove Sua Maestà mi chiederà di formare il nuovo governo. Non è opportuno che tu presenzi all'incontro, ma non mi accompagneresti con l'auto?»

«Non c'è nulla che desideri di più.»

«Io invece desidero molto di più, ma sarà comunque un buon inizio per la nostra vita insieme.» Stephen la baciò di nuovo e allungò la mano verso la maniglia.

Con un gesto quasi involontario, Judith gli sfiorò il braccio, inducendolo a voltarsi verso di lei. «Hai mai sentito quella vecchia canzone 'Lasciami stare, lasciami stare fra le tue braccia'?» sussurrò in tono quasi triste.

Per un lungo minuto lui la tenne stretta a sé e Judith si scoprì a pregare: ti prego, fa' che nulla distrugga quello che c'è fra noi. Ti prego.

Uscito Stephen, si versò un'altra tazza di caffè e tornò a letto. Devo essermi beccata qualche virus, rifletté non per la prima volta. Ecco perché mi sento a pezzi. Sapeva che l'indomani non sarebbe riuscita ad andare nello Yorkshire. Tanto vale dedicare la giornata all'ultima revisione del dattiloscritto. Non voglio sentirmi così quando incontrerò Polly.

Alle nove squillò il telefono. Il dottor Patel era ansioso di sapere quando contava di andare a Beverley.

«Non certo prima di domani», gli rispose Judith. «Per oggi ho deciso di rinunciare. Temo di essermi presa qualcosa e mi sento tutta dolorante. Ma non si preoccupi, la chiamerò appena l'avrò vista.»

Reza Patel si sforzò di parlare in tono indifferente. «Judith, lei è un'esperta del Diciassettesimo secolo. Nel corso delle sue ricerche non si è mai imbattuta nel nome di lady Margaret Carew?»

«Ma certo. Un tipetto affascinante. Pare che sia stata lei a convincere il marito a firmare la condanna a morte di Carlo I, perse il suo unico figlio in una delle grandi battaglie della guerra civile e tentò di assassinare Carlo II quando tornò sul trono. Lui si arrabbiò al punto che volle assistere alla sua esecuzione.»

«Conosce la data dell'esecuzione?»

«Devo averla annotata da qualche parte. Perché?»

Patel aveva previsto la domanda. «Ricorda quando ci siamo incontrati alla Portrait Gallery? C'era anche un mio amico lì e gli è parso di riconoscere lady Margaret in un ritratto di gruppo. Perlomeno, assomiglia moltissimo alla donna che il suo ramo della famiglia ha disconosciuto. Si è incuriosito, capisce.»

«Darò un'occhiata ai miei appunti. Ma forse al suo amico converrebbe scordarsi tutta la faccenda. Lady Margaret era una vera fonte di guai.»

A conversazione conclusa, Patel si rivolse a Rebecca. «So che è rischioso, ma l'unica speranza per Judith è di farla tornare al momento della morte di lady Margaret. E se devo farlo, devo anche conoscere con esattezza la data. Per ora Judith non sospetta nulla.»

A Rebecca Wadley sembrava di avere ormai assunto stabilmente il ruolo di Cassandra. «Entro domani a quest'ora è probabile che Judith sappia con certezza di avere trovato non solo una parente in vita, ma addirittura una sorella gemella. Perché dovrebbe accettare di farsi ipnotizzare di nuovo? O conti forse di raccontarle la verità?»

«No!» gridò Patel. «Certo che no. Non capisci che cosa

significherebbe per lei? Si sentirebbe moralmente responsabile di quanto è accaduto e niente di quello che potrei dirle riuscirebbe a convincerla del contrario. Devo trovare il modo di rimandarla indietro nel tempo senza che lei ne sappia il motivo.»

Sulla scrivania di Rebecca erano sparpagliati i giornali del mattino. Tutti riportavano le foto della carneficina al Royal Hospital. «Sarà bene che ti sbrighi», disse a Patel. «Che ti piaccia o no, in questo momento stai proteggendo un'assassina.»

La giornata trascorsa a letto non aiutò Judith. Una lettura attenta del dattiloscritto le permise di individuare refusi di poca gravità e alcune ripetizioni, e la indusse a pensare che se da un lato quello era il suo saggio migliore, dall'altro era molto più ostile nei confronti di Carlo I e di Carlo II di quanto lei non si fosse riproposta quando aveva cominciato a scriverlo. Mi sono a tutti gli effetti schierata dalla parte del Parlamento, pensò, e a questo punto se volessi cambiare l'impostazione dovrei riscrivere l'intero libro. Chissà perché, non provava il senso di sollievo e di benessere che di solito accompagnava la conclusione di un lavoro.

Anche quella notte dormì poco e male ed erano appena le cinque quando perse ogni speranza di riuscire a riposare. Che cosa mi sta succedendo? si chiese mentre giaceva a occhi aperti nel letto di lady Ardsley. Sei mesi fa, quando sono venuta in Inghilterra, non avevo nessuno che potessi definire un parente. Ora invece sto per sposare l'uomo che amo e oggi stesso incontrerò la mia sorella gemella. Perché piango, allora? Con un gesto impaziente si asciugò gli occhi.

Alle sei e mezzo si alzò per prepararsi. Il treno per Beverley partiva alle otto. Sono soltanto nervi, si disse mentre faceva la doccia e si vestiva. Ho voglia di vedere Polly e al tempo stesso ne ho paura.

Pensò fugacemente che sarebbe stato più saggio indossare la mantella nuova, il cui cappuccio le nascondeva buona parte del viso, ma chissà perché la prospettiva non la allettava. Prese invece il vecchio impermeabile e nel cassetto pescò un grande foulard che si legò in testa. I grandi occhiali scuri e il foulard sarebbero stati più che sufficienti a camuffarla, nell'eventualità che la somiglianza tra lei e Polly fosse molto marcata.

Durante il tragitto verso la stazione si fermò per fare una fotocopia del dattiloscritto e spedire l'originale, accompagnato da un breve biglietto, al suo agente di New York. Poi continuò per Kings Cross.

Era uno scherzo della sua immaginazione, o adesso ricordava con chiarezza il momento in cui le bombe erano cadute? La sua mano che cercava quella della madre, Polly che urlava, il buio, il rumore di passi in corsa, e lei stessa che singhiozzava, convinta che la mamma l'avesse abbandonata. Mentre saliva sul treno, gli scalini le parvero alti come se fosse stata una bambina di due anni e quando sedette accanto al finestrino ricordò, o credette di ricordare, il sobbalzo del treno che lasciava la stazione di Waterloo. Percepì la ruvidità del sacco su cui si era sdraiata, duro e rigido. Probabilmente conteneva della posta, ed era pieno fino all'orlo e chiuso con una cordicella. Era così sprofondata nei ricordi, che non notò l'uomo sulla quarantina con il viso sottile seduto dietro di lei nella carrozza aperta, né si accorse che, sebbene fingesse di leggere il giornale del mattino, l'ispettore David Lynch non le staccava gli occhi di dosso.

Anche a Scotland Yard era stata fatta una scoperta. Alla casa di riposo il comandante Sloane aveva trovato la signora Bloxham assolutamente lucida. Con voce tremante per l'emozione, la donna gli aveva parlato delle due graziose gemelline che un tempo vivevano con la madre vedova nell'appartamento accanto al suo, di come Elaine Parrish, fosse rimasta uccisa durante un bombardamento mentre si recava alla stazione per portare le figlie in campagna, di come il cadavere di Sarah non fosse mai stato ritrovato e di come Polly fosse attualmente proprietaria di una libreria a Beverley, nello Yorkshire. Al suo ritorno in ufficio, la soddisfazione di poter riferire informazioni tanto importanti fu temperata dalla notizia che Judith era partita per lo Yorkshire, seguita dall'ispettore Lynch. «Avrei preferito che avessimo la possibilità di indagare su Polly Parrish prima che la signora Chase le rivelasse la sua identità, se è questo lo scopo del suo viaggio», disse a Barnes.

C'era stato un altro progresso, se così si poteva definire. Sloane venne informato che l'interrogatorio dei visitatori che si trovavano al Royal Hospital la sera dell'attentato aveva sortito buoni risultati. Alle otto e venti, un uomo che si apprestava ad andarsene aveva aperto la porta per fare entrare una donna con indosso una mantella verde scuro; la sconosciuta gli era passata accanto senza neppure un cenno di ringraziamento. Aveva, ricordava il teste, una cicatrice scarlatta sulla mano. Un attimo prima che la porta si richiudesse, era entrato un tizio tarchiato. «Ecco di nuovo la signora con la mantella e la cicatrice», sospirò Barnes. «Domani convocheremo Judith Chase per interrogarla.»

«Con quale motivazione?» volle sapere Sloane.

«Le diremo che siamo convinti che la persona che stiamo cercando le assomiglia moltissimo e che vogliamo sapere se ha rintracciato qualcuno della sua famiglia di origine. Le chiederemo se conosce una donna di nome Margaret Carew.»

«E se la conosce?» insistette l'altro.

«Domani ci sono le elezioni. Avvertiremo sir Stephen di stare lontano da lei. È chiaro che se la stampa venisse a sapere del loro legame potrebbe essere costretto a dimettersi dall'incarico di capo del partito, e questo significherebbe un altro primo ministro.»

«Un maledetto guaio per lui e per il paese intero!» esplose Sloane.

«Sarebbe un guaio ancora peggiore se la signora con la mantella, chiunque sia, continuasse i suoi sporchi lavoretti e fosse effettivamente collegata a lui.»

Il viaggio durò tre ore. Judith cambiò treno a Hull, da cui Beverley distava solo pochi minuti. Mentre attraversava la piazza principale, Judith notò solo vagamente la squisita architettura delle chiese della bella cittadina. Un vigile le indicò come arrivare a Queen Mary Lane, l'angusta stradina laterale in cui si trovava la libreria Parrish. Soffiava un vento leggero ma freddo e Judith sollevò il bavero dell'impermeabile. Aveva già inforcato i grandi occhiali scuri. Oltrepassò una farmacia, un fioraio, un negozio di frutta e verdura, poi finalmente vide l'insegna. Parrish Pages. Era dunque arrivata.

Aprì la porta e nel negozio echeggiò il debole tintinnio di un campanello. Alla cassa sedeva una giovane donna dal viso gradevole che vedendola entrare le lanciò un sorriso prima di tornare a dedicarsi al cliente che stava servendo.

Fu un sollievo per Judith constatare che c'era almeno una mezza dozzina di persone che curiosava tra i corridoi. Ebbe così il tempo di esaminare con attenzione l'interno del negozio. Era un ambiente lungo e piuttosto stretto e non c'era un solo centimetro di spazio che non fosse stato sfruttato, pur senza pregiudicare in alcun modo la confortevole atmosfera da libreria di *aficionados* che vi si respirava. La stanza sul retro era arredata come un soggiorno, con un vecchio divano di pelle, una grande poltrona rivestita in velluto e tavolinetti con lampade da lettura. A una massiccia scrivania di quercia era seduta una donna: una donna il cui profilo fece sobbalzare Judith. Il cuore cominciò a batterle in fretta e si accorse di avere le mani madide di sudore. Polly! Non poteva che essere Polly.

«Sta cercando qualcosa di particolare?» A parlare era stata la ragazza alla cassa.

Judith deglutì a fatica; un nodo le serrava la gola. «Stavo solo curiosando, ma sono certa che troverò qualcosa d'interessante. Avete un negozio davvero simpatico.»

«È la prima volta che viene?» La cassiera sorrise. «Oh, la Parrish Pages è famosa. Abbiamo clienti che vengono da parecchi chilometri di distanza. Non ha mai sentito parlare della signorina Parrish?»

Judith scosse la testa senza parlare.

«È una nota scrittrice. La invitano ovunque, ma lei preferisce curare il suo programma alla radio e durante la settimana tiene corsi per bambini. È molto più comodo che viaggiare in continuazione. La vede? È quella seduta alla scrivania. Le farebbe piacere conoscerla?»

«Oh, non credo sia il caso. Non vorrei disturbarla.»

«Nessun problema. Alla signorina Parrish fa piacere scambiare due chiacchiere con i visitatori.»

Judith venne letteralmente spinta verso il retro del negozio e un istante dopo si trovò di fronte alla scrivania. Quando Polly alzò la testa, il cuore ebbe un altro sussulto.

Sua sorella era molto più robusta di lei e aveva i capelli castano scuro generosamente striati d'argento. Il viso, privo di trucco, era grazioso ed emanava forza e calore al tempo stesso.

«Signorina Parrish, ecco qualcuno che viene per la prima volta», disse l'impiegata.

Con un sorriso, Polly tese la mano a Judith. «Siamo lieti che si sia fermata da noi.»

Anche Judith tese la mano; quello, realizzò vagamente, era il suo primo contatto fisico con la gemella. «Sono... sono Judith Kurner», mormorò, usando d'istinto il suo nome da sposata. Polly, pensò poi, Polly. Per un istante la tentazione di dire: «Sono io, sono Sarah», fu intensissima, ma sapeva di dovere aspettare. Polly era una scrittrice nota. Curava un suo programma radiofonico ed era proprietaria di una simpaticissima libreria. Oh, Stephen, pensò allora, non saremo costretti a nascondere questa parente!

L'ispettore Lynch, che guardava da uno dei corridoi, increspò le labbra per emettere un fischio silenzioso. Fatta eccezione per i capelli, la donna era identica a Judith Chase. Con una parrucca scura, sarebbe stata la sua immagine speculare. Che fortuna, se un'indagine approfondita sul suo conto avesse dimostrato che era legata a qualche gruppo terrorista! Comprese subito che Judith non aveva alcuna intenzione di rivelare la propria identità; era lì per un primo esame. Ecco perché aveva messo il foulard e gli occhiali scuri. Era un bene che avesse tanto buonsenso.

Lynch sapeva che il suo più grande desiderio era poter scagionare Judith Chase da ogni sospetto. Aveva letto i suoi libri e il dossier compilato da Scotland Yard ed era arrivato ad apprezzarla e ammirarla. Non gli era facile mantenere l'obiettività e il distacco necessari. Di colpo aggrottò la fronte.

Nell'attimo stesso in cui se ne accorse anche Judith, lui vide che Polly Parrish era seduta su una sedia a rotelle.

Erano quasi le sei del pomeriggio quando Judith tornò a casa. Dopo avere lasciato Polly, si era fermata a bere un tè in un ristorantino a pochi passi dalla libreria. La cameriera irlandese aveva risposto con loquacità alle sue abili domande, solo apparentemente casuali. Polly Parrish era cresciuta lì, a Beverley, dove una splendida famiglia l'aveva accolta quando era stata finalmente dimessa dall'ospedale. Si era rotta la spina dorsale durante un bombardamento in cui erano rimaste uccise sua madre e sua sorella. Viveva sola, in un delizioso cottage a pochi chilometri da lì, e collaborava con riviste e quotidiani. E, oh, quando raccontava una storia, tutti, dai bambini agli anziani, l'ascoltavano incantati, bevendo ogni sua parola. «Glielo dico io, signora, la sua è come una magia.»

«Racconta vecchie leggende o inventa le sue storie?» era riuscita a chiedere Judith, nonostante avesse la gola serrata.

«Entrambe le cose.» La cameriera aveva taciuto per qualche istante. «Sa, non riesco a fare a meno di pensare che in fondo è sola al mondo, capisce? Ha un sacco di amici, sì, ma neppure un parente.»

Ce l'ha, invece, pensò per l'ennesima volta Judith mentre si sfilava l'impermeabile. Ha me!

Durante il tragitto di ritorno a Londra, altre immagini le erano affiorate alla mente. Polly e lei che giocavano nella Kent House. Avevano due carrozzine di vimini per le bambole, rammentò. Erano uguali, solo che la mia aveva il tettuccio giallo, quella di Polly rosa, ricordò.

L'indomani era il giorno delle elezioni e alla stazione Judith aveva comperato i quotidiani più importanti. Tutti concordavano nel dare favorito il partito conservatore. Ben lontano dall'abbracciare il proclama di rinnovamento dei laburisti, l'elettore medio era soprattutto preoccupato per il dilagante fenomeno del terrorismo. La richiesta del ripristino della pena di morte da parte di sir Stephen Hallett avrebbe indotto molti inveterati laburisti ad andare contro la linea del loro partito per garantire ad Hallett la nomina a primo ministro.

Il libro era finito. Lei aveva trovato Polly. L'indomani i conservatori avrebbero vinto le elezioni e il giorno successivo Stephen sarebbe divenuto il nuovo primo ministro. Perché allora, si chiese, non era felice? Perché si sentiva sopraffatta dalla tristezza, senza più speranza?

Sindrome d'affaticamento, decise mentre si preparava un'insalata e un'omelette. Mangiò seduta al tavolo di cucina leggendo i giornali e ripensando alla mattina del giorno precedente, quando lei e Stephen avevano mangiato a fianco a fianco seduti sulla piccola panca. Le sembrava di sentire ancora il calore della spalla di lui che sfiorava la sua, della vicinanza dei loro corpi mentre sorseggiavano il caffè. Ancora pochi giorni, e avrebbe potuto comparire in pubblico al suo fianco. Una volta concluse le elezioni, non ci sarebbe stato più bisogno di mantenere il segreto. Sorrise mentre versava il tè dalla teiera di porcellana: probabilmente quel noioso di Harley Hutchinson avrebbe tentato di far credere che l'aveva sempre saputo!

Solo dopo avere lavato e asciugato i pochi piatti usati e averli riposti, passò nello studio dove trovò un messaggio sulla segreteria telefonica. Il comandante Jack Sloane di Scotland Yard le sarebbe stato grato se avesse fatto un salto da lui in mattinata. Poteva dargli un colpo di telefono per fissare l'ora?

Alle undici del mattino del giorno delle elezioni, Sloane era nell'ufficio dell'aiuto vicequestore Barnes. Entrambi gli uomini erano cupi in volto.

«È una brutta faccenda», riconobbe Barnes. «Non mi sento preparato per dire alla signora Chase che è controllata. Lynch dice che Polly Parrish, la sorella, sarebbe la sua copia esatta se non fosse per le striature grige fra i capelli. Hai già trovato i certificati di nascita e la pratica del padre presso la RAF?»

Sloane annuì. «Non c'erano altre sorelle.»

«Ma potrebbe esserci una cugina, o una perfetta sconosciuta molto somigliante alla signora Chase. L'unico collegamento diretto che abbiamo è dato dal fatto che Collins stava sorvegliando Judith Chase e che si trovava all'ospizio dei veterani quando è esplosa la bomba. Sa come si comporterebbe un avvocato davanti a una prova come questa? Tirerebbe fuori una mezza dozzina di donne somiglianti alla Chase e il caso non arriverebbe neppure in tribunale.»

«E intanto avremmo distrutto la reputazione di Judith Chase.»

«Proprio così.»

«La cicatrice di cui hanno parlato Watkins e il testimone dell'ospizio: c'è qualche possibilità che sia falsa, che la donna si sia dipinta sulla mano qualche strano simbolo?»

«A questo proposito Watkins è stato interrogato in modo più che esaustivo. Sostiene di aver visto da vicino la cicatrice, di averla toccata. Dice che chiaramente la ferita non era stata suturata e che per questo la pelle era rimasta raggrinzita. E ha aggiunto che quando era a letto con lei le ha chiesto di passargli la mano sulla schiena e che ha provato una sensazione fantastica.»

Il viso di Jack Sloane esprimeva tutto il suo disgusto. «Judith Chase non è donna da andare a letto con quel tanghero.»

«Noi non sappiamo chi è Judith Chase», gli fece notare Barnes con voce brusca. «Ed è tempo di scoprirlo. Le ha detto alle undici, vero?»

«Sì, signore. Sono le undici giusto adesso.» Sloane sperava che Judith non arrivasse in ritardo: Barnes era un maniaco della puntualità. Ma i suoi timori si rivelarono infondati, perché proprio in quel momento la segretaria annunciò l'arrivo della scrittrice.

Il vago disagio che sperimentava ormai da due giorni aveva spinto Judith a dedicare particolare attenzione al suo abbigliamento. Era una bella giornata quasi primaverile e per l'occasione aveva scelto un abito color fucsia di ottimo taglio, con la gonna aderente e accompagnato da una morbida giacca. Al collo aveva una leggera sciarpa nera e fucsia e sul bavero della giacca aveva appuntato una spilla d'oro a forma di unicorno. La piccola tracolla in pelle nera si intonava alla perfezione con le scarpe a tacco basso. Aveva lasciato i capelli sciolti e si era truccata con cura gli occhi con l'ombretto viola.

Vedendola, entrambi gli uomini pensarono che sarebbe stata la moglie perfetta per un primo ministro.

Judith tese la mano a Barnes che ne approfittò per un rapido esame. Non c'erano cicatrici. Forse il debole segno di una vecchia ferita, ma nient'altro, e certo nessuna traccia di pelle raggrinzita o chiazzata. Avvertì un'acuta fitta di sollievo. Non voleva che quella donna fosse la colpevole.

Al comandante Sloane non era sfuggita l'occhiata di Barnes. Almeno questo punto è stato chiarito, pensò.

Barnes andò direttamente al nocciolo della questione. L'unico fatto concreto a loro disposizione era che un operaio edile aveva consegnato dell'esplosivo a una donna che si faceva chiamare Margaret Carew e che apparentemente assomigliava moltissimo a Judith. «Per caso conosce qualcuno che si chiami così?»

«Margaret Carew!» esclamò Judith, sorpresa. «Una donna con questo nome è vissuta nel Diciassettesimo secolo. Mi ci sono imbattuta nel corso delle mie ricerche.»

I due uomini sorrisero. «Temo che questo non ci aiuti molto», commentò Barnes. «E comunque ce ne sono dieci nell'elenco telefonico di Londra, tre a Worcester, due a Bath e sei nel Galles. È un nome alquanto comune. Signora Chase, ha avuto per caso visite martedì sera?»

«Martedì scorso, intende dire? No. Sono andata dal parrucchiere e ho pranzato in un pub, poi sono tornata direttamente a casa. Ero occupata con l'ultima revisione del mio libro. L'ho appena spedito. Perché me lo chiede?»

Judith si accorse di avere le mani appiccicaticce. Dunque non l'avevano convocata solo perché si trovava alla torre il giorno dell'attentato.

«Non è uscita di casa?»

«Assolutamente no. Che cosa vuole sottintendere?»

«Assolutamente nulla, signora Chase. L'operaio che si ritiene abbia fornito l'esplosivo all'attentatrice ha visto una sua foto sul retro di uno dei suoi libri e afferma che questa Margaret Carew le assomiglia. Ma ha anche sostenuto con vigore che non si trattava della stessa persona. In effetti, questa donna ha una cicatrice sulla mano. Sembra che prima di morire il custode della torre abbia detto che lei era tornata, così ecco che abbiamo di nuovo una donna che apparentemente le assomiglia. In una delle fotografie scattate durante l'attentato alla statua equestre è visibile una donna con indosso una mantella e un paio di occhiali scuri, una donna che assomiglia a lei. È stata ripresa mentre depone ai piedi del monumento il pacchetto contenente l'ordigno esplosivo. La figura è stata ingrandita molte volte e la cicatrice è chiaramente visibile. Il punto è: c'è una persona che le assomiglia moltissimo e che è l'autrice di questi folli attentati. Lei ha idea di chi possa essere?»

Sanno di Polly, pensò Judith. Ne era certissima. Sono stata seguita. Sono sotto sorveglianza. «Intende dire una persona che mi assomiglia abbastanza da essere mia gemella, se si prescinde dal fatto che la mia gemella è confinata su una sedia a rotelle? Da quanto tempo mi fate pedinare?»

Barnes rispose alla sua domanda con un'altra. «Signora Chase, è per caso in contatto con qualche membro della sua famiglia d'origine, in particolare con qualcuno che ha una forte somiglianza con lei?»

Judith si alzò di scatto. La cicatrice, pensava, la cicatrice. Lady Margaret Carew. Le ore di vuoto di cui aveva parlato a Patel. «Pochi giorni fa sir Stephen è stato qui per una riunione ad alto livello concernente gli sviluppi delle indagini. In quell'occasione è stato fatto il mio nome?»

«No.»

«Perché? Mi sembra che dovrebbe essere informato delle vostre ipotesi.»

Questa volta fu Sloane a rispondere. «Signora Chase, anche nelle riunioni ad alto livello c'è il rischio di soffiate alla stampa. Nel suo interesse, e nell'interesse di sir Stephen, preferiamo che il suo nome non venga collegato neppure lontanamente a questa storia. Ma lei può aiutarci. Possiede una mantella verde scuro?»

«Sì, ma non la metto spesso, a dire la verità. L'ho comperata da Harrods, ma è un modello talmente sfruttato che ormai la metà delle londinesi ne ha una uguale.»

«Lo sappiamo. Le è mai capitato di prestare la sua?»

«No. C'è altro che volete sapere?»

«No», rispose Barnes. «La prego, signora Chase, posso sottolineare ancora una volta...»

«Non si preoccupi di sottolineare niente.» A Judith costò uno sforzo enorme mantenere ferma la voce.

In silenzio, Jack si alzò e le aprì la porta. Quando l'ebbe richiusa alle sue spalle, guardò il suo capo. «Era truccata, ma l'ho vista impallidire quando ho accennato alla cicatrice», mormorò Barnes. «Voglio che il suo telefono venga immediatamente messo sotto controllo.»

Tornata a casa, Judith telefonò a Patel, ma la segreteria telefonica la informò che i dottori Patel e Wadley erano a Mosca per un seminario di due giorni e che probabilmente avrebbero chiamato soltanto in tarda serata. «Dica al dottore di telefonarmi a qualunque ora», disse lei.

Poi accese il televisore e sedette immobile davanti allo schermo. Durante il notiziario vennero trasmesse delle immagini di Stephen che votava nel suo distretto. Aveva il viso affaticato, ma nei suoi occhi c'era un'espressione fiduciosa. Per un istante guardò direttamente nella telecamera e a Judith parve quasi che stesse guardando lei. Oh, Dio, pensò, lo amo tanto.

Andò alla scrivania e, aperta l'agenda, mise a confronto i giorni in cui erano avvenuti gli attentati con i suoi impegni. Disperata, constatò che in occasione di ogni attentato lei dormiva seduta alla scrivania o le era capitato, lavorando, di perdere il senso del tempo.

Era stato durante la settimana antecedente al primo attentato che aveva sperimentato la prima amnesia. Ne aveva parlato con il dottor Patel. Perché lui le aveva chiesto la data esatta della morte di Margaret Carew? E perché a volte la cicatrice che aveva sulla mano si arrossava?

Tornò al televisore, nella speranza di rivedere Stephen. Moriva dalla voglia di averlo vicino, di stare fra le sue braccia. «Ho bisogno di te, Stephen», mormorò. «Ho bisogno di te.»

Erano le tre quando lui telefonò. Traboccava di entusiasmo. «Non è ancora finita, tesoro, ma tutto sta a indicare che ce l'abbiamo fatta.»

«Tu ce l'hai fatta.» In qualche modo Judith riuscì a mostrarsi eccitata e felice. «Quando lo saprai per certo?»

«I seggi non chiudono fino alle nove e i primi risultati verranno comunicati verso mezzanotte. Solo durante le prime ore del mattino avremo un quadro attendibile della situazione. I media prevedono una vittoria schiacciante per noi, ma si sa che in questi casi può succedere di tutto. Judith, vorrei tanto che tu fossi con me adesso. L'attesa sarebbe meno penosa.»

«Lo so, lo so caro.», Judith strinse con più forza la cornetta. «Ti amo, Stephen», mormorò con voce rotta. «Arrivederci, tesoro.»

In camera, Judith infilò una camicia da notte pesante, la vestaglia di flanella e andò a letto. Nonostante le coperte, non riusciva a smettere di tremare e la disperazione minacciava di sopraffarla. Perfino alzarsi per prepararsi una tazza di tè le sembrava una fatica eccessiva. Rimase a fissare il soffitto per ore, senza accorgersi della luce che si andava stemperando nell'oscurità.

Alle sei del mattino seguente il dottor Patel chiamò da Mosca. «Qualcosa non va?»

La domanda ebbe il potere di far perdere a Judith quel po' di autocontrollo rimastole. «Sa benissimo che qualcosa non va», scattò. «Che cosa mi ha fatto?» La sua voce si alzò fino a diventare un grido. «Che cosa mi ha fatto mentre ero sotto ipnosi? Perché mi ha chiesto di Margaret Carew?»

«Judith», la interruppe il medico, «sto per tornare a casa. Il mio volo parte adesso. Venga nel mio studio alle due. È indispensabile che sia in grado di dirmi la data esatta della morte di Margaret Carew. La conosce?»

«Sì, ma perché? Voglio sapere perché!»

«Ha a che fare con la sindrome di Anastasia.»

Judith riattaccò e chiuse gli occhi. La sindrome di Anastasia. No, pensò. Non è possibile.

Si costrinse a lasciare il letto, fece una doccia e, infilati un golf pesante e un paio di pantaloni, si preparò un tè e due toast e accese il televisore.

Poco prima di mezzogiorno il partito laburista ammise la sconfitta. Con occhi pieni d'angoscia, Judith guardò Stephen annunciare la propria vittoria alla County Hall. Il discorso in cui ringraziava i sostenitori locali e gli avversari per avere combattuto lealmente fu accolto da applausi scroscianti. Da lì, Stephen fu scortato a Edge Barton, dove lo attendeva una folla di elettori. Si trattenne a lungo sui gradini a stringere le mani che si tendevano verso di lui, il viso raggrinzito in un sorriso.

Judith lo guardò, guardò la meravigliosa dimora che aveva creduto sarebbe tornata sua.

Tornata? si chiese poi.

Con un ultimo cenno di saluto Stephen entrò a Edge Barton e pochi istanti dopo Judith sentì lo squillo del telefono. Sapeva che era lui. Con uno sforzo enorme, si costrinse a mostrarsi eccitata e felice. «Lo sapevo, lo sapevo, lo sapevo!» gridò. «Congratulazioni, tesoro.»

«Sono in partenza per Londra. Alle quattro e trenta mi presenterò a Sua Maestà. Rory verrà a prenderti a casa alle quattro meno un quarto; in questo modo avremo qualche minuto per noi prima che io vada a palazzo. Vorrei tanto poterti portare con me, ma non sarebbe opportuno. Trascorreremo il fine settimana a Edge Barton e annunceremo il nostro matrimonio. Oh, Judith, finalmente, finalmente.»

Judith aveva la voce rotta e le guance rigate di lacrime, ma riuscì a convincere Stephen che piangeva di gioia. Appena ebbe riattaccato, cominciò a perquisire l'appartamento.

A Scotland Yard, l'aiuto vicequestore Barnes e il comandante Sloane si trovavano nell'ufficio del primo e ascoltavano per la decima volta la registrazione del colloquio tra Judith e il dottor Patel.

Poi, sotto lo sguardo attonito di Barnes, Sloane illustrò la teoria della sindrome di Anastasia elaborata dal medico. «Riportare in vita personaggi vissuti in altre epoche?» ruggì alla fine l'alto funzionario di Scotland Yard. «Ma che razza di idiozia è questa? Non è invece possibile che Patel abbia ipnotizzato Judith Chase costringendola a compiere gli attentati? Vediamo di scambiare due chiacchiere con questo tipo prima che arrivi la Chase.»

Quando entrò nello studio del dottor Patel, Judith aveva le labbra livide e gli occhi le brillavano nel viso pallidissimo. Sul braccio portava la mantella verde scuro e in mano aveva una borsa della spesa rigonfia. Ignorava che Barnes e Sloane si trovavano nel laboratorio, davanti allo specchio unilaterale da dove potevano osservarla e ascoltarla a sua insaputa.

«Ieri notte non sono riuscita a dormire», raccontò Judith a Patel, «ho continuato a riesaminare tutto quello che mi sembrava insolito. E sa una cosa? Più di una volta mi ero irritata perché le ante dell'armadio che lady Ardsley si è riservata continuavano ad aprirsi. Adesso so che non si aprivano da sole, era qualcuno a farlo. Io. Questa è la mia mantella. Non ricordo di averla indossata più di una volta o due, e sempre in giorni di bel tempo, ma ha il bordo sporco di fango e sono sporchi anche gli stivali con cui l'abbino sempre.» Gettò su una sedia mantella e stivali. «E guardi qui: polvere, filo metallico. Con questa roba è possibile fabbricare una bomba, anche se rudimentale.» Posò con cura il sacchetto sul tavolo accanto alla porta. «Ho paura di tenerlo vicino. Ma perché è successo tutto questo? Che cosa mi ha fatto?»

«Si sieda, Judith», le ordinò Patel. «Devo rivelarle una cosa: quando le ho mostrato la ripresa della seduta, non le ho fatto vedere tutto. Comprenderà meglio quando avrà visionato tutto il nastro.»

Nel laboratorio, Rebecca Wadley vide un'espressione incredula dipingersi sul viso dei funzionari di Scotland Yard mentre sul video scorrevano le immagini di Judith.

«Ecco, lei lo aveva visto fin qui», disse Patel a un certo punto. «Ora assisterà al resto.»

Attonita, Judith guardò il suo viso stravolto, udì il suo grido disperato, si vide dibattersi sul lettino.

«Le ho somministrato una dose eccessiva di farmaco, spedendola in un periodo storico che già occupava moltissimo la sua mente. Judith, lei è la dimostrazione vivente della mia teoria. È possibile riportare una presenza umana dal passato, ma si tratta di una facoltà che non potrà mai essere utilizzata. Quando morì lady Margaret Carew?»

Non è possibile che tutto questo stia accadendo a me, pensò Judith. Non è possibile. «Fu decapitata il 10 dicembre 1660.»

«Ho intenzione di farla regredire fino a quel giorno. Lei ha assistito all'esecuzione, ma questa volta non dovrà farlo. Non dovrà guardare, mi ha capito? Non guardi lady Margaret in faccia. Il contatto visivo può essere estremamente pericoloso. La lasci morire, Judith. Si liberi di lei.»

Patel premette un pulsante sulla scrivania e Rebecca arrivò dal laboratorio con un vassoio su cui erano posati un ago per endovene e una fiala contenente il licantum. Sloane e Barnes guardavano in silenzio ed entrambi soppesavano le infinite implicazioni dello sbalorditivo spettacolo a cui stavano assistendo.

Questa volta Patel iniettò subito a Judith la dose massima di farmaco e i monitor mostrarono che le funzioni fisiologiche di lei si erano ridotte fino a raggiungere quasi lo stadio del coma.

Patel sedette vicino al divanetto su cui era sdraiata Judith e le posò una mano sul braccio. «Judith, la prima volta che si è trovata in quel momento storico è accaduta una cosa atroce. Ha assistito alla decapitazione di lady Margaret Carew, il 10 dicembre 1660. Ora ci tornerà, attraversando i secoli fino ad arrivare alla data e al luogo dell'esecuzione. La volta scorsa lei ha provato pietà per lady Margaret, ha cercato di salvarla. Questa volta invece dovrà voltarle le spalle. La lasci andare alla tomba. Mi dica, Judith. Oggi è il 10 dicembre 1660. Quale immagine appare nella sua mente?

Lady Margaret salì i gradini che la portavano al palco su cui l'aspettava il carnefice. Era quasi riuscita a soggiogare Judith, a diventare lei, ma ecco che l'avevano riportata di nuovo a quel terribile momento. Morire ora avrebbe significato tradire Vincent e John. Si guardò intorno con selvaggia disperazione. Dov'era Judith? Non riusciva a individuare il suo viso tra le rozze facce contadine arrossate dall'eccitazione... Per loro, vedere la sua testa spiccata dal corpo era un'occasione di festa. «Judith», chiamò. «Judith.»

«C'è tanta gente», stava mormorando Judith. «Gridano tutti. Hanno una gran voglia di assistere all'esecuzione. C'è anche il re, all'interno di una specie di recinzione .Oh, guardate l'uomo che è con lui. Assomiglia a Stephen. Ecco, stanno facendo salire lady Margaret sul palco. Ha appena sputato addosso al re e sta inveendo contro Simon Hallett.»

Non sarebbe in grado di identificare nessuno se Margaret Carew non fosse ancora in qualche modo legata a lei, rifletté Patel. «Judith, non resti lì. Le giri le spalle. Corra.»

Finalmente Margaret individuò la nuca di Judith. Stava cercando di aprirsi un varco tra la folla, che però le premeva addosso, spingendola di nuovo verso il palco. Adesso Margaret era in piedi davanti al ceppo. Due mani forti le si posarono sulle spalle, la costrinsero a inginocchiarsi. Una cuffia bianca le fu calcata in testa. «Judith!» urlò.

«Mi sta chiamando. Non voglio girarmi! Non voglio!» gridò Judith, agitando selvaggiamente le mani.

«Fugga», le ordinò Patel. «Non si volti a guardare.»

«Judith!» urlò Margaret. «Guarda. C'è Stephen qui. Stanno per giustiziare Stephen.» Judith piroettò su se stessa e incontrò lo sguardo severo, avvincente di lady Margaret Carew. Cominciò a urlare, un gemito disperato, pieno di terrore.

«Judith, che cosa c'è? Che cosa sta succedendo?» domandò Patel.

«Il sangue. C'è del sangue che le sgorga dal collo. La sua testa. L'hanno uccisa. Voglio andare a casa. Voglio Stephen.»

«Sta tornando a casa, Judith. Ora si sveglierà e si sentirà tranquilla e rinvigorita. Per qualche minuto ricorderà tutto quello che è accaduto e ne parleremo insieme. Poi dimenticherà, lady Margaret non sarà che un nome per lei, uno dei personaggi menzionati nel suo libro. Lascerà qui la mantella, gli stivali, la polvere che ha portato. Tutti questi oggetti e i verbali che li riguardano saranno distrutti. Sposerà sir Stephen Hallett e sarà felice con lui. Ora si svegli, Judith.»

Lei aprì gli occhi e cercò di mettersi seduta. Patel le passò un braccio intorno alle spalle. «Con calma», la ammonì. «Ha fatto un viaggio lungo e difficile.»

«È stato orribile», sussurrò Judith. «Sapevo com'erano le esecuzioni a quell'epoca, ma vedere la folla impazzita e delirante... Per loro era come una gita di piacere. Dottore, quella donna se n'è andata, non c'è più. Ma ho ancora qualche diritto su Stephen? Devo dirgli quello che è successo?»

«Tra breve avrà dimenticato tutto quello che è accaduto qui. Vada da Stephen. Gli dica quello che deve sapere sul conto di sua sorella, poi vada da lei. Sono sicuro che non può non assomigliarle.»

Le lacrime le rigavano il viso. Con un gesto impaziente Judith le asciugò, poi andò allo specchio. «Perché piango?» chiese, sconcertata. «Probabilmente solo perché sono felice.» Con passo lento si avvicinò un po' di più allo specchio.

«Ha già cominciato a dimenticare», mormorò Rebecca Wadley a Barnes e a Sloane.

«Vi aspettate davvero che crediamo a tutto questo?» saltò su Barnes. «La seduta sarà messa a verbale. Non è nostra competenza stabilire se ci sono o meno i presupposti per un'azione giudiziaria.»

Sloane guardava Judith, che si stava applicando il mascara. Vedeva la sua immagine riflessa nello specchio che sormontava il tavolo antico. Sorrideva radiosa. «Non avrei dovuto trattenermi tanto», stava dicendo a Patel. «Non posso fare aspettare Stephen. Devo accompagnarlo a palazzo, dove verrà ricevuto dalla regina. Oh, dottore, non so come ringraziarla per avermi aiutata a ritrovare mia sorella.»

Un ultimo cenno di saluto e non c'era più. Sloane sentì una morsa gelida serrargli lo stomaco. C'era una cicatrice rosso acceso sulla mano destra di lei. E in quello stesso momento si accorse che il sacchetto che Judith aveva posato sul tavolo davanti a cui si era ritoccata il trucco adesso era leggermente spostato. «Oh, Cristo!» gridò. «Fuori di qui!» Si slanciò verso la porta del laboratorio, ma era già troppo tardi. La bomba esplose con un fragore di tuono. Brandelli dei corpi di Sloane, di Barnes, di Patel e della Wadley si mescolarono ai frammenti delle cartelle, delle registrazioni e dei nastri. Poi si levarono le fiamme e l'intero edificio si trasformò in una torcia.

Lynch seguiva la figura che camminava rapida per la strada. Udì l'esplosione mentre girava l'angolo e fece per tornare indietro di corsa, poi si rese conto che, a differenza degli altri pedoni, Judith Chase non si era fermata, non aveva neppure voltato la testa in direzione del fragore, e stava invece salendo su un taxi. Lynch ne fermò un altro al volo e ordinò al conducente di seguire il primo. Estrasse di tasca il telefono portatile e si mise in contatto con il quartier generale.

Judith era appena scesa davanti a casa sua e stava salendo su una Rolls Royce in attesa, quando Lynch fu informato di un nuovo attentato verificatosi al 79 di Welbeck Street. L'indirizzo di Patel! Chiese di essere messo in comunicazione con l'ufficio del comandante Sloane, ma la segretaria lo informò che Sloane era uscito con Barnes per andare da un certo dottor Patel. L'autista? No, non avevano nessun autista. Avevano preso una macchina priva di contrassegni.

Oh, Dio, no! pensò Lynch. Erano nello studio di Patel quando è esplosa la bomba!

Davanti alla casa di sir Stephen Hallett era radunata una folla di giornalisti e cameramen. La prima udienza del nuovo primo ministro con la regina era sempre un evento storico. Lynch aspettava sull'altro lato della strada, nascosto dietro un furgone della BBC. Apparentemente nessuno sapeva ancora dell'attentato che aveva distrutto lo studio del dottor Patel.

Pochi minuti dopo la limousine sbucò lentamente da dietro l'angolo della casa. L'autista parcheggiò lungo il marciapiede. I finestrini scuri dell'auto impedivano ai passanti di sbirciare dentro.

Lynch era sicuro che a bordo ci fosse Judith Chase. Ci fu un certo trambusto quando la porta dell'abitazione di Hallett si aprì e comparve sir Stephen, circondato dalle guardie del corpo. L'autista scese dalla Rolls e volse la schiena alla macchina, in attesa del nuovo primo ministro.

Era la sua occasione, pensò Lynch. Tutti stavano guardando la casa, le spalle rivolte alla limousine. Alzò il bavero del cappotto, abbassò la tesa del cappello e, attraversata di corsa la strada, aprì la portiera. «Signora Chase.» E allora la vide. La cicatrice scarlatta sulla mano destra di lei, che stava cercando di nasconderla con del fondotinta. «Sei Margaret Carew!» esclamò allora, e infilò la mano in tasca...

Lady Margaret alzò la testa e vide la pistola puntata contro di lei. Sono riuscita ad arrivare fin qui, pensò. Ho ingannato Judith usando il nome di Stephen, l'ho uccisa e sono tornata, e ora è finita.

Non si curò di chiudere gli occhi quando Lynch premette il grilletto.

La detonazione si perse tra le ovazioni della folla mentre Stephen si apriva un varco fino all'auto. La guardia del corpo salì sul sedile accanto a quello del guidatore, mentre Rory apriva la portiera al nuovo primo ministro. «Tutto a posto, tesoro?» chiese Stephen, poi urlò: «Judith! Judith! Judith!»

Margaret sentì due braccia che la circondavano e due labbra che le sfioravano le guance, udì un disperato grido d'aiuto. È finita, pensò ancora. Poi, mentre l'ultima oscurità l'avvolgeva e lei s'inoltrava nell'eternità alla ricerca di John e di Vincent, capì di avere completato la sua vendetta. Udì i singhiozzi di Stephen, sentì le sue lacrime mescolarsi al sangue che le sgorgava dalla ferita sulla fronte. Simon Hallett, pensò allora, trionfante, ti ho spezzato il cuore come tu hai spezzato il mio.

Il terrore serpeggia alla riunione di classe

GUARDAVA Kay con la coda dell'occhio. In quei tre giorni era stato attentissimo a non trovarsi mai accanto a lei, a non farsi riprendere al suo fianco nelle fotografie di gruppo. Alla riunione si erano presentati quasi seicento ex allevi e per tre giorni lui aveva ascoltato, fremendo di disgusto, i loro noiosi ricordi risalenti agli anni trascorsi alla scuola superiore di Garden State, nella contea di Passaic, New Jersey.

Kay aveva finito di mangiare un hot dog. Probabilmente una briciola doveva esserle rimasta sulle labbra, perché vi passò sopra la punta del dito che poi, ridendo, si ficcò in bocca. Quella notte avrebbe tenuto quelle dita fra le sue mani.

Lui era in piedi ai margini di un capannello. Sapeva che i chili perduti in quegli otto anni, la barba che si era fatto crescere, le lenti a contatto che avevano sostituito gli spessi occhiali di un tempo, la chiazza calva là dove i capelli andavano diradandosi, avevano modificato il suo aspetto più di quanto fosse accaduto alla maggioranza degli altri. Ma certe cose non erano cambiate. Nessuno gli si era avvicinato per dirgli: «Donny, che piacere vederti». Se qualcuno l'aveva riconosciuto, si era affrettato a passare oltre. Proprio come ai vecchi tempi. Gli parve di essere di nuovo nella mensa della scuola, dove lui passava ore ad aggirarsi fra i tavoli con in mano un sandwich avvolto in un tovagliolino di carta. «Spiacente, Donny», bofonchiavano loro, «non c'è posto.»

Finiva sempre per sgattaiolare sulla scala antincendio, e mangiava seduto lì.

Ma ormai era contento che in quei tre giorni nessuno gli avesse mollato una pacca sulla schiena o gli avesse urlato: «È fantastico rivederti». In questo modo aveva potuto spostarsi inosservato dai margini di un gruppo a un altro, aveva potuto osservare Kay e programmare con cura ciò che avrebbe fatto. Tra esattamente due ore e mezzo lei sarebbe stata sua.

«In che classe eri?»

Per un momento non riuscì a identificare a chi appartenesse la voce. Kay stava sorseggiando una bibita e parlava con un'ex compagna di Donny, una certa Virginia qualcosa. I capelli color miele di Kay erano più chiari di quanto lui ricordasse. Ma adesso lei viveva a Phoenix. Forse era stato il sole a schiarirli. Ora li portava corti e ricci intorno al viso, mentre un tempo le arrivavano fino alle spalle. Forse le avrebbe detto di farseli allungare di nuovo. «Kay, fatti crescere i capelli. È tuo marito che comanda, ora.» Uno scherzo, ma non del tutto.

Qual era la stupida domanda che quella stupida persona gli aveva rivolto? Oh, quale era la sua classe. Si voltò. Ora lo riconosceva, era il nuovo preside. Era stato lui a fare il discorso d'apertura, il martedì. «Mi sono diplomato otto anni fa», rispose Donny.

«Ecco perché non la conosco. Io sono qui soltanto da quattro. Mi chiamo Gene Pearson.»

«Donny Rubel», borbottò lui.

«Sono stati tre giorni meravigliosi», continuò Pearson. «Una partecipazione impressionante. Segno di grande affiatamento. All'università è normale, ma al liceo... È meraviglioso.»

Donny annuì e poi ammiccò, per dare l'impressione che, se si spostava, era perché infastidito dal sole negli occhi. Vedeva che Kay stava salutando della gente. Si preparava ad andarsene.

«Dove abita adesso?» Sfortunatamente, Pearson sembrava deciso a prolungare la conversazione.

«A una cinquantina di chilometri da qui.» E per impedire altre domande, Donny aggiunse in fretta: «Mi occupo di riparazioni. Il mio furgone è anche la mia officina. Mi sposto per qualunque lavoro che non richieda più di un'ora di viaggio. Be', è stato un piacere conoscerla, signor Pearson».

«Non le interesserebbe intervenire alla giornata che dedichiamo agli orientamenti professionali? I ragazzi hanno bisogno di sapere che ci sono alternative valide all'università.»

Donny gli tese la mano, come se non avesse sentito. «Devo scappare. Vado a cena con certi della mia classe.» Senza lasciare a Pearson la possibilità di replicare si incamminò lungo il limitare dell'area picnic. Si era vestito con cura, pantaloni color cachi e una polo blu, gli stessi indumenti indossati da una buona metà degli altri partecipanti. Il suo intento era di confondersi nella folla, di passare inosservato come non era mai riuscito a fare negli anni che aveva trascorso in quella scuola. L'unico ragazzo della sua classe a portare il cappotto quando tutti gli altri indossavano la giacca dell'istituto.

Kay stava attraversando la macchia d'alberi che separava l'area picnic dal parcheggio. La scuola era adiacente al parco della contea, il luogo ideale per una riunione di vecchi compagni. Ideale anche per Donny. La raggiunse mentre stava aprendo la portiera dell'auto. «Signorina Wesley», disse. «Signora Crandell, volevo dire.»

Le vide un'espressione sorpresa sul viso, ma sapeva che nel giro di un minuto il parcheggio si sarebbe riempito di gente. Doveva fare in fretta. «Sono Donny Rubel», continuò. «Immagino che non mi abbia riconosciuto.»

Lei sembrava incerta. Poi quel sorriso che lui aveva rivisto tante volte mentre di notte giaceva insonne le si dipinse sulle labbra. «Donny. Che piacere vederla. Come è cambiato. Da quanto è qui? Perché non l'ho vista?»

«Sono appena arrivato», spiegò lui. «In realtà lei è l'unica persona che desideravo vedere. Dove alloggia?» Ma lo sapeva già. Al *Garden View Motel,* sulla Route 80.

«Ottimo», commentò quando lei glielo disse. «Un'auto passerà a prendermi proprio là tra mezz'ora. Sono venuto in taxi. Non è che può darmi un passaggio?»

Sospettava qualcosa? Stava forse ricordando quell'ultima sera, quando lei gli aveva detto che non sarebbe tornata il trimestre successivo perché stava per sposarsi, e lui si era messo a piangere? La vide esitare, e infine annuire. «Ma certo, Donny. Sarà bello rivangare i vecchi tempi. Salti su.»

Mentre faceva il giro dell'auto, lui riuscì a chinarsi e a slacciarsi la scarpa. Quando poi fu salito, si curvò in avanti e si diede un gran daffare per riallacciarla. Chiunque avesse visto la macchina, in seguito avrebbe giurato che Kay se n'era andata da sola.

Kay guidava veloce, sforzandosi di soffocare la lieve irritazione che le causava la presenza dell'uomo al suo fianco. Mike sarebbe rientrato da New York nel giro di un'ora, e dopo che la sera prima, al telefono, era stata così dura con lui, non vedeva l'ora di chiedergli scusa e rimettere a posto le cose. La riunione scolastica le aveva fatto bene. Era stato divertente rivedere gli insegnanti che per due anni erano stati i suoi colleghi, divertente riallacciare i contatti con i suoi ex studenti. Aveva amato l'insegnamento, e quello era uno dei problemi esistenti tra lei e Mike. Lui aveva il compito di avviare nuovi impianti per la sua società e questo significava che non si fermavano mai più di un anno nello stesso posto. Dodici traslochi in otto anni. Quando lui l'aveva lasciata al motel, lei l'aveva scongiurato di insistere con i suoi superiori per farsi assegnare una destinazione.

«Sembra un ultimatum, Kay», aveva replicato Mike.

«Forse lo è. Voglio poter mettere radici. Voglio un figlio. Voglio fermarmi in un posto abbastanza a lungo da poter tornare a insegnare. Non posso continuare a vivere così. Proprio non posso.»

La sera prima lui aveva cominciato a dirle che la compagnia gli aveva promesso una quota delle azioni e un posto fisso negli uffici di New York se si fosse occupato di un ultimo impianto. Lei aveva riattaccato.

Era talmente sprofondata nei propri pensieri che non fece caso al silenzio del suo passeggero fino a quando lui disse: «Suo marito è a NewYork, a una riunione della società per cui lavora. Rientrerà stasera».

«Come fa a saperlo?» Kay si voltò per lanciare una rapida

occhiata al profilo impassibile di Donny Rubel, poi riportò gli occhi sulla strada.

«Ho parlato con la gente che ha parlato con lei.»

«Pensavo che lei fosse appena arrivato al picnic.»

«L'ha pensato, ma non è quello che ho detto io.»

Le bocchette di ventilazione facevano entrare aria fresca e di colpo Kay ebbe freddo, come se la temperatura della tiepida serata di giugno fosse drasticamente calata di colpo. Mancava poco più di un chilometro al motel. Premette più a fondo l'acceleratore. Qualcosa l'ammoniva a non fare domande. «È stato comodissimo per noi», disse invece. «Mio marito aveva un incontro di lavoro a New York. Io ho ricevuto l'avviso della riunione e...»

«Ho letto l'*Alumni News*», la interruppe Donny Rubel. «Diceva: 'Parteciperà alla riunione l'insegnante più popolare della Garden State High School'.»

«Sono stati generosi», Kay si sforzò di ridere.

«Non mi ha riconosciuto.» Stranamente Donny sembrava compiaciuto. «Ma scommetto che non ha dimenticato di essere venuta al ballo studentesco con me.»

Lei all'epoca insegnava inglese e canto. Il consigliere per l'orientamento scolastico, Marian Martin, le aveva suggerito di inserire anche Donny Rubel nel coro. «È uno dei ragazzi più tristi che abbia mai conosciuto», aveva detto a Kay. «Negli sport è una frana, non ha amici; sono sicura che è intelligente, ma riesce a essere solo pedante, e chissà dov'era quel povero ragazzo quando Dio ha distribuito le facce. Se riuscissimo a inserirlo in un'attività dove possa farsi degli amici...»

Ripensò agli sforzi di lui, a come lo schernivano gli altri ragazzi del gruppo, finché un giorno in cui Donny era assente lei li aveva affrontati di petto. «Ho qualcosa da dire a tutti quanti. Credo che siate assolutamente disgustosi.» Da allora lo avevano lasciato in pace, almeno durante le sue ore. Dopo il concerto di primavera, lui aveva preso l'abitudine di passare da lei di tanto in tanto a scambiare due chiacchiere. In una di quelle occasioni le aveva detto che non sarebbe andato al ballo. Aveva invitato tre ragazze, ma tutte e tre avevano rifiutato. D'impulso, Kay gli aveva suggerito di andare comunque e di sedersi accanto a lei a tavola. «Sarò una degli accompagnatori», gli aveva spiegato. «Mi farà piacere averti con me.» A disagio, ricordò anche come, al termine della serata, Donny fosse scoppiato in lacrime.

L'insegna del motel era sulla destra. Kay decise di ignorare la mano di Donny che le stava sfiorando la gamba.

«Ricorda quando al ballo le chiesi se potevo venire a trovarla durante l'estate? Lei mi disse che stava per sposarsi e che si trasferiva altrove. Avete vissuto in un sacco di posti diversi. Ho cercato di rintracciarvi, lo sa?»

«Sul serio?» Kay si sforzò di non apparire troppo nervosa.

«Sì. Vi ho cercati sull'elenco telefonico di Chicago due anni fa, ma nel frattempo vi eravate trasferiti a San Francisco.»

«È un peccato che non ci siamo mai incontrati.»

«Le piace spostarsi così di frequente?» Ora le teneva la mano sul ginocchio.

«Ehi, Donny, quello è il mio ginocchio.» Ancora una volta Kay tentò di apparire divertita.

«Lo so. In realtà è stupido trasferirsi di continuo, vero? Non dovrai farlo più.» Era passato a darle del tu, ma non sembrava essersene reso conto.

Kay lo sbirciò. Gli occhiali da sole scuri, dalla montatura pesante, gli nascondevano gli occhi e metà del viso, ma aveva le labbra increspate e socchiuse. Proprio in quel momento stava esalando l'aria, con un sibilo bizzarro e quasi impercettibile.

«Arriva in fondo a quello spiazzo, poi gira a sinistra dietro il corpo principale dell'albergo», le ordinò Donny. «Ti dirò io dove parcheggiare.»

Accentuò la stretta della mano sul ginocchio di lei e, prima ancora di vederla, Kay sentì la pistola premerle contro il fianco. «Sono pronto a usarla, sai», bisbigliò lui.

Non era possibile che stesse accadendo. Non avrebbe mai dovuto dargli un passaggio. Le mani le tremavano mentre girava il volante, ubbidendo alle sue istruzioni. Provava una sensazione di gelo alla bocca dello stomaco. Doveva cercare di attirare l'attenzione di qualcuno, provocare un incidente? Sentì lo scatto della sicura.

«Niente passi falsi, Kay. In questa pistola ci sono sei proiettili. Per te ne basta uno, ma non voglio sprecare gli altri. Fermati accanto a quel furgone, sull'altro lato. L'ultimo spazio del parcheggio.»

Lei ubbidì e subito si rese conto che il furgone grigio alla loro sinistra nascondeva completamente l'auto dalle finestre del motel. «Adesso scendi, e senza gridare.» Le teneva la mano sul braccio mentre scendeva dietro di lei. Lo sentì estrarre la chiave d'accensione e gettarla a terra. Rapido, la spinse avanti e aprì il portello laterale del furgone, poi con un braccio la issò a bordo e salì con lei. Il portello si richiuse e un buio quasi totale cancellò il sole del tardo pomeriggio. Kay sbatté le palpebre.

«Donny, non farlo», lo supplicò. «Io sono tua amica. Parliamo, ma non...»

Si sentì spingere in avanti, inciampò e cadde su un lettino stretto. Qualcosa le coprì il viso. Un bavaglio. Con una mano lui la tenne schiacciata contro la cuccetta, mentre con l'altra le faceva scattare un paio di manette intorno ai polsi, le assicurava dei ceppi alle caviglie e li legava insieme con una pesante catena. Poi riaprì il portello, saltò giù e lo richiuse. Un istante dopo l'automezzo cominciò a muoversi.

•

Mike si morsicò il labbro con impazienza quando il tassista rallentò per permettere a un furgone di svoltare all'incrocio che portava al motel. Il suo corpo snello, atletico, vibrava per la tensione mentre con la mente pregava che il conducente accelerasse.

Era depresso per il modo in cui lui e Kay si erano lasciati la sera prima. Era stato sul punto di richiamarla quando lei aveva riattaccato, ma conosceva Kay: i suoi scoppi d'ira non duravano mai a lungo. Ma finalmente lui era in grado di prometterle quello che lei desiderava. *Solo un altro incarico, tesoro. Un anno al massimo, forse addirittura sei mesi. Poi sarò trasferito in via permanente negli uffici di New York e diventerò socio.* Se lei lo desiderava, avrebbero potuto comperare una casa in quella zona. A Kay piaceva.

Il conducente si fermò davanti al motel.

Mike saltò giù e a lunghi passi entrò nella hall.

Lui e Kay occupavano la stanza 210. La sua prima reazione quando inserì la chiave nella serratura e aprì fu di acuta delusione. Certo, era un po' presto perché Kay fosse già tornata, ma chissà perché si era aspettato di trovarla ad attenderlo. La stanza era quella tipica di un motel: moquette consunta, copriletto beige e marrone, un massiccio cassettone in finta quercia, il televisore mimetizzato in un armadio, le finestre che davano sul parcheggio. La sera prima quasi non l'aveva guardata, e si era limitato a lasciarvi Kay prima di precipitarsi a New York, alla riunione. Con una punta di rammarico, ricordò il modo in cui lei aveva arricciato il naso dicendo: «Queste stanze. Sono tutte uguali e ne ho viste talmente tante».

Eppure, come al solito, era riuscita a personalizzare anche quella. C'era un vaso pieno di fiori freschi e lì accanto tre foto chiuse in piccole cornici d'argento. Nella prima lui esibiva un pesce appena pescato; poi c'era un'istantanea di Kay davanti al loro condominio in Arizona, mentre la terza era una cartolina natalizia che ritraeva la famiglia della sorella di Kay.

Il libro che lei aveva comperato era posato sul tavolino. Il set di madreperla, pettine, spazzola e specchietto, che era appartenuto a sua madre era ordinatamente posato sul cassettone. Quando aprì la porta dell'armadio, avvertì la sottile fragranza dei sacchetti profumati appesi agli attaccapanni della moglie.

Mike sorrise senza accorgersene. L'ordine squisito di Kay era per lui una continua fonte di gioia.

Decise che una rapida doccia gli avrebbe fatto bene. Al ritorno di Kay avrebbero parlato, poi l'avrebbe portata fuori a cena per festeggiare. *Socio a tutti gli effetti, Kay. Entro l'anno. Tutti questi traslochi sono valsi a qualcosa. Ti avevo detto che sarebbe successo.* Mentre appendeva la giacca e i pantaloni e infilava biancheria, calze e camicia nel sacchetto della lavanderia, lo colpì il pensiero che i continui trasferimenti non avevano mai costituito un disagio per lui proprio perché Kay era sempre riuscita a trasformare in una vera casa le camere di motel e gli appartamenti ammobiliati in cui avevano vissuto.

Alle sei e un quarto era seduto al tavolo rotondo vicino alla finestra che dava sul parcheggio e guardava il notiziario, in attesa di sentire la chiave girare nella serratura. Dal frigobar aveva preso una bottiglia di vino. Alle sei e mezzo l'aprì e se ne versò un bicchiere. Alle sette ascoltò Dan Rather riferire di una nuova recrudescenza dell'attività terroristica. Alle sette e mezzo era irritato e ormai più che disposto a giustificare il proprio comportamento. D'accordo, così Kay è ancora arrabbiata con me. Ma se andava a cena con le amiche, avrebbe potuto lasciare un messaggio. Alle otto chiamò per la terza volta la reception e uno spazientito centralinista gli assicurò che non c'era nessun messaggio per il signor Crandell, stanza 210. Alle nove, scartabellando l'agenda di Kay, riuscì a trovare il nome di una sua ex studentessa che sapeva essere ancora in contatto con la moglie. Virginia Murphy O'Neil. La donna rispose al primo squillo. Sì, aveva visto Kay; se n'era andata subito dopo il picnic. Lei stessa l'aveva vista allontanarsi in macchina. Dovevano essere le cinque e un quarto, forse le cinque e mezzo. Era assolutamente sicura che Kay fosse da sola.

Dopo che ebbe parlato con Virginia O'Neil, Mike chiamò la polizia per informarsi sugli incidenti verificatisi nella zona compresa tra la scuola e il motel e, appreso che non ce n'erano stati, denunciò la scomparsa della moglie.

Le manette le segavano i polsi; i ceppi le torturavano le caviglie; il bavaglio minacciava di soffocarla.

Donny Rubel. Perché le stava facendo tutto questo? Di colpo le venne in mente Marian Martin, la consulente che le aveva chiesto di fare entrare Donny nel coro. Durante quell'ultima settimana di scuola aveva detto a Marian di avere invitato il ragazzo a sedersi al suo tavolo, al ballo studentesco, e l'altra le era parsa turbata. «Sì, avevo sentito qualcosa... Donny si è vantato con qualcuno dicendo che tu gli hai chiesto di farti da cavaliere. Immagino che sia comprensibile, se si pensa a come lo prendono in giro gli altri, però... Ma d'altronde, che differenza vuoi che faccia? Fra due settimane ti sposerai e te ne andrai definitivamente.»

Ma lui mi ha tenuta d'occhio per tutti questi anni. Kay era sull'orlo del panico. Aguzzò gli occhi, ma non le riuscì di vederlo al di là del divisorio. L'interno del furgone era insolitamente ampio e nella semioscurità lei distinse i contorni di un tavolo da lavoro collocato di fronte alla cuccetta. Sopra c'era una cassetta piena di strumenti. Che cosa se ne faceva Donny? E soprattutto, che cosa contava di fare a lei? *Mike, aiutami, ti prego.*

La strada, tutta curve e tornanti, sembrava salire. La cuccetta oscillò, mandandola a sbattere con la spalla contro la fiancata del furgone. Dove stavano andando? Alla fine si accorse che avevano preso a scendere. Altre curve, altri scossoni, poi il furgone si fermò.

Sentì il ronzio del divisorio che veniva abbassato. «Siamo a casa.» La voce di Donny era stridula e trionfante. Un attimo dopo il portello laterale dell'automezzo si aprì rumorosamente. Kay si ritrasse quando Donny si curvò su di lei. Sentì il suo respiro caldo e affannoso sulla guancia mentre le toglieva il bavaglio. «Kay, non voglio che urli. Non c'è nessuno per chilometri e chilometri intorno e riusciresti solo a farmi innervosire. Promettimelo.»

Lei inspirò a pieni polmoni l'aria fresca. Si sentiva la lingua spessa e arida. «Prometto», bisbigliò. Lui le tolse i ceppi e cominciò a massaggiarle le caviglie. Poi le tolse anche le manette. Le passò un braccio intorno alle spalle e la fece alzare. Kay aveva le gambe intorpidite. Inciampò e lui la portò giù quasi di peso.

La loro meta era una casupola di legno dall'aria malconcia, situata in una piccola radura. Sulla veranda malandata c'era un dondolo arrugginito. Le finestre erano chiuse. Gli alberi che crescevano fitti intorno alla radura oscuravano quasi completamente gli ultimi raggi obliqui del sole. Donny la pilotò su per i gradini, aprì la porta, la spinse dentro e accese la luce centrale.

La stanza era piccola e tetra. C'era un pianoforte verticale dipinto di bianco, ma in parecchi punti la vernice era scrostata e mostrava il nero originale. Mancavano parecchi tasti. Poi un divano di velluto troppo imbottito e una sedia che dovevano essere stati rossi, ma che il tempo aveva sbiadito facendogli assumere tonalità porpora e arancio. Un tappeto costellato di macchie copriva il centro del pavimento sconnesso. Su un tavolo di metallo erano posati due bicchieri e un secchiello di plastica per il ghiaccio con una bottiglia di champagne. Vicino al divano, un rozzo scaffale traboccava di quaderni di scuola.

«Guarda», disse Donny, e fece girare Kay in modo che guardasse la parete di fronte al piano. Una foto di lei al ballo studentesco, seduta accanto a Donny, copriva tutto il muro. Dal soffitto pendeva immobile uno striscione su cui era scritto a caratteri rozzi: BENVENUTA A CASA, KAY.

L'agente Jimmy Barrott era stato incaricato di occuparsi della chiamata di Michael Crandell, il tizio che aveva denunciato la scomparsa della moglie. Sulla strada per il *Garden View Motel* si fermò a un fast food dove ordinò un hamburger e un caffè.

Mangiò guidando e quando arrivò al motel il leggero mal di testa che lo tormentava era scomparso ed era tornato il solito cinico di sempre. Dopo venticinque anni nell'ufficio del pubblico ministero era convinto di avere visto tutto.

L'istinto diceva a Jimmy Barrott che quel controllo era una perdita di tempo. Una donna di trentadue anni va a una riunione, non rientra a casa subito dopo e il marito piomba nel panico. Jimmy Barrott la sapeva lunga sul tornare a casa tardi e le mancate telefonate. Era quello il motivo principale per cui aveva divorziato due volte.

Quando la porta della stanza 210 si aprì, fu costretto ad ammettere che il tizio, Michael Crandell, aveva davvero l'aria preoccupata. Era anche piuttosto bello, pensò Barrott. Alto almeno un metro e ottantatré. Quel tipo di bellezza rude per cui le ragazze vanno pazze. Ma la prima domanda di Mike lo mandò su tutte le furie. «Perché ci ha messo tanto?»

Jimmy sedette su una sedia ed estrasse il taccuino. «Senta», cominciò, «sua moglie è in ritardo di un paio d'ore. Non sarà ufficialmente scomparsa fino a che non ne saranno trascorse almeno ventiquattro. Avevate litigato?»

Non gli sfuggì l'espressione colpevole che si dipinse sul viso di Mike. «Avete litigato», si rispose da solo. «Perché non mi racconta tutto? Poi cercheremo di capire dove può essere andata a farsi sbollire la collera.»

Le parole di Barrott lo infastidivano. Sì, Kay era piuttosto sconvolta quando si erano parlati la sera prima, e aveva riattaccato senza salutarlo, ma la situazione non era come sembrava. Con poche frasi concise, fornì qualche informazione sul loro conto. Kay aveva insegnato alla Garden State High School per due anni. Si erano conosciuti a Chicago a casa di sua sorella e si erano sposati là. Lui non aveva mai conosciuto i suoi amici del New Jersey e chiamare la sorella sarebbe stato inutile. Jean era in vacanza in Europa con il marito e i figli.

«Mi descriva la macchina», gli ordinò allora Jimmy Barrott. Toyota bianca del 1986. Targa dell'Arizona. L'agente prese nota del numero. «Venite da lontano», commentò.

«Avevo delle ferie da fare e abbiamo deciso che tanto valeva che Kay andasse alla riunione scolastica mentre io partecipavo a un incontro della mia società. Saremmo dovuti ripartire per l'Arizona domani.»

Jimmy chiuse il taccuino. «La mia idea è che sia andata a cena e a bere qualcosa da sola o con qualche vecchio amico e che sarà di ritorno tra un paio d'ore al massimo.» Lanciò un'occhiata alle foto incorniciate. «C'è anche sua moglie?»

«Sì. È questa.» Mike aveva scattato la foto davanti al condominio in cui abitavano a quell'epoca. Era una giornata calda e Kay indossava solo un paio di calzoncini e una maglietta. Aveva i capelli trattenuti da una fascia e non dimostrava più di sedici anni. Con la maglietta incollata al seno, le lunghe gambe snelle e nude e i sandali, era terribilmente sexy. Intuì subito che il poliziotto stava pensando la stessa cosa.

«Perché non me la presta?» suggerì Jimmy Barrott, togliendo abilmente la foto dalla cornice. «Se fra ventiquattr'ore sua moglie non sarà ancora tornata, faremo una regolare denuncia di sparizione.»

Il solito istinto spinse Jimmy Barrott a fare il giro del parcheggio prima di tornare alla macchina. Ma ormai l'area era quasi completamente piena. C'erano un paio di Toyota bianche, ma nessuna con la targa dell'Arizona. Poi, una macchina parcheggiata proprio in fondo, lontana dalle altre, attirò la sua attenzione. Si avvicinò con calma.

Cinque minuti dopo bussava alla porta della camera 210. «La sua auto è nel parcheggio», disse a Mike. «Le chiavi sono sul fondo. Si direbbe che sua moglie le abbia lasciate lì per lei.»

Stava guardando il viso incredulo di Mike quando squillò il telefono. Si precipitarono entrambi a rispondere e fu Jimmy Barrott ad arrivare per primo all'apparecchio. Sollevò il ricevitore e lo porse all'altro, ma in modo da poter ascoltare.

Il «pronto» di Mike fu quasi impercettibile. Poi si udì la voce di Kay: «Mike, mi dispiace farti questo, ma ho bisogno di tempo per riflettere. Ho lasciato l'auto nel parcheggio. Torno in Arizona. Tra noi è finita. Mi metterò in contatto con te per il divorzio».

«No... Kay... ti prego... Non me ne andrò senza di te.»

La comunicazione venne interrotta. Jimmy Barrott avvertì una riluttante simpatia per quell'uomo. Prese la foto di Kay e la posò sul tavolo. «È così che se n'è andata anche la mia seconda moglie», raccontò. «Con la sola differenza che, mentre io ero al lavoro, lei chiamò una ditta di traslochi. Mi ha lasciato solo un boccale di birra e la biancheria.»

Quelle parole risvegliarono Mike dallo stordimento. «Ma è proprio questo», proruppe con foga. «Non vede?» Indicò il cassettone. «I suoi oggetti da toeletta. Non se ne sarebbe mai andata senza. E la sua trousse per il trucco è nell'armadietto del bagno. Ecco il libro che stava leggendo.» Aprì l'armadio. «I suoi vestiti. Quale donna partirebbe senza portare con sé almeno qualcuno dei suoi oggetti personali?»

«La sorprenderebbe sapere quante», fu la risposta di Jimmy Barrott. «Mi dispiace, signor Crandell, ma nel verbale dovrò scrivere che si tratta di una lite domestica.»

Tornò in ufficio per stendere il rapporto, poi andò a casa. Ma quando fu a letto, Jimmy Barrott non riuscì a prendere sonno. Gli indumenti appesi ordinatamente, gli articoli da toeletta disposti con cura. Il suo istinto gli diceva che Kay Crandell avrebbe dovuto prenderli con sé. Ma aveva telefonato.

Lo aveva fatto davvero?

Jimmy balzò a sedere sul letto. Una donna aveva telefonato, ma che fosse realmente la signora Crandell... be', al riguardo lui aveva solo la parola del marito. E Mike Crandell e sua moglie avevano litigato poco prima che lei scomparisse.

Mike rimase vicino al telefono per ore. Richiamerà, si ripeteva. Cambierà idea. Tornerà.

Sul serio?

Alla fine rinunciò. Si spogliò e si buttò sul letto, dalla parte dell'apparecchio, pronto a rispondere al primo squillo. Infine chiuse gli occhi e cominciò a piangere.

Kay si morse il labbro, soffocando un grido di protesta quando Donny interruppe la comunicazione. Lui le sorrideva. «Sei stata molto brava, Kay.»

Avrebbe realmente messo in atto la sua minaccia? Le aveva detto che se non avesse ripetuto esattamente le parole che lui le aveva scritto, e in modo convincente, sarebbe andato al motel a uccidere Mike. «Sono stato nella vostra stanza due volte la settimana scorsa, sai», aveva aggiunto. «Sono una specie di tuttofare al motel. Non è stato difficile procurarmi la chiave.» Poi l'aveva condotta in camera. Conteneva soltanto un letto matrimoniale infossato al centro con uno scadente copriletto di ciniglia, un tavolino da gioco e un cassettone traballante. «Ti piace il copriletto?» aveva chiesto Donny. «Ho spiegato a quella donna che era un regalo per mia moglie. Mi ha detto che la ciniglia bianca piace quasi a tutte.» Aveva indicato il pettine, la spazzola e lo specchio posati sul cassettone. «Sono quasi dello stesso colore dei tuoi.» Aveva aperto l'armadio. «Ti piacciono i tuoi nuovi vestiti? Sono tutti taglia quarantadue, come quelli che avevi al motel.» C'erano un paio di gonne e magliette di cotone, un impermeabile, una vestaglia e un vestito di stampato a fiori. «Nei cassetti ci sono una camicia da notte e la biancheria», aveva continuato Donny in tono orgoglioso. «Guarda, anche le scarpe sono del tuo numero, il trentasette. Ti ho preso scarpe da tennis, mocassini e scarpe con il tacco alto. Voglio che mia moglie sia elegante.»

«Donny, non posso essere tua moglie», aveva bisbigliato lei.

Lui era sembrato perplesso. «Ma lo sarai. Hai sempre voluto sposarmi.» Solo in quel momento Kay aveva notato la catena ordinatamente avvolta nell'angolo vicino al letto e fissata a una piastra metallica sulla parete. A Donny non era sfuggita la sua espressione terrorizzata. «Non temere, Kay. Ce n'è una in ogni stanza. Le ho messe soltanto perché di notte io dormirò in soggiorno e non voglio che tu cerchi di andartene. E di giorno devo recarmi al lavoro, ma ho sistemato tutto perché tu possa stare in soggiorno. Starai comodissima.»

Parlando l'aveva ricondotta di là e con gesti affettati aveva aperto la bottiglia di champagne. «A noi.»

Ora, mentre lo guardava riattaccare, Kay si sentì un gusto amaro in bocca ripensando al sapore dello champagne caldo, zuccherino, e degli hamburger troppo unti cotti da Donny.

Durante il pasto lui non aveva parlato. Solo in ultimo le aveva detto di finire il caffè, aggiungendo che sarebbe rientrato subito. Tornò con il viso rasato di fresco. «Mi sono fatto crescere la barba solo perché non volevo che qualcuno mi riconoscesse, alla riunione.»

Dopodiché l'aveva costretta a vuotare con lui la bottiglia di champagne e a chiamare Mike. Adesso sospirò. «Devi essere stanca. Tra poco ti lascio andare a letto. Ma prima vorrei leggerti un paio di capitoli del mio primo libro su di te.»

Con passo quasi tracotante, andò alla libreria e prese un quaderno.

Non può essere vero, pensò ancora Kay.

Ma lo era. Donny si sistemò di fronte a lei sulla poltrona imbottita. La stanza ora era gelida, ma il suo viso e le sue braccia erano lucidi di sudore e la maglietta era chiazzata. Le occhiaie enfatizzavano la sua carnagione innaturalmente pallida. Quando si era tolto gli occhiali, lei era rimasta sorpresa nel constatare quanto fossero azzurri i suoi occhi. Li ricordava marroni. Sono marroni, si disse poi. Probabilmente porta lenti a contatto colorate. Tutto in lui è irreale. Donny la guardò con aria quasi timida. «Mi sembra quasi di essere tornato a scuola», mormorò.

Una minuscola speranza sorse nell'animo di Kay. Forse avrebbe potuto esercitare una qualche autorità su di lui, ricreare il rapporto insegnante-studente. Ma quando lui cominciò a leggere, il panico le chiuse di nuovo la gola. «Tre giugno. Ieri sera sono andato al ballo con Kay», lesse Donny. «Abbiamo ballato sempre insieme. Quando l'ho accompagnata a casa, ha pianto fra le mie braccia. Mi ha raccontato che la sua famiglia vuole costringerla a sposare un uomo che non ama e che desidera che io vada a prenderla non appena sarò in grado di prendermi cura di lei. Mia bellissima Kay, ti prometto che un giorno verrò a reclamarti e a farti mia moglie.»

Una notte insonne e il fatto di non avere in casa neppure un po' di caffè resero Jimmy Barrott insolitamente irritabile. Si fermò a berne uno mentre andava al lavoro. Attese che nell'ufficio del procuratore non ci fosse più nessuno, poi entrò.

«C'è qualcosa che puzza», disse al suo capo. «Sto parlando del verbale che ho compilato ieri sera. Mi serve l'autorizzazione a svolgere qualche indagine sul marito.» Concisamente, riferì il colloquio avuto con Mike, il ritrovamento dell'auto, la telefonata.

Alla fine il procuratore annuì. «Comincia a scavare. E fammi sapere se hai bisogno di aiuto.»

Alle prime luci dell'alba Mike si alzò, si rase e fece la doccia nella speranza che lo scroscio dell'acqua, prima calda e poi fredda, gli schiarisse le idee.

Durante le buie ore notturne la sua disperazione per la scomparsa di Kay si era concretata nella certezza che sua moglie non lo avrebbe mai abbandonato in quel modo. Prese dalla ventiquattr'ore un taccuino e tra un sorso e l'altro di caffè cominciò a prendere nota delle alternative che gli si offrivano. Virginia Murphy O'Neil. Era rimasta con Kay fino alla fine del picnic. L'aveva vista andarsene. Forse Kay aveva detto qualcosa che al momento non era parso importante a Virginia. Sarebbe andato a parlarle. L'agente Barrott aveva individuato la macchina alle dieci. Ma nessuno sapeva a che ora era stata lasciata lì. Avrebbe parlato con i dipendenti del motel. Forse qualcuno aveva visto sua moglie da sola o in compagnia.

Avrebbe voluto restare lì, accanto al telefono, ad aspettare un'altra telefonata di Kay, ma sarebbe stato pazzesco. Il sangue gli si gelava nelle vene al solo pensiero che forse lei non avrebbe più avuto la possibilità di richiamare.

La sua prima sosta fu al centralino del motel. L'impiegata gli assicurò che aveva troppo da fare per trasmettere messaggi alla gente che chiamava, ma che sarebbe stata ben lieta di prendere nota di eventuali comunicazioni per lui. Mike abbassò la voce fino a renderla un sussurro confidenziale. «Senta, le è mai capitato di litigare con il suo ragazzo?»

La ragazza rise. «Più o meno ogni sera.»

«Ieri sera io ho litigato con mia moglie. Se n'è andata. Adesso devo uscire, ma sono sicurissimo che richiamerà. La prego, non potrebbe riferirle poche parole da parte mia?»

Gli occhi pesantemente truccati della centralinista si accesero di curiosità. Lesse l'appunto ad alta voce. A lettere maiuscole, Mike aveva scritto: «Se telefona Kay Crandell, le dica che Mike deve parlarle. È disposto a fare tutto quello che vuole lei, ma la prega di lasciare un recapito telefonico o di dire quando richiamerà».

Ora il viso della ragazza esprimeva simpatia e una punta di civetteria. «Proprio non capisco come una donna possa essere così stupida da lasciarla», commentò.

Mike le fece scivolare in mano una banconota da venti dollari. «Conto su di lei per recitare la parte di Cupido.»

Parlare con gli impiegati che avrebbero potuto avere visto la Toyota bianca entrare nel parcheggio non sortì alcun esito. Il parcheggio era incustodito e l'unico addetto alla sicurezza si era trattenuto all'interno del motel per quasi tutta la sera. «Oggi ho appena cominciato il turno», spiegò a Mike. «Altrimenti non sarei qui. Proprio no. Neanche un accenno di guai.» Si grattò la testa. «Ora che ci penso, l'anno scorso si verificò un furto d'auto, ma venne ritrovata a pochi chilometri di distanza. Il proprietario disse che perfino un ladro doveva accorgersi che non valeva niente.» Ridacchiò.

Un'ora più tardi Mike era a casa di Virginia O'Neil, a una cinquantina di chilometri di distanza. La signora O'Neil era una donna piccola, ordinata, che era stata una collega di Kay durante il suo ultimo anno d'insegnamento alla Garden State High. La cucina in cui sedevano era spaziosa e allegra e si apriva su una stanza ariosa ingombra di giocattoli. I bambini di Virginia, due gemelli di due anni, giocavano rumorosi e pieni di energia.

Mike non mentì sul motivo per cui stava cercando Kay. Virginia gli piaceva e capì istintivamente di potersi fidare di lei. Quando ebbe finito, vide riflessa negli occhi di lei la sua stessa ansia. «È proprio strano», osservò la donna. «Kay non mi sembra tipo da fare cose del genere.È troppo assennata.»

«Avete passato molto tempo insieme durante la riunione?»

Un orsetto di pezza atterrò in quel momento ai piedi di Mike e un istante dopo una figurina si precipitò a recuperarlo.

«Calma, Kevin», ordinò Virginia. Poi, rivolta a Mike: «È stata mia zia a regalare gli orsacchiotti ai bambini, ieri. Dina non fa che coccolare il suo. Kevin, invece, ci gioca a rugby».

Ecco quello che avrebbe voluto Kay, pensò Mike. Una casa come questa, un paio di bambini. Quella riflessione portò con sé una nuova, inquietante possibilità. «Alla riunione, c'era molta gente accompagnata dai figli?»

«Oh, di bambini ce n'erano un sacco.» Sul viso di Virginia si dipinse un'espressione pensosa. «Sa, Kay mi è sembrata un po' malinconica quando ha preso in braccio Dina. Mi ha detto: 'Tutti i miei ex allievi si sono fatti una famiglia. Non avrei mai pensato che per me sarebbe finita così'.»

Pochi minuti dopo Mike si alzò per andarsene. «Che cosa pensa di fare?» gli chiese Virginia. Lui estrasse di tasca la fotografia di Kay. «Ne farò stampare dei manifesti e li distribuirò in giro. È l'unica cosa a cui sono riuscito a pensare.»

Quando Donny decise finalmente che era ora di andare a letto, disse a Kay di cambiarsi nel minuscolo bagno. La stanzetta conteneva solo un piccolo lavabo, un water e una doccia rudimentale. Lui le tese la camicia da notte che aveva comperato, un affarino scollato e trasparente di nylon con delle applicazioni in finto pizzo. La vestaglia era uguale. Mentre si spogliava, Kay si sforzò disperatamente di pensare a come avrebbe dovuto reagire se lui avesse tentato di violentarla. Certo era molto più forte di lei. La sua sola speranza stava nel riuscire ad assumere il controllo della situazione, nel riacquistare su di lui la sua autorità di insegnante.

Ma quando uscì, Donny non tentò neppure di toccarla. «Va' a letto, Kay», le disse mentre toglieva il copriletto. Le lenzuola erano di mussola a fiori azzurri e avevano l'aria rigida e nuova. A passi decisi, lei si accostò al letto. «Sono molto stanca, Donny», disse con voce brusca. «Voglio dormire.»

«Oh, Kay, te lo prometto, non ti toccherò finché non saremo sposati.» Le rimboccò le coperte, poi aggiunse: «Mi dispiace, Kay, ma non posso correre il rischio che tu tenti di fuggire mentre dormo». E le assicurò la catena al piede.

Per tutta la notte lei rimase sveglia, sforzandosi di pregare, di fare piani, ma capace soltanto di bisbigliare: «Mike, aiutami, Mike, trovami». All'alba cadde in un sonno inquieto e, quando si svegliò, Donny era in piedi accanto al letto e la fissava. Nonostante la semioscurità, lei avvertì ugualmente la tensione che emanava da lui. A denti stretti, Donny sussurrò: «Volevo solo assicurarmi che tu stessi bene, Kay. Sei così graziosa quando dormi. Sarà faticoso aspettare fino al matrimonio».

Poi volle che lei gli preparasse la colazione. «Il tuo futuro marito è di buon appetito, Kay.» Alle otto e mezzo la fece sedere in soggiorno. «Mi dispiace dover chiudere di nuovo le persiane, ma non posso rischiare che qualcuno, passando, guardi dentro. Non che succeda mai, ma sai com'è.» La legò alla catena fissata alla parete del soggiorno. «L'ho misurata», riprese. «È abbastanza lunga da permetterti di raggiungere il bagno. Sul tavolo ti ho lasciato il necessario per prepararti dei sandwich, una caraffa d'acqua e qualche bibita. Puoi arrivare anche fino al pianoforte. Voglio che tu faccia esercizio. E se hai voglia di leggere, ci sono i miei libri. Parlano tutti di te, Kay. Sono otto anni che scrivo di te.»

Lasciò il telefono in una gabbia metallica chiusa con un lucchetto e appesa sulla parte alta della parete.

«Lascio inserita la segreteria, Kay. Sentirai i messaggi della gente che mi chiama per dei lavori. Io li ascolterò dal telefono del furgone più o meno ogni ora. Ne approfitterò per parlarti, ma tu non potrai rispondermi. È un peccato. Oggi ho una giornata piena e non credo che tornerò prima delle sei o le sette.» Prima di andarsene, le sollevò il mento con la mano. «Sentirai la mia mancanza, vero, dolcezza?»

Il bacio che le depose sulla guancia fu formale, ma il braccio che le teneva intorno alla vita si serrò in modo convulso.

Quando uscì, aveva chiuso le persiane e la luce fioca sul soffitto proiettava ombre in tutta la stanza. Lei si alzò e si allontanò il più possibile dal divano: non sarebbe mai riuscita ad arrivare al telefono, che comunque era nella gabbia. No, da quel lato non poteva aspettarsi alcun aiuto.

La catena era fissata al muro su una piastra metallica fermata da quattro viti. Se fosse riuscita a svitarle, sarebbe potuta fuggire. Quanto distavano dalla superstrada? E con quanta rapidità avrebbe potuto muoversi trascinandosi dietro la catena? Che cosa poteva usare per svitare la piastra?

Cominciò a frugare la stanza. Il coltello di plastica che Donny le aveva lasciato si ruppe non appena lo inserì nella filettatura di una delle viti. Lacrime di frustrazione le riempirono gli occhi. Tolse i cuscini del divano. Il rivestimento era strappato e le molle sporgevano, ma lei sapeva che non aveva la forza necessaria per staccarne una.

Si trascinò fino al pianoforte. Se fosse riuscita ad arrivare alle corde, forse avrebbe trovato qualcosa di aguzzo da utilizzare.

Ma non trovò nulla.

Non c'era modo di allentare le viti. La sua unica speranza era che qualcuno capitasse lì durante l'assenza di Donny. Ma chi? Sulla libreria erano posate delle lettere, quasi tutte indirizzate a una casella postale di Howville. Solo poche recavano l'indirizzo della casa, al numero 4 di Timber Lane, e su quelle qualcuno aveva scritto a matita il numero della casella postale. Era chiaro che a Donny la posta non veniva recapitata a domicilio.

Gli occhi le caddero sulla fila di quaderni bianchi e neri. Lui le aveva detto di leggerli. Ne tirò fuori una mezza dozzina e tornò al divano. La luce era fievole. Aveva indossato l'abito che portava il giorno prima al picnic, spinta da un confuso desiderio di mantenere intatta la propria identità. Ma ora il vestito era spiegazzato e lei si sentiva sporca. Sporca perché si trovava in quel luogo, per il ricordo delle mani convulse di lui che le afferravano la vita, per la sensazione di essere un animale in gabbia, affidato a un custode pazzo. Quel pensiero la portò quasi all'isteria. Datti una regolata, si ammonì ad alta voce. Mike ti starà sicuramente cercando. Ti troverà. Le sembrava quasi di avvertire l'intensità dell'amore di lui. Mike. Mike. Ti amo. Si era stancata di traslocare in continuazione. Voleva fermarsi in un posto. Perfino Donny Rubel lo aveva scoperto. E ora stava esaudendo il suo desiderio. Kay si rese conto che stava ridendo, una risata stridula, isterica, che terminò in uno scroscio di lacrime.

Piangere le procurò un certo sollievo. Dopo qualche minuto si asciugò il viso con il dorso della mano e cominciò a leggere.

Il contenuto dei quaderni non variava mai. L'odissea quotidiana di una vita immaginaria che iniziava la sera del ballo studentesco. Alcuni prologhi erano in realtà progetti per il futuro. «Quando Kay e io saremo insieme andremo a campeggiare nel Colorado. Dormiremo sotto una tenda e vivremo la vita rustica dei nostri padri. Avremo un sacco a pelo matrimoniale e lei riposerà tra le mie braccia perché i rumori degli animali la spaventano un po'. Io la proteggerò e la consolerò.» In altri punti Donny scriveva come se Kay fosse già con lui. «È stata una giornata magnifica. Kay e io siamo andati a New York, al South Street Seaport. Le ho comperato una camicetta nuova e scarpe blu con il tacco alto. A Kay piace tenermi per mano quando camminiamo. Mi ama moltissimo e non vuole mai starmi lontana. Abbiamo deciso che se uno di noi dovesse ammalarsi, faremo in modo di non venire separati. Non abbiamo paura di morire insieme. Saremo in cielo per l'eternità. Ci amiamo.»

C'erano brani scritti con calligrafia quasi illeggibile. Ignorando il crescente mal di testa, Kay continuò a leggere. Quell'immersione negli abissi della follia di Donny la portò quasi sull'orlo del panico. Doveva, assolutamente doveva finire di leggere quei quaderni. Forse vi avrebbe trovato un suggerimento, qualcosa con cui persuaderlo a lasciarla andare, o a portarla in qualche luogo dove ci fosse gente. Dopo tutto, lui non faceva che parlare dei viaggi e delle gite che avrebbero fatto insieme.

Dalle dieci in poi il telefono continuò a squillare. Kay fremeva nell'ascoltare le voci impersonali che lasciavano messaggi per Donny. Ascoltatemi, avrebbe voluto gridare. Aiutatemi.

Apparentemente Donny gestiva una fiorente attività di riparazioni. Una pizzeria — non poteva andare da loro al più presto? Uno dei forni non funzionava. Parecchie casalinghe — sarebbe stato così gentile da passare a dare un'occhiata al televisore? Al videoregistratore? Si era rotto un vetro. Più o meno ogni ora Donny chiamava per ascoltare i messaggi e ne lasciava uno per lei. «Kay, tesoro, mi manchi moltissimo. Vedi quanto da fare ho? Stamattina ho già guadagnato duecento dollari. Potrò prendermi cura di te nel miglior modo possibile.»

Dopo ogni telefonata lei riprendeva a leggere. In tutti i quaderni Donny faceva continui riferimenti a sua madre. «Aveva diciotto anni quando permise a mio padre di spingersi troppo oltre; rimase incinta di me e così dovettero sposarsi. Mio padre la lasciò quando io ero ancora piccolo, la incolpava di tutto. Non sarò mai come mio padre. Non sfiorerò Kay neanche con un dito finché non saremo sposati. In caso contrario, potrebbe arrivare a odiarmi e a detestare i nostri bambini.»

Fu nel penultiumo quaderno che scoprì i progetti di lui. «Per televisione ho sentito un predicatore sostenere che i matrimoni hanno più possibilità di riuscita quando i due coniugi si conoscono da quattro stagioni. C'è qualcosa nello spirito umano che abbisogna di un ciclo completo, come quello che si verifica in natura. Ho frequentato la classe di Kay in autunno e in inverno. La porterò via durante la riunione degli ex allievi. Sarà primavera. Pronunceremo i nostri voti alla sola presenza di Dio il primo giorno d'estate. Il 21 giugno cade di domenica. Poi partiremo per fare il giro del paese; noi due soli, gli amanti.»

Era giovedì, 18 giugno.

Alle quattro arrivò una telefonata dal *Garden View Motel*. Johnny poteva passare da loro quel pomeriggio? C'erano un paio di televisori guasti.

Il *Garden View Motel.* Stanza 210. Mike.

Donny chiamò pochi minuti dopo. La sua voce aveva un timbro vuoto. «Vedi che cosa intendo, Kay? Ho un sacco di lavoro al motel. Sono contento che abbiano telefonato. Così avrò la possibilità di verificare se Mike Crandell si sta preparando ad andarsene. Spero che ti sia esercitata a suonare le nostre canzoni. Voglio cantarle con te stasera. Arrivederci per ora, mia cara.»

C'era rabbia nella sua voce quando aveva pronunciato il nome di Mike. Ha paura, pensò Kay. Se qualcosa dovesse sconvolgere i suoi piani, impazzirà del tutto. Non doveva contrastarlo. Ripose i quaderni e si trascinò fino al pianoforte.

Era completamente scordato. A causa dei tasti che mancavano, qualunque pezzo avesse tentato di suonare non sarebbe stato che una sequela di suoni discordanti.

Erano quasi le otto quando tornò Donny. Il suo viso era indurito dalla collera. «Crandell non andrà a casa», riferì a Kay. «Sta facendo un sacco di domande sul tuo conto. Distribuisce in giro la tua foto.»

Mike era al motel. Mike aveva capito che qualcosa non andava. Oh, Mike, pensò Kay. Trovami. Andrò in qualunque posto, dove vorrai. Avrò un bambino a Kalamazoo o a Peoria. Che importanza vuoi che abbia, finché ci è possibile vivere insieme?

Fu come se Donny le leggesse nel pensiero, perché sulla soglia si fermò a guardarla con aria accusatrice. «Non sei stata abbastanza convincente quando gli hai parlato, ieri sera. È colpa tua, Kay.»

Fece per andarle vicino. Lei si rincantucciò sul divano e la catena diede uno strattone violento al ceppo che le serrava la caviglia. Sgorgò un filo di sangue, caldo e vischioso.

Donny lo notò. «Oh, Kay, ti sei fatta male.» Sparì in bagno e tornò poco dopo con un panno bagnato. Con tenerezza le sollevò la gamba da terra e se la posò in grembo. «Passerà subito», le assicurò mentre avvolgeva il panno intorno alla ferita. «E non appena saprò con certezza che mi ami di nuovo, ti libererò.» Si rimise in piedi e le sfiorò l'orecchio con le labbra. «Perché non chiamiamo Donald junior il nostro primo bambino?» chiese. «Sono certo che sarà un maschio.»

Il giovedì pomeriggio Jimmy Barrott si recò dai datori di lavoro di Michael Crandell, lo studio Fields, Warner, Quinlan e Brown. Dopo che ebbe mostrato il distintivo fu introdotto nell'ufficio di Edward Fields, che rimase sconvolto nell'apprendere la scomparsa di Kay Crandell. No, quel giorno non aveva sentito Mike, ma non c'era nulla di insolito in questo. Lui e Kay stavano progettando di tornare in Arizona, Mike si era preso una settimana di ferie. Crandell? Un elemento di prima qualità. Il migliore. In effetti, sarebbe diventato uno dei soci non appena completato un lavoro che doveva cominciare il mese successivo a Baltimora. Sì, sapevano che Kay era turbata dai continui traslochi. Era così per quasi tutte le mogli. Jimmy sapeva per caso dove alloggiava Mike?

Con parole caute, Barrott disse che probabilmente si trattava soltanto di un equivoco.

Di colpo Edward Fields divenne molto formale. «Signor Barrott», esordì, «se la sua visita ha qualche secondo fine e lei è qui per indagare su Mike Crandell, faccia un favore a se stesso e non sprechi altro tempo. I miei soci, e io stesso, siamo dispostissimi a garantire per lui.»

Jimmy telefonò al suo ufficio per sapere se c'erano messaggi. Non ce n'erano e così andò direttamente a casa. Quando constatò che il frigo era quasi vuoto, decise di fare un salto al ristorante cinese che faceva servizio take away. Ma chissà come, si trovò invece a prendere la strada per il *Garden View Motel.*

Erano le nove e mezzo quando arrivò. L'addetto alla reception gli disse che Mike aveva distribuito la foto della moglie a tutti i dipendenti e aveva dato alla centralinista venti dollari perché riferisse un suo messaggio nel caso che la signora telefonasse.

«È sempre stato tranquillo qui», continuò innervosito. «Non ho potuto proibirgli di distribuire quelle foto, ma non è certo una buona pubblicità per noi.» Dietro richiesta di Jimmy, l'impiegato mostrò una delle foto, un ingrandimento dell'istantanea che lui aveva visto nella stanza dei Crandell; la scritta a grandi lettere maiuscole diceva: KAY CRANDELL È SCOMPARSA. FORSE STA MALE. HA TRENTADUE ANNI, ALTA UN METRO E SESSANTAQUATTRO, CINQUANTADUE CHILI. BUONA RICOMPENSA PER CHIUNQUE SIA IN GRADO DI FORNIRE INFORMAZIONI SU DOVE SI TROVI ATTUALMENTE. Seguivano il nome di Mike e il numero telefonico del motel.

Alle dieci Jimmy bussò alla porta della camera 210. Fu aperta all'istante e all'agente Jimmy non sfuggì la delusione acuta che comparve sul viso di Mike quando lo vide. Seppure riluttante, dovette ammettere che Crandell aveva l'aria parecchio preoccupata. I vestiti che indossava erano stazzonati, come se quella notte si fosse limitato a schiacciare un sonnellino di tanto in tanto senza neppure spogliarsi. Jimmy gli passò accanto e vide sul tavolo la pila di manifesti.

«Dove li ha distribuiti fino a ora?» volle sapere.

«Soprattutto nei dintorni del motel. Domani conto di fare il giro delle stazioni di autobus delle città vicine e di chiedere ai negozianti di esporli in vetrina.»

«Saputo nulla?»

Mike esitò.

«Qualcosa sì», rispose Jimmy Barrott per lui. «Che cosa?»

L'altro indicò il telefono. «Vede, non ero sicuro che la centralinista avrebbe ricordato, così oggi pomeriggio ho comperato una segreteria telefonica. Kay ha richiamato mentre ero andato a prendermi un hamburger. Dovevano essere più o meno le otto e mezzo.»

«Pensava di avvertirmi?»

«Perché avrei dovuto? Perché infastidirvi con... come l'ha definita, una lite domestica?» Dalla sua voce trapelava una nota di isterismo.

Jimmy andò alla segreteria, riavvolse il nastro e schiacciò il pulsante «play». Nella stanza echeggiò la stessa voce femminile che aveva udito il giorno prima. «Mike, sono davvero stufa. Torna a casa e smettila di distribuire in giro la mia foto. È umiliante. E ricordati che sono esattamente dove voglio essere.» Poi il suono del ricevitore che veniva posato con forza.

«Mia moglie ha una bella voce, morbida», spiegò Mike. «Ma in quel nastro sento solo tensione, null'altro. Lasci perdere quello che dice.»

«Senta», cominciò Jimmy, adottando quello che per lui era un tono gentile. «Non c'è donna al mondo che possa mandare all'aria un matrimonio senza sentirsi un po' tesa; io lo so bene. Mia moglie pianse all'udienza per il divorzio ed era già incinta di un altro. Ho parlato con i suoi datori di lavoro. Hanno un'ottima opinione di lei. Perché non si rimette a lavorare e si concentra su tutte le cose belle che ha? Non vale la pena prendersela tanto.»

Si accorse che Mike era impallidito. «Lo studio mi ha chiamato», disse poi. «Mi hanno offerto di pagarmi un investigatore privato. È probabile che accetterò la loro proposta.»

Jimmy si chinò a togliere la cassetta dal registratore. «Può darmi il nome di qualcuno in grado di identificare la voce di sua moglie?» chiese.

Per tutta la notte Mike rimase seduto con la testa tra le mani. Alle sei e mezzo lasciò il motel e raggiunse in macchina le stazioni ferroviarie e di autobus delle città vicine. Alle nove si recò alla Garden State High. La scuola era chiusa per l'estate, ma il personale era ancora al lavoro. Fu condotto nell'ufficio del preside, Gene Pearson, che lo ascoltò attento, un'espressione preoccupata sul viso sottile. «Ricordo bene sua moglie», dichiarò poi. «Le ho detto che se avesse desiderato lavorare di nuovo per noi, sarebbe stata la benvenuta. Da quello che i suoi ex studenti mi hanno raccontato di lei, dev'essere stata un'ottima insegnante.

Aveva offerto un lavoro a Kay. Forse lei aveva deciso di accettare?

«Che cosa le ha risposto mia moglie?»

Gli occhi di Pearson si restrinsero. «In effetti mi ha detto: 'Stia attento, potrei prenderla in parola'.» Di colpo s'irrigidì. «Signor Crandell, capisco la sua preoccupazione, ma proprio non vedo come potrei aiutarla.» Si alzò.

«Per favore», lo supplicò Mike. «Devono essere state scattate delle foto durante la riunione. Non avete un fotografo ufficiale?»

«Sì.»

«In questo caso voglio il suo nome. Devo avere subito quelle fotografie. Non può rifiutarmelo.»

La sosta successiva fu da un fotografo di Center Street, a sei isolati dalla scuola. Lì, almeno, fu solo una questione di prezzo. Dopo avere effettuato l'ordine, Mike tornò in albergo per controllare eventuali chiamate. Alle undici e mezzo tornò dal fotografo, che aveva sviluppato una pila di foto ricavate dai rullini utilizzati durante la riunione: più di duecento stampe in tutto.

Con il pacchetto sotto il braccio, Mike guidò fino alla casa di Virginia O'Neil.

Per tutta la notte di giovedì Kay giacque sveglia sul materasso bitorzoluto, tra le lenzuola nuove e ruvide. La pervadeva l'orribile sensazione che qualcosa in Donny stesse lievitando fino a esplodere. Dopo avere telefonato a Mike, gli aveva preparato la cena. Lui aveva portato verdura surgelata, vino e scatolame e lei lo aveva assecondato, fingendo che fosse divertente cucinare insieme.

Mentre mangiavano l'aveva portato a parlare di sé e di sua madre. Lui le aveva mostrato una foto di lei, una bionda snella sui quaranta con addosso un bikini che sarebbe stato più adatto a un'adolescente. Ma Kay era rabbrividita. Lei e la madre di Donny si somigliavano molto. Appartenevano entrambe a un tipo fisico ben preciso e, sebbene fossero in realtà molto diverse, erano simili nella corporatura, nei tratti e nei capelli.

«Si è risposata sette anni fa», aveva raccontato Donny con voce piatta, senza espressione. «Suo marito lavora in un casinò di Las Vegas. È molto più vecchio di lei, ma i suoi figli ne vanno pazzi. Hanno la sua età.» E aveva esibito un'altra foto in cui due uomini sulla quarantina abbracciavano sua madre. «E lei è pazza di loro.»

Poi aveva rivolto la sua attenzione al cibo che aveva nel piatto. «Sei un'ottima cuoca, Kay. Questo mi piace. A mia madre non andava di cucinare. Non facevamo che mangiare sandwich. Lei non stava molto a casa.»

Dopo cena Kay suonò il piano e cantò con lui. Donny ricordava tutte le parole delle canzoni che lei aveva insegnato alle lezioni di canto. Aveva aperto le persiane per fare entrare la fresca aria notturna, ed era chiaro che la possibilità che qualcuno li sentisse non lo preoccupava affatto. Quando lei glielo aveva fatto notare, aveva risposto: «Non viene più nessuno. Nel łago non ci sono più pesci ed è troppo inquinato perché ci si possa nuotare. Tutte le altre case stanno andando in malora. Siamo al sicuro, Kay».

Quando aveva deciso che era arrivata l'ora di coricarsi, Donny aveva sganciato la catena che la teneva prigioniera e ancora una volta l'aveva aspettata fuori del bagno. Kay stava uscendo dalla doccia quando aveva sentito la porta socchiudersi; si era affrettata a richiuderla e lui non aveva tentato di nuovo. Poi, mentre si affrettava in camera da letto, Donny le aveva chiesto: «Che cosa ti piacerebbe per il pranzo di nozze, Kay? Dobbiamo preparare qualcosa di speciale».

Lei aveva finto di riflettere, e alla fine aveva scosso la testa. «Non posso assolutamente pensare di sposarmi senza abito bianco. Dovremo aspettare.»

«Non ci avevo pensato, Kay», aveva ammesso lui mentre le rimboccava le coperte e le assicurava il ceppo intorno alla caviglia.

Per tutta la notte lei continuò a sprofondare e ad emergere dal sonno. E ogni volta che si svegliava Donny era lì, ai piedi del letto, che la guardava. Ogni volta lei si affrettava a richiudere gli occhi, ma era impossibile ingannarlo. La luce che lui aveva lasciato accesa in soggiorno si rifletteva sul cuscino. «Va tutto bene, Kay. So che sei sveglia. Parlami, tesoro. Hai freddo? Fra pochi giorni saremo sposati e potrò scaldarti.» Alle sette le portò il caffè. Lei si mise a sedere, tirandosi le coperte fin sotto le ascelle. Il suo «grazie» appena sussurrato fu interrotto da un bacio.

«Oggi non vado a lavorare», la informò Donny. «Ho pensato tutta la notte a quello che mi hai detto sull'abito bianco da indossare per il nostro matrimonio. Andrò a comperarlo.»

La tazza di caffè che Kay teneva in mano cominciò a tremare, ma con uno sforzo enorme lei si costrinse a restare calma. Forse quella poteva essere la sua unica occasione. «Mi dispiace, Donny, non voglio sembrarti ingrata, ma gli abiti che mi hai comperato non sono proprio della mia misura. E poi ogni donna vuole scegliere da sé l'abito da sposa.»

«Non ci avevo pensato», disse ancora una volta Donny. La guardò, perplesso e confuso. «Questo significa che dovrò portarti al negozio. Non sono sicuro di volerlo fare. Ma desidero che tu sia felice, a qualunque costo.»

Alle sei e mezzo del venerdì mattina Jimmy Barrott rinunciò ai suoi tentativi di prendere sonno e andò in cucina. Si preparò il caffè, pescò una penna a sfera e cominciò a prendere appunti sul retro di una busta.

1. È stata Kay Crandell a fare quelle telefonate? Chiedere a Virginia O'Neil di identificare la voce.

2. Se la voce è quella di Kay Crandell, fare controllare il livello di tensione al laboratorio.

3. Se era Kay Crandell al telefono, sapeva delle foto poche ore dopo che suo marito aveva cominciato a distribuirle nel motel. Come l'ha scoperto?

Quell'ultima domanda bandì ogni residuo di sonno dalla mente di Jimmy. Possibile che si trattasse di un clamoroso imbroglio messo in piedi da Mike e Kay Crandell?

Alle dieci e mezzo Jimmy Barrott era il riluttante compagno di gioco del piccolo Kevin O'Neil. Gettò la palla a Kevin che la prese con una mano, ma quando la rilanciò il bambino gridò: «Cacchio». Jimmy si lasciò clamorosamente sfuggire la palla.

«Cacchio è la sua parola magica», spiegò Virginia. Aveva riconosciuto senza alcun dubbio la voce di Kay. «Solo che non sembra proprio lei», aveva aggiunto. «La signorina Wesley, voglio dire, la signora Crandell, oh, cavolo, continuava a ripetermi di chiamarla Kay... Kay ha una cadenza inconfondibile, la sua voce è sempre calda e gaia. Questa è la sua voce, ma al tempo stesso non lo è.»

«Dov'è suo marito?» domandò Jimmy.

Virginia lo guardò sorpresa. «Al lavoro. È uno scambista alla mercantile Exchange.»

«Lei è una donna felice?»

«Certo che lo sono.» Il tono di Virginia si era fatto gelido. «Posso chiederle il perché di questa domanda?»

«Come sarebbe la sua voce se decidesse di andarsene, con o senza i bambini, e di lasciare suo marito? Tesa?»

Virginia afferrò al volo Kevin prima che placcasse la gemella. «Agente Barrott, se volessi lasciare mio marito, mi siederei al tavolo con lui e gli spiegherei quando e perché me ne vado. E vuole sapere una cosa? Kay Wesley Crandell farebbe come me. È ovvio che lei sta semplicemente proiettando esternamente il modo in cui crede che agiscano donne come Kay e me. Ora, se non ha altre domande, avrei parecchie cose da fare.» Si alzò.

«Signora O'Neil», disse lui. «Prima di venire da lei ho parlato con Mike Crandell. So che ha ordinato delle copie delle foto scattate alla riunione e che sarà qui verso mezzogiorno. Ci sarò anch'io. Nel frattempo, cerchi di ricordare se Kay usciva con qualcuno di questa zona. Oppure mi dia i nomi dei colleghi con cui era in rapporti particolarmente amichevoli.»

Virginia separò i due gemelli, che ora stavano litigando per uno degli orsetti. I suoi modi erano cambiati. «Lei sta cominciando a piacermi, agente Barrott», dichiarò.

Lo stesso pensiero balenato alla mente di Jimmy Barrott, cioè che Kay aveva saputo nel giro di pochissime ore dei manifesti da lui distribuiti, colpì anche Mike mentre si dirigeva verso la casa di Virginia O'Neil con il pacco di fotografie.

Quando Virginia gli aprì la porta, Mike era ormai sull'orlo di una crisi isterica e la vista del viso tetro di Jimmy Barrott diede un'ulteriore scossa al suo già turbato sistema nervoso.

«Che cosa ci fa lei qui?» La domanda risuonò secca come uno sparo.

Virginia O'Neil gli aveva posato la mano sul braccio e la casa era insolitamente silenziosa. «Mike», disse lei. «L'agente Barrott è qui per aiutarci. Ci sono anche altre due donne che hanno frequentato con me i corsi di Kay; abbiamo preparato dei sandwich e pensiamo di esaminare insieme le foto.»

Per la seconda volta in quei giorni, Mike sentì le lacrime gonfiargli gli occhi, ma riuscì a respingerle. Fu presentato alle altre giovani donne, Margery, Joan e Dotty, tutte studentesse del Garden State High durante gli anni in cui Kay vi aveva insegnato. Sedettero insieme a guardare le foto portate da Mike. «Questo è Bobby... vive a Pleasantwood. Ecco John Durkin che parla con Kay. C'è anche sua moglie. E questo...»

Fu Jimmy Barrott a fissare le foto su fogli di compensato usando del nastro adesivo e a contrassegnare con un numero tutte le persone raffigurate; dopodiché le tre donne procedettero a identificarle. Fu presto chiaro che non c'era modo di dare un nome a molti dei volti che circondavano Kay nelle varie istantanee.

«Ho l'impressione che non stiamo arrivando a niente», brontolò Jimmy alle tre del pomeriggio. «So che il preside della scuola è arrivato da poco. Inutile quindi aspettarsi aiuto da lui, ma non c'è qualche vecchio insegnante in grado di identificare gli ex allievi che voi non avete riconosciuto?»

Virginia e le sue amiche si scambiarono una lunga occhiata meditabonda. Fu Virginia a parlare per tutte. «Marian Martin», rispose. «Ha insegnato alla Garden State per moltissimi anni. È andata in pensione due anni fa e ora vive a Litchfield, nel Connecticut. Era attesa alla riunione, ma aveva altri impegni che non le è stato possibile annullare.»

«Ecco la persona che ci serve», dichiarò Jimmy Barrott. «Qualcuna di voi ha il suo numero telefonico o l'indirizzo?»

Virginia stava scartabellando la sua agenda. «Ecco il numero della signorina Martin.» Andò al telefono e cominciò a comporlo.

Con l'apertura del *Clothes Cartel*, a Pleasantwood, New Jersey, Vina Howard aveva realizzato l'ambizione di una vita. Era stata assistente agli acquisti presso il J.C. Penney prima del suo matrimonio. Quando aveva finalmente lasciato Nick Howard, dopo diciotto anni di infelicità, era tornata a vivere con gli anziani genitori, in tempo per accudirli in una lunga serie di attacchi cardiaci e altre gravi malattie. Dopo la loro morte Vina aveva venduto la vecchia casa, acquistato un piccolo locale e realizzato il suo antico sogno di aprire un negozio di abbigliamento che avrebbe soddisfatto le necessità delle abitanti dei sobborghi, desiderose di vestire alla moda senza spendere troppo. In seguito aveva aggiunto una linea destinata alle figlie adolescenti delle sue clienti. Un errore che si era trasformato in una quotidiana fonte di irritazione.

Il 19 giugno, venerdì mattina, Vina era occupata a raddrizzare i vestiti appesi agli stand, a lucidare il vetro della bacheca che ospitava la bigiotteria e a riordinare le sedie collocate vicino alle tende che nascondevano gli spogliatoi. Lavorando, borbottava tra sé. «Che ragazzine orribili! Entrano, vogliono provare tutto, sporcano i colletti di trucco e lasciano tutto per terra. Questa è l'ultima stagione che perdo con quelle sciattone.»

Vina aveva un ottimo motivo per essere arrabbiata. Aveva appena fatto applicare una nuova e costosa carta da parati nella minuscola zona degli spogliatoi e una di quelle insolenti ragazzacce aveva scritto la consueta parola a cinque lettere sulla parete. A forza di olio di gomito era riuscita a cancellarla, ma la carta era rimasta strappata in più punti e tutta macchiata.

Nondimeno, la giornata cominciò in modo abbastanza gradevole. Alle dieci e mezzo, l'ora in cui arrivava la sua aiutante, Edna, il negozio era affollato e il registratore di cassa tintinnava in continuazione.

Alle tre e un quarto ci fu una pausa e Vina ed Edna poterono concedersi una tazza di caffè in tranquillità. Edna assicurò che suo marito sarebbe certamente riuscito a riparare la carta da parati in modo da nascondere gli strappi, e Vina era decisamente più allegra e sorrideva quando la porta del negozio si aprì ed entrò una coppia. La ragazza era graziosa, sui ventisei, ventotto anni, e indossava una maglietta e una gonna da poco prezzo; l'uomo che la accompagnava era sparuto, più o meno della stessa età, e le teneva un braccio intorno alla vita. I suoi riccioli rosso scuro sembravano appena usciti dalle mani di un parrucchiere e gli occhi blu porcellana erano troppo lucidi.

C'era qualcosa di strano in quei due, pensò Vina mentre il suo sorriso si attenuava. Di recente nella zona si erano verificati parecchi furti a opera di tossicomani.

«Vogliamo un abito bianco lungo», esordì il giovane. «Taglia quarantadue.»

«La stagione dei balli è finita», replicò Vina, a disagio. «Di lungo non mi è rimasto granché.»

«Cerchiamo un abito adatto a un matrimonio.»

Vina si rivolse alla donna. «Ha in mente qualcosa di particolare?»

Disperata, Kay cercava il modo di comunicare con lei. Con la coda dell'occhio guardò l'impiegata seduta alla cassa e si rese conto che la donna aveva percepito qualcosa di strano. Colpa dell'assurda parrucca rossa che lui si era messo. Kay non ignorava che la mano destra di Donny, nascosta nella tasca, impugnava la pistola e che un suo tentativo di mettere allerta le due donne avrebbe significato la morte per lei.

«Qualcosa in cotone», rispose. «O magari in jersey.» Vedendo gli spogliatoi, pensò che forse avrebbe avuto la possibilità di restare sola per qualche minuto, il tempo di cambiarsi... forse avrebbe potuto lasciare un messaggio. Più vestiti avesse provato, più tempo avrebbe avuto.

Ma in negozio c'era solo un abito bianco e lungo della sua taglia. «Lo prendiamo», decise Donny.

«Prima voglio provarlo», obiettò Kay con fermezza. «Lo spogliatoio è proprio qui.» Si avvicinò e tirò la tenda. «Vedi?»

Il camerino era appena sufficiente per una persona; la tenda non arrivava a terra. «D'accordo, provalo», concesse Donny. «Io aspetto fuori.» Rifiutò con decisione l'offerta di Vina di aiutare Kay. «Basterà che le passi il vestito.»

Kay si tolse in tutta fretta la maglietta e la gonna, guardandosi intorno piena di disperazione. Su una piccola mensola c'era una scatola con un paio di spilli. Ma niente matite. Come lasciare un messaggio? Si infilò il vestito dalla testa, poi prese uno spillo. Su un muro, la carta da parati era macchiata e lacera. Si volse verso la parete di fronte e cercò di incidere la parola AIUTO. Lo spillo era leggerissimo ed era impossibile maneggiarlo con rapidità. Riuscì comunque a scarabocchiare una grossa A irregolare.

«Sbrigati, tesoro.»

Lei scostò la tenda. «Non riesco ad allacciarmi i bottoni

sulla schiena», disse rivolta alla proprietaria del negozio.

Mentre allacciava i bottoni, Vina lanciò un'occhiata inquieta a Edna, che le rispose con un leggero cenno del capo. Liberati di quei due, le stava dicendo.

Kay si studiò nello specchio a grandezza naturale. «Non mi convince», dichiarò poi. «Non avete qualcos'altro?»

«Prendiamo questo», la interruppe Donny. «Sei bellissima.» Estrasse di tasca un fascio di banconote. «Fa' presto, tesoro. Siamo già in ritardo.»

Nel minuscolo camerino, Kay si tolse il vestito, lo passò alla donna che aspettava fuori e, infilatasi in tutta fretta la maglietta e la gonna, prese l'altro spillo. Con una mano cominciò a ravviarsi i capelli mentre con l'altra cercava di incidere la lettera I. Ma era impossibile. Si girò di scatto quando sentì Donny tirare la tenda. «Perché ci metti tanto, tesoro?» Lei voltava la schiena alla parete su cui aveva cominciato a scrivere. Continuò a passarsi le dita tra i capelli, come se fossero arruffati. Poi lasciò cadere lo spillo dietro di sé e rimase a guardare Donny che esaminava il minuscolo spazio. Infine, apparentemente soddisfatto, lui la prese per mano e con lo scatolone sotto il braccio la sospinse fuori.

Marian Martin aveva appena finito di piantare le nuove azalee quando lo squillo del telefono la richiamò in casa. Era una donna alta, di sessantasette anni. Da quando, due anni prima, aveva lasciato il suo posto di consulente per l'orientamento scolastico presso la Garden State High e si era trasferita in quella tranquilla cittadina del Connecticut, si dedicava con piena soddisfazione all'hobby che non aveva mai avuto il tempo di coltivare. Ora il suo giardino inglese era la sua massima fonte d'orgoglio. La telefonata di quel venerdì pomeriggio non fu quindi un'interruzione gradita, ma dopo che ebbe ascoltato Virginia O'Neil, Marian dimenticò completamente le dalie ancora da piantare.

Kay Wesley, pensò. Un'ottima insegnante, sempre disponibile a occuparsi dei ragazzi che avevano problemi. Tutti i suoi allievi erano pazzi di lei. Kay, scomparsa. «Ho un paio di commissioni da fare», disse a Virginia. «Ma posso mettermi in viaggio per le sei. Non dovrei impiegare più di due ore. Fatemi trovare le fotografie. Non c'è studente della Garden State di cui non ricordi il viso.»

Mentre riappendeva, Marian si ricordò improvvisamente di Wendy Fitzgerald, l'allieva che vent'anni prima era svanita durante il picnic della scuola. A ucciderla era stato Rudy Kluger, il tuttofare dell'istituto. Ormai Rudy doveva essere stato scarcerato e a quel pensiero Marian si sentì la bocca secca. No, non questo, pregò.

Alle cinque e quarantacinque Marian gettò una borsa sul sedile posteriore dell'auto e partì alla volta del New Jersey. Aveva la mente piena di ricordi degli orribili giorni trascorsi dalla scomparsa di Wendy Fitzgerald al ritrovamento del suo cadavere. Il pensiero di Rudy la turbava talmente che seppellì in qualche recesso della sua mente il fuggevole dubbio che in quel modo stava forse scartando altri importanti alternative.

«La signorina Martin dovrebbe arrivare verso le otto», annunciò Virginia quando ebbe riattaccato.

Jimmy Barton spinse indietro la sedia. «Devo fare un salto in ufficio. Se quella signora dovesse scoprire qualcosa, chiamatemi a questo numero stasera. In caso contrario tornerò domani mattina.» Tese a Virginia un biglietto da visita spiegazzato.

Anche le altre donne si alzarono. Sarebbero tornate tutte l'indomani per collaborare con la signorina Martin.

L'ultimo ad alzarsi fu Mike. «Andrò a distribuire altre foto, poi rientrerò al motel. C'è sempre la possibilità che Kay richiami.»

Questa volta affisse le immagini della moglie sui pali del telefono delle strade principali delle cittadine che attraversò e in tutti i grandi centri commerciali della zona. A Pleasantwood, mentre entrava nel parcheggio del municipio, fu quasi investito da un furgone che gli passò accanto a tutta velocità. Maledetto idiota, pensò Mike. Finirà con l'ammazzare qualcuno.

Donny aveva posteggiato nel parcheggio municipale, dietro il *Clothes Cartel*. Quando lasciarono il negozio, tenne Kay stretta a sé finché non raggiunsero l'automezzo, dopodiché aprì il portello laterale e col gomito la spinse per farla salire. Disperata, lei guardò l'uomo giovane e robusto che stava avviando il motore della sua auto, due posti più in là. Per un istante riuscì a catturare i suoi occhi, ma subito sentì la punta della pistola premerle contro il fianco. «C'è un bambino sul sedile posteriore di quella macchina, Kay», mormorò piano Donny. «Emetti solo un suono, e padre e figlio sono morti.»

Kay aveva le gambe molli mentre saliva il gradino incespicando. «Ecco il pacco, tesoro», disse Donny ad alta voce. Rimase a guardare l'auto che gli passava accanto, poi salì a sua volta e chiuse lo sportello.

«Volevi avvertire quel tizio, Kay», sibilò. Il bavaglio che le legò intorno alla bocca era stretto e le faceva male. Le mani di lui erano rudi mentre faceva scattare le manette e le legava i piedi. Lasciò cadere la scatola sulla cuccetta accanto a lei. «Pensa piuttosto al motivo per cui abbiamo comperato il vestito, Kay, e non guardare gli altri uomini.» Socchiuse lo sportello, si guardò intorno, poi lo aprì un po' di più e scivolò fuori. Nell'attimo in cui la luce filtrò all'interno, Kay vide un oggetto lungo e sottile sul fondo del furgone, sotto il tavolo da lavoro.

Un cacciavite.

Con quello, sarebbe riuscita a svitare la piastra di metallo dalla parete del cottage e fuggire mentre Donny era fuori.

Il furgone ebbe un sussulto violento. Donny doveva essere vicino al punto di rottura per guidare in modo così folle. Fa' che la polizia lo fermi, pregò. Ma ecco che già stavano rallentando. Probabilmente si era accorto di andare troppo veloce.

Kay si volse su un fianco, abbassò lentamente le mani e

con la punta delle dita cercò di raggiungere il cacciavite. Lacrime di rabbia e di frustrazione le offuscavano gli occhi e dovette raccogliere tutte le forze per dominarsi. Era così buio lì dentro e lei riusciva a scorgere solo i contorni del cacciavite, ma a dispetto dei suoi tentativi disperati non riuscì a prenderlo.

Rotolò allora sulla schiena e alzò le mani fino a posarle sulle ginocchia. La cuccetta scricchiolò mentre Kay lottava per mettersi seduta, si contorceva fino ad arrivare al bordo della cuccetta e allungava i piedi verso il cacciavite. Mancavano solo un paio di centimetri. Ignorando il dolore bruciante alle caviglie, tese spasmodicamente la punta delle dita finché non percepì la durezza del ferro: con uno sforzo immane lo imprigionò tra le due suole e lo attirò verso di sé. Ora era proprio sotto di lei. Sollevò le gambe, ricadde sulla schiena e ancora una volta abbassò le mani su un fianco fino a sfiorare il pavimento. La carne escoriata le inviava acuti segnali di dolore, ma lei non li sentiva più perché ormai le sue dita si stavano chiudendo intorno all'impugnatura del cacciavite e lo stringevano, lo sollevavano.

Solo allora si concesse qualche istante di riposo; ansimava per lo sforzo, ma era esultante. Poi un nuovo pensiero la colpì e strinse con più forza il cacciavite. Come introdurlo in casa? Non poteva nasconderselo addosso. La maglietta le aderiva al torace; la gonna di cotone non aveva tasche; i sandali erano aperti.

Erano quasi arrivati, ormai, lo capiva da come il furgone sobbalzava lungo la strada sterrata. La scatola che conteneva il vestito si capovolse, sfiorandole il braccio. La scatola. Ricordava che la donna del negozio aveva fatto un doppio nodo alla cordicella. Impossibile disfarlo. Con cura, Kay infilò le dita sotto il coperchio poi cominciò lentamente a inserire il cacciavite nella fessura. Sentì il coperchio squarciarsi in un punto.

Il furgone si fermò. Piena di disperazione, Kay spinse dentro il cacciavite, cercando di infilarlo tra le pieghe del vestito, e aveva appena rimesso la scatola a posto quando lo sportello si aprì. «Siamo a casa, Kay.» La voce di Donny era piatta.

Lei pregò che non si accorgesse delle nuove escoriazioni che aveva sui polsi e sulle caviglie, né dello strappo nella scatola. Ma i gesti di lui, mentre faceva scattare le manette erano automatici, simili a quelli di un robot. Si infilò la scatola sotto il braccio senza neppure guardarla, aprì la porta della casupola e la spinse dentro in fretta, quasi temesse di essere seguito. All'interno l'aria era soffocante.

L'istinto disse a Kay che doveva cercare di calmarlo. «Avrai fame», esordì. «Sono ore che non mangi.» Gli aveva preparato qualcosa quando era tornato per colazione, ma allora Donny era agitato e non aveva toccato nulla. «Ti faccio un sandwich e ti verso un po' di limonata. Ne hai bisogno.»

Lui lasciò cadere la scatola sul divano e la fissò. «Dimmi quanto mi ami», ordinò. Aveva le pupille dilatate e la stretta con cui le serrava il polso era più dolorosa delle manette. Respirava ad ansiti brevi, irregolari. Terrorizzata, Kay indietreggiò fino a sentire contro le gambe il velluto ruvido del divano. Donny stava per crollare. Se avesse cercato di placarlo con qualche menzogna, l'avrebbe smascherata subito. Disse invece con voce aspra: «Donny, preferirei saperne di più sui motivi del tuo amore per me. Sostieni di amarmi, ma sei sempre arrabbiato. Come posso continuare a crederti? Leggimi qualche brano da uno dei tuoi libri mentre preparo uno spuntino per tutti e due». Si costrinse a parlare con voce fredda e autoritaria. «Donny, voglio che tu lo faccia subito.»

«Naturalmente, naturalmente, signorina Wesley.» La voce di lui non conservava più alcuna traccia di collera e si era fatta stridula; quasi la voce di un adolescente. «Ma prima devo controllare i messaggi.»

Quando erano usciti, aveva lasciato il telefono sul tavolo vicino al divano. Estrasse un taccuino e una matita e premette il pulsante «play». I messaggi erano tre. Uno da un negozio di ferramenta: Donny poteva fare un salto da loro l'indomani? Il loro addetto alle riparazioni era ammalato. Il secondo era del *Garden View Motel*: avevano bisogno di aiuto per installare delle attrezzature elettroniche destinate a una conferenza. Era necessario che andasse quella sera stessa.

L'ultima chiamata proveniva da un uomo chiaramente molto anziano. La sua voce era affannosa ed esitante mentre si qualificava. Clarence Gerber. Donny aveva un minuto di tempo per passare da loro e dare un'occhiata al tostapane? Non si riscaldava e sua moglie stava bruciando tutto il pane che avevano in casa nel tentativo di farlo tostare nel forno. Seguiva un risata faticosa e: «Ci metta in cima all'elenco, Donny. Mi chiami e mi faccia sapere quando viene».

Donny mise via il taccuino, fece riavvolgere il nastro, poi ricollocò l'apparecchio nella gabbia metallica. «Non riesco a sopportare quel vecchio Gerber», disse a Kay, «Continuo a ripetergli di non farlo, ma ogni volta che vado a ripararargli qualcosa lui sale sul furgone e si mette a chiacchierare. Passerò prima dal motel. Quelli mi pagano sull'unghia. Ho messo da parte un sacco di soldi per noi, Kay. E ora ti leggerò qualcosa. Quali sono i libri che non hai ancora letto?»

«L'ho capito fin da quel primo giorno, quando Kay mi ha posato le mani sul petto e mi ha detto di cantare, che tra noi c'era qualcosa di speciale e di bellissimo», cominciò Donny, fra un sorso e l'altro di limonata. La sua voce si calmò mentre leggeva delle innumerevoli volte in cui lei gli aveva telefonato chiedendogli di raggiungerla. Seduta di fronte a lui, Kay non riusciva quasi a deglutire. Nei suoi scritti, Donny non faceva che ripetere quanto sarebbe stato felice di morire con lei, come sarebbe stato indicibilmente bello morire difendendo il suo diritto a possederla.

Donny finì di leggere e sorrise. «Oh, dimenticavo», esclamò poi. Sollevò la mano e si sfilò la ricciuta parrucca rossa, mostrando i radi capelli castani. Si chinò in avanti e per la prima volta si tolse anche le lenti a contatto azzurre. Gli occhi di un marrone fangoso con strane pagliuzze verdi si fissarono su Kay. «Mi ami di più quando sono me stesso?» le domandò. Poi, senza aspettare risposta, fece il giro del tavolo e la sollevò in piedi. «Devo andare al motel. Ti sistemo in soggiorno, Kay.»

Al *Clothes Cartel*, Vina Howard e la sua aiutante Edna spettegolarono per cinque minuti buoni sulla coppia che aveva acquistato l'abito bianco. «Giuro che erano drogati», affermò Edna. «Ma senti un po', sapevamo tutte e due che prendere quell'abito era stato un errore. Tu pensavi di accorciarlo, giusto? Così invece l'hai venduto a prezzo pieno. E in contanti, per di più.»

Vina assentì. «Già, ma continuo a sostenere che quel tizio aveva un aspetto strano. Si tinge i capelli, sarei pronta a giurarlo.» La porta si aprì lasciando entrare una nuova cliente. Vina l'aiutò a scegliere parecchie gonne, poi la scortò a uno dei camerini. Il suo scoppio d'ira lasciò stupefatta sia Edna sia la cliente. «Guardate qua», proruppe Vina, indicando con il dito che le tremava la grande *A* frastagliata incisa sul muro. «Lei era peggio di lui», sbottò. «La carta non basterà per entrambe le pareti. Dio, come vorrei avere tra le mani quella donnaccia.» Neppure le esclamazioni di simpatia della cliente e il fatto che Edna le facesse nuovamente notare che aveva venduto l'abito a prezzo intero riuscirono a placare la collera di Vina.

Una collera che continuò a ribollirle dentro fino al punto che alle sei, quando chiuse il negozio e si diresse verso casa sua, a tre isolati di distanza, si trovò a fissare il manifesto affisso al palo del telefono senza neppure riconoscere nella donna ritratta la triste creatura che aveva rovinato la sua carta da parati.

Erano quasi le nove quando Mike fece ritorno al *Garden View Motel.* Era una sera calda e afosa e non appena lasciò l'abitacolo fresco dell'auto gocce di sudore cominciarono a imperlargli la fronte. Si diresse verso il motel, ma lo stordimento lo sopraffece e fu costretto ad appoggiarsi all'automezzo accanto a cui stava passando, un furgone grigio scuro. Non aveva mangiato più nulla dopo il sandwich offertogli da Virginia. Salì direttamente in camera e controllò la segreteria telefonica. Nessun messaggio.

Il bar dell'albergo era ancora aperto e solo due o tre separé erano occupati. Mike ordinò un panino con bistecca e caffè. La cameriera gli indirizzò un sorriso pieno di comprensione. «Lei è quello a cui è scomparsa la moglie. Buona fortuna. Sono sicura che tutto finirà bene. Ho come un presentimento, capisce.»

«Grazie.» Dio volesse che lo avessi anch'io, questo presentimento, pensò Mike. Ma almeno, la simpatia della donna significava che la gente si fermava a guardare la foto di Kay.

La cameriera lo lasciò e tornò poco dopo con un sacchetto e il conto per un uomo che sedeva a due tavoli di distanza. «Si lavora fino a tardi stasera, eh, Donny?» lo apostrofò.

Erano le sei passate quando Donny partì con il furgone. Non appena il rombo del motore svanì in lontananza, Kay infilò la mano nella scatola del vestito e recuperò il cacciavite. Se fosse riuscita a svitare la piastra metallica, arrivare al telefono non sarebbe stato un problema. Ma le bastò un'occhiata al grosso lucchetto per capire che sarebbe stato comunque inutile. La sua unica speranza era la fuga.

Si trascinò fino alla parete e si accovacciò a terra. Le viti erano strette al punto da sembrare saldate alla piastra e il cacciavite era piccolo. I minuti scivolavano via; passò mezz'ora, poi un'ora. Ignara del caldo, del sudore che la impregnava tutta, del dolore alle dita, Kay continuò a lavorare e alla fine ebbe la sua ricompensa. Una vite cominciò a muoversi. Con allucinante lentezza, ma cedeva, e presto fu completamente allentata. Facendo attenzione, lei la strinse quanto bastava perché non si muovesse e si dedicò alla seconda. Quanto tempo era passato? Quando sarebbe tornato Donny?

Presto cominciò a sentirsi stordita. Lavorava come un robot, incurante delle fitte di dolore alle mani e alle braccia, dei crampi alle gambe. La seconda vite aveva appena cominciato ad allentarsi quando si rese conto che il debole ronzio che stava udendo era il furgone. Freneticamente si trascinò fino al divano, fece scivolare il cacciavite tra le molle e prese il libro che Donny aveva lasciato sul cuscino.

La porta si aprì con uno scricchiolio. I passi pesanti di Donny risuonarono sulle assi del pavimento. Aveva in mano un sacchetto. «Ti ho portato un hamburger e una bibita, Kay», disse. «Al bar ho visto Mike Crandell. C'è la tua fotografia dappertutto. Non è stata una buona idea, quella di portarti a fare spese. Dovremo anticipare il giorno del matrimonio. Domattina devo andare al motel, sembrerebbe strano se non andassi. E mi devono dei soldi. Ma al mio ritorno ci sposeremo e potremo andarcene di qua.»

La nuova decisione sembrava averlo calmato. Si avvicinò e posò il sacchetto sul divano. «Non sei contenta? Ogni volta che prendo qualcosa per me penso anche a te.» La baciò sulla fronte, a lungo.

Kay si sforzò di non mostrare la propria ripugnanza. Ma almeno, in quella luce così debole lui non si sarebbe accorto che aveva le mani gonfie. L'indomani mattina Donny sarebbe andato a lavorare al motel, il che significava che le restavano poche ore prima che lui abbandonasse definitivamente la zona portandola con sé.

Donny si schiarì la gola. «Sto diventando un futuro sposo alquanto nervoso, Kay. Voglio fare una prova, adesso. 'Io, Donald, prendo te, Kay...'»

Aveva mandato a mente la tradizionale formula matrimoniale e Kay ripensò al giorno in cui era stata lei a pronunciarla: «Io, Katherine, prendo te, Michael». Oh, Mike, pensò. Mike.

«Allora, Kay?» la voce di Donny si era fatta di nuovo tesa.

«La mia memoria non è buona come la tua. Forse sarà bene che tu scriva le parole in modo che io possa esercitarmi domani quando sarai al lavoro.»

Donny sorrise. Nella luce fioca i suoi occhi sembravano ancora più infossati nelle orbite, il suo viso quasi scheletrico. «Sarebbe simpatico», assentì. «Perché non mangi il tuo hamburger, adesso?»

Quella notte Kay tenne gli occhi risolutamente chiusi e si costrinse a respirare con regolarità. Sapeva che Donny entrava spesso in camera per guardarla, ma ciò che soprattutto la tormentava era il pensiero che se anche fosse riuscita a staccare la piastra di metallo prima del suo rientro, l'indomani, non avrebbe potuto considerarsi al sicuro. Fin dove avrebbe potuto spingersi in una zona che le era sconosciuta, con un piede in ceppi e trascinandosi dietro il peso della piastra e della catena?

Il traffico era intenso sulla Route 95 South. Alle sei e mezzo Marian Martin si rese conto che il leggero ma insistente mal di testa che la tormentava era probabilmente dovuto al fatto che a pranzo aveva mangiato solo un sandwich. Che cosa non darei per una tazza di tè e un panino, pensò. Ma il senso di urgenza che la animava la spinse a tenere il piede premuto sull'acceleratore fino a quando, alle sette e cinquanta, entrò nel vialetto d'accesso della casa di Virginia O'Neil, a Jefferson Township.

In soggiorno, Virginia aveva preparato cracker e formaggio e una caraffa piena di vino fresco. Grata, Marian mordicchiò il brie e sorseggiò lo Chablis mentre si guardava intorno registrando i particolari del grazioso locale, con il grande pianoforte coperto di spartiti in una nicchia.

Furono proprio gli spartiti a stimolare la sua memoria. «Tu suonavi il piano nella classe di canto di Kay Wesley, vero?»

«Non per tutto l'anno. Solo durante il suo ultimo semestre di insegnamento.»

Che cosa sto cercando di ricordare a proposito di quella classe? si chiese Marian ad alta voce, impaziente.

Per cena c'erano pollo al limone in casseruola con riso integrale e insalata, ma, sebbene affamata, Marian quasi non si accorse di quello che mandava giù. Insistette per cominciare a esaminare le fotografie mentre erano a tavola. Rudy Kluger era un uomo alto e snello sui trenta, trentacinque anni, quando aveva ucciso Wendy Fitzgerald, il che significava che ora doveva essere sulla cinquantina. Diede una rapida scorsa alle foto. Gli ex alunni più anziani dovevano essere sulla quarantina, e l'eventuale presenza di uomini più vecchi non sarebbe certo passata inosservata.

Ma non ce n'erano quasi e quei pochi non somigliavano

minimamente a Rudy. Intanto Virginia le raccontava di come Mike stesse distribuendo le foto della moglie nelle città vicine e del poliziotto che si occupava del caso. In un primo tempo, le spiegò, era sembrato dubbioso, ma ora stava facendo il possibile per rendersi utile. «Resterà in ufficio fino a tardi stasera, credo», concluse Virginia. «Mi ha detto di chiamarlo se scopriamo qualcosa.» Accostò la sedia a quella di Marian, mentre Jack sparecchiava e tirava fuori le tazzine da caffè. Virginia scelse una foto. «Vede», riprese, «questa è stata scattata poco prima che la riunione si sciogliesse. Kay aveva appena terminato di mangiare un hot dog e stava cominciando a salutare gli altri. Io sono stata l'ultima con cui ha parlato. Poi si è incamminata lungo il vialetto che porta al parcheggio.»

Marian esaminò la foto. Kay era in piedi vicino al sentiero, ma ad attirare la sua attenzione fu qualcosa tra gli alberi. «Non hai una lente d'ingrandimento?»

Pochi minuti dopo concordavano tutte nel sostenere che c'era qualcosa nascosta dietro un grosso olmo vicino al parcheggio, qualcosa che sembrava un uomo che si sforzava di passare inosservato. «Probabilmente non significa assolutamente nulla», osservò Marian, cercando di mantenere un tono fermo, «ma forse non sarebbe una cattiva idea parlarne subito con quel poliziotto.»

Jimmy Barrott era alla sua scrivania quando arrivò la telefonata. In effetti, stava esaminando i verbali riguardanti un certo Rudy Kluger, che vent'anni prima aveva assassinato una studentessa sedicenne del Garden State High dopo averla indotta a seguirlo nel bosco vicino all'area picnic. Rudy Kluger era stato rilasciato sei settimane prima dalla prigione di stato di Trenton e aveva già violato il regolamento non presentandosi al funzionario che si occupava del suo caso.

Jimmy Barrott sentì un peso opprimergli il petto.

«Signorina Martin», sbottò alla fine. «Tanto vale dirglielo subito. Rudy Kluger non è più in carcere e abbiamo già provveduto a diffondere l'allarme. Ma mi farebbe un favore? Finga che Kluger non esista. Riveda quelle fotografie con la mente sgombra da pregiudizi. Non so perché, ma ho la sensazione che lei potrebbe essere di estrema utilità per noi.»

Era un ottimo consiglio, riconobbe lei, e non appena ebbe riappeso cominciò a scorrere di nuovo le istantanee.

Alle undici e mezzo era così stanca che non riusciva più a tenere gli occhi aperti. «Non sono più giovane come un tempo», si scusò.

La stanza per gli ospiti era al secondo piano, al capo opposto della casa rispetto a quella dei bambini, ma ugualmente Marian sentì uno dei gemelli piangere durante la notte. Ripiombò nel sonno, ma in quei brevi attimi di veglia si rese conto che qualcosa la turbava, qualcosa che aveva notato nelle foto e che doveva assolutamente mettere a fuoco.

Clarence Gerber non dormì bene quel venerdì notte. Non c'era nulla che Brenda apprezzasse più delle cialde a colazione e il tostapane non funzionava da due giorni. Come diceva Brenda, non aveva senso comperarne uno nuovo quando Donny Rubel poteva riparare il vecchio per dieci dollari.

Durante quella notte inquieta, Clarence rifletté sul fatto che il vero problema dell'essere in pensione era che non si aveva nulla da fare al mattino, il che poi significava non avere nulla di cui parlare. Ormai le due sorelle di Brenda giravano per casa talmente spesso che lui non riusciva neppure più a partecipare alla conversazione. Ogni volta che ci provava, loro si affrettavano a interromperlo.

Alle cinque del mattino, mentre Brenda russava e soffiava al suo fianco, tenendosi lontana quanto più poteva senza rischiare di cadere, Clarence concepì il suo piano. Forse Donny riteneva che non valesse la pena fare tutto quel tragitto per un lavoro da dieci dollari. Ma lui aveva la soluzione pronta. Un paio di volte gli era capitato di non avere contanti per pagare una riparazione e il giorno dopo aveva provveduto a spedire a Donny un assegno. Ecco perche aveva il suo indirizzo. Abitava da qualche parte a Howville. Timber Lane, ecco dove. Vicino a quei laghetti in cui lui andava a pescare da ragazzo. In mattinata avrebbe trovato la casa di Donny e avrebbe lasciato sulla porta il tostapane con un biglietto per informarlo che sarebbe passato a ritirarlo non appena lui lo avesse avvertito.

Il sonno gli appesantiva le palpebre. Quando si appisolò, sulle sue labbra aleggiava un vago sorriso. Era bello avere un progetto, qualcosa da fare quando fosse arrivata l'ora di alzarsi.

Molto prima dell'alba Kay sentì dei tonfi in soggiorno. Che cosa stava facendo Donny? Dal rumore, si sarebbero detti oggetti che cadevano a terra; Donny stava preparando i bagagli. Atterrita dall'ineluttabilità che quei suoni comportavano, Kay si ficcò in bocca la mano chiusa a pugno. Nelle ore successive avrebbe dovuto fare il possibile per restare calma e non destare sospetti in Donny. L'unica occasione di fuggire le si sarebbe presentata quando lui avesse terminato i lavori e le consegne previsti per quel mattino. Era sicura che se Donny avesse sospettato qualcosa, l'avrebbe immediatamente portata via.

Così, fu capace di fingere un sorriso assonnato quando alle sette lui arrivò con il caffè. «Sei così premuroso, Donny», mormorò mentre si metteva a sedere, sempre attenta a restare ben coperta.

Lui sembrò compiaciuto. Quella mattina indossava un paio di pantaloni blu scuro, una maglietta bianca a maniche corte e, invece delle solite scarpe da tennis, scarpe beige lucidissime. Doveva essersi dato un gran da fare sui capelli, che ora gli stavano incollati al cranio come se avesse usato la lacca. Gli occhi color fango splendevano di eccitazione. «Ho pensato a tutto, Kay», annunciò. «Caricherò quasi tutta la roba sul furgone prima di andarmene. In questo modo, appena tornerò potremo sposarci e fare il pranzo di nozze. Dovrà essere il pranzo, perché non voglio aspettare fino a stasera. Poi ce ne andremo. Lascerò un messaggio sulla segreteria per informare tutti che parto per una lunga vacanza. E stamattina dirò ai miei clienti fissi che mi sposo. Così nessuno si meraviglierà se anche sparirò per parecchio tempo.»

Era chiaramente soddisfatto dei suoi progetti. Si chinò a

baciarla sulla testa. «Forse, quando avrai un bambino, andremo a trovare mia madre. Mi rideva sempre in faccia quando le raccontavo che non riuscivo a combinare nulla con le ragazze. Sosteneva che l'unico modo che avevo per farmi una ragazza era legarla. Ma quando vedrà come sei carina e quanto amiamo il nostro bambino, scommetto che mi farà le sue scuse.»

Non permise a Kay di vestirsi prima di colazione. «Mettiti la vestaglia.» Il suo corpo emanava un'energia repressa ormai prossima a esplodere. Lei non voleva girare per casa con indosso solo la camicia da notte trasparente e la vestaglia.

«Donny, fa un freddo terribile. Lasciami mettere l'impermeabile, mentre aspettiamo.»

Lui aveva lasciato fuori qualche posata, più la caffettiera, il tostapane e due piatti. Tutto il resto era stato imballato. «Fino a quando non saremo nello Wyoming dormiremo in tenda o in qualche bungalow, Kay. A te piace la vita rustica, vero?»

Lei dovette mordersi il labbro per trattenere una risata isterica. Pensare che aveva considerato «rustici» molti degli appartamenti ammobiliati in cui lei e Mike avevano vissuto, alcuni dei quali decisamente belli. Mike. Mike. Le bastò formulare mentalmente il suo nome perché la risata si trasformasse in uno scroscio di lacrime. Non farlo, si ammonì. Non farlo.

«Stai piangendo, Kay?» Donny stava proteso sul tavolo e la sbirciava. In qualche modo lei riuscì a frenarsi.

«Certo che no», rispose in tono scherzoso. «Tutte le spose sono nervose prima del matrimonio.»

L'ampia smorfia che rivelò i denti di Donny era la caricatura di un sorriso. «Finisci di mangiare, Kay. Devi ancora preparare la tua roba.»

Tirò fuori una valigia di un rosso vivace. «Sorpresa! L'ho comperata per te.» Ma non le permise di indossare i jeans e una maglietta. «No, Kay. Metti in valigia tutto, tranne l'abito da sposa.»

Alle nove e mezzo se ne andò, promettendo di non restare via più di due o tre ore. In soggiorno c'erano le sue due vecchie valigie e in mezzo quella nuova di lei. Sulla parete era rimasto il poster che li raffigurava insieme al ballo scolastico. «Scambieremo i nostri voti di matrimonio davanti a quello», aveva detto Donny.

Il vestito bianco le era troppo stretto di spalle e si strappò quando Kay si chinò sul divano per prendere il cacciavite. Strinse con forza l'utensile, poi con cura lacerò il pezzo di carta su cui Donny aveva trascritto la formula matrimoniale. L'avrebbe uccisa comunque, tanto valeva sfidarlo lì, dove almeno poteva sperare che il suo corpo fosse ritrovato, prima o poi. In questo modo Mike avrebbe potuto smettere di cercarla e imparare a rassegnarsi.

Con la calma che nasceva dalla disperazione, si alzò e andò alla piastra metallica, trascinandosi dietro la pesante catena. Si accucciò, tolse la vite già allentata, la lasciò cadere a terra e si dedicò alla seconda, quella che aveva cominciato ad allentare la sera prima.

Mike arrivò a casa O'Neil alle nove.

Era una bella giornata di giugno, piena di sole. Era paradossale che tutto andasse male in un giorno come quello, pensò. Come in sogno, vide sul prato vicino un uomo che apriva uno spruzzatore. Intorno a lui, la gente era occupata nelle consuete incombenze del sabato mattina, oppure andava a giocare a golf, o in gita con i figli. Lui in quelle ultime tre ore aveva affisso altre copie della foto di Kay sui pali del telefono intorno alle piscine locali.

Bussò alla porta, poi entrò. Gli altri erano già seduti al tavolo di cucina. Virginia e Jack O'Neil, Jimmy Barrott e le tre compagne di classe di Virginia. Venne presentato a Marian Martin. Fu subito consapevole dell'accresciuta tensione e sebbene avesse paura guardò in faccia Jimmy Barrott e disse: «Mi dica quello che sa».

«Non sappiamo niente», ribatté il poliziotto. «Crediamo che in una delle foto la signorina Martin abbia individuato qualcuno nascosto nei pressi del sentiero, proprio mentre Kay si stava congedando. Al momento stanno provvedendo a farne un ingrandimento, ma non siamo sicuri di nulla, potrebbe trattarsi soltanto di un ramo o qualcosa del genere.» Esitò, incerto se proseguire, poi aggiunse: «Non sprechiamo altro tempo. Rimettiamoci al lavoro e finiamo di identificare i partecipanti alla riunione».

Passarono parecchi minuti. Mike stava seduto in un angolo, impotente. Non c'era nulla che potesse fare per rendersi utile. Pensò di risalire in macchina e andare ad affiggere altre foto di Kay in città più lontane, ma qualcosa lo tratteneva lì. Aveva la sensazione che il tempo a loro disposizione si stesse esaurendo. Ed era sicuro che anche gli altri lo sentissero.

Alle nove e mezzo Marian Martin scosse la testa con fare impaziente. «Credevo che avrei riconosciuto tutti, sciocca che sono. Ma la gente cambia talmente! Quello che mi serve è un elenco degli studenti che hanno inviato la loro adesione scritta alla riunione. Mi sarebbe d'aiuto.»

«È sabato», le fece notare Virginia. «L'ufficio è chiuso. Ma chiamerò Gene Pearson a casa. Abita a quattro isolati dalla scuola», spiegò rivolta a Mike. «È il preside del Garden State.»

«L'ho conosciuto.» Cupo, Mike ripensò alla riluttanza mostrata da Pearson.

Ma quando il preside arrivò, neppure mezz'ora dopo, era chiaro che, come aveva fatto Jimmy Barrott, aveva modificato radicalmente il proprio atteggiamento. Non si era fatto la barba e sembrava che si fosse vestito prendendo gli indumenti a caso. E si scusò per averci messo tanto.

Pearson tese a Marian l'elenco delle persone che avevano partecipato alla riunione. «C'è altro che posso fare?» domandò.

Quando il telefono squillò, trasalirono tutti. Fu Virginia a rispondere. «È per lei», disse dopo un istante, porgendo la cornetta a Jimmy Barrott.

Mike cercò invano di decifrare l'espressione del poliziotto mentre questi parlava. «Okay. Leggigli quella fottutissima legge Miranda e assicurati che firmi», stava dicendo Jimmy. «Arrivo subito.»

Nella stanza era sceso un silenzio mortale. Barrott riattaccò e guardò Mike. «Abbiamo rintracciato un tizio, un certo Rudy Kluger, uscito da poco di prigione. Ha scontato vent'anni per avere ucciso una ragazza che aveva attirato fuori dell'area picnic del Garden State High.»

Mike sentì una morsa stringergli il petto.

Jimmy si inumidì le labbra. «È probabile che questa faccenda non abbia nulla a che fare con la sparizione di sua moglie, ma il fatto è che l'hanno beccato nello stesso posto. Stava tendendo un'imboscata a una giovane donna che faceva jogging.»

«Potrebbe essere stato là anche mercoledì», mormorò Mike.

«È possibile.»

«Vengo con lei.» Kay, pensò Mike. Kay.

Come improvvisamente consapevoli dell'inutilità del loro lavoro, tutti quelli che sedevano al tavolo posarono le fotografie. Una delle ex compagne di Virginia cominciò a singhiozzare.

«Mike, Kay le ha telefonato due sere fa», gli ricordò Virginia.

«Ma non ieri sera. E oggi Kluger stava cercando di uccidere un'altra donna.»

Mike seguì Jimmy Barrott all'auto. Sapeva di avere i sensi obnubilati dallo choc e non provava assolutamente nulla, né dolore né rimpianto, neppure collera. Ancora una volta mormorò il nome di Kay, ma non provò alcuna emozione.

Jimmy Barrott stava facendo marcia indietro quando Jack O'Neil uscì di corsa. «Fermi!» gridò. «C'è qualcuno del suo ufficio al telefono. Una donna di nome Vina Howard ha visto uno di quei manifesti con la foto di Kay e giura che è la stessa ragazza che è entrata nel suo negozio di abbigliamento di Pleasantwood, ieri pomeriggio.»

Jimmy Barrott frenò di colpo. Lui e Mike saltarono giù dall'auto e si precipitarono in casa. Jimmy afferrò il ricevitore mentre gli altri gli si radunavano intorno. Lo sentirono fare domande e abbaiare ordini. Poi riappese e guardò Mike.

«Sia questa Howard sia la sua assistente giurano che era proprio Kay. Era in compagnia di un tizio sui venticinque anni. La Howard pensava che fossero drogati, ma dopo avere parlato con i miei si è resa conto che con tutta probabilità Kay era semplicemente terrorizzata. Pare che sua moglie abbia scarabocchiato la lettera *A* sulla parete del camerino.»

«Un tizio sui venticinque», porruppe Mike. «Questo vuol dire che non può essere Kluger.» Al suo sollievo si mescolò un nuovo timore. «Ha cercato di scrivere un messaggio in quel camerino.» Poi con voce soffocata: «Una parola che comincia con *A*...»

«È probabile che volesse scrivere AIUTO», esclamò Jimmy Barrott. «Ma almeno ora sappiamo che non è stato Kluger.»

«Ma che cosa ci faceva in un negozio di abbigliamento?» interloquì Jack O'Neil.

Il viso di Jimmy Barrott esprimeva una profonda incredulità. «So che può sembrare pazzesco, ma ha comperato un abito da sposa.»

«Devo parlare con quella donna», esclamò Mike.

«Lei e la sua aiutante verranno portate qui non appena ci sarà un'autopattuglia libera», gli assicurò il poliziotto. Poi indicò il tavolo. «È probabile possano riconoscere il tizio con cui era sua moglie in una di quelle foto.»

A mano a mano che si avvicinava a Howville, Clarence Gerber era sempre più stupefatto dei cambiamenti avvenuti. Ai suoi tempi era un centro rurale, con paesaggi montani e laghetti nascosti. Non si era mai sviluppata come la gran parte delle città vicine. L'inquinamento aveva preso il sopravvento anni prima e le scorie delle fabbriche avevano avvelenato le acque in cui non si poteva più né nuotare né pescare. Ma non era preparato alla totale desolazione che gli si parò davanti. Le case cadevano a pezzi e sembravano abbandonate da anni. Ciarpame e pezzi arrugginiti di vecchie auto intasavano i canali di scolo. Chissà perché un tipo come Donny Rubel si ostinava ad abitare in quello squallore? si chiese Clarence.

Riaffiorarono ricordi sepolti da tempo. Dalla superstrada non si arrivava direttamente a Timber Lane. Si doveva prendere il bivio due o tre chilometri più avanti, proseguire per altri otto, poi girare a destra e imboccare una strada sterrata che sfociava appunto in Timber Lane.

Clarence era contento della giornata piena di sole, contento che la sua auto vecchia di undici anni si comportasse così bene. Aveva appena fatto il cambio dell'olio e anche se ansimava un po' sulle salite, «proprio come me», diceva lui, era una macchina solida. Non come quei giocattolini che oggi chiamano auto e che si vendono a cifre che ai miei tempi sarebbero state sufficienti a comperare una villa.

Le sorelle di Brenda erano arrivate prima che lui avesse il tempo di bere una tazza di caffè. Erano state ben felici di vederlo andare via, smaniose com'erano di cicalare di quel tipo che andava in giro per la contea a distribuire le foto della moglie scomparsa. E se fosse stata Brenda a scomparire? fantasticò Clarence. Poi fece una risatina. Nessuno avrebbe mai potuto citarlo perché disturbava la quiete pubblica inchiodando ai pali del telefono la foto della moglie.

Attento a tenerti sulla destra, si ammonì quando arrivò al bivio. Forse il cartello per Timber Lane non c'era più, ma lui era sicuro che avrebbe riconosciuto la deviazione. Sul sedile accanto al suo c'era il tostapane; si era perfino ricordato di portarsi dietro un foglio di carta e una busta. Se Donny non fosse stato a casa, gli avrebbe lasciato un messaggio. Forse, quando fosse tornato a ritirare il tostapane, avrebbero potuto scambiare quattro chiacchiere. Di certo Donny si sentiva solo confinato in quel deserto. Sembrava che non ci fosse un'anima per chilometri e chilometri.

La seconda vite era sul pavimento, la terza cominciava ad allentarsi. Kay continuava a spostare il peso del corpo da un piede all'altro mentre faceva girare l'impugnatura del cacciavite. Non lo sentiva più solido in mano. Oh, Dio, fa' che non si rompa. Da quanto tempo era uscito lui? Un'ora? Il telefono aveva squillato due volte e la segreteria aveva trasmesso il messaggio in cui Donny comunicava di essere partito per una lunga vacanza, ma lui non aveva chiamato. Kay si raddrizzò e si asciugò la fronte sudata. Si sentiva la testa leggera, segno che era ormai vicina al crollo. Aveva i crampi alle gambe e, sebbene odiasse l'idea di perdere tempo, si stirò un paio di volte. Quando si volse, lo sguardo le cadde sulla foto del ballo studentesco appesa sulla parete di fronte. Nauseata, tornò ad accovacciarsi e si rimise al lavoro con rinnovata energia. Di colpo sentì il cacciavite ruotare a vuoto. Era riuscita a svitare anche la terza vite. La tolse e per la prima volta trovò il coraggio di dirsi che forse ce l'avrebbe fatta.

Poi lo udì, il rumore di un'auto, uno stridio dei freni. No, no, no. Quasi in trance, posò a terra il cacciavite e incrociò le braccia. Che vedesse pure quello che stava facendo. Che la uccidesse subito.

All'inizio pensò che fosse la sua immaginazione. Non poteva essere. Qualcuno bussava alla porta e una voce di vecchio gridava: «Ehi, c'è nessuno in casa?»

Il suono della sirena dell'autopattuglia e la corsa folle attraverso una schiera di semafori rossi fecero sì che il tragitto di sedici chilometri da Pleasantwood a Jefferson Township sembrasse eterno a Vina Howard e alla sua assistente Edna. *Ho visto la foto di quella donna ieri sera,* si rimproverava tra sé Vina, *ma tutto quello di cui mi preoccupavo era la carta da parati. Se soltanto...* Avrebbe dovuto capire subito che qualcosa non andava. Quel tizio aveva una fretta tale! La donna invece aveva insistito per provare il vestito, aveva cercato di guadagnare tempo chiedendone altri. Lui aveva aperto la tenda del camerino come se non si fidasse di lei. E io non riuscivo a pensare ad altro che alla carta da parati!

Jimmy Barrott la interruppe più volte mentre Vina tentava di spiegargli tutto questo, a casa di Virginia O'Neil. «La prego, signora Howard. Noi crediamo che l'uomo che ha rapito Kay Crandell compaia in una di queste fotografie. Vorrei che gli desse un'occhiata. È sicura che avesse i capelli rossi e gli occhi azzurri?»

«Sicurissima», rispose Vina. «Anzi, una di noi due ha osservato che sembrava appena uscito dalle mani di un parrucchiere.»

Marian Martin si alzò. «Si sieda qui al mio posto. Io voglio rivedere l'elenco.» La terribile, corrosiva sensazione che si stavano lasciando sfuggire qualcosa... perché ora esplodeva con tanta violenza dentro di lei? Passò nella stanza dei giochi e Gene Pearson la seguì.

Virginia chiamò con un cenno le amiche e sedette con loro su un divano a mezzaluna, di fronte a Marian Martin e a Pearson.

In piedi accanto al tavolo, Mike studiava i volti gravi delle due donne che solo il giorno prima avevano visto Kay. Pleasantwood. Ci era passato. «Che ore erano quando Kay è entrata in negozio?» chiese a Vina.

«Più o meno le tre. Forse le tre e un quarto o giù di lì.»

Il giorno precedente lui aveva lasciato Virginia alle tre ed era andato direttamente a Pleasantwood. Dunque, si era trovato in città contemporaneamente a Kay. Era una situazione talmente paradossale che avrebbe voluto prendere a pugni il muro.

Jack O'Neil riordinava le foto a mano a mano che Vina e Edna le scartavano. «È impossibile non riconoscerlo», commentò Vina rivolta a Jimmy Barrott. «Basta cercare quei suoi incredibili capelli.» S'interruppe e prese un'istantanea. «Sa, è strano. C'è qualcosa in questa foto...»

«Che cosa?» domandò brusco Barrott.

«Qualcosa di familiare.» Irritata con se stessa, Vina si mordicchiò il labbro inferiore. «Oh, sto sprecando tempo. Ora capisco che cos'è. Sto guardando la sua immagine.» E indicò la porta del tinello, dove Gene Pearson stava rivedendo con Marian l'elenco dei partecipanti alla riunione.

Edna le tolse la foto di mano. «Capisco che cosa intendi dire, ma...» La voce le si spense, ma non staccò gli occhi dalla foto. «So che sembra sciocco», riprese poi, «ma quest'uomo con la barba e gli occhiali scuri...»

In tinello, Marian Martin stava studiando la lista degli ex alunni secondo un'ottica diversa. Cercava un nome, spinta da un impulso il cui significato si ostinava a sfuggirle. Aveva appena cominciato a scorrere i nomi elencati sotto la lettera R, quando qualcosa che Virginia stava dicendo attirò la sua attenzione.

«Ricordate che tutte noi desideravamo vestirci come Kay Wesley? Avrebbero dovuto eleggerla regina del ballo quella volta che ci ha fatto da accompagnatrice.»

Il ballo, pensò Marian Martin. Ecco che cosa stavo cercando di ricordare. Donny Rubel, quel ragazzetto strano, introverso, che si era preso una cotta terribile per Kay. Cominciò a scartabellare in fretta le pagine. Sì, Rubel aveva confermato la sua partecipazione alla riunione, ma lei era certa di non averlo visto in nessuna delle fotografie. Ecco perché il suo nome non le era venuto in mente.

«Virginia», domandò, «qualcuno di voi ha visto Donny Rubel alla riunione?»

La donna guardò le ex compagne. «Io no», rispose con lentezza; anche le altre scossero il capo. «Ho sentito dire che si occupa di riparazioni, ma è sempre stato un solitario», riprese Virginia. «Dubito che abbia rivisto qualcuno della scuola, dopo il diploma, e credo proprio che lo avrei notato se si fosse fatto vedere.»

«Donny Rubel», ripeté Gene Pearson. «Sono certo di avergli parlato. Mi ha perfino raccontato del suo lavoro e io gli ho proposto di intervenire alla giornata dedicata agli orientamenti professionali. È stato proprio verso la fine del picnic, ma lui andava di fretta e mi ha mollato su due piedi.»

«Piuttosto robusto», saltò su Marian. «Capelli castano scuro, occhi marroni. Alto circa un metro e ottanta.»

«No. Il tizio di cui parlo io era magrissimo, aveva la barba e pochi capelli. In effetti sono rimasto sorpreso quando mi ha detto di essersi diplomato solo otto anni fa. Aspettate un minuto.» Gene Pearson tacque di colpo, e si passò la mano sulla corta barbetta. «È in una delle foto, con me. Datemi il tempo di trovarla.»

Come un sol uomo, Pearson, Marian Martin, Virginia e le sue compagne si precipitarono in cucina, dove Vina Howard aveva appena strappato dalle mani della sua assistente la foto di Pearson e Donny Rubel.

«Portava una parrucca!» strillò. «Ecco perché i suoi capelli ci sono sembrati così ordinati. È lui l'uomo che è venuto al negozio.»

Marian Martin, Virginia e le sue amiche fissarono il tizio magro e barbuto che nessuna di loro aveva riconosciuto. Ma Gene Pearson stava gridando: «È quello Rubel! È quello!»

Jimmy Barrott afferrò l'elenco che Marian aveva ancora in mano. Accanto al nome di Donny Rubel c'era il suo indirizzo. «Timber Lane, Howville», lesse. «Da qui sono circa venticinque chilometri.» Guardò Mike. «L'autopattuglia è qua fuori. Muoviamoci.»

Clarence Gerber non credeva alle proprie orecchie. Dall'interno della casa di Donny una donna continuava a urlargli di andare a cercare aiuto, di chiamare la polizia, di avvertirli che era Kay Crandell. E se invece fosse stato solo uno scherzo, oppure se la donna che gridava era una drogata o qualcosa del genere? Clarence decise di dare un'occhiata. Ma non riuscì a forzare la porta né ad aprire le persiane.

«Non perda tempo», gridava Kay. «Lui tornerà da un minuto all'altro. Vada a cercare aiuto. La ucciderà se la trova qui.»

Clarence diede un'ultimo strattone alla persiana della finestra che si apriva sulla facciata. Era chiusa dall'interno. «Kay Crandell», disse ad alta voce, e di colpo si rese conto che quel nome gli suonava familiare. Era il nome della donna di cui Brenda e le sue sorelle stavano parlando quella mattina, la moglie dell'uomo che andava in giro ad affiggere manifesti. Meglio avvisare la polizia, e in fretta. Completamente dimentico del tostapane che aveva lasciato sulla veranda, Clarence risalì in macchina e si allontanò sobbalzando lungo la tortuosa strata sterrata, spingendo il vecchio motore al massimo.

Kay sentì il rumore svanire in distanza. *Fa' che arrivi in tempo, fa' che arrivi in tempo.* Quanto tempo avrebbe impiegato l'uomo a trovare un telefono? E la polizia ad arrivare lì? Dieci minuti? Quindici? Mezz'ora? Poteva essere troppo tardi. La quarta vite era ancora solidamente fissata. Non sarebbe mai riuscita ad allentarla in tempo. Eppure, chissà. Con tre viti già tolte, le fu sufficiente forzare con il cacciavite un angolo della piastra per staccarla leggermente dal muro. Cominciò a infilare la catena nella stretta apertura finché non poté afferrarla con entrambe le mani. Curvò la schiena, tese le braccia e tirò. Il rumore di qualcosa che scricchiolava e si lacerava fu la sua ricompensa; cadde all'indietro quando la piastra di metallo si staccò dalla parete, portando con sé un pezzo di intonaco vecchio.

Kay si alzò; un sottile rivolo di sangue le sgorgava dalla ferita alla testa che si era procurata sbattendo contro un angolo del divano. La piastra era pesante. Se la infilò sotto il braccio, si passò la catena intorno alla vita e andò alla porta.

In quel momento udì il rombo familiare del furgone che entrava nella radura.

L'eccitazione di Donny aveva raggiunto il suo apice. Aveva sbrigato tutti i lavori rimasti. Aveva spiegato ai suoi clienti che si sposava e che contava di prendersi una lunga vacanza. Tutti erano parsi sorpresi, poi si erano congratulati con lui aggiungendo che avrebbero sentito la sua mancanza. «Ci faccia sapere quando sarà di ritorno», gli avevano detto.

Ma non sarebbe tornato. Ovunque andasse, vedeva la fotografia di Kay. Mike Crandell continuava a cercarla. Con la mano Donny tastò la pistola che teneva nella tasca interna della giacca. Avrebbe ucciso Mike e Kay e se stesso piuttosto che rassegnarsi a perderla.

Ma ora non voleva pensarci. Sarebbe andato tutto bene. Aveva pensato a tutto. Ancora qualche minuto, poi lui e Kay sarebbero stati sposati e avrebbero consumato il pranzo nuziale. Aveva comperato dello champagne e altra roba nel negozio di specialità e un dolce al cocco che assomigliava un po' a una torta nuziale. E subito dopo sarebbero partiti. In serata sarebbero arrivati in Pennsylvania, dove sapeva che c'erano ottime zone per campeggiare. Era un peccato che non avesse avuto il tempo di comperare una camicia da notte nuova per Kay, ma quella che già aveva era molto graziosa.

Era arrivato al bivio. Altri dieci minuti. Sperava che Kay avesse imparato a memoria la formula matrimoniale. È una sposa di giugno. Gli dispiaceva di non avere pensato a comperarle dei fiori. Ma si sarebbe fatto perdonare. «Tuo marito si prenderà cura di te, Kay», disse ad alta voce. Quel giorno il sole brillava talmente da ferirgli gli occhi nonostante gli occhiali scuri. Felice è la sposa su cui splende il sole. Pensò ai capelli di Kay, schiariti dal sole. Quella sera lei avrebbe riposato con la testa sulla sua spalla. Con le braccia intorno al suo corpo. Gli avrebbe detto quanto lo amava.

Udì la vecchia macchina prima ancora di vederla e dovette spostarsi su un lato per lasciarla passare. Intravide una massa arruffata di capelli bianchi, e un uomo piccolo e ossuto chino sul volante. Prima dell'ultima curva lui aveva piantato un cartello che diceva DIVIETO D'ACCESSO, e comunque perché mai qualcuno avrebbe dovuto avvicinarsi a una casa palesemente abbandonata? Donny si sentì invadere dalla collera. Non voleva ficcanasi intorno a casa sua.

Premette a fondo l'acceleratore e il furgone avanzò sobbalzando lungo la stradina. Capelli bianchi arruffati. Quella macchina. L'aveva già vista. Proprio mentre si fermava, Donny ricordò la telefonata del giorno prima. Clarence Gerber. Ecco chi era il tizio che aveva visto.

Saltò giù e cominciò a correre verso casa e fu allora che vide il tostapane sulla veranda. Ripensò a Gerber chino sul volante, quasi stesse incitando la sua vecchia auto. Gerber sta andando alla polizia.

Risalì di corsa sul furgone. Doveva raggiungerlo. Certo il vecchio rottame che il vecchio guidava non superava i settanta chilometri orari. Lo avrebbe scaraventato fuori strada. E poi... Donny avviò il motore, la bocca ridotta a una linea sottile, spietata. Poi sarebbe tornato indietro e avrebbe pensato a Kay che, ne era certo, lo aveva tradito.

Seduto accanto a Jimmy Barrott, sul sedile posteriore dell'autopattuglia, Mike ascoltava l'ululato della sirena. Kay era a venticinque chilometri da lì, a diciannove, a dodici. «Dio, ti prego, se esisti, e io so che esisti, qualunque cosa vorrai da me, ti giuro che la farò. Ti prego, ti prego», implorava tra sé.

Il paesaggio era bruscamente mutato. Non stavano più attraversando graziose cittadine con i prati ben tenuti e i roseti in fiore. La superstrada era circondata da cumuli di immondizia. Il traffico quasi inesistente.

Jimmy Barrott era chino su una carta stradale della contea. «Scommetto che qui intorno non c'è più un cartello stradale da almeno vent'anni», borbottò. «Dovremmo trovare un bivio a circa un chilometro e mezzo da qui», abbaiò poi, rivolto all'agente al volante, «lì gira a destra.»

Erano quasi all'incrocio quando il conducente inchiodò sui freni per evitare di investire un vecchio che gesticolava in mezzo alla strada; i capelli incrostati di sangue gli aderivano al cranio. Nel fossato che correva adiacente alla strada un'auto bruciava. Jimmy spalancò la portiera, saltò giù e aiutò il vecchio a salire sull'autopattuglia.

«Mi ha buttato fuori strada», ansimò Clarence Gerber. «Donny Rubel. Ha preso Kay Crandell.»

Sbigottita, Kay sentì lo stridio dei pneumatici del furgone che ripartiva. Donny doveva avere visto la macchina del vecchio e sospettato qualcosa. Non permettere a Donny di fargli del male, pregò rivolta a un Dio che le sembrava terribilmente lontano e silenzioso. Si trascinò fino alla porta, tirò i catenacci e la spalancò. Se il vecchio fosse riuscito ad arrivare a un telefono, forse tutto sarebbe finito bene. Nel frattempo, in attesa degli aiuti, poteva nascondersi nel bosco. Tentare di scappare sarebbe stato inutile, era appena in grado di muoversi, con tutto quel peso che si trascinava dietro. L'istinto la spinse a chiudere la porta dietro di sé. Se Donny avesse voluto frugare la casa, questo le avrebbe concesso qualche minuto in più.

Ma dove nascondersi? Il sole brillava alto in cielo, illuminando spietatamente tutti i varchi che si aprivano tra i rami dei vecchi alberi curvi. Certo Donny avrebbe pensato che lei si era diretta verso la strada. Si mosse incespicando verso il folto degli alberi che si ergevano sul lato opposto della radura, puntando verso un gruppo di aceri. Li aveva appena raggiunti quando il furgone tornò rombando e si fermò. Kay rimase a guardare Donny che, con la pistola spianata, avanzava a passi decisi verso la casa.

«Fidatevi di me. So dove sto andando», disse Clarence Gerber a Jimmy Barrott. Parlava con voce tremula, rotta. «Ero laggiù solo cinque minuti fa.»

«Ma la cartina dice...» Era chiaro che il poliziotto pensava che Gerber fosse in stato confusionale.

«Lasci stare la mappa», gridò Mike. «Facciamo come dice lui.»

«È una specie di scorciatoia, capite», spiegò Clarence. Gli riusciva faticoso parlare e cominciava a sentirsi stordito. Quasi non riusciva a credere a quello che era successo. Stava guidando il più veloce possibile, spingendo al massimo la sua buona vecchia auto, e un attimo dopo era stato scaraventato fuori strada, sulla destra. Aveva appena fatto in tempo a scorgere il furgone di Donny Rubel prima di sentire le ruote staccarsi dal fondo stradale. Su qualsiasi altra auto sarebbe rimasto ucciso, ma era rimasto avvinghiato al volante finché la macchina non aveva smesso di rotolare. Quando poi aveva sentito odore di benzina, aveva capito di dover scendere subito. La portiera dalla parte del conducente era bloccata, ma in qualche modo era riuscito a uscire dall'altra e a risalire il fossato.

«Per di qua», disse al conducente. «Mi dia retta, per favore. La prossima a destra, vicino al cartello di divieto d'accesso. La casa è un po' più all'interno, su una radura a un paio di centinaia di metri di distanza.»

Mike vide Jimmy Barrott e l'agente alla guida estrarre le pistole. *Kay, fa' in modo di esserci, di essere lì per me. Vi-*

va. Ti prego. L'autopattuglia irruppe nello spiazzo e andò a fermarsi accanto al furgone di Donny Rubel.

Kay guardò Donny aprire la porta con un calcio ed entrare. Le parve quasi di sentire la sua furia quando lui scoprì che se n'era andata. La casupola non distava più di trenta metri dagli alberi in cui si era nascosta. *Fa' che cominci a cercare lungo la strada,* implorò.

Un istante dopo lo rivide fermo sulla soglia che si guardava intorno con aria allucinata, la pistola spianata. Incrociò le braccia sul seno. Se avesse guardato dalla sua parte, certo avrebbe scorto l'abito bianco attraverso il fogliame e i rami. E sarebbe stato sufficiente il minimo movimento perché la catena tintinnasse, tradendola.

Sentì il veicolo che si avvicinava nell'attimo stesso in cui vide Donny ritirarsi frettolosamente in casa. Ma non chiuse la porta; rimase lì, in attesa. L'auto andò a fermarsi dietro il furgone. Kay scorse la luce rossa che lampeggiava sul tetto. Un'autopattuglia. Attenti, pensò, attenti. A lui non importa di uccidere. Vide due poliziotti in uniforme emergere dall'auto. Avevano parcheggiato su un lato della casa. Le finestre erano chiuse con delle assi e in alcun modo avrebbero potuto vedere Donny, che ora stava uscendo sulla veranda, con una caricatura di sorriso sulla faccia. Anche la portiera posteriore dell'autopattuglia si spalancò e comparvero altri due uomini. Mike. C'era anche Mike. I poliziotti avevano estratto le pistole e avanzavano cauti lungo il fianco della casa. Mike era con loro. Donny stava attraversando in punta di piedi la veranda. Avrebbe sparato non appena li avesse visti spuntare da dietro l'angolo. Lui non si curava di morire. Avrebbe ucciso Mike!

Nella radura il silenzio era totale. Non si udiva neppure più il ronzio delle mosche, né le grida rauche delle ghiandaie. Era come se quella fosse la fine del mondo, pensò fugacemente Kay. Ora Mike si trovava a pochi metri dall'angolo della veranda su cui Donny aspettava.

Kay emerse dagli alberi. «Sono qui, Donny», gridò.

Lo vide correre verso di lei, e allora si schiacciò contro l'albero; sentì il proiettile sfiorarle la fronte, udì altre detonazioni, poi scorse Donny crollare a terra. E Mike che correva verso di lei. Singhiozzando per la gioia, Kay mosse qualche passo incerto verso la radura, verso le braccia che si spalancavano per accoglierla.

Jimmy Barrott non era un tipo sentimentale, ma aveva gli occhi sospettosamente umidi mentre guardava Kay e Mike, due sagome stagliate contro gli alberi, che si abbracciavano come se non dovessero mai più separarsi.

Uno dei poliziotti era chino su Donny Rubel. «È andato», disse a Jimmy.

L'altro aveva già provveduto a fasciare la testa di Clarence Gerber. «Lei è un tipo duro», commentò. «Da quello che vedo, sono soprattutto graffi superficiali. La portiamo all'ospedale.»

Clarence era occupato a registrare ogni particolare della scena, in modo da poterlo poi riferire a Brenda e alle sue sorelle. Il modo in cui Kay Crandell aveva attirato su di sé l'attenzione di Donny Rubel, e come lui era corso verso di lei, sparandole addosso. La foga con cui i due giovani si abbracciavano e piangevano, l'uno fra le braccia dell'altra. Si guardò intorno, così da poter descrivere con esattezza il luogo. Sapeva che le donne avrebbero insistito per sapere tutto. Poi vide qualcosa sulla veranda e si precipitò a recuperarlo. Anche se era un eroe, sarebbe stato proprio da Brenda fargli notare che aveva dimenticato di riportare a casa il tostapane.

Giorno fortunato

ERA un gelido mercoledì di novembre. Nora camminava in fretta, lieta che la metropolitana fosse a soli due isolati di distanza. Lei e Jack erano stati fortunati a trovare un appartamento al Claridge House, quando il condominio aveva aperto, sei anni prima. Considerando i prezzi astronomici che pagavano i nuovi inquilini, ora non avrebbero più potuto permetterselo. Il Claridge House si trovava tra l'Ottantasettesima e la Terza, comodissimo per la metropolitana e gli autobus. E anche per i taxi. Ma i taxi non erano compresi nel loro bilancio.

Nora avrebbe preferito indossare qualcosa di più pesante della giacca che le avevano regalato alla festa organizzata per celebrare la fine dell'ultimo film in cui aveva lavorato. Ma il titolo del film, bene in evidenza sul taschino, testimoniava la sua solida esperienza di attrice.

All'angolo della strada si fermò. Il semaforo era verde, ma in quel punto svoltavano parecchie auto e attraversare era sempre un grosso rischio. Il Giorno del Ringraziamento cadeva la settimana successiva, e fra questo e il Natale, Manhattan si sarebbe trasformata in un unico parcheggio. Nora si sforzò di non pensare che Jack non avrebbe ricevuto la tredicesima. A colazione aveva finalmente ammesso di essere anche lui uno dei licenziati della Merrill Lynch, ma aveva aggiunto che quel giorno cominciava un nuovo lavoro. Un altro nuovo lavoro.

Attraversò di corsa la strada non appena scattò il rosso, evitando per un soffio il taxi decorato come un carro di zingari che aveva imboccato l'incrocio. «Tieni gli occhi aperti se non vuoi finire spiaccicata, tesoro», le gridò dietro il conducente. Nora si voltò; lui le stava facendo un gestaccio. Automaticamente ricambiò il gesto, ma per vergognarsene subito dopo. Percorse di corsa l'isolato, ignorando le vetrine e aggirando la barbona che dormiva sdraiata davanti all'entrata di un negozio.

Stava per infilare le scale della metropolitana quando si sentì chiamare. «Ehi, Nora, non si saluta più?»

Dall'interno dell'edicola, Bill Regan, con il viso coriaceo increspato in un sorriso che rivelava i denti falsi troppo bianchi, le porse una copia ripiegata del *Times*. «Stavi fantasticando», la accusò.

«Temo proprio di sì.» L'amicizia fra lei e Bill era nata dai loro quotidiani incontri mattutini. Bill, che prima di andare in pensione lavorava come fattorino, si teneva occupato dando una mano all'edicolante cieco nelle ore di punta del mattino e sbrigando qualche consegna. «Mi riempie la giornata», aveva spiegato a Nora. «Da quando May è morta, mi sento troppo solo in casa. In questo modo, almeno, ho qualcosa da fare. Incontro un sacco di gente simpatica e a volte ho la possibilità di scambiare quattro chiacchiere. May diceva sempre che ero un gran lingua lunga.»

Lei però aveva commesso un errore quando, quattro mesi prima, in occasione dell'anniversario della morte di May, lo aveva impulsivamente invitato a casa a bere qualcosa. Ora lui aveva preso l'abitudine di chiamarla una volta alla settimana oppure ogni quindici giorni e trovava mille scuse per fare un salto da lei. Jack ne era stufo, ormai. Una volta a casa loro, Bill vi si installava per almeno un paio d'ore, finché Nora non riusciva a spedirlo via o non si rassegnava a invitarlo a cena.

«Ho un presentimento, Nora», disse Bill. «Sento che questo è il mio giorno fortunato. Succederà qualcosa all'estrazione di oggi pomeriggio.»

Il primo premio della lotteria nazionale era arrivato a tredici milioni di dollari. Da sei settimane non usciva un solo biglietto vincente. «Ho dimenticato di comperarne uno», replicò Nora. «Ma non mi sento fortunata.» Si frugò in tasca alla ricerca degli spiccioli. «Meglio che scappi. Ho un'audizione.»

«Rompiti una gamba.» Bill era palesemente orgoglioso della sua conoscenza del gergo teatrale. «Te lo dico sempre. Sei il ritratto di Rita Hayworth in *Gilda.* Diventerai una stella.» Per un istante i loro occhi si incontrarono e Nora avvertì uno strano brivido gelido. La consueta espressione cupa era scomparsa dagli sbiaditi occhi celesti di Bill. Ciocche di capelli bianco sporco gli ricadevano sulla fronte. Il suo sorriso sembrava congelato.

«In un modo o nell'altro, forse saremo entrambi fortunati», disse ancora lei. «Ci vediamo, Bill.»

A teatro c'erano già in attesa novanta speranzosi. Nora prese il numero e cercò di trovare un posticino a sedere. Si avvicinò un viso familiare. L'anno prima lei e Sam erano riusciti a conquistarsi una particina in un film di Bogdanovich.

«Quante sono le parti da assegnare?» gli domandò Nora.

«Due. Una per te, una per me.»

«Molto divertente.»

Era l'una quando finalmente arrivò il suo turno. Impossibile capire come se l'era cavata, le facce del produttore e dell'autore erano impassibili.

Andò poi a fare un provino per uno spot pubblicitario e dopo si presentò a un'audizione per un film industriale della J.C. Penney. Non le sarebbe dispiaciuto affatto potervi partecipare: tre giorni di lavoro come minimo.

C'era ancora un posto in cui aveva pensato di lasciare la sua foto, ma alle quattro e mezzo decise di lasciare perdere e tornare a casa. La sensazione di disagio che l'aveva accompagnata per tutto il giorno era cresciuta, trasformandosi in una scura nube di inquietudine. Attraversò il centro diretta alla metropolitana, e arrivò al marciapiede proprio mentre il suo treno si allontanava. Stanca e rassegnata, si lasciò cadere su una panca coperta di graffiti.

Ebbe così il tempo di fare quello che aveva accuratamente evitato per tutto il giorno. Pensare. A Jack. A lei e a Jack. Al fatto che il palazzo in cui abitavano si stava trasformando in una cooperativa e che loro non potevano permettersi di acquistare l'appartamento. A come Jack continuava a cambiare lavoro. A quell'ultimo impegno assunto con riluttanza in una società finanziaria, di cui neanche ricordava il nome.

Tanto valeva guardare in faccia la realtà. Jack detestava vendere titoli e obbligazioni. Si era messo nel ramo solo perché potessero avere un reddito fisso mentre lei cercava di farsi strada come attrice e lui dedicava i fine settimana a scrivere. Erano arrivati a New York con i diplomi ancora freschi, le fedi nuziali ancora nuove, sicuri di conquistare Manhattan. E ora, sei anni dopo, la frustrazione di Jack cominciava a rivelarsi in mille modi.

Un treno affollatissimo entrò lentamente in stazione. Aprendosi a fatica un varco, Nora salì e si afferrò a un sostegno. Mentre cercava di mantenere l'equilibrio, si rese conto che doveva essere cominciato a piovere. La gente vicino a lei aveva i soprabiti umidi e l'odore acre di muffa delle scarpe bagnate invadeva la carrozza.

L'appartamento le parve un rifugio gradito. Dalle loro finestre si vedevano l'East River, il Triborough Bridge e Gracie Mansion. Per Nora era inconcepibile pensare che né lei né Jack erano nati a Manhattan. Erano due newyorkesi, molto semplicemente. Se solo fosse riuscita ad assicurarsi una parte in qualche soap opera, avrebbe potuto accollarsi per qualche tempo il peso economico della gestione domestica e dare a Jack la possibilità di scrivere sul serio. Un paio di volte ci era andata vicina. Prima o poi sarebbe accaduto.

Non avrebbe dovuto aggredirlo con tanto astio, quella mattina. Era così imbarazzato quando le aveva confessato di avere perso il lavoro alla Merrill Lynch. Forse senza accorgersene era diventata talmente ipercritica che lui non osava più parlarle; oppure Jack era arrivato al punto di non avere più alcuna fiducia in se stesso? Ti amo, Jack, pensò. Andò dritta in cucina e dal frigo tirò fuori un pezzo di formaggio e qualche grappolo d'uva. Lui avrebbe trovato lo spuntino ad aspettarlo insieme con il vino, quando fosse tornato a casa. I preparativi: estrarre il vassoio e i bicchieri, sprimacciare i cuscini del divano, abbassare le luci in modo da dare alla stanza un aspetto intimo e far risaltare i colori del tramonto, alleviarono l'inquietudine di Nora. Fu solo quando andò in camera per cambiarsi e indossare un caffettano che notò la lucina ammiccante della segreteria telefonica.

C'era un solo messaggio, ed era di Bill Regan. La sua voce era un ansito rauco ed eccitato mentre diceva: «Nora, non uscire. Dobbiamo festeggiare. Sarò da voi alle sette. Nora, te l'avevo detto. Lo sapevo. *È il mio giorno fortunato*».

Oh buon Dio. Proprio quello di cui Jack aveva bisogno. Una serata con Bill Regan. Il suo giorno fortunato. Doveva trattarsi della lotteria. Probabilmente aveva vinto di nuovo qualche centinaio di bigliettoni e di sicuro questa volta avrebbe insistito per fermarsi tutta la sera o magari per portarli a cena in qualche posto.

Quando Jack era in ritardo si premurava sempre di avvertirla, ma quella sera non telefonò. Alle sei Nora mangiucchiò una fetta di formaggio e alle sei e mezzo si versò un bicchiere di vino. Se solo Jack fosse arrivato presto! Avrebbero avuto un po' di tempo per loro prima che arrivasse Bill l'Intruso.

Alle sette e mezzo non si era ancora visto nessuno. Non era da Bill fare tardi. Certo se avesse cambiato idea non avrebbe mancato di avvisarla. All'esasperazione si mescolò una punta di timore. Ormai, che venisse o meno, la serata era rovinata.

E dov'era Jack?

Alle otto Nora non sapeva bene che cosa fare. Non riusciva a ricordare il nome della nuova ditta di Jack. L'agenzia di consegne a domicilio del Fisk Building in cui Bill lavorava, sulla Cinquantasettesima ovest, era chiusa. C'era forse stato un incidente? Se solo avesse guardato il notiziario locale. E Bill attraversava sempre Central Park quando andava da loro. Diceva che un po' di esercizio gli faceva bene. Lo faceva anche quando pioveva. Trenta isolati attraverso il parco. Certo in una sera come quella non ci sarebbe stato nessuno a fare jogging. E se gli fosse accaduto qualcosa?

Jack arrivò alle otto e mezzo. Il suo viso sottile, intenso, era mortalmente pallido, le pupille dilatate. Quando lei gli corse incontro, le passò un braccio intorno alle spalle e cominciò a cullarla piano. «Nora, Nora.»

«Jack, che cos'è successo? Ero così preoccupata. Tu e Bill, tutti e due in ritardo...»

Lui si ritrasse. «Non dirmi che stai aspettando Bill Regan.»

«Sì, ha telefonato. Sarebbe dovuto arrivare alle sette. Jack, che cosa ti prende? Mi dispiace tanto per questa mattina, non volevo turbarti. Tesoro, non m'importa se hai cambiato lavoro. Sono solo preoccupata per te... Forse dovrei smettere di recitare per un po' e trovarmi un lavoro fisso. È giusto che tu abbia la tua occasione. Jack, ti amo.»

Udì un suono strangolato, poi lo sentì incurvare le spalle. Jack stava piangendo. Allora gli prese la testa fra le mani, se l'accostò al viso. «Mi dispiace. Non mi ero resa conto che l'avevi presa tanto male.»

Lui non rispose, ma la tenne stretta. Nora e Jack. Si erano conosciuti dieci anni prima, il loro primo giorno al Brown. Lei era stata attratta dalla quieta intensità che avvertiva in lui, dal suo viso sottile, intelligente, dal sorriso rapido che cancellava l'espressione insolitamente seria. Un ragazzo che incontra una ragazza. Nessuno dei due si era più curato degli altri dopo quel primo incontro.

Lo aiutò a sfilarsi l'impermeabile imitazione Burberry. «Jack, ma sei fradicio!»

«Credo di sì. Oh, Dio, tesoro, ho voglia di parlare con te, ma aspetterò. Hai detto che viene Bill, no?» Fece per ridere, ma gli occhi gli si riempirono nuovamente di lacrime.

Come un bambino, le ubbidì docilmente quando lei gli ordinò di fare una doccia calda. Era successo qualcosa, ma era chiaro che non potevano parlarne finché Bill Regan non fosse venuto e andato.

A proposito di Bill Regan. Abitava nel Queens. Una volta aveva mostrato a Nora le foto di un bungalow piuttosto malridotto. Forse il suo numero telefonico era sull'elenco. Le sembrava impossibile che avesse dimenticato l'appuntamento, ma dopotutto aveva settantacinque anni.

C'era almeno una dozzina di William Regan nell'elenco del Queens. Esasperata, Nora si lambiccò il cervello nel tentativo di ricordare l'indirizzo. Alla fine riappese e ripescò da un cassetto l'elenco delle persone a cui avevano mandato gli auguri di Natale. L'anno prima aveva chiesto a Bill il suo indirizzo per inviare un biglietto anche a lui. Poté così chiamare di nuovo l'operatore e ottenere il numero. Ma non le rispose nessuno.

Dal bagno giunse un improvviso rumore metallico. Che cosa diavolo stava facendo Jack? Quel pensiero le balenò alla mente e subito svanì mentre componeva di nuovo il numero di Bill. Ma evidentemente non era in casa.

Uscì Jack, in pigiama e accappatoio. Sembrava più calmo ora, anche se l'energia che emanava da lui faceva vibrare l'aria, quasi fosse carica di elettricità. Buttò giù un bicchiere di vino e attaccò a divorare il formaggio.

«Devi avere fame», osservò Nora in tono di scusa. «È rimasto un po' di sugo degli spaghetti di ieri sera.» Si mosse per andare in cucina e Jack la seguì.

«Posso fare da solo.» Cominciò a preparare l'insalata mentre lei metteva l'acqua a bollire. Un istante dopo lo sentì sussultare e trattenere il fiato. Si girò di scatto. Jack si era tagliato malamente un dito e dalla ferita sgorgava sangue. Gli tremavano le mani mentre, notando l'espressione preoccupata di lei, cercava di minimizzare l'incidente. «Che idiota. Il coltello mi è sfuggito di mano. Non è niente di grave, Nora. Per piacere, vai a prendermi un cerotto.»

Lei non riuscì a persuaderlo che il taglio era profondo. Forse c'era bisogno di qualche punto. «Ti dico che non è niente», ripeté lui.

«Jack, c'è qualcosa che non va. Dimmi di che cosa si tratta, per favore. Se hai perso quel maledetto lavoro, fregatene. In qualche modo ce la faremo.»

Lui cominciò a ridere, cupa, priva di gioia, che sembrava beffarla ed escluderla. «Oh, tesoro, mi dispiace», riuscì a dire alla fine. «Dio, che serata pazzesca. Dai, portami un paio di cerotti, poi mangiamo. Parleremo più tardi. Ora siamo tutti e due troppo nervosi.»

«Apparecchierò per tre, nel caso Bill si decida a farsi vivo.»

«Perché non per quattro? Magari ha agganciato una bionda.»

«Jack!»

«All'inferno, mangiamo qualcosa e facciamola finita.»

Cenarono in silenzio, il posto vuoto alla destra di Nora come memento silenzioso del fatto che Bill era ormai in ritardo di ore. Alla luce tremula delle candele, il cerotto sul dito di Jack si fece rosso vivido, per poi assumere una tonalità marrone scuro.

Il ragù alla bolognese era la specialità di Nora, ma quella sera lei aveva la gola chiusa e non riuscì a mangiare. Il colore era talmente simile a quello del sangue sul dito di Jack! Era così agitata che i muscoli delle spalle le si erano irrigiditi e le facevano male. Alla fine spinse indietro la sedia. «Devo assolutamente chiamare la polizia e sapere se qualcuno che potrebbe essere Bill è rimasto coinvolto in qualche incidente.»

«Nora, Bill effettua consegne per tutta Manhattan. Santo Iddio, da quale distretto pensi di cominciare?»

«Da quello di Central Park. Se ha avuto un incidente o si è sentito male mentre era al lavoro, qualcuno lo avrà certo portato all'ospedale. Ma tu sai quanto gli piace attraversare il parco.»

Nora chiamò il distretto locale. «Il parco è di competenza di un altro distretto, il Ventiduesimo. Le do il numero.»

Il sergente del Ventiduesimo che le rispose fu caldamente incoraggiante. «No, signora, non ci sono stati problemi al parco. Perfino i nostri 'coccodrilli' preferiscono starsene all'asciutto, stasera.» L'agente rise della propria battuta. «Certo, mi dia pure il nome e la descrizione della persona, e anche il suo nominativo. Ma non si preoccupi. Probabilmente è stato trattenuto.»

«Se fosse andato in ospedale perché non si sentiva bene, voi lo sapreste?»

«Sta scherzando? Gli unici pazienti del pronto soccorso che controlliamo sono quelli che arrivano con ferite d'arma da fuoco o da taglio, o quelli che ci portiamo noi. Non è che mandiamo i poliziotti ogni volta che qualcuno ha mal di stomaco, mi capisce?»

«Quindi sarebbe meglio che chiamassi io stessa i vari pronto soccorso?»

«Be', certo non le verrebbe alcun danno.»

Nora riferì a Jack, che si era calmato un po', le parole del poliziotto. «Io cerco i numeri, tu telefoni», propose lui.

Cominciarono con i più importanti ospedali di Manhattan. Un uomo che poteva essere Bill e privo di documenti di identità, era stato ricoverato al Roosevelt. Un'auto lo aveva investito sulla Cinquantasettesima, vicino all'Ottava Avenue, verso le sei del pomeriggio. Se c'era la possibilità che si trattasse di questo Bill Regan, Nora non poteva fare un salto da loro? Era in coma e l'ospedale doveva mettersi in contatto con i parenti per avere l'autorizzazione a operare.

Lei era sicura che fosse Bill. «Ha una nipote da qualche parte nel Maryland», disse. «Se il ferito è davvero Bill, andrò a casa sua a cercarne il nome e l'indirizzo.»

Nora avrebbe preferito che Jack non l'accompagnasse, ma lui insistette. Si vestirono in silenzio; il cerotto ancora umido di sangue lasciava tracce sulla biancheria, sul maglione e sui jeans di lui. Mentre infilava le scarpe da tennis, Jack indicò il letto. «Non sai quanta voglia avevo stasera di ficcarmi tra le lenzuola con te.»

«Passato prossimo?» La sua era stata una risposta automatica, ma subito dopo le balenò alla mente il viso di Bill. Quel caro vecchietto, con la sua espressione di intensa solitudine e il suo bisogno di parlare e parlare e parlare, nel tentativo di trattenere qualcuno, chiunque, accanto a sé, di farsi ascoltare. *E, Nora, mi sono detto, non puoi restare nel Queens ancora per molto. La casa è un disastro senza May. Bisognerebbe rifare il tetto, e ormai lavorare di pala è troppo faticoso per me. Un po' di fortuna, e me ne andrò in Flori-*

da, come tutti gli altri anziani che possono permetterselo. Magari in qualche casa di riposo stile Cocoon, *dove potrò farmi un sacco di amici nuovi.*

Presero un taxi per raggiungere il Roosevelt Hospital. La vittima dell'incidente si trovava in una sezione del pronto soccorso isolata da tende; dalle sue narici uscivano dei tubicini, la gamba era immobilizzata e al braccio era collegata una fleboclisi. Respirava rauco, a fatica. Nora cercò la mano di Jack poi abbassò lo sguardo. L'uomo aveva gli occhi chiusi e la fasciatura gli copriva mezza faccia. Ma i capelli sottili erano troppo radi. Bill aveva una chioma molto più folta. Avrebbe dovuto ricordarsi di parlarne. «Non è il signor Regan», disse Jack al medico.

Mentre uscivano, Nora suggerì al marito di farsi dare un'occhiata al dito.

«Andiamocene di qui», fu la sola risposta di lui.

Affrettarono il passo, entrambi ansiosi di lasciarsi alle spalle l'odore di medicine e disinfettanti, le lettighe che venivano spinte su e giù lungo i corridoi. «Una moto», stava dicendo un inserviente. «Uno stupido ragazzotto che ha tagliato di colpo la strada a un autobus.» Parlava con voce piena di collera e frustrazione, come se si sentisse sulle spalle tutto il peso delle infelicità che l'uomo si creava.

Il telefono squillava quando arrivarono a casa. Nora si precipitò a rispondere.

Era il sergente di polizia che si era mostrato tanto faceto quando lei gli aveva telefonato. «Signora Barton, temo che i suoi timori fossero fondati. Abbiamo rinvenuto un cadavere al Central Park, vicino alla Settantaquattresima. Stando ai documenti trovati nel portafoglio, il morto è William Regan. Vorremmo che lei procedesse all'identificazione.»

«I suoi capelli. Sono folti, giallastri più che bianchi, ma folti, per un vecchio. Capisce, quell'altro non era lui. Un errore. Potrebbe trattarsi di un errore anche questa volta.»

Ma sapeva che non era un errore. Fin dal mattino lei sapeva che a Bill sarebbe accaduto qualcosa. Nell'attimo stesso in cui lo aveva salutato, aveva saputo. Sentì che Jack le toglieva il telefono di mano. Stordita, lo ascoltò dire che sì, sarebbe andato subito all'obitorio per l'identificazione. «È solo che preferirei non sottoporre mia moglie... D'accordo, capisco.» Riattaccò e si voltò a guardarla.

Come attraverso un vetro infranto, Nora vide che aveva un alone livido intorno alla bocca, e che un piccolo muscolo guizzava sulla sua guancia. Lui alzò la mano per fermarlo e, sotto gli occhi di lei, trasalì per il dolore. Dalla ferita al dito sgorgava il sangue. Poi le braccia di Jack furono intorno a lei. «Tesoro, sono sicuro che è Bill. Vogliono che andiamo tutti e due. Avrei preferito risparmiarti questa esperienza, ma vogliono parlarti. Gli hanno fracassato il cranio e svuotato il portafoglio. Credono che sia stato un ladro.»

Le sue braccia erano morse d'acciaio, la schiacciavano. Cercò di allontanarlo. «Mi fai male...»

Lui sembrò non udirla. «Nora, cerchiamo di prenderla nel modo migliore. Sforzati di ricordare che Bill ha vissuto a lungo. Domani... Oh, tesoro, domani vedrai. Il mondo, tutto, sembrerà diverso... sarà diverso.» Nonostante le ondate di choc che la sopraffacevano, suscitando in lei una sensazione di incredulità e di sofferenza, Nora si rese conto di come fosse mutata la voce di Jack; era stridula, quasi isterica.

«Lasciami andare.» Si accorse di stare gridando. Lui lasciò ricadere le braccia e la fissò.

«Nora, mi dispiace. Ti stavo facendo male? Non me ne ero accorto... Oh, Dio, tanto vale farla finita subito.»

Per la seconda volta in meno di due ore si misero alla ricerca di un taxi. Dovettero aspettare lunghi, gelidi minuti. Dodicimila taxi a Manhattan, e tutti occupati.

La pioggia si andava trasformando in nevischio. Chicchi grossi e duri sfuggivano alla protezione dell'ombrello e colpivano il viso di Nora. Neppure l'impermeabile, che aveva fatto foderare con il montone che portava al college, riusciva a impedirle di tremare. Jack non aveva potuto indossare il suo, tanto era fradicio, e si stava bagnando il cappotto nel suo futile andirivieni. Finalmente un taxi libero si fermò davanti a loro. Il conducente abbassò appena il finestrino. «Dove andate?»

«Fra... fra la Trentunesima e la Prima.»

«Okay. Saltate su.»

L'autista era un tipo loquace. «Guidare è una tortura. Stasera stacco presto. È la serata giusta per starsene a casa, a letto.»

A quell'ora Bill sarebbe dovuto essere a casa sua, nella malconcia casetta che lui e la sua May avevano comperato nel 1931. Sarebbe dovuto morire nel suo letto, pensò Nora. Non meritava di giacere nella pioggia e nel freddo. Da quanto tempo era lì? Era morto subito? Almeno questo, pregò.

Era ovvio che l'uomo che li accolse all'obitorio li stava aspettando. Prossimo alla quarantina, aveva capelli color sabbia e occhi sottili. Si presentò come l'agente investigativo Peter Carlson e li guidò in un piccolo ufficio. «Sono sicurissimo che confermerete l'identificazione, una volta visto il cadavere», esordì. «Se ve la sentite, vorrei procedere subito. Ma se pensate che vederlo possa turbarvi, possiamo parlare un po', prima.»

«Voglio essere sicura.» Lei sapeva che il poliziotto li stava studiando. Che cosa vedeva? Dovevano sembrare una coppia ben trasandata. Forse si chiedeva perché lei era stata così insistente nel denunciare una possibile vittima prima che il cadavere fosse trovato?

Jack continuava a battere il piede sul pavimento, un ritmo monotono, fastidioso... Jack che sembrava sempre così calmo, che bisognava sollecitare per convincerlo ad ammettere di provare dolore o preoccupazione. Quella mattina lei lo aveva criticato. Possibile che i suoi rimbrotti avessero infranto un qualche guscio protettivo che gli era indispensabile?

Come in risposta al cenno di un suggeritore invisibile, si alzarono contemporaneamente tutti e tre. «Non ci vorrà molto.»

Lei si era aspettata un locale con file e file di tavoli mortuari. Nei film era sempre così. Ma l'agente Carlson li guidò lungo un corridoio e andò a fermarsi davanti a una finestra schermata. Assurdamente, Nora ripensò alle vetrate delle nursery degli ospedali, a quando aveva visto per la prima volta il fratellino appena nato. Ma quando la tenda venne tirata, non fu un neonato urlante quello che vide, bensì il viso immobile ed esangue di Bill Regan. Un lenzuolo lo nascondeva fino al collo, la bocca era chiusa con del nastro adesivo e sulla fronte spiccava un brutto livido che spariva tra i capelli.

«È lui», disse Jack. Le posò le mani sulle spalle e cercò di allontanarla dalla finestra. Per un momento sembrò quasi che lei fosse incapace di muoversi, come congelata. Teneva gli occhi fissi sulla bocca di Bill. Le parve che il nastro adesivo fosse stato tolto, rivelando il sorriso troppo radioso di lui, e nelle orecchie lei sentì di nuovo la sua voce speranzosa, rauca. «Ho la sensazione, Nora, la sensazione che sia il mio giorno fortunato.»

Quando furono di nuovo in ufficio, Nora riferì all'agente Carlson la loro conversazione di quel mattino e di come Bill vincesse realmente spesso alla lotteria. Più di una volta aveva vinto qualche centinaio di dollari ed era sicuro che prima o poi avrebbe fatto il colpo grosso. «Quando ha detto 'giorno fortunato', si riferiva alla lotteria, ne sono sicura. Credo addirittura che possa essersi aggiudicato uno dei premi più grossi.»

«C'è stato un solo grosso vincitore», la informò l'agente Carlson. «E per quanto ne so, nessuno si è ancora fatto avanti.» Lei notò che mentre prendeva appunti scarabocchiava ghirigori sul taccuino. «È sicura che Bill Regan avesse un biglietto?»

«Me l'ha detto lui.»

«Be', non l'aveva addosso quando l'abbiamo trovato. Ma chiunque sia stato a svuotargli il portafoglio, potrebbe averlo preso insieme con il denaro senza neppure accorgersene. Immaginiamo comunque che avesse vinto parecchio. Era il tipo da parlarne in giro? Avere in tasca un biglietto della lotteria è come portarsi dietro del contante.»

Nora non si accorse del mezzo sorriso che le aleggiava sulle labbra. Si scostò i capelli dalla fronte; la pioggia li aveva arricciati. «Assomigli a Rita Hayworth in *Gilda*», le diceva spesso Bill. Ora rimpiangeva di non avergli detto di avere noleggiato la videocassetta di *Gilda* e di avere effettivamente notato una forte rassomiglianza. A Bill avrebbe fatto piacere. Ma era così difficile riuscire a interrompere l'inesauribile torrente delle sue chiacchiere. Proprio questo aveva chiesto l'agente Carlson. «Bill aveva la lingua sciolta», disse Nora. «Ne avrebbe parlato, sì.»

«Ma lei mi ha detto che per telefono non è sceso in particolari. Si è limitato a dirle che era il suo giorno fortunato. Poteva significare che aveva avuto un aumento, che qualcuno gli aveva dato una grossa mancia, o che aveva trovato del denaro per strada. Qualunque cosa, giusto?»

«Io continuo a credere che si riferisse alla lotteria», insistette Nora.

«Controlleremo. Sfortunatamente, nelle ultime tre settimane si sono verificate parecchie aggressioni in quella zona. Ma troveremo il colpevole, ve lo assicuro, e se ha ucciso il signor Regan, pagherà.»

Ucciso il signor Regan. Lei non aveva mai pensato a Bill come al «signor Regan».

Guardò Jack. Lui fissava il pavimento e aveva ripreso a battere il piede per terra. E poi qualcosa cominciò ad accadere. Le pareti si chiusero su di lei. Stava cadendo e non riusciva a respirare. Cercò di chiamare «Jack», ma le sue labbra non si aprirono. Si sentì scivolare giù dalla sedia.

Quando aprì gli occhi, era sdraiata su un divano duro, rivestito di plastica. Jack le teneva un panno freddo sulla fronte. Da quella che le sembrò una distanza infinita, sentì l'agente Carlson chiederle se voleva un'ambulanza.

«Sto bene.» Ora riusciva a parlare, ma a voce così bassa che Jack dovette chinarsi per sentire. Lei gli sfiorò la guancia con le labbra. «Voglio andare a casa», bisbigliò.

Questa volta non dovettero aspettare un taxi. Carlson, i cui modi si erano fatti meno formali, mandò a chiamare un'autopattuglia. Nora volle scusarsi. «Credo di non essere mai svenuta prima d'ora. È colpa di questo terribile presentimento che mi ha accompagnata per tutto il giorno e che purtroppo si è rivelato fondato.»

«Ci è stata di grande aiuto. Vorrei che tutti fossero altrettanto interessati a questi poveri vecchi.»

Andarono verso l'ingresso, un bizzarro terzetto che si muoveva all'unisono. I due uomini la sorreggevano tenendola sottobraccio.

Fuori la pioggia era diminuita d'intensità, ma faceva molto più freddo. Nora ne fu contenta. Era la sua immaginazione, o aveva davvero sentito odore di formaldeide all'interno?

«E ora che cosa succederà?» chiese Jack a Carlson, quando l'autopattuglia si fermò davanti a casa loro.

«Molto dipende dall'autopsia. Aumenteremo la sorveglianza nel parco. È pazzesco che qualcuno percorra distanze tanto grandi in notti come questa. Capisce, nel parco c'erano solo le autopattuglie, ma nessun agente in borghese. Comunque ci terremo in contatto.»

Questa volta fu Jack a insistere perché lei facesse una doccia calda e l'aspettò fuori del bagno con una camomilla calda e una pillola per dormire.

«Sonniferi.» Nora fissò la capsula rossa e gialla. «Quando te li sei procurati?»

«Oh, l'ultima volta che sono andato dal medico ho accennato al fatto che avevo difficoltà ad addormentarmi.»

«E secondo il medico da che cosa dipendeva?»

«Un po' di depressione. Niente d'importante. Ma non volevo che tu ti preoccupassi. Forza, mettiti a letto.»

Un po' di depressione. E non gliene aveva parlato. Nora pensò a tutte le sere in cui aveva allegramente cianciato delle ottime parti che otteneva, «Solo un paio di giorni, ma sai, il regista è Mike Nichols», oppure delle recensioni del suo primo ruolo decente off-Broadway, la primavera scorsa. Jack aveva condiviso la sua gioia, le aveva chiesto se sarebbe rimasta con lui, una volta diventata una stella, poi era tornato alla sua infinita sequela di lavori presso le società finanziarie. Il romanzo che aveva finalmente terminato era stato quasi accettato da parecchie case editrici: «Non è proprio il nostro genere, ma ci proponga pure qualcos'altro». Pensò all'espressione scoraggiata dei suoi occhi quando diceva: «Dopo un'intera giornata passata a cercare di vendere sapendo di non essere un venditore, a cercare di entusiasmarmi quando il tasso d'interesse sale o la quotazione di qualche maledetto titolo va alle stelle mentre non me ne frega niente... non so, Nora, ma è come se non mi restassero più energie. Mi siedo davanti alla macchina per scrivere e tutto quello che mi sforzo di mettere sulla carta non è mai come vorrei. Eppure so che c'è. Ma non riesco a trovare la mia vera voce sapendo che il lunedì sarò di nuovo in quello zoo».

Lei non lo aveva ascoltato sul serio. Gli aveva detto invece che era orgogliosa che il suo primo romanzo non fosse finito subito nel cestino della carta straccia e che un giorno o l'altro, quando fosse diventato famoso, avrebbe riso raccontando l'odissea di quei primi rifiuti.

La camera da letto era anche lo studio di Jack. La macchina per scrivere stava su una pesante scrivania di quercia che avevano comperato a un'asta. C'erano anche boccette di bianchetto, una tazza senza manico che conteneva matite ed evidenziatori e la pila di fogli del suo nuovo lavoro, la pila che, notò adesso, non cresceva più da molto tempo.

«Avanti, bevi la camomilla, poi prenderemo una pillola a testa.»

Lei ubbidì, e si chiese se dai suoi occhi trapelasse l'amore che nutriva per lui. Non si stupiva più che Bill avesse avuto tanto bisogno di compagnia. Se fosse successo qualcosa a Jack, lei avrebbe preferito non svegliarsi più.

Jack s'infilò a sua volta nel letto, le tolse di mano la tazza e spense la luce. Poi la prese tra le braccia. «Come dice quella canzone su 'due persone assonnate'? Se qualcuno mi avesse detto che la giornata sarebbe andata così...»

Nora dormì profondamente e il mattino dopo si svegliò con la sensazione di avere sognato a lungo, ma senza riuscire a ricordare nulla. Le sembrava di avere le palpebre incollate e aprire gli occhi fu un problema. Quando finalmente si sollevò, puntellandosi su un gomito, scoprì che Jack se n'era già andato. Le lancette dell'orologio erano entrambe sulle nove. Le nove meno un quarto. Non dormiva mai fino a quell'ora. Cercando di scuotersi di dosso lo stordimento, infilò la vestaglia e andò in cucina. Il caffè stava filtrando e Jack aveva preparato succo d'arancia fresco, un altro degli innumerevoli piccoli gesti di tenerezza che lei dava ormai per scontati. Jack sapeva quanto le piacesse il succo fresco, sebbene lui fosse più che soddisfatto di quello in scatola.

Jack era già vestito per andare al lavoro, ma non sembrava meno teso della sera precedente. Le occhiaie scure rivelavano che il sonnifero non lo aveva aiutato granché. Quando lo baciò, sentì che aveva le labbra asciutte e calde. «Ora so come avere un po' di pace in casa, al mattino. Somministrarti una dose da KO.»

«Quando ti sei alzato?»

«Verso le cinque. Forse erano le quattro. Non lo so.»

«Jack, non andare a lavorare. Stiamocene qui a parlare. A parlare sul serio.» Nora si sforzò di soffocare uno sbadiglio. «Oh, Dio, non riesco a svegliarmi. Come fa la gente che prende quei maledetti affari tutte le sere?»

«Senti, bisogna proprio che vada. Ci sono alcune cose che devo sbrigare. Comunque tu torna a letto e dormici su. Tornerò presto, non più tardi delle quattro, e stasera... Be', sarà una serata speciale.»

Un altro sbadiglio e gli occhi che continuavano a chiudersi convinsero Nora che non era quello il momento per tentare di sondare Jack. «Ma se pensi di fare tardi, telefona. Ieri sera ero preoccupata.»

«Non farò tardi. Te lo giuro.»

Nora spense il fuoco sotto la caffettiera, bevve il succo d'arancia mentre tornava a letto e nel giro di tre minuti si era riaddormentata. Questa volta non fece sogni e quando il telefono la svegliò, due ore dopo, era perfettamente lucida.

All'apparecchio era l'agente Carlson. «Signora Barton, ho pensato che volesse saperlo. Ho controllato presso la ditta in cui lavorava Bill Regan. È tornato là ieri sera verso le sei, poco prima della chiusura. Un paio di impiegati stavano sbrigando le ultime cose. Era eccitato, euforico; continuava a ripetere che quello era il suo giorno fortunato, ma quando gli hanno chiesto che cosa intendesse, si è chiuso come un'ostrica. Ha assunto un'aria misteriosa. L'autopsia è prevista per oggi pomeriggio, ma la nostra ipotesi, considerando la ferita alla testa e il portafoglio vuoto, è che sia stato aggredito dal criminale che stiamo cercando.»

Ti sbagli, pensò Nora, ma si sforzò di non apparire troppo critica quando disse: «C'è una cosa che mi sconcerta: se è stato scippato, perché aveva ancora addosso il portafoglio? Non credo che Bill portasse mai con sé più di pochi dollari. Aveva per caso parecchi spiccioli in tasca, gettoni?»

«Un paio di dollari in moneta. Signora Barton, mi rendo conto della sua insoddisfazione; dopo tutto, voleva bene al signor Regan. Ma è abbastanza normale che uno scippatore non porti via il portafoglio della vittima. In questo modo, se lo sorprendono, non ha addosso prove. Le tasche dei pantaloni del vecchio erano molto profonde. Se chi l'ha ucciso ha controllato il portafoglio e ha trovato quello che voleva, è molto probabile che non abbia perso tempo a cercare gli spiccioli. E lei non può sapere con certezza se il signor Regan aveva denaro con sé oppure no, giusto?»

«Giusto. E per quanto riguarda il biglietto della lotteria?»

La voce di Carlson si fece più formale, con una sfumatura di rimprovero. «Non c'era nessun biglietto della lotteria, signora Barton.»

Nora riappese, ma una frase della breve conversazione continuava a echeggiarle nella mente. *La sua insoddisfazione.* Ebbene, no, non era soddisfatta.

Sei pazza, si disse mentre scendeva frettolosamente in strada. Il tempo era drasticamente cambiato. Il sole splendeva e soffiava un vento tiepido: una giornata più di aprile che di novembre. Meglio così. Era contenta di poter mettere la giacca. Il suo impermeabile e il cappotto di Jack erano ancora umidi dalla sera prima. E anche il trench che Jack aveva messo per andare al lavoro il giorno prima era bagnato. Quella mattina era stato costretto a indossare il suo vecchio impermeabile. Un barbone stava analizzando il contenuto di un cesto dei rifiuti. Dov'era la vagabonda del giorno prima? si chiese Nora. Aveva trovato un rifugio per la notte?

Distolse gli occhi quando arrivò all'edicola. L'edicolante cieco doveva essere rimasto sorpreso quando Bill non era comparso, quella mattina. Ma per il momento lei non se la sentiva di raccontargli quello che era successo.

Prese il Lexington Avenue Express fino alla Cinquantanovesima, dove cambiò e salì su un treno della RR che l'avrebbe portata al Fisk Building. La Dynamo Express Messenger Service occupava una sola stanza al quinto piano. Gli unici mobili erano una scrivania con il centralino, qualche raccoglitore dipinto di grigio ferro e due lunghe panche su cui erano seduti parecchi uomini piuttosto male in arnese. Stava chiudendo la porta, quando l'impiegato alla scrivania abbaiò: «Tu, Louey, vai alla Quarantesima Strada; le consegne da ritirare sono a Broadway e sulla Novantesima. Ora leggimi questo. Voglio essere sicuro che hai capito bene. Non mi va che sprechi tempo andando agli indirizzi sbagliati».

Il vecchio seduto al centro della panca balzò in piedi, nervoso e palesemente ansioso di compiacere l'altro. Nora lo guardò leggere con attenzione ma in inglese stentato le indicazioni.

«D'accordo. Forza, muoviti.»

Per la prima volta l'uomo alla scrivania alzò gli occhi su Nora. In testa aveva un parrucchino che calzava male. Le basette esageratamente folte gli coprivano le guance paffute, che contrastavano bizzarramente con il naso piccolo e aguzzo. Gli occhi del colore delle monetine sporche la percorsero dalla testa ai piedi, spogliandola. «Che cosa posso fare per lei, bella signora?» Ora la sua voce si era fatta suadente, non aveva più nulla del tono sarcastico e prepotente di pochi istanti prima.

Delle luci si accesero sul centralino e si sentì un ronzio. L'uomo premette parecchi pulsanti. «Dynamo Express Messenger.» Sorrise a Nora che si era avvicinata alla scrivania. «Che aspettino.»

Sapeva già di Bill. «È venuto un poliziotto a ficcare il naso, stamattina. Il vecchio Lingualunga. Dio, non chiudeva mai il becco. Dovevo sempre urlargli di smetterla di sprecare il tempo ovunque andasse. Parecchi clienti si erano lamentati.»

Si accorse che lei trasaliva. «Naturalmente non è che urlassi davvero, gli dicevo soltanto: 'Avanti, Regan, non è che a tutto il mondo interessi conoscere la storia della tua vita'. Sa una cosa? Scommetto che mi ha parlato di lei. È l'attrice. Diceva che assomiglia a Rita Hayworth. Per una volta aveva ragione. Ma aspetti un attimo, il tempo di sbrigare queste telefonate.»

Lei aspettò, in piedi davanti alla scrivania, mentre lui rispondeva al telefono, prendeva appunti, distribuiva nuove commissioni ai fattorini che rientravano. Tra una cosa e l'altra, Nora riuscì a piazzare qualche domanda.

«Sì, Bill era tutto eccitato ieri sera», confermò il direttore. «Continuava a farfugliare qualcosa sul suo giorno fortunato. Ma non ce ne ha spiegato il motivo. Io gli ho chiesto se aveva agganciato una prostituta, sa, le solite battute.»

«Crede che possa averne parlato con qualcun altro?»

«Ne so quanto lei, mia cara.»

«Ha per caso un elenco dei posti in cui Bill è andato ieri? Vorrei parlare con quelli che l'hanno visto. Di solito il suo lavoro lo porta negli uffici, vero? Magari ha fatto amicizia con una centralinista o con qualche impiegato.»

«Immagino di sì.» Ora l'uomo sembrava irritato. Ma scovò ugualmente l'elenco. Era stata una giornata piena; Bill aveva effettuato quindici consegne. Nora cominciò con la prima: 101 di Park Avenue, Sandrell e Woodworth, ritirare una busta dalla receptionist del diciottesimo piano e consegnarla al 205 di Central Park South.

La receptionist del diciottesimo piano, una donna piacevole dall'aspetto matronale, si ricordava di Bill. «Oh, sì, un vecchietto simpatico. Lo vediamo spesso. Una volta mi ha mostrato la fotografia di sua moglie. È successo qualcosa?»

Nora aveva previsto la domanda e sapeva già che cosa rispondere. «Ha avuto un incidente ieri notte e io vorrei avvertire sua nipote. Sa, mi aveva lasciato un messaggio sulla segreteria telefonica dicendo che era il suo giorno fortunato. Mi piacerebbe poterlo raccontare alla nipote, spiegarle che cosa intendeva. Ne ha per caso parlato anche con lei?»

La donna parve rendersi conto che l'incidente era stato fatale e un'ombra, un fugace senso di rimpianto per un uomo che conosceva appena, le sfiorò il viso. «Oh, mi dispiace. Cioè sì, in effetti ero talmente occupata che mi sono limitata a consegnargli la busta e a dirgli: 'Buona giornata, Bill'. Al che lui deve avermi risposto qualcosa del tipo: 'Ho la sensazione che questo sia il mio giorno fortunato'.»

Inconsciamente, la donna imitò la voce di Bill e Nora avvertì un brivido di freddo. «È esattamente quello che ha detto a me.»

La tappa successiva fu al condominio di Central Park South. Anche la portinaia si ricordava di Bill. «Oh, già, sicuro, ha lasciato una busta per il signor Parker. Da parte del suo commercialista, credo. Ho telefonato su per sapere se dovevo portargliela, ma il signor Parker mi ha detto che stava per scendere. No, non ha parlato. Probabilmente perché non gliene ho dato la possibilità. A quell'ora siamo molto occupati con la posta.»

Sembrava proprio che il giorno prima tutti fossero stati troppo presi per occuparsi di Bill. In un ufficio di Broadway, una segretaria snella come un levriero spiegò a Nora che non incoraggiava mai gli addetti alle consegne a trattenersi. «Sono come i ragazzotti che lavorano da fattorini. Non appena giri le spalle, ne approfittano per sgraffignarti il portafoglio.» La sua stretta di spalle lei-sa-com'è, era un chiaro invito per Nora a condividere il suo disprezzo per i ladruncoli che era costretta a sopportare.

Dopo quella sosta, Nora si rese conto che non sarebbe riuscita ad arrivare in fondo all'elenco se non si fosse organizzata con più ordine. Bill si era spostato da est a ovest e in centro si era fermato parecchie volte: tre nella Cinquantesima, due nella Trentesima, quattro nell'ultimo tratto della Quinta Avenue e due nell'area di Wall Street. Invece di seguire il suo percorso, Nora raggruppò le varie soste a seconda della zona. Le prime due si rivelarono inutili. Nessuno ricordava chi avesse effettuato la consegna. La terza, una scrittrice che aveva mandato un dattiloscritto al proprio agente, comunicò con Nora tramite il telefono della hall del suo albergo. Sì, il giorno prima si era rivolta a un'agenzia per una consegna. Certo che non si era messa a chiacchierare con il fattorino! C'era qualche problema? Santo cielo, forse il dattiloscritto non era stato consegnato?

Alle tre, a Nora sovvenne di non avere ancora mangiato nulla, decise che tutto quel da fare era inutile e si disse che Jack sarebbe tornato a casa presto e che lei voleva essere lì ad accoglierlo. Fu allora che parlò con il giovane commesso del negozio di pianoforti.

Quando entrò, lui la guardò con aria speranzosa. Il salone era vuoto, fatta eccezione per i pianoforti e gli organi, collocati in posizioni strategiche perché risaltassero il più possibile. Dietro un piccolo organo sul cui sgabello era seduta una bambola grande come bambina di quattro anni, con le dita grassocce di cotone posate sui tasti, era affisso un manifesto: FATE CHE LA MUSICA DIVENTI PARTE DELLA VOSTRA VITA.

La delusione del commesso nel constatare che Nora non era una potenziale cliente sparì davanti alla prospettiva di trascorrere qualche minuto in compagnia di un altro essere umano. Non pensava di lavorare a lungo in quel settore, raccontò a Nora. C'era così poco movimento! Perfino il direttore ammetteva che la loro epoca d'oro risaliva a sei, sette anni prima. Allora tutti volevano un pianoforte. Ma oggi...

Ieri? Un addetto alle consegne? Un tipo con strani denti. Ma sicuro, un vecchietto proprio simpatico. Se aveva parlato? Non aveva fatto altro. Era tutto eccitato. Gli aveva raccontato che quello era il suo giorno fortunato.

«Cioè le ha detto che si sentiva fortunato?» si affrettò a chiedere Nora.

«No, no. Ricordo con esattezza; ha detto che era il suo giorno fortunato. Ma non ha aggiunto altro e mi ha strizzato l'occhio quando gli ho chiesto che cosa intendesse.»

Quella era stata la penultima consegna di Bill. Alle quattro e dieci si trovava nel negozio di pianoforti e subito dopo le aveva lasciato quel messaggio in segreteria. La fermata precedente era stata in una libreria il cui gestore aveva riferito a Nora: «Sì, il vecchio ha detto qualcosa sul fatto di sentirsi fortunato, non so bene. Ero al telefono e mi sono limitato a fargli cenno di andare. Parlavo con il capo e non riuscivo a sentire nulla».

«Sentirsi fortunato. È sicuro che non abbia detto che era stato fortunato?»

«Sono sicuro che ha detto di sentirsi fortunato, perché ricordo di avere pensato che io invece mi sentivo da cani.»

Così Bill si era sentito fortunato alle tre e quarantacinque. Ma alle quattro e dieci, durante la sosta successiva, era stato fortunato. Ho ragione io, pensò allora Nora, lo sapevo. L'estrazione della lotteria era stata effettuata fra le tre e mezzo e le quattro. Bill aveva in tasca uno dei biglietti vincenti? Si fermò a bere un caffè in un drugstore di Madison Avenue. La radio era accesa. Il giorno prima c'erano state milleduecento vincite da mille dollari, tre da cinquemila e una da tredici milioni di dollari. L'annunciatore suggeriva a chiunque avesse acquistato un biglietto a Manhattan di controllare la serie e i numeri.

E se Bill avesse vinto cinquemila dollari? Sarebbe stata una vera fortuna per lui. Un paio di volte ne aveva vinti qualche centinaio. Era pazzesco come certa gente continuava a vincere. Nora scorse di nuovo l'elenco. Ormai poteva eliminare tutti i posti in cui Bill si era fermato prima delle tre e mezzo. Ne restava fuori uno soltanto e, sgomenta, constatò che era al World Trade Centre. Ma ormai aveva fatto tanto! Avrebbe controllato anche lì, poi sarebbe andata a casa.

Mentre saliva su un treno della metropolitana per l'ottava volta in quel giorno, Nora si chiese come avesse fatto Bill a conservare quel lavoro. Aveva mai ammesso a se stesso che la gente non si curava quasi mai di ascoltarlo, oppure un incontro con qualcuno altrettanto bisognoso di compagnia, come per esempio il giovane commesso, era sufficiente a rischiarare la sua giornata?

Il treno era affollato. Mancavano quindici minuti alle tre. Di solito le ore intorno a mezzogiorno non erano le peggiori e solo negli orari di punta diventava indispensabile reggersi a un sostegno. L'uomo tarchiato in piedi accanto a lei le si appoggiò deliberatamente contro quando il treno ondeggiò. Nora si affrettò a spostarsi.

Il piano terra del World Trade Center brulicava di persone, tutte con una meta, che si affrettavano lungo la passeggiata, scomparivano nelle stazioni metropolitane, si dirigevano verso altri edifici, si infilavano in ristoranti e negozi. Quasi tutte erano ben vestite. Nora sprecò cinque minuti entrando per sbaglio nello stabile numero due invece che nel numero uno.

La sua destinazione era il quarantaduesimo piano. Mentre saliva in ascensore, si chiese perché il nome della ditta che cercava le suonasse familiare. Probabilmente, decise, perché non aveva fatto altro che leggerlo per tutto il giorno.

La Lyons e Becker era una società finanziaria. Non molto grande, notò lei sollevata. Le probabilità che qualcuno ricordasse Bill erano maggiori.

L'ufficio esterno era piccolo, ma bene attrezzato. Dietro di esso Nora intravide dei cubicoli dove uomini e donne dal viso serio vendevano e comperavano titoli e azioni.

La receptionist non rammentava Bill. «Ma aspetti un minuto, di solito io a quell'ora stacco per l'intervallo. Chiederò alla ragazza che mi sostituisce.»

La sostituta era una bionda con le gambe snelle e seni troppo abbondanti. Per qualche istante ascoltò perplessa, poi fece un ampio sorriso. «Ma sicuro», esclamò. «Dove ho la testa? Certo che ricordo quel vecchio. Quasi si dimenticava di prendere la consegna.»

Nora attese.

«Gliela stavo porgendo quando lui si è guardato intorno e ha riconosciuto uno dei nostri impiegati.» Si rivolse allora alla collega. «Sai di chi parlo. Jack Barton, quello nuovo carino.»

Nora avvertì una fitta gelida alla bocca dello stomaco. Ecco perché il nome della società le era parso tanto familiare. Era quella di cui Jack le aveva parlato con tanta riluttanza il giorno prima. Adesso lavorava lì.

«Comunque, quando ha visto Jack, il vecchio è sembrato proprio sorpreso. Ha detto: 'Quello è Jack Barton? Lavora qui?' Io gli ho risposto di sì. Jack stava uscendo per di là.» Con un cenno della testa indicò una porta che si apriva all'altro capo della stanza. «E lui si è eccitato moltissimo. Ha detto: 'Devo assolutamente raccontare a Jack del mio giorno fortunato'. Ho dovuto richiamarlo perché prendesse la consegna. Santo cielo, era per quello che era venuto, no?»

Doveva esserci un motivo per cui Jack non le aveva detto di avere visto Bill. Ma quale?

Nora si sforzò di soffocare il disagio comperando un giornale e leggendolo in metropolitana, ma i caratteri di stampa continuavano a ballarle davanti agli occhi. Arrivata a casa, andò per prima cosa in bagno, dove lei e Mike avevano appeso i soprabiti alla tenda della doccia. Quello che aveva indossato la sera prima era asciutto, sebbene fosse rimasto sotto la pioggia per dieci minuti. Il cappotto che Jack aveva messo per andare all'ospedale e all'obitorio, il cappotto buono, era ancora leggermente umido. Ma il trench che portava quando era tornato a casa il giorno prima era fradicio. Dunque, dalla stazione della metropolitana non era andato direttamente a casa. Ancora una volta ricordò l'intensa eccitazione di lui, la tensione fortissima che emanava, simile a ondate di energia, il modo in cui l'aveva abbracciata piangendo.

Quanto aveva camminato la sera prima? E perché? E chi c'era con lui o chi stava seguendo?

«Per favore, Signore, no», bisbigliò. «No.» Lui era tornato a casa e lei lo aveva spinto sotto la doccia e aveva telefonato alla polizia. Quando era uscito dal bagno, Jack l'aveva aiutata cercando i numeri dei vari ospedali. Ma lei era già al telefono quando era uscito dal bagno e poco prima aveva udito quel suono strano, quel tonfo metallico, e si era chiesta che cosa mai stesse facendo.

Come un prigioniero che va verso il suo ineluttabile destino, entrò in camera da letto e, aperto l'armadio, prese la cassetta di sicurezza in cui tenevano i documenti importanti: la licenza matrimoniale, le polizze d'assicurazione, i certificati di nascita. La posò sul letto e la aprì. Il certificato di nascita di Jack era proprio in cima. Con lentezza, sollevò i fogli a uno a uno finché non arrivò all'ultimo: un biglietto della lotteria bianco e rosa. No, Jack, pensò. Non tu. Non per una manciata di dollari. Non potresti. Non l'hai fatto. Dev'esserci una spiegazione.

Ma quando confrontò i numeri con quelli dei biglietti vincenti elencati dal giornale, capì. In mano aveva il biglietto che valeva tredici milioni di dollari.

Bill Regan aveva sentito di essere fortunato. Lei aveva saputo che qualcosa di terribile le incombeva addosso. Si guardò intorno, ciecamente, alla ricerca di una risposta. Le pagine dattiloscritte del romanzo erano accanto alla macchina per scrivere di Jack, il romanzo che lui non avrebbe mai finito perché era esausto e scoraggiato. I sonniferi di Jack, per risolvere «una leggera depressione». Poi ripensò alla spietatezza con cui il giorno prima lo aveva interrogato fino a quando, con un bisbiglio imbarazzato, lui aveva fatto il nome della nuova società e aveva confessato di essere stato licenziato dalla Merrill Lynch. E aveva aggiunto con un soprassalto di dignità: «È stata una conseguenza della nuova politica di riduzione di personale. Io ero uno di quelli più in basso sull'albero della cuccagna. Niente a che vedere con il mio rendimento».

Dunque ieri Bill gli aveva parlato del biglietto e qualcosa era scattato in Jack. Di sicuro aveva visto Bill dirigersi verso il Fisk Building e lo aveva seguito nel parco.

E ora? Che cosa avrebbe fatto? Nora respinse con violenza il pensiero che avrebbe dovuto chiamare la polizia. Jack era la sua vita. Si sarebbe uccisa prima di abbandonarlo.

È il mio giorno fortunato. Bill aveva sognato di andare in Florida, e di sistemarsi in una casa di riposo piena di gente interessante come quella di *Cocoon.* Se lo meritava.

Nora era seduta sul divano del soggiorno quando la chiave girò nella serratura e Jack entrò. In qualche modo lei era riuscita a concentrarsi sul fatto che la tappezzeria era in pessime condizioni e che le nuove foderine non miglioravano granché i cuscini ormai senza più forma. Sebbene fossero solo le quattro e un quarto, scendeva già il crepuscolo e Nora ricordò che mancava solo un mese al giorno più corto dell'anno.

Si alzò nel sentire la porta aprirsi. Jack aveva le braccia cariche di rose a stelo lungo. «Nora.» Ogni tensione era scomparsa. La sera prima aveva pianto con lei la morte di Bill Regan, ma questa era la sua serata. «Nora, torna a sederti, tesoro. Aspetta di sapere quello che ci è successo. Io potrò scrivere, tu potrai avere una cameriera, compreremo questa casa, ne compreremo un'altra. Siamo sistemati per il resto della vita. Sistemati. Avrei voluto dirtelo ieri, quando sono venuto a casa. Ma non volevo che ci capitasse Bill Regan tra capo e collo. Così ho aspettato. E poi è diventato impossibile dirtelo.»

«Hai visto Bill ieri.»

Jack sembrava perplesso. «No, non l'ho visto.»

«Ti è corso dietro quando hai lasciato l'ufficio, alle quattro.»

«In questo caso non è riuscito a raggiungermi. Nora, ma non capisci? Avevo sentito i numeri dei biglietti vincenti alla lotteria di ieri e mi sembravano familiari. Era pazzesco. Io li compero sempre a casaccio. Sai che di solito, se acquisto un biglietto, lo faccio per il nostro anniversario, o in occasione del tuo compleanno o qualcosa di simile. Poi mi sono accorto che non riuscivo più a trovarlo.»

Jack, non mentire, non mentire.

«Stavo diventando matto. Poi finalmente ho ricordato. Mentre sgomberavo la mia scrivania alla Merril Lynch, la settimana scorsa, era proprio lì, sul piano. A meno che non fosse stato gettato via, doveva essere in uno dei raccoglitori che stavo mettendo in ordine. Mi sono precipitato là e li ho frugati tutti. Nora, stavo impazzendo, te l'assicuro. E alla fine l'ho trovato. Non riuscivo a crederci. Probabilmente ero in stato di choc. Sono tornato a casa a piedi. E allora, quando tu mi hai offerto di rinunciare alla tua carriera per me, mi sono messo a piangere; certo tu avrai pensato che ero fuori di testa. Morivo dalla voglia di dirtelo, ma sapendo che il povero vecchio Bill stava per arrivare, ho preferito aspettare. Volevo festeggiare solo con te.»

Non parve accorgersi della mancanza di reazioni di lei. Le

ficcò in mano i fiori, «Aspetta, ti faccio vedere», e si precipitò in camera da letto.

Il telefono squillò. Lei rispose automaticamente, poi rimpianse di averlo fatto. Ma era troppo tardi. «Pronto.»

«Signora Barton, sono l'agente Carlson.» Il tono era amichevole. «L'ho chiamata per dirle che aveva ragione lei.»

«Avevo ragione?»

«Già, è stata così insistente che abbiamo esaminato di nuovo i vestiti di quel povero vecchio. C'era davvero un biglietto della lotteria, l'aveva nascosto nella fodera del berretto. Aveva vinto mille biglietoni, ieri. E credo che le farà piacere sapere che a conti fatti non è stato rapinato. Probabilmente la colpa è stata dell'eccitazione. È morto per un attacco cardiaco e cadendo deve essersi fracassato la testa su un sasso.»

«No... no... no...» Il grido di Nora fece eco al gemito di Jack, che usciva di corsa dalla camera, la cassetta di sicurezza in mano, la cenere del biglietto della lotteria che gli scorreva tra le dita e cadeva a terra.

Doppia visione

Jimmy Cleary stava accovacciato tra i cespugli fuori dell'appartamento con giardino di Caroline, a Princeton. I folti capelli castani continuavano a cadergli sulla fronte e lui li respingeva con un gesto studiato che era diventato un'affettazione. Era maggio, ma la sera era fredda e umida. Inoltre, lui aveva la tuta fradicia di sudore. Si inumidì le labbra con la punta della lingua. Tutto il suo corpo fremeva di nervosa euforia.

Quella stessa sera di cinque anni prima aveva preso la più grossa cantonata della sua vita. Aveva ucciso la ragazza sbagliata. Lui, il migliore attore del mondo, aveva rovinato la sua scena più importante. Ma ora avrebbe rimediato all'errore. Questa volta non ci sarebbero stati sbagli.

La porta di servizio dell'appartamento di Caroline si apriva sull'area di parcheggio. In quelle ultime notti non aveva fatto altro che studiarla e la sera prima aveva svitato la lampadina esterna, così che adesso l'ingresso di servizio era immerso nell'ombra. Erano le venti e quindici, ora di entrare.

Estrasse di tasca un attrezzo a forma di arpione, lo inserì nel buco della serratura e girò finché non sentì lo scatto del cilindro. Con le mani protette dai guanti, abbassò la maniglia e aprì la porta quel tanto che bastava per scivolare dentro. Poi la richiuse a chiave. C'era una catenella che probabilmente lei assicurava di notte. Benissimo. Quella sera li avrebbe chiusi entrambi dentro. Per Jimmy era un piacere squisito immaginare Caroline che chiudeva con cura la casa. Un po' come in quelle storie di fantasmi che terminavano con: «Siamo bloccati qui dentro per tutta la notte».

Si trovava nella cucina, separata da un arco dal soggiorno. La sera prima si era appostato fuori della finestra della cucina per spiare Caroline. Sul davanzale erano posate delle piante, così che la sua ombra non si era proiettata per intero all'interno. Alle dieci lei era uscita dalla camera da letto con indosso un pigiama a righe bianche e rosse. Aveva fatto ginnastica mentre guardava il telegiornale, e durante le flessioni i suoi capelli biondi ondeggiavano da una spalla all'altra.

Poi era tornata in camera dove probabilmente si era attardata a leggere, perché la luce era rimasta accesa per circa un'ora. Avrebbe potuto liquidarla allora senza difficoltà, ma il suo acuto senso del dramma l'aveva convinto ad aspettare il giorno esatto dell'anniversario.

L'unica luce proveniva dai lampioni in strada, ma l'appartamento non forniva molti nascondigli. Avrebbe potuto ficcarsi sotto il letto, su cui era stesa una coperta di velluto con l'orlo increspato. L'idea era interessante: avrebbe potuto aspettare lì, mentre lei leggeva, poi cominciava a sentirsi assonnata e spegneva la luce; aspettare finché non avesse cessato di muoversi e il suo respiro si fosse fatto regolare. Poi avrebbe potuto uscire in silenzio dal nascondiglio, inginocchiarsi accanto a lei, guardarla come aveva guardato l'altra ragazza, e infine svegliarla. Ma prima, decise, avrebbe verificato le eventuali alternative.

Quando aprì la porta dell'armadio della camera, una luce si accese automaticamente. Jimmy intravide sul fondo una borsa da viaggio quasi piena. Richiuse in fretta. Lì non c'era posto per nascondersi.

Cerca di metterti nei panni di una donna a cui restano meno di due ore di vita. Percepisce che la fine è vicina? O si comporta come al solito? Queste erano le domande ipotetiche. Cory Zola le aveva poste una sera, durante la lezione di recitazione. Cory era un famoso insegnante e accettava solo studenti che, a suo avviso, possedevano il potenziale necessario per diventare stelle. Mi ha inserito nella sua classe privata la prima volta che ho sostenuto un'audizione con lui, ricordò Jimmy. Sa riconoscere il talento.

Neppure in soggiorno c'erano nascondigli possibili. Ma la porta d'ingresso si apriva proprio su di esso e c'era un armadio in un angolo. Le ante si aprivano per quattro o cinque centimetri. Rapido, si avvicinò.

Quell'armadio non aveva luci automatiche. Estrasse di tasca la sottilissima torcia e indirizzò il fascio luminoso verso l'interno, che era inaspettatamente profondo. Vide una pesante busta per abiti, protetta da voluminosi strati di plastica, appesa sul davanti. Ecco perché le ante non erano state chiuse. Il vestito si sarebbe schiacciato. Avrebbe scommesso qualunque cosa che quello era il suo abito nuziale. La sera prima, quando l'aveva seguita, lei si era fermata in un negozio che vendeva vestiti da sposa e vi si era trattenuta quasi mezz'ora, probabilmente per l'ultima prova. Forse l'avrebbero seppellita con addosso quel vestito.

I drappeggi di plastica creavano un nascondiglio perfetto. Jimmy entrò nell'armadio e si infilò tra due cappotti che poi avvicinò il più possibile. E se Caroline avesse aperto l'armadio e l'avesse visto? Il peggio che poteva accadere era che non avrebbe più potuto ucciderla secondo il piano stabilito. Ma le borse da viaggio riposte nell'altro armadio erano quasi piene. Con tutta probabilità lei aveva appena finito di fare i bagagli. Lui sapeva che doveva prendere l'aereo per St. Paul il mattino seguente. Si sarebbe sposata la settimana successiva. Credeva che si sarebbe sposata la settimana successiva.

Jimmy uscì dall'armadio. Alle cinque, a bordo dell'auto a noleggio, aveva aspettato Caroline fuori del palazzo del governo di Trenton. Quel giorno lei aveva lavorato fino a tardi. L'aveva seguita fino al ristorante dove si era incontrata con Wexford. Aveva aspettato per strada e se n'era andato solo quando, attraverso la vetrina, li aveva visti ordinare. Allora si era recato direttamente lì, a casa di Caroline. Lei non sarebbe tornata prima di un'ora almeno. Prese dal frigorifero una lattina di soda e andò a sedersi sul divano. Era tempo di prepararsi per il terzo atto.

Tutto era cominciato cinque anni e mezzo prima, durante l'ultimo semestre al Rawlings College di Belle Arti di Providence. Jimmy seguiva i corsi di recitazione, Caroline si era specializzata in regia. Lui aveva recitato in un paio di opere dirette da lei. Come studente del terzo anno, aveva interpretato la parte di Biff in *Morte di un commesso viaggiatore*. Era stato talmente bravo che mezza scuola aveva cominciato a chiamarlo Biff.

Jimmy sorseggiò la bibita. Con la mente era tornato al college, era sul palcoscenico della commedia allestita l'ultimo anno. Lui aveva la parte del protagonista. Il rettore aveva invitato alla prima un vecchio amico, un produttore della Paramount che, si diceva, era in cerca di nuovi talenti. Fin dall'inizio lui e Caroline si erano trovati perfettamente d'accordo sull'impostazione da dare alla parte. Poi, due settimane prima del debutto, lei gliel'aveva tolta per darla a Brian Kent. Gli sembrava ancora di vederla, i capelli biondi raccolti in una crocchia, la camicia scozzese infilata nei jeans, l'espressione seria, preoccupata. «Non sei proprio adatto, Jimmy.Ma credo che saresti perfetto come coprotagonista, nel ruolo del fratello.»

Coprotagonista. Il fratello aveva più o meno sei battute. Avrebbe voluto supplicarla, implorarla, ma sapeva che sarebbe stato inutile. Quando Caroline Marshall modificava in qualche modo l'assegnazione delle parti, nessuno riusciva a farle cambiare idea. Ma lui sapeva, lo sentiva fin nella più intima fibra, che interpretare la parte del protagonista in quella commedia era derminante per la sua carriera. In quella frazione di secondo aveva deciso di ucciderla e subito aveva cominciato a recitare. Aveva riso, una risata gaia e al tempo stesso un po' mortificata, e aveva detto: «Caroline, stavo giusto cercando di trovare il coraggio per dirti che sono talmente indietro con gli esami scritti che non posso neppure pensare di recitare».

Lei ci era caduta. Ed era sembrata sollevata. Il produttore della Paramount era venuto. Aveva invitato Brian Kent sulla costa per sottoporsi a un provino per una nuova serie televisiva. Il resto, come diciamo a Hollywood, pensò Jimmy, era storia. Dopo quasi cinque anni, la serie era ancora tra i primi dieci programmi più seguiti e Brian Kent aveva appena firmato un contratto da tre milioni di dollari per un film.

Due settimane dopo il conseguimento del diploma, Jimmy era andato a St. Paul. La residenza di famiglia di Caroline era una vera e propria reggia, ma lui aveva scoperto in fretta che la porta di servizio non era chiusa. Aveva attraversato il pianterreno ed era salito su per l'ampia scalinata, oltrepassando la camera principale. La porta era socchiusa. Il letto vuoto. Allora aveva aperto quella della camera adiacente e l'aveva vista: dormiva. Vedeva ancora i contorni della stanza, il letto di ottone a quattro colonne, la lucentezza delle morbide lenzuola di seta. Ripensò a come si era chinato su di lei che giaceva acciambellata nel letto, i capelli biondi splendenti sul cuscino. Aveva bisbigliato «Caroline» e lei aveva aperto gli occhi, l'aveva guardato e aveva sussurrato: «No».

Lui aveva allungato le braccia e le aveva coperto la bocca con le mani. Lei era rimasta in ascolto, gli occhi pieni di terrore, mentre le bisbigliava che stava per ucciderla, che se lei non gli avesse tolto la parte del protagonista il produttore della Paramount avrebbe notato lui e non Brian Kent. E aveva concluso: «Non dirigerai più nulla, Caroline. Adesso hai un nuovo ruolo. Sei la vittima».

Lei aveva cercato di allontanarlo, ma lui le aveva rovesciato la testa all'indietro e le aveva stretto la corda intorno al collo. Lei aveva sbarrato gli occhi, aveva sollevato le mani, con i palmi tesi in un gesto di supplica, poi era ricaduta inerte sul lenzuolo.

Il mattino seguente lui non vedeva l'ora di leggere il giornale. «Figlia di un noto banchiere di St. Paul assassinata.» Ricordava di aver riso, e poi pianto di frustrazione leggendo le poche righe che seguivano. IL CADAVERE DELLA VENTUNENNE LISA MARSHALL È STATO SCOPERTO QUESTA MATTINA DALLA SORELLA GEMELLA.

Lisa Marshall. La sorella gemella.

L'articolo continuava: «La giovane donna è stata strangolata. Le gemelle erano sole nella casa di famiglia. La polizia non è ancora riuscita a interrogare Caroline Marshall, che alla vista del cadavere della sorella è caduta in stato di choc ed è attualmente sotto l'effetto di sedativi».

Più tardi, quella sera, avrebbe raccontato tutto a Caroline. Durante gli anni passati a Los Angeles era sempre rimasto abbonato ai quotidiani di Minneapolis-St. Paul, in attesa di qualche novità sul caso. Poi aveva letto che Caroline si era fidanzata e che si sarebbe sposata il 30 maggio: la settimana seguente. Caroline Marshall, che lavorava come avvocato nello studio del procuratore generale di Trenton, New Jersey, sposava un professore dell'università di Princeton, il dottor Sean Wexford. Wexford si era laureato quando Jimmy frequentava la Rawlings. Ricordava di averlo conosciuto. Jimmy si chiese quando avessero cominciato a frequentarsi, Caroline e Wexford. Di certo non andavano in giro insieme quando Caroline studiava alla Rawlings. Ne era sicuro.

Scosse la testa e andò in cucina per gettare la lattina vuota nel cesto dei rifiuti. Ormai Caroline poteva arrivare da un momento all'altro. Andò in bagno ed ebbe un sussulto quando l'acqua del sifone scrosciò con fragore. Poi, con cura infinita, entrò nell'armadio e si nascose tra i cappotti. Con la mano tastò la grossa lenza che aveva nella tasca della tuta. Proveniva dallo stesso rotolo che aveva usato per uccidere la sorella di Caroline. Era pronto.

«Cappuccino, tesoro?» Sean sorrideva seduto all'altro capo del tavolo su cui baluginava la fiammella di una candela. Gli intensi occhi azzurri di Caroline erano pensierosi, con quell'espressione di assoluta tristezza che a volte li oscurava. Una tristezza più che comprensibile, quella sera. Era l'anniversario dell'ultima notte che aveva passato con Lisa.

Nel tentativo di distrarla, lui disse: «Mi sentivo come un elefante in un negozio di porcellane quando sono andato a ritirare il tuo vestito, oggi pomeriggio».

Caroline inarcò le sopracciglia. «Non l'avrai guardato, spero. Porta sfortuna.»

«Non mi hanno permesso neppure di avvicinarmici. La commessa continuava a scusarsi per non averlo potuto inviare a domicilio.»

«Ho corso tanto in questo ultimo mese che sono dimagrita. Hanno dovuto stringerlo.»

«Sei troppo sottile. Ti faremo ingrassare in Italia. Pasta tre volte al giorno.»

«Non vedo l'ora.» Caroline gli sorrise. Amava la robustezza di Sean, i suoi capelli biondi sempre un po' arruffati, la scintilla di umorismo che splendeva nei suoi occhi grigi. «Stamattina ha telefonato mia madre. È ancora preoccupata perché il mio vestito è senza maniche.»

«Mi offro volontario per tenerti calda. Il tuo vestito è nell'armadio vicino all'ingresso. A proposito, sarà bene che ti restituisca le chiavi.»

«Tienile. Se dovessi dimenticare qualcosa, potrai portarmelo tu la settimana prossima.»

Usciti dal ristorante, Caroline lo seguì fino all'ampia casa vittoriana che sarebbe stata la loro, una volta tornati dal viaggio di nozze. Mentre erano all'estero, avrebbe lasciato l'auto nel secondo garage. Sean parcheggiò la macchina nel piazzale e salì su quella di lei. Caroline si spostò sul sedile del passeggero e lui l'accompagnò a casa, tenendo il braccio intorno alle sue spalle.

Jimmy era orgoglioso dal fatto che dopo un'ora di immobilità si sentiva ancora perfettamente a suo agio. Erano la ginnastica e le lezioni di ballo a tenerlo in forma.

Aveva passato quegli ultimi cinque anni a studiare, a bussare a tutte le porte, a cercare di conoscere registi e produttori, ma senza cavarne nulla. Per essere accettati da un buon agente, bisognava dimostrare di avere interpretato dei buoni ruoli. E per farsi mandare da registi e produttori in gamba, bisognava avere un agente in gamba. Più di una volta gli era capitato di sentirsi rivolgere la fatidica frase: «Lei è un tipo alla Brian Kent, e questo non le è d'aiuto».

Jimmy scosse la testa, infuriato da quei ricordi. E tutto questo dopo che sua madre aveva persuaso suo padre a sovvenzionarlo per un anno; per quelli che il vecchio definiva «tentativi di recitare».

Jimmy sentì riaffiorare la vecchia collera. A suo padre non piaceva mai quello che faceva. Quando aveva dato prova della sua bravura in *Morte di un commesso viaggiatore,* forse ne era stato orgoglioso? No. Quello che voleva era un figlio da applaudire come terzino o come partecipante all'Heisman Trophy.

Jimmy non si era curato di chiederne altro, quando il denaro di suo padre era finito. Più o meno una volta al mese sua madre gli mandava tutto quello che riusciva a risparmiare sulle spese di casa. Il vecchio poteva essere ricco, ma di certo era tirato. Ma ragazzi, sarebbe scoppiato dall'entusiasmo se fosse stato James junior a firmare il contratto da tre milioni di dollari siglato da Brian Kent la settimana prima. «È il mio ragazzo», avrebbe urlato.

E così si sarebbe svolta la scena se cinque anni prima Caroline non gli avesse tolto la parte per darla a Brian Kent.

Sentendo un brusio di voci vicino alla porta d'ingresso, Jimmy si irrigidì. Caroline. Non era sola. Una voce d'uomo. Si appiattì contro il muro. Quando la porta si aprì e si accesero le luci, abbassò gli occhi e si immobilizzò, raggelato. La luce filtrava nell'armadio. Lui era sicuro che non potevano vederlo, ma la punta sporgente delle malconce scarpe da tennis sembrava urlare la sua presenza.

Caroline si guardava intorno. Quella sera il suo appartamento le sembrava diverso, alieno. Ma naturalmente era solo perché si trattava di una serata speciale. L'anniversario della morte di Lisa. Passò le braccia intorno al collo di Sean e lui cominciò a massaggiarle delicatamente la nuca. «Sai, sei stata lontana mille miglia per tutta la sera.»

«Ma se pendo dalle tue labbra.» Era un tentativo di scherzo, ma fallì. La voce le si ruppe.

«Caroline. Non voglio che tu resti sola stanotte. Lasciami

dormire qui. Senti, so che preferisci rimanere per conto tuo, e lo capisco. Vai in camera. Io mi sistemerò sul divano.»

La ragazza si sforzò di sorridere. «No, sto bene, davvero.» Lo abbracciò di nuovo. «Solo, tienimi stretta ancora per un minuto prima di andare. Ho intenzione di puntare la sveglia alle sei e mezzo. È meglio che finisca di preparare i bagagli domattina. Mi conosci. Un fringuello al mattino e uno straccio la sera.»

«Non me n'ero accorto.» Le labbra di Sean le accarezzavano il collo, la fronte, trovarono la sua bocca. La tenne stretta, percependo la tensione che emanava dal suo corpo snello.

Quella sera Caroline gli aveva detto: «Passato l'anniversario starò meglio. È solo che un paio di giorni prima ho sempre l'impressione che Lisa sia con me. È una sensazione che aumenta con il passare delle ore. Ma so che domani starò bene, andrò a casa per gli ultimi preparativi per il matrimonio e mi sentirò perfettamente felice».

Riluttante, Sean la lasciò andare. Sembrava esausta, ma stranamente la stanchezza la faceva più giovane. Aveva ventisei anni, ma in quel momento avrebbe potuto essere una delle sue matricole. Glielo disse. «Ma sei molto più graziosa di tutte loro», concluse. «Sarà fantastico svegliarmi al mattino e vedere te prima di ogni altra cosa per il resto della mia vita.»

Jimmy Cleary era madido di sudore. E se lei avesse acconsentito a che Wexford passasse la notte lì? Di certo il mattino, quando Caroline avesse preso dall'armadio l'abito da sposa, lo avrebbero scoperto. Stavano abbracciati a non più di trenta centimetri da lui. E se uno di loro avesse avvertito il suo sudore? Ma ecco che Wexford si preparava ad andarsene.

«Sarò qui alle sette, amore», disse a Caroline.

E la troverai come lei ha trovato sua sorella, pensò Jimmy. Ecco come la rivedrai al mattino, tutte le mattine, per il resto della tua vita.

Caroline chiuse la porta non appena Sean fu uscito. Per un istante provò la tentazione di riaprirla subito e di richiamarlo, di dirgli sì, resta con me. Non voglio rimanere sola.

Ma non sono sola, pensò staccando la mano dalla maniglia. Lisa mi è vicinissima stasera. Lisa. Lisa.

Andò in camera e si spogliò in fretta. Una doccia calda l'aiutò a sciogliere parte della tensione che le irrigidiva i muscoli del collo e della schiena. Ripensò al modo in cui le mani di Sean l'avevano massaggiata. Lo amo tanto, pensò. Il suo pigiama a righe bianche e rosse era appeso a un gancio sulla porta del bagno. Stava comperando biancheria e camicie da notte in una boutique di Madison Avenue quando l'aveva visto. «Se le piace, le conviene decidersi in fretta», aveva detto la commessa. «In rosso ci è rimasto solo questo. È comodo e terribilmente grazioso.»

Solo uno. Era stato questo a far decidere Caroline. Nel corso di quegli ultimi cinque anni, una delle abitudini più difficili da rompere era stata quella di comperare due pezzi di qualunque cosa. Per anni, quando vedeva qualcosa che le piaceva, ne acquistava automaticamente due, e Lisa faceva lo stesso. Portavano la stessa taglia, avevano la stessa altezza e lo stesso peso. Perfino i genitori avevano difficoltà a distinguerle. Quando frequentavano il liceo, la mamma le aveva sollecitate a comperare abiti diversi per il ballo studentesco. Erano andate a fare acquisti separatamente, in negozi differenti, ed erano tornate a casa con lo stesso abito di mussola azzurro e bianco.

L'anno successivo, sebbene in lacrime, avevano concordato con i genitori e lo psicologo della scuola sulla necessità di frequentare università diverse e di non raccontare che erano gemelle. «Sentirsi così vicine è meraviglioso», aveva detto lo psicologo, «ma dovete imparare a pensare a voi stesse come a individui ben distinti. Non riuscirete a esprimere totalmente le vostre capacità a meno che non vi concediate, e non concediate all'altra, lo spazio necessario.»

Caroline era andata alla Rawlings, Lisa alla Southern California. Al college, Caroline restava sempre segretamente deliziata quando i colleghi credevano che avesse scritto lei stessa la dedica «alla mia migliore amica» su una sua foto. Lei e Lisa si erano laureate lo stesso giorno. La mamma era andata da Lisa. Papà aveva presenziato alla cerimonia del conferimento della laurea di Caroline.

Caroline andò in soggiorno, agganciò la catenella della porta di servizio, poi accese la televisione e con poco entusiasmo cominciò una carrellata di diversi canali. Intercettò la pubblicità di un'assicurazione sulla vita. «Non vi è di conforto sapere che la vostra famiglia sarà bene assistita quando voi non ci sarete più?» Bruscamente, spense l'apparecchio. Dopo avere spento anche la luce del soggiorno, si precipitò in camera e si infilò subito sotto le coperte. Sdraiata su un fianco, tirò le gambe contro il petto e nascose il viso tra le mani.

Sean Wexford non riusciva a scrollarsi di dosso la sensazione che fosse stato un errore lasciare Caroline da sola. Per qualche istante rimase seduto in macchina a guardare la sua porta. Ma lei aveva bisogno di un po' di solitudine e alla fine, scuotendo la testa, si decise ad avviare il motore.

Durante il tragitto fino a casa il suo stato d'animo subì continue oscillazioni; da una parte era preoccupato per Caroline, dall'altra era felice perché di lì a una settimana sarebbero stati marito e moglie. Come era rimasto sorpreso quando, l'anno prima, l'aveva vista davanti a lui sulla pista di jogging nel campus di Princeton. Alla Rawlings lei aveva frequentato solo uno dei suoi stessi corsi e a quei tempi lui era così preso dalla tesi che non pensava neppure a uscire con le ragazze. Quel mattino di un anno prima lei gli aveva raccontato che si era laureata in giurisprudenza presso l'università della Columbia, per poi fare praticantato presso un giudice della corte d'assise del New Jersey e infine impiegarsi nell'ufficio del procuratore generale di Trenton. E, pensò Sean mentre entrava nel piazzale di casa sua, davanti a quella prima tazza di caffè abbiamo capito entrambi quello che ci stava accadendo. Parcheggiò l'auto di Caroline dietro la sua ed entrò in casa, sorridendo al pensiero che presto le due automobili sarebbero state sempre insieme nel piazzale.

Jimmy Cleary era rimasto sorpreso dal modo brusco in cui Caroline aveva spento il televisore. Ancora una volta pensò alle domande lanciate da Cory Zola durante la lezione di recitazione. *Mettetevi nei panni di una donna a cui restano meno di due ore di vita. Percepisce che la fine è vicina? O si comporta come al solito?* Forse Caroline percepiva il pericolo. Quando avesse ripreso il corso, avrebbe risollevato la questione. «Secondo me», avrebbe detto, «i sensi si acutizzano, quando lo spirito si prepara a lasciare il corpo.» Aveva la sensazione che Zola sarebbe rimasto impressionato dalla sua capacità di introspezione.

Aveva un crampo alla gamba. Non era abituato a restare in piedi immobile tanto a lungo, ma poteva resistere tutto il tempo necessario. Se l'istinto l'aveva avvisata del pericolo, certo Caroline avrebbe prestato attenzione al rumore più lieve. Le pareti dell'appartamento non erano spesse. Un grido, e qualcuno avrebbe potuto sentirla. Era contento che avesse lasciato aperta la porta della camera. In questo modo non doveva temere che cigolasse quando fosse andato da lei.

Jimmy chiuse gli occhi. Era intenzionato ad adottare la stessa posizione di quando aveva svegliato sua sorella. Vicino al letto, con un ginocchio sul pavimento, le braccia pronte a circondarle il corpo, le mani già posizionate per chiuderle la bocca. In realtà, la prima volta era rimasto inginocchiato per un minuto o due, ma probabilmente questa sera non avrebbe potuto permetterselo. Il sonno di Caroline sarebbe stato leggero. Il suo spirito avrebbe fatto di tutto per metterla in guardia.

In guardia. Una bella espressione. Un'espressione da sussurrare sul palcoscenico. Ora avrebbe avuto anche lui una carriera. A Broadway. Non si guadagnava come con il cinema, ma il prestigio! Il suo nome in cartellone!

Caroline era la fonte della sua sfortuna e stava per essere eliminata.

Caroline rabbrividiva acciambellata nel letto. La morbida trapunta non bastava a calmare il suo tremito. Aveva paura.

Una paura terribile. Perché? «Lisa», bisbigliò, «Lisa, era così che ti sentivi? Ti sei svegliata? Sapevi quello che stava per accaderti?» *Ti ho udita gridare quella notte e mi sono rimessa a dormire?*

Non lo sapeva ancora. Era solo un'impressione, un'immagine confusa e vaga che era giunta fino a lei nelle settimane successive alla morte di Lisa. Ne aveva parlato più volte con Sean. «Credo di averla sentita. Forse, se mi fossi costretta a svegliarmi...»

Sean l'aveva persuasa che la sua era la tipica reazione riscontrabile nei familiari delle vittime. La sindrome del «se solo». In quell'ultimo anno, grazie a lui e con lui, aveva cominciato a guarire, a sentirsi di nuovo in pace. Ma non in quel momento.

Si girò nel letto e si costrinse ad allungare gambe e braccia. «Ansia irrazionale e tristezza sono sintomi di depressione», aveva letto da qualche parte. Tristezza, okay, pensò. È l'anniversario della sua morte, in fondo, ma non cederò all'ansia. Pensa ai momenti felici con Lisa. A quell'ultima sera.

Mamma e papà erano andati a un congresso a San Francisco. Lisa e lei avevano ordinato due pizze elaboratissime, bevuto vino e chiacchierato fino a non avere più voce. Lisa aveva deciso di frequentare la facoltà di giurisprudenza. Caroline aveva appena superato gli esami di ammissione a quella stessa facoltà, ma ancora non sapeva con certezza che strada avrebbe preso.

«Mi piaceva molto fare parte del gruppo teatrale», aveva raccontato alla sorella. «Non sono una buona attrice, ma so riconoscere i buoni attori. Credo che potrei diventare un ottimo regista. La commedia è andata benissimo e Brian Kent — lo sapevo fin dall'inizio che era quello giusto per la parte del protagonista — è stato notato da un produttore. Però, se mi laureo in legge potrei aprire uno studio e dire alla gente che stanno ottenendo il doppio di quello per cui pagano.»

Erano andate a letto verso le undici. Dormivano in camere adiacenti e di solito tenevano la porta aperta, ma quella sera Lisa voleva vedere uno show alla televisione e Caroline aveva sonno, così si erano salutate con un bacio e Caroline aveva chiuso la porta. Se solo l'avesse lasciata aperta, pensò. Se avesse avuto il tempo di gridare, l'avrei sentita.

La mattina seguente si era svegliata alle otto passate. Ricordava di essersi messa a sedere sul letto e di essersi stirata pensando che era fantastico non essere più al college. Come regalo di diploma, quell'estate lei e Lisa avrebbero fatto un viaggio in Europa.

Caroline ripensò a com'era saltata giù dal letto, con l'idea di preparare il caffè e il succo d'arancia e portarli a Lisa su un vassoio. Mentre il caffè filtrava, aveva spremuto le arance, poi aveva messo su un vassoio bicchieri, tazze e caffettiera e si era avviata su per le scale.

La porta della camera di Lisa era socchiusa. Lei l'aveva spalancata con un calcio gridando: «Sveglia, ragazza mia. Tra un'ora abbiamo un appuntamento al tennis».

E allora l'aveva vista. La testa piegata in una posizione innaturale, il laccio sottile che le mordeva il collo, gli occhi sbarrati e pieni di paura, i palmi tesi, come in un ultimo tentativo di allontanare qualcosa. Caroline aveva lasciato cadere il vassoio, schizzandosi le gambe di caffè; in qualche modo era riuscita ad arrivare al telefono e a comporre il numero d'emergenza poi aveva cominciato a urlare e a urlare finché dalla sua gola non erano scaturiti che suoni aspri, gutturali. Si era svegliata in ospedale tre giorni dopo. La polizia, le avevano raccontato, l'aveva trovata sdraiata accanto a Lisa, con la testa della sorella sulla spalla.

Unico indizio, un'impronta parziale e infangata di una scarpa da tennis all'interno della porta di servizio. «Dopodiché», come aveva raccontato in seguito il capo degli agenti investigativi, «lui, o lei, è stato così cortese da grattare via il resto del fango dallo zerbino.»

Se solo avessero trovato l'assassino di Lisa, pensò Caroline, sdraiata nel buio. Tutti gli agenti erano convinti che il colpevole fosse qualcuno che sua sorella conosceva. Non c'era stato tentativo di furto, né di violenza. Gli amici di Lisa, i ragazzi con cui usciva al college, erano stati interrogati fino all'esasperazione. Uno dei suoi compagni di classe nutriva per lei una vera ossessione e per la polizia era rimasto il sospettato numero uno, ma non era mai stato possibile provare che quella notte lui era a St. Paul.

La polizia aveva anche ipotizzato un errore di persona, soprattutto quando aveva appreso che le due ragazze non avevano mai rivelato ai rispettivi amici di avere una sorella gemella. «All'inizio non lo dicevamo perché avevamo promesso di non farlo. Poi era diventato una specie di gioco», aveva spiegato Caroline.

«E gli amici del college che venivano a trovarvi a casa?»

«Non li invitavamo mai. Eravamo più che soddisfatte di potere restare insieme durante le vacanze.»

Oh, Lisa, pensò ora Caroline. Se solo sapessi il perché. Se solo ti avessi aiutata, quella notte. Non aveva sonno, ma si sentì di colpo molto stanca.

Finalmente le sue palpebre cominciarono a farsi pesanti. Oh, Lisa, pensò ancora, avrei voluto che tu fossi felice quanto lo sono io. Se solo potessi ricompensarti in qualche modo.

La veneziana era socchiusa di qualche centimetro, ma i fermi laterali impedivano che venisse alzata ulteriormente. In quel momento una folata di vento fece tintinnare la tapparella. Caroline balzò a sedere di scatto, ma rendendosi conto di quello che era successo, si costrinse a sdraiarsi di nuovo. Piantala, si disse, piantala. Deliberatamente chiuse gli occhi e dopo un po' cadde in un sonno leggero e pieno di sogni, un sonno in cui Lisa cercava di attirare la sua attenzione, di metterla in guardia.

Era ora. Jimmy Cleary lo sentiva. Il fruscio delle lenzuola era cessato e dalla camera non proveniva più alcun rumore. Scostò gli indumenti in mezzo a cui si era nascosto e spinse da parte la busta contenente l'abito da sposa di Caroline. I cardini produssero un lieve stridio quando aprì l'anta, ma in camera tutto rimase quieto. Attraversò il soggiorno fino a trovarsi di fronte alla porta che dava in camera da letto. La lampadina da notte ancora accesa emanava una luce sufficiente a dirgli che il sonno di lei era inquieto. Il suo respiro era regolare, ma leggero. Parecchie volte girò la testa da un lato all'altro, come se stesse protestando per qualcosa. Jimmy tastò la cordicella che aveva in tasca. Lo gratificava sapere che veniva dallo stesso rotolo che aveva usato per la sorella. Aveva perfino messo la stessa tuta che indossava cinque anni prima e le stesse scarpe da tennis. Era stato un po' rischioso conservare quella roba, dato che i poliziotti avrebbero potuto interrogarlo, ma non aveva mai trovato il coraggio di liberarsene. Invece, li aveva nascosti con altro materiale in un magazzino che aveva parzialmente affittato e dove nessuno faceva domande. Ovviamente, aveva utilizzato un nome falso.

In punta di piedi si avvicinò al letto di Caroline e si inginocchiò. Ebbe la fortuna di poterla guardare per un minuto buono prima che lei aprisse gli occhi e le sue mani scattassero a coprirle la bocca.

Sean guardò il notiziario delle dieci poi, rendendosi conto che non aveva per nulla sonno, aprì un libro che da tanto desiderava leggere. Pochi minuti dopo lo metteva da parte con un gesto impaziente. Qualcosa non andava per il verso giusto. Era una sensazione quasi palpabile, come se avesse visto del fumo riversarsi dalla stanza adiacente e avesse così scoperto che in casa era divampato un incendio. Doveva telefonare a Caroline, sapere che cosa stava facendo. D'altro canto, rifletté, forse lei era riuscita ad addormentarsi. Andò al mobile bar e si versò una dose generosa di scotch. Qualche sorso lo aiutò a capire che con tutta probabilità si stava comportando come una vecchia zitella nervosa.

Caroline aprì gli occhi quando sentì una voce bisbigliare il suo nome. È un incubo, pensò, sto sognando. Fece per urlare, ma una mano le si posò con forza sulla bocca, una mano dura, robusta, che le premeva sugli zigomi, le serrava le labbra, le copriva a metà le narici. Ansimò, lottando per respirare. La mano si abbassò di pochissimo e lei si affrettò a incamerare aria. Poi cercò di divincolarsi, ma ora l'uomo la teneva ferma anche con l'altro braccio. I loro volti erano vicinissimi. «Caroline», sussurrò lui, «sono venuto a correggere il mio errore.»

La piccola luce da notte proiettava ombre bizzarre sul letto. Quella voce. L'aveva già sentita. Il profilo della fronte dritta, la mascella squadrata. Le spalle ampie. Chi?

«Caroline, la super regista.»

Ora riconosceva la voce. Jimmy Cleary. Jimmy Cleary, e in quello stesso istante comprese anche perché lui era lì. Come in una scena tratta da un film, il momento in cui aveva detto a Jimmy che non era adatto per la parte le balenò vivido alla mente. L'aveva presa così bene. Troppo bene. Lei aveva preferito non indagare, non cercare di scoprire se stesse o meno recitando. Era stato molto più facile fingere che Jimmy approvasse la sua decisione. E ha ucciso Lisa scambiandola per me. È colpa mia. Un gemito le sfuggì dalle labbra e si spense contro il palmo di lui. Colpa mia. Colpa mia.

E allora udì la voce di Lisa, nitida come se la sorella le stesse bisbigliando all'orecchio qualche segreto, come facevano da bambine. *Non è stata colpa tua, ma lo sarà se gli permetterai di uccidere ancora. Non lasciare che faccia questo a mamma e a papà. Non lasciare che lo faccia a Sean. Invecchia per me. Metti al mondo dei figli. Da' il mio nome a uno di loro. Devi vivere. Ascoltami. Digli che non ha commesso alcun errore. Digli che anche tu mi odiavi. Io ti aiuterò.*

Il respiro di Jimmy Cleary era caldo sulla sua guancia. Lui le stava parlando della parte, di come Brian fosse stato ingaggiato dal produttore e del nuovo contratto che aveva appena firmato. «Ti ucciderò come ho ucciso tua sorella. Un attore deve perseverare in un ruolo finché la sua interpretazione non è perfetta. Vuoi sapere l'ultima cosa che ho detto a tua sorella?» Alzò impercettibilmente la mano in modo che lei potesse formulare una risposta.

Digli che tu sei me.

Per una frazione di secondo Caroline ebbe di nuovo sei anni. Lei e Lisa giocavano sulle fondamenta di una casa in costruzione, adiacente alla loro. Lisa, sempre la più coraggiosa, sempre sicura, faceva da battistrada sui blocchi di calcestruzzo. «Non comportarti come un gattino spaurito», l'aveva sollecitata. «Non devi fare altro che venirmi dietro.»

Si ascoltò bisbigliare: «Mi piacerebbe sapere molto di più. Voglio sapere com'è morta, per poterne ridere. Tu hai ucciso Caroline. Io sono Lisa».

La mano di lui la colpì alla bocca con ferocia selvaggia. Qualcuno aveva riscritto il copione. Infuriato, Jimmy le conficcò le dita nelle guance. Le guance di chi? Di Caroline? Se l'aveva già uccisa, perché la sua sorte non era mutata? Senza staccare il braccio dal petto di lei, estrasse la lenza dalla tasca. Falla finita, si disse. Se muoiono tutt'e due, almeno saprai per certo di avere liquidato Caroline.

Ma era come trovarsi sul palcoscenico durante il terzo atto senza sapere come finiva la commedia. Se l'attore ignorava qual era il punto culminante, come si poteva pretendere che il pubblico avvertisse una qualche tensione? Perché c'era un pubblico, un pubblico invisibile che aveva nome destino. Doveva essere sicuro. «Se cerchi di urlare, non avrai neppure il tempo di uggiolare», l'ammonì. «È tutto quello che è riuscita a fare tua sorella.»

Dunque era vero che aveva sentito Lisa, quella notte.

«Fammi un cenno se prometti di non urlare. Parliamo. Forse, se riuscirai a convincermi, ti lascerò vivere. Wexford vuole che tu sia la prima cosa che vedrà al mattino per il resto della sua vita, giusto? Gliel'ho sentito dire.»

Jimmy Cleary era in casa quando erano arrivati. Caroline percepì le tenebre chiudersi su di lei.

Fa' come dice! Non azzardarti a svenire. La voce autoritaria di Lisa.

«Ha parlato la duchessa», era solita ribattere Caroline, e ogni volta ne ridevano insieme.

Jimmy piegò il braccio che le teneva addosso, le passò la sottilissima cordicella intorno al collo legandolo con un nodo scorsoio. Il tratto di lenza era lungo il doppio di quello utilizzato la prima volta. Gli era venuto in mente che in questa occasione avrebbe fatto un doppio nodo, un grandioso gesto finale mentre lasciava la ribalta della morte.

Così lunga, la lenza fungeva da guinzaglio. Con calma le disse di scendere dal letto perché aveva fame, voleva che gli preparasse un sandwich e un caffé, avrebbe tenuto in mano l'altra estremità e avrebbe tirato fino a strangolarla se si fosse azzardata ad alzare la voce o a fare qualche altra sciocchezza.

Fa' come dice.

Ubbidiente, Caroline aspettò che Jimmy sollevasse il braccio, poi si mise a sedere. Posò i piedi a terra e avvertì la freschezza del legno. Automaticamente cercò le pantofole. Tra qualche secondo potrei essere morta e sto' qui a preoccuparmi di non camminare scalza, pensò. Quando si chinò in avanti, la lenza le penetrò nella carne. «No, per favore.» Sentì il panico nella propria voce.

«Chiudi il becco!» Le mani di Jimmy Cleary erano sul suo collo e allentavano la stretta. «Non muoverti così in fretta e non alzare più la voce.»

A fianco a fianco, attraversarono il soggiorno ed entrarono in cucina. Lui le teneva la mano sulla nuca. Con le dita stringeva la lenza; anche se l'aveva allentata, lei ne sentiva ugualmente la pressione, era come acciaio. Con il pensiero rivide la sottile riga grigiastra che solcava la gola di Lisa. Per la prima volta cominciò a ricordare anche gli eventi successivi di quel mattino. Aveva composto il numero d'emergenza e si era messa a urlare. Dopodiché aveva lasciato cadere il ricevitore. Il corpo di Lisa giaceva quasi sul bordo del letto, come se all'ultimo momento avesse tentato di fuggire. Aveva la pelle blu e io ho pensato che aveva freddo, che dovevo riscaldarla, ricordò Caroline mentre apriva il frigorifero. Ho fatto il giro del letto e l'ho presa tra le braccia e ho cominciato a parlarle e intanto cercavo di toglierle quella lenza dal collo e poi mi è sembrato di cadere.

Ora la lenza era intorno al suo collo. Al mattino Sean l'avrebbe trovata come lei aveva trovato Lisa?

No. Non deve accadere. Prepara il sandwich. Prepara il caffè. Comportati come se voi due steste recitando una scena importantissima. Raccontagli com'ero dispotica. Forza. Prendi tutte le cose buone e trasformale nel loro contrario.

Addossa a me tutta la colpa così come fa lui con te.

Caroline si chinò a guardare dentro il frigorifero, grata di non averlo ancora svuotato. Teneva sempre a portata di mano il necessario per preparare un panino a Sean; al mattino sarebbe passata la donna delle pulizie per portare via tutto. Tirò fuori formaggio, prosciutto e tacchino freddo, lattuga, maionese e senape. Ricordava che a scuola, quando tutto il cast usciva per uno spuntino tardivo, Jimmy Cleary ordinava sempre un *siluro.*

Come avrei potuto saperlo io? Chiedigli che cosa vuole.

Alzò lo sguardo. L'unica luce era quella interna del frigo, ma i suoi occhi si stavano abituando all'oscurità. Vedeva con chiarezza l'inconfondibile mascella quadrata che induriva il viso di Jimmy Cleary e la sua espressione rabbiosa e confusa. Con la bocca secca per la paura sussurrò: «Che tipo di sandwich vuoi? Tacchino? Prosciutto? Ci sono panini italiani e pane integrale».

Intuì che aveva superato il primo esame.

«Qualunque cosa. Un panino andrà bene.»

Lei sentì la lenza allentarsi leggermente. Mise il bollitore sul fuoco e in fretta preparò i panini, impilando fette di tacchino e di prosciutto sul formaggio, aggiungendovi la lattuga e poi spalmando la maionese e la senape sul pane.

Lui la fece sedere accanto a sé. Lei si versò un po' di caffè e si costrinse a berlo. La lenza le mordeva la carne. Alzò la mano per allentarla un po' di più.

«Non toccarla.» Fu lui stesso a farlo.

«Grazie.» Lo guardò divorare il sandwich.

Parlagli. Devi riuscire a convincerlo prima che sia troppo tardi.

«Credo che tu mi abbia detto come ti chiami, ma non ho capito bene.»

Lui ingoiò l'ultimo boccone. «Sui cartelloni è James Cleary, ma il mio agente e gli amici mi chiamano Jimmy.»

Buttava giù grandi sorsate di caffè. Come indurlo a crederle, ad avere fiducia in lei? Da dove era seduta, Caroline vedeva la sagoma dell'armadio nell'ingresso. Ricordava di averlo lasciato semichiuso. Ecco dove si era nascosto! Sean avrebbe voluto restare con lei. Se solo avesse acconsentito! Nei primi due anni dopo la morte di Lisa c'erano stati momenti in cui arrivare alla fine della giornata le era parso quasi impossibile. Soltanto il duro lavoro alla facoltà di giurisprudenza le aveva impedito di sprofondare in una depressione che l'avrebbe certo condotta al suicidio. Ora le sembrava di rivedere il viso di Sean, così inesprimibilmente amato. Voglio vivere, pensò. Voglio vivere ogni giorno che mi resta.

Jimmy Cleary si sentiva meglio. Non si era reso conto di quanto fosse affamato. In un certo senso era molto meglio dell'ultima volta. Ora stava interpretando la classica scena del gatto e del topo. Era il giudice. Ma quella era davvero Caroline? Forse l'altra volta non si era sbagliato. Eppure, se aveva liquidato Caroline, perché la sfortuna continuava? Finì di bere il caffè. Strinse con le dita l'estremità della lenza, aumentando impercettibilmente la pressione. Poi si protese ad accendere la lampada da tavolo. Voleva guardarla bene in faccia. «Allora, dimmi», cominciò, «perché dovrei crederti? E se anche ti credessi, perché dovrei lasciarti vivere?»

Sean si spogliò e fece la doccia. Davanti allo specchio del bagno si guardò con attenzione. Fra dieci giorni avrebbe compiuto trentaquattro anni e l'indomani Caroline ne compiva ventisette. Avrebbero festeggiato i loro compleanni a Venezia. Sarebbe stato bello sedersi con lei in piazza San Marco a bere vino e a guardare le gondole scivolare sull'acqua. Era un'immagine che gli era balenata spesso alla mente nel corso delle ultime settimane. Ma quella sera era come se avesse tirato una tenda. L'immagine non voleva formarsi.

Doveva parlare con Caroline. Si avvolse in uno spesso asciugamano e andò al telefono vicino al letto. Era quasi mezzanotte, ma compose ugualmente il numero di lei. Al diavolo le scuse, si disse. Mi limiterò a dirle che l'amo.

«Non è facile avere una gemella.» Caroline piegò la testa in modo da poter guardare Jimmy dritto in faccia. «Mia sorella e io litigavamo un sacco. Io la chiamavo la duchessa. Era talmente dispotica! Perfino quando eravamo piccole, incolpava me di tutte le sue birichinate. Con il tempo sono arrivata a odiarla. Ecco perché abbiamo frequentato università così lontane, ai due capi del continente. Io volevo allontanarmi da lei. Ero la sua ombra, la sua immagine speculare, una non-persona. Quell'ultima sera lei voleva vedere la televisione, ma la sua era rotta e mi costrinse a cambiare stanza. Immagino di essere crollata quando la trovai, il mattino dopo. Ma capisci, neppure i miei si resero conto dell'errore.»

Caroline spalancò gli occhi e abbassò la voce, che divenne intima, confidenziale. «Tu sei un attore, Jimmy. Puoi capire. Quando ripresi i sensi, loro mi chiamavano Caroline. Sai quali furono le prime parole di mia madre quando mi svegliai? 'Oh, Caroline, grazie a Dio non è toccato a te.'»

Molto bene. Lo stai addolcendo.

Aveva di nuovo sei anni. Giocavano sulle fondamenta. Lisa correva sempre più veloce. Caroline aveva abbassato lo sguardo e aveva provato un senso di vertigine. Ma ugualmente si sforzava di non restare indietro.

Jimmy si stava divertendo. Si sentiva come un addetto all'assegnazione delle parti che chiede a uno speranzoso candidato di fare una lettura improvvisata. «E così hai deciso di diventare Caroline. Come sei riuscita a non farti beccare? Caroline andava alla Rawlings. Che cos'è successo quando si sono fatti vivi i suoi amici d'università?»

Caroline finì di bere il caffè. Vedeva con chiarezza la luce di follia che brillava negli occhi di Jimmy. «Non è stato difficile. Choc. Questa è stata la scusa. Fingevo di non ricordare anche molta gente che conoscevamo entrambe. I medici la definirono amnesia psicologica. Tutti furono molto comprensivi.»

O era un'attrice maledettamente brava, oppure diceva la verità. Jimmy era affascinato. La sua collera si andava attenuando. Quella ragazza era diversa da Caroline. Più dolce. Più simpatica. Avvertiva una certa affinità tra loro, un'affinità tinta di rammarico. Perché, a conti fatti, non poteva lasciarla vivere. L'unico problema era: se aveva ucciso Caroline, se lei non mentiva, e ancora non ne era sicuro, perché la sfortuna non lo aveva abbandonato cinque anni prima?

Quel grazioso pigiama bianco e rosso che lei indossava. Le posò una mano sul braccio, poi lo ritrasse. Lo colpì un pensiero improvviso. «E Wexford? Com'è che hai cominciato a uscire con lui?»

«È stato un caso. L'ho sentito chiamare 'Caroline' e ho capito che era qualcuno che avrei dovuto conoscere. Lui mi ha detto il suo nome non appena mi ha raggiunta, stavamo facendo jogging, e ha aggiunto qualcosa sul fatto che avevo frequentato uno dei suoi corsi; non è stato difficile imbrogliarlo.»

Ricorda a Jimmy che Sean non si era curato della vera Caroline alla Rawlings. Evidenzia il fatto che si è innamorato di te.

Jimmy si agitava, inquieto. «Non puoi immaginare quante volte Sean mi ha detto che ora sono una persona molto più gradevole», riprese Caroline. «Ma è logico, non sono la stessa persona. Non lo trovi divertente? Sono felice di dividere con te il mio segreto, Jimmy. Cinque anni fa sei stato il mio benefattore segreto e stasera ho finalmente il modo di conoscerti. Vuoi un altro po' di caffè?»

Stava forse cercando di imbrogliarlo? O faceva sul serio? Le toccò il gomito. «Un altro po' di caffè mi andrebbe benissimo.» Le rimase alle spalle mentre lei accendeva il fuoco sotto la caffettiera. Una ragazza molto graziosa. Ma capiva che non poteva lasciarla in vita. Avrebbe finito il caffè, poi l'avrebbe riportata in camera e l'avrebbe uccisa. Prima, però, le avrebbe spiegato tutto sulla sua sfortuna. Lanciò un'occhiata all'orologio. Le 12.30. Aveva ucciso la prima sorella alle 12.40, anche i tempi erano quelli giusti. Ricordò come l'altra ragazza avesse proteso le mani, forse per artigliargli il viso, e come erano accesi e sporgenti i suoi occhi. A volte fantasticava su quei minuti. Alla luce del giorno quel ricordo lo faceva sentire bene. Ma di notte lo faceva sudare.

Squillò il telefono.

La mano di Caroline serrò convulsamente il manico della caffettiera. Sapeva che era Sean. Già altre volte, quando aveva intuito che lei era giù e probabilmente non riusciva a dormire, aveva telefonato.

Convinci Jimmy che devi rispondere. Fai capire a Sean che hai bisogno di lui.

Uno squillo, poi un altro.

La fronte e il labbro superiore di Jimmy erano lucidi di sudore. «Lascia stare», disse.

«Jimmy, sono certa che è Sean. Se non rispondo, penserà che qualcosa non va. Non lo voglio qui. Voglio parlare con te.»

Jimmy ci pensò su. Se era Wexford, probabilmente lei diceva la verità. Il telefono squillò ancora. Era collegato a una segreteria telefonica. Jimmy premette il pulsante che avrebbe amplificato la conversazione, poi sollevò il ricevitore e glielo tese. Tirò la lenza, in modo che le penetrasse nella carne.

Caroline sapeva che non poteva permettersi di mostrarsi scossa. «Pronto.» Riuscì invece ad apparire assonnata e la ricompensa fu una diminuzione della pressione intorno al collo.

«Caroline, tesoro, dormivi. Mi dispiace. Temevo che tu fossi triste. So che significato ha questa notte per te.»

«No, sono contenta che tu abbia chiamato. Non stavo proprio dormendo, cominciavo giusto ad appisolarmi.» Che cosa posso dirgli? si chiese, disperata.

Il vestito. Il tuo vestito da sposa.

«È piuttosto tardi», sentì che diceva Sean. «Hai preferito finire i bagagli stasera?»

Jimmy le batté sulla spalla e fece un cenno d'assenso.

«Sì. Mi sentivo sveglia, così ho pensato di approfittarne.»

Jimmy cominciava a sembrare impaziente. Le fece segno di tagliare corto. Caroline si mosse il labbro inferiore. Se non riusciva, era la fine. «Sean, sei stato un tesoro a chiamarmi e ti assicuro che sto bene. Sarò pronta per le sette e mezzo. Solo una cosa. Quando hanno incartato il mio vestito, ti sei ricordato di chiedere se avevano utilizzato abbastanza tessuto per le maniche, in modo che non si increspassero?» E pensò: che Sean non mi tradisca.

Sean sentì la mano che stringeva il ricevitore farsi madida di sudore. Il vestito. Il vestito di Caroline non aveva maniche. E c'era qualcos'altro. La voce di lei aveva un timbro vacuo. Non era a letto. Era all'apparecchio in cucina e l'amplificatore era acceso. Non era sola. Con uno sforzo immenso riuscì a mantenere ferma la voce. «Tesoro, posso giurare su una pila di Bibbie che la commessa ha detto qualcosa al riguardo. Credo che anche tua madre abbia chiamato per ricordarglielo. Ora ascoltami bene, cerca di dormire. Ci vediamo domattina, e ricorda che ti amo.» Riuscì ad agganciare senza troppa foga, poi lasciò cadere a terra l'asciugamano e prese dall'armadio la tuta. Le chiavi dell'appartamento di Caroline erano sul cassettone, insieme con quelle dell'auto. Doveva rischiare e chiamare la polizia? Il telefono in macchina, pensò poi. L'avrebbe avvisata durante il tragitto. Dio buono, pensò, ti prego...

Sean aveva capito. Caroline riappese e guardò Jimmy. «Hai fatto un buon lavoro», la lodò lui. «E sai una cosa? Comincio a crederti.» La ricondusse in camera e la costrinse a sdraiarsi sul letto. Ancora una volta le posò il braccio sul corpo, proprio come aveva fatto con la sorella. Dopodiché le spiegò quello che il suo maestro, Cory Zola, gli aveva detto a proposito della sfortuna. «La settimana scorsa stavamo provando la scena di un duello e probabilmente ero infuriato perché ho ferito l'altro studente. Zola si è arrabbiato moltissimo con me. Ho cercato di spiegargli che stavo pensando alla sfortuna che qualcuno mi ha appioppato e a come continua a rovinarmi tutto. Lui mi ha risposto di non presentarmi più alle sue lezioni finché non me ne fossi liberato. Quindi, anche se ti credo quando dici che l'altra volta ho liquidato Caroline, devo ancora scrollarmi di dosso questa sensazione, perché non posso tornare al corso finché non ci sarò riuscito. E a mio avviso, Lisa... è così che ti chiami, no?... tu l'hai ereditata da tua sorella.»

Aveva gli occhi accesi e l'espressione vuota, fredda. È pazzo, pensò Caroline. Sean impiegherà un quarto d'ora ad arrivare qui. Tre minuti sono già passati. Altri dodici. Lisa, aiutami.

È Brian Kent la fonte della sua sfortuna.

Aveva la bocca secca e il viso di lui era paurosamente vicino al suo. Sentiva l'odore del sudore che gli colava lungo il corpo. Poi le dita di lui cominciarono a tirare la corda. Con uno sforzo, riuscì a parlare in tono indifferente. «Uccidendomi non risolverai nulla. È Brian Kent il tuo menagramo, non io. Fuori gioco lui, avrai finalmente la tua grande occasione. E se lo uccidi, sarai al sicuro con me come io lo sono con te.»

Il modo in cui lui trattenne il fiato le infuse speranza. Gli sfiorò la mano. «Piantala di giocherellare con quella lenza, Jimmy, e ascoltami per due minuti. Fammi sedere.» Ancora una volta il ricordo di lei e di Lisa che giocavano a «vediamo chi è più coraggiosa» sulle fondamenta della casa nuova le riempì la mente. A un certo punto erano arrivate a uno spazio vuoto probabilmente destinato a una finestra. Senza esitare, Lisa l'aveva superato con un balzo. Caroline, a pochi passi da lei, aveva tentennato un po', poi, a occhi chiusi, era saltata. Ce l'aveva fatta per un soffio. Anche adesso stava per saltare, e se avesse fallito, non avrebbe più avuto scampo. Sean stava arrivando. Lo sapeva. Tutto quello che doveva fare era restare in vita per i successivi undici minuti.

Jimmy allontanò il braccio, permettendole di mettersi seduta. Caroline tirò le gambe contro il corpo e si circondò le ginocchia con le braccia. La lenza le feriva i muscoli del collo, ma non osò chiedergli di allentarla. «Jimmy, mi hai detto che il tuo grosso problema è che assomigli troppo a Brian Kent. Ma se a Brian accadesse qualcosa? Per loro si presenterebbe la assoluta necessità di trovare un sostituto. Allora perché non diventare lui? Prendi il suo posto così come io ho preso quello di Caroline. Kent rimarrà vittima di un incidente improvviso, e quelli diventeranno matti per cercare qualcuno che interpreti la sua parte nel film. Perché non tu?»

Jimmy scosse la testa per far cadere le gocce di sudore che gli imperlavano la fronte. Lei gli stava suggerendo una nuova interpretazione del ruolo che Brian giocava nella sua vita. Si era sempre concentrato sull'obiettivo di diventare una stella, più famoso di Brian, di superarlo, di ottenere tavoli migliori al ristorante, e di vederlo avviarsi lungo il viale del tramonto. Mai aveva pensato che Brian avrebbe potuto semplicemente scomparire di scena. E anche se avesse ucciso questa ragazza, questa Lisa, perché ormai era convinto che fosse Lisa, Brian Kent avrebbe continuato a firmare contratti, a posare per i servizi fotografici di *People*. E, peggio ancora, gli agenti avrebbero continuato a ripetergli che lui era un tipo alla Brian Kent.

Le credeva? Con la lingua Caroline si inumidì le labbra aride. Erano così secche che le riusciva difficile parlare. «Se ora mi uccidi, ti troveranno. I poliziotti non sono stupidi, Jimmy. Non hanno mai scartato del tutto la possibilità che fosse stata uccisa la gemella sbagliata.»

Lui la stava ascoltando.

«Jimmy, possiamo riproporre quello che succede in *Sconosciuti in treno*. Ricordi la trama, no? Due uomini decidono di uccidere, ogniuno per conto dell'altro, in modo da eliminare qualunque possibile movente. La sola differenza è che noi riusciremo. Tu hai già fatto la tua parte. Hai eliminato Caroline dalla mia strada. Adesso lascia che io ti liberi di Brian Kent.»

Sconosciuti in treno. Jimmy aveva recitato una scena tratta da quel film. Era stato magnifico e Cory Zola gli aveva detto: «Jimmy, hai un talento innato». I suoi occhi si posarono sul viso di lei. Guardala, come sorride. Era una dura, quella. Se era riuscita a convincere la sua famiglia di essere Caroline, probabilmente avrebbe anche saputo lavorarsi Brian Kent e risolvere una volta per tutte la faccenda. Ma che cosa gli assicurava che non si sarebbe precipitata alla polizia nell'attimo stesso in cui lui se ne fosse andato? Glielo chiese.

«Ma, Jimmy, tu hai la migliore garanzia possibile. Sai che io sono Lisa. Loro non hanno mai esaminato le impronte digitali di Caroline a fronte dei nostri certificati di nascita. Potresti denunciarmi in qualunque momento. Sai che cosa significherebbe questo per i miei genitori, per Sean? Credi che mi perdonerebbero?» Lo guardò dritto negli occhi, in attesa della sua decisione.

Sean si precipitò fuori casa, ma si fermò di colpo, mordendosi furiosamente il labbro inferiore. La macchina di Caroline bloccava la sua. Come avrebbe fatto a telefonare alla polizia durante il tragitto? Rientrò di corsa, prese le chiavi dell'auto di lei, la spostò e montò sulla sua. Mentre in retromarcia percorreva il vialetto con rabbiosa velocità, afferrò il telefono e compose il numero d'emergenza.

Jimmy stava sperimentando una sconcertante sensazione di rinascita. Quante volte a Los Angeles aveva visto Brian Kent passare a bordo della sua Porsche? Erano andati a scuola insieme per quattro anni, ma ora, quando si incontravano, Brian non gli rivolgeva che un gelido cenno del capo. Come sarebbe stato meglio se Brian non fosse esistito! E Lisa — perché lei era Lisa, ne era convinto — aveva ragione. E se avesse sgarrato? Be', avrebbe potuto rovinarla in qualunque momento. Deliberatamente allentò la stretta della lenza, ma senza toglierla. «Diciamo che ti credo. Come arriveresti fino a lui?»

Caroline lottava per soffocare lo stordimento che si accompagnava alla speranza. Che cosa rispondergli?

Andrai sulla costa. A cercare Brian.

Disperatamente, cercò di mettere insieme un piano plausibile. Aveva di nuovo sei anni e correva tra le fondamenta. Gli spazi vuoti tra i blocchi di calcestruzzo si andavano facendo sempre più ampi.

Veleno. Veleno.

«Sean ha un amico, un docente specializzato in storia della medicina. La settimana scorsa, a cena, ci spiegava che sono moltissimi i veleni che sfuggono anche ai più approfonditi esami medici. Ne ha nominato uno, ci ha spiegato come prepararlo utilizzando i normali farmaci che si tengono in casa. Poche gocce sono sufficienti. Il mese prossimo, quando sarò di ritorno dalla luna di miele, devo andare in California per testimoniare a un processo. Chiamerò Brian. Dopotutto sono stata io, voglio dire, Caroline, a dargli il via. Giusto?»

Sta' attenta.

Aveva commesso un errore, ma sembrava che Jimmy non se ne fosse accorto. La ascoltava con attenzione. Il sudore gli aveva arricciato i capelli, che ora gli ricadevano in ciocche umide sulla fronte. Lei non lo ricordava con i capelli tanto ricci. Probabilmente si era fatto fare la permanente e il taglio era identico a quello di Brian Kent in una foto che aveva visto di recente. «Sono certa che sarà felice di vedermi», continuò. Come desiderosa di sgranchirsi le gambe, le spostò sul bordo del letto.

Lui si avvolse più strettamente l'estremità della lenza intorno alla mano. Lei si chinò verso di lui. «Jimmy, c'è un veleno che impiega una settimana, anche dieci giorni per agire, e i sintomi non compaiono prima di tre, quattro giorni. Anche in caso d'inchiesta, chi mai potrebbe collegare il fatto che Brian ha bevuto il caffè con una vecchia amica d'università, appena sposata con un professore di Princeton, con il suo omicidio? È uno scenario perfetto, non vedi?»

Jimmy si accorse che stava annuendo. Quella notte si era trasformata in un sogno, un sogno che avrebbe significato per lui l'inizio di una nuova vita. Poteva fidarsi di lei. E lei aveva ragione. Finché Brian Kent era vivo, lui, il più grande attore del mondo, sarebbe rimasto uno sconosciuto. La lampadina da notte che rischiarava la camera divenne un riflettore. Il soggiorno buio era il teatro in cui sedeva il pubblico. Lui era in piedi sul palco e il pubblico lo applaudiva. Assaporò per qualche istante quel momento, poi allungò un buffetto sul collo di Caroline, no, di Lisa. «Ti credo», bisbigliò. «Esattamente, quando andrai in California?»

Tieni duro. Sei quasi salva.

Correvano sempre più veloci sulle fondamenta e lei non riusciva a non restare indietro. Caroline sentì la propria voce incrinarsi mentre rispondeva: «La seconda settimana di luglio».

Gli ultimi dubbi di Jimmy svanirono. Kent avrebbe dovuto iniziare le riprese del nuovo film il primo d'agosto. Se fosse morto prima di allora, la ricerca di un sostituto sarebbe stata frenetica.

Si alzò e tirò su anche Caroline. «Ti tolgo quest'affare. Solo ricorda che lo tengo in tasca, nell'eventualità di averne ancora bisogno. Ora me ne vado. Abbiamo stretto un patto. Ma se non terrai fede al tuo impegno, mi troverai al tuo fianco una notte che il tuo professore non ci sarà, o magari un pomeriggio mentre sarai ferma a un semaforo rosso.»

Caroline sentì la lenza allentarsi, il cappio scivolarle sopra la testa. Isterici singhiozzi di sollievo le gonfiavano la gola. «Siamo d'accordo», riuscì a dire.

Lui le affondò le dita nelle spalle e la baciò sulla bocca. «Non suggello mai un affare con una stretta di mano», dichiarò. «È un peccato che non abbia più tempo. Mi piaci.» La sua caricatura di sorriso divenne un sogghigno confuso che scoprì i denti. «Mi sembra che la sfortuna se ne stia già andando. Forza.» La sospinse verso la porta di servizio e allungò la mano per sganciare la catenella.

Con la coda dell'occhio Caroline guardò l'orologio a parete della cucina. Erano passati dodici minuti dalla telefonata di Sean. Ancora trenta secondi e Jimmy se ne sarebbe andato e lei avrebbe potuto barricarsi in casa. Poi sarebbe arrivato Sean.

Di nuovo il ricordo di quando aveva sei anni e correva sulle fondamenta. Aveva abbassato lo sguardo. Si trovavano a circa due metri e mezzo o tre di altezza. Laggiù sul fondo erano sparpagliate schegge di cemento. Con un ultimo balzo Lisa aveva superato un ampio varco destinato a una porta...

Jimmy aprì l'uscio. Lei sentì la fresca aria notturna sul viso. Lui si voltò a guardarla. «So che non hai mai avuto la possibilità di vedermi recitare, ma sono davvero un grande attore.»

«Lo so», si sentì rispondere Caroline. «Dopo *Morte di un commesso viaggiatore,* a scuola non ti chiamavano tutti Biff?»

Sulle fondamenta aveva esitato quell'unico istante prima di compiere l'ultimo salto dietro Lisa. Ma era bastato perché perdesse lo slancio. Era caduta e aveva battuto la fronte contro il cemento. Un'ondata di nausea e di paura l'aveva

aggredita; ancora una volta non era riuscita a seguire Lisa.
La porta si richiuse con un tonfo. Per una frazione di secondo lei e Jimmy si fissarono. «Questo Lisa non poteva saperlo», bisbigliò poi lui. «Mi hai mentito. Tu sei Caroline.» Allungò la mano verso il suo collo. Lei cercò di urlare mentre indietreggiava, si voltava e correva barcollando verso la porta principale. Ma solo un gemito lieve uscì dalle sue labbra.

Sean percorreva a tutta velocità le strade silenziose. Il centralino gli aveva chiesto il suo nome, da dove chiamava e la natura dell'emergenza. «Mandate un'autopattuglia all'81 di Priscilla Lane, appartamento 1/A», gridò lui. «Non importa come faccio a sapere che qualcosa non va. Mandate un'autopattuglia.»
«Di che emergenza si tratta?» chiese ancora l'operatore.

La mano di Jimmy si abbatté sul pannello della porta proprio mentre lei cercava di girare la chiave. Caroline si chinò per schivarlo e girò intorno alla poltroncina. Nella penombra si intravide nello specchio sovrastante il divano e alle sue spalle la figura incombente di lui. Sentiva il suo respiro caldo sulla nuca. Se fosse riuscita a tenere duro per un altro minuto, sarebbe arrivato Sean. Non aveva ancora formulato per intero il pensiero che l'aveva raggiunta. Aveva la lenza tra le mani. La fece girare su se stessa. Lei sentì che l'afferrava per i capelli, tirandola all'indietro, e poi il filo sottile intorno al collo, vide le loro immagini riflesse nello specchio sopra il divano. Cadde in ginocchio e la stretta si accentuò. Tentò di strisciare via, ma lui le stava addosso. «È finita, Caroline. Adesso è davvero il tuo turno di fare la vittima.»

Sean imboccò la strada in cui Caroline abitava. I freni fischiarono quando si fermò davanti alla casa di lei. In lontananza sentì l'ululato delle sirene. Corse alla porta e inutilmente provò con la maniglia. Cominciò a bussare con forza mentre con l'altra mano si frugava in tasca alla ricerca delle chiavi. Poi ricordò che quella maledetta serratura di sicurezza non era stata installata correttamente. Bisognava tirare la porta verso di sé prima di girare la chiave. Travolto dall'ansia, non gli riuscì di fare combaciare cilindro e serratura e dovette tentare tre volte prima di farcela. Poi utilizzò l'altra chiave. Per favore...

Lei era in ginocchio e con le mani artigliava la lenza che la stava soffocando. Sentì Sean che bussava alla porta, che gridava il suo nome. Così vicino, così vicino. I suoi occhi si dilatarono a mano a mano che la stretta aumentava, togliendole il respiro. Ondate di oscurità la travolgevano. Lisa... Lisa... Ho tentato.

Non cedere. Chinati all'indietro. All'indietro, ti dico.

In un ultimo, disperato sforzo di salvarsi la vita, Caroline si costrinse a curvarsi all'indietro, a fare scivolare il suo corpo verso Jimmy invece di tentare di allontanarsi da lui. Per un istante la pressione sulla gola si attenuò. Riuscì a tirare un profondo respiro prima che la lenza riprendesse a serrarle il collo.

Jimmy escluse dalla propria mente le grida e i colpi alla porta. Nulla importava se non uccidere la donna che gli aveva rovinato la carriera. Nulla.

La chiave girò. Sean spalancò la porta. Il suo sguardo cadde sullo specchio sopra il divano e tutto il sangue gli defluì dal viso.

Lei aveva gli occhi accesi, sporgenti, la bocca spalancata, le unghie come artigli. Una figura tarchiata con indosso una tuta era china su di lei, la strangolava con una fune. Per un istante Sean si sentì inchiodato a terra, incapace di muoversi. Poi lo sconosciuto alzò la testa. I loro occhi si incontrarono nello specchio. Per un brevissimo istante, mentre Sean guardava ancora incapace di muoversi, vide un'espressione terrorizzata dipingersi sul viso dell'altro, lo vide lasciare cadere la corda sottile, coprirsi il volto con le braccia.

«Via da me!» urlò Jimmy. «Non avvicinarti. Via da me.»

Sean girò su se stesso. Caroline era a terra, le dita strette intorno alla corda che la stava soffocando. Allora si proiettò in avanti, si buttò sull'uomo che voleva ucciderla. Si mosse con tanta violenza da mandare Jimmy a sbattere contro la finestra. Il fragore dei vetri infranti si mescolò alle sue grida e al lamento della sirena dell'autopattuglia che si fermava davanti a casa.

Caroline sentì delle mani afferrare la lenza. Un gemito basso le scaturì dalla gola. Poi la pressione cedette e l'aria fresca le riempì i polmoni. Il buio, dolce, rassicurante buio, l'avviluppò.

Quando si svegliò, era sdraiata sul divano con un panno gelato intorno al collo. Sean era seduto accanto a lei e le riscaldava le mani sfregandole tra le sue. La stanza era piena di poliziotti. «Jimmy?» La voce di lei era rauca, gracchiante.

«L'hanno portato via. Oh, amore mio.» Sean la prese tra le braccia, le attirò la testa contro il suo petto, le accarezzò i capelli.

«Perché ha cominciato a urlare?» bisbigliò Caroline. «Che cos'è successo? Ancora pochi secondi e sarei morta.»

«Ha visto la stessa cosa che ho visto io. La tua immagine riflessa nello specchio sopra il divano. E allora è impazzito del tutto. Ha creduto di vedere Lisa. Ha creduto che lei fosse tornata per vendicarsi.»

Sean non volle lasciarla. Dopo che gli agenti se ne furono andati, si sdraiò accanto a lei sul divano, la coprì con il plaid e la tenne stretta contro di sé. «Cerca di dormire un po'.» Al sicuro fra le sue braccia, esausta oltre ogni limite, lei riuscì a sonnecchiare.

Lui la svegliò alle sei e trenta. «Sarà meglio che cominci a prepararti. Se sei sicura di sentirti bene, io faccio un salto a casa per fare la doccia e cambiarmi.» Dalle finestre la luce del sole si riversava nella stanza.

Quella stessa mattina di cinque anni prima lei era entrata nella camera di Lisa e l'aveva trovata morta. Oggi invece si era svegliata fra le braccia di Sean. Gli prese il viso tra le mani e pensò che amava l'accenno di barba che gli copriva le guance. «Sto benissimo, davvero.»

Uscito Sean, Caroline andò in camera sua e si costrinse a fissare il letto, ricordando quello che aveva provato quando aveva aperto gli occhi e aveva visto Jimmy Cleary. Fece la doccia, indugiando per lunghi minuti sotto il getto caldo dell'acqua, desiderosa di lavare via ogni traccia della presenza di lui. Poi indossò una tuta color cachi, che fermò in vita con una cintura a treccia. Mentre si spazzolava i capelli, notò la striscia purpurea che spiccava sulla gola bianca. Distolse in fretta lo sguardo.

Era come se il tempo si fosse fermato, in attesa che lei completasse ciò che doveva essere completato. Finì di preparare la valigia e la posò insieme con la borsetta vicino alla porta. Poi fece quello che sapeva di dover fare.

Si inginocchiò per terra, nel punto in cui stava quando Jimmy Cleary aveva cercato di strangolarla. Inarcò il corpo all'indietro e fissò lo specchio. Proprio come aveva previsto. Il bordo dello specchio era a poco più di un centimetro sopra l'attaccatura dei suoi capelli. In nessun modo avrebbe potuto riflettere la sua immagine. Jimmy non si era sbagliato: aveva visto Lisa.

«Lisa, Lisa, grazie», sussurrò allora. Non avvertì alcuna risposta. Lisa se n'era andata, come Caroline sapeva che avrebbe fatto. Per l'ultima volta il pensiero che era stata lei la causa della morte della sorella la sopraffece, poi svanì. Era stato un atto del destino e lei non avrebbe insultato la memoria di Lisa rimuginandovi sopra. Si alzò e ora sì, si vedeva nello specchio. Con tenerezza si portò le dita alle labbra e soffiò un bacio. «Addio. Ti voglio bene», disse ad alta voce.

Sentì una macchina fermarsi fuori. La macchina di Sean. Caroline andò alla porta, la spalancò, spinse fuori la valigia e la borsetta, prese la busta di plastica che conteneva il suo abito da sposa e, tenendolo con cura tra le braccia, richiuse la porta dietro di sé e corse da lui.

L'angelo smarrito

L'ANTIVIGILIA di Natale aveva nevicato, piccoli fiocchi bianchi che turbinavano nell'aria, si posavano sui rami nudi, si ammucchiavano sui tetti. All'alba la bufera cominciò a diminuire d'intensità e un sole incerto fece capolino tra le nubi.

Alle sei Susan Ahearn scese dal letto, alzò il termostato e preparò il caffè. Tremante, accostò le mani alla tazza. Aveva sempre tanto freddo; probabilmente la colpa era dei chili che aveva perso dopo la scomparsa di Jamie.

Quarantanove chili e mezzo non erano abbastanza per il suo metro e settantatré d'altezza; gli occhi, dello stesso verde azzurro di quelli di Jamie, sembravano troppo grandi per il suo viso; gli zigomi si erano fatti sporgenti; perfino i capelli castani si erano scuriti fino ad assumere una sfumatura che accentuava il pallore del suo viso e l'espressione tirata che le era ormai abituale.

Si sentiva molto più vecchia dei suoi ventotto anni; tre mesi prima quell'importante compleanno l'aveva trascorso inseguendo un'altra falsa traccia. La bambina scoperta in un orfanotrofio non era Jamie. Si affrettò a tornare sotto le coperte mentre l'aria calda fischiava e brontolava nella casa isolata, a trentacinque chilometri a ovest di Chicago.

La camera aveva un aspetto stranamente incompiuto. Non c'erano quadri alle pareti, né tende alle finestre, e neppure tappeti sul pavimento di legno di pino. Degli scatoloni sigillati erano impilati in equilibrio precario in un angolo vicino all'armadio. Jamie era scomparsa proprio mentre si accingevano a traslocare.

Era stata una notte lunga. Per buona parte del tempo era rimasta sveglia, sforzandosi di vincere la paura che era la sua costante compagna. E se non avesse mai più trovato Jamie? Se sua figlia fosse entrata a fare parte del lungo elenco di bambini semplicemente scomparsi? Ora, per sfuggire al vuoto della casa, al gemito desolato del vento, allo sbatacchiare delle finestre, Susan cominciò a fingere.

«Sei mattiniera», disse.

Immaginò Jamie con indosso la camicina da notte di flanella bianca e rossa che attraversava la stanza a piedi nudi e si arrampicava sul letto accanto a lei. «Hai i piedi gelati...»

«Lo so. La nonna direbbe che mi ammalerò e morirò. La nonna lo dice sempre. Tu dici che la nonna è lugubre. Raccontami la favola di Natale.»

«Non citarmi la nonna. Il suo senso dell'umorismo non è precisamente il massimo.» Le sue braccia intorno a Jamie, mentre rimboccava le coperte. «Pensiamo piuttosto a quando saremo a New York, la vigilia di Natale. Dopo la passeggiata per Central Park in carrozza, pranzeremo al Plaza. *È un albergo grande e bellissimo. E proprio dall'altra parte della strada...»*

«... c'è il negozio di giocattoli...»

«Il negozio di giocattoli più famoso del mondo. Si chiama FAO Schwarz. *Ci sono treni e bambole e marionette e libri e un sacco di altre cose.»*

«Io sceglierò tre regali...»

«Mi sembrava fossero due, ma d'accordo, facciamo tre.»

«E poi andremo a trovare il Bambin Gesù a St. Pat's...»

«In realtà il nome completo è Cattedrale di San Patrizio, ma noi irlandesi siamo gente informale. Tutti la chiamano St. Pat's...»

«Raccontami degli alberi... e delle vetrine che guardano sul paese delle fate...»

Susan buttò giù l'ultimo sorso di caffè, ignorando il nodo che le chiudeva la gola. Il telefono cominciò a squillare e lei si sforzò di soffocare un selvaggio sussulto di speranza mentre sollevava il ricevitore. Jamie! Fa' che sia Jamie!

Era sua madre che chiamava dalla Florida. Quel giorno, il tono depresso che le era diventato abituale dalla scomparsa della nipote era più accentuato del solito. Risoluta, Susan si costrinse a parlare con fermezza. «No, mamma. Neanche una parola. Certo che ti avrei telefonato. È difficile per tutti noi. No, preferisco restare qui, ne sono sicura. Non dimenticare che una volta ha telefonato. Dio santo, mamma, no, non credo che sia morta. Fammi tirare il fiato. Jeff è suo padre. A modo suo le vuole bene.»

Piangeva quando riagganciò e si morse il labbro per impedirsi di farsi prendere da un attacco isterico. Neppure sua madre sapeva quanto fosse doloroso.

Fino a quel momento erano stati spiccati contro Jeff sei mandati di cattura. L'imprenditore che lei credeva di avere sposato era in realtà un ladro internazionale di gioielli e il motivo per cui aveva scelto quella casa isolata in un sobborgo altrettanto isolato, era che costituiva per lui un ottimo nascondiglio. Lei aveva appreso la verità la primavera precedente, quando gli agenti dell'FBI erano venuti ad arrestare Jeff subito dopo che lui era partito per uno dei suoi innumerevoli «viaggi d'affari». Non era mai tornato, così lei aveva messo la casa in vendita e aveva cominciato a organizzare il trasferimento a New York: i quattro anni che vi aveva trascorso come studentessa universitaria erano stati i più felici della sua vita. Poi, poche settimane dopo la sua scomparsa, Jeff si era presentato all'asilo di Jamie e l'aveva portata via. Era successo sette mesi prima.

Durante il tragitto fino all'ufficio Susan cercò inutilmente di scrollarsi di dosso la paura scatenata dalla telefonata di sua madre. *Credi che tua figlia sia morta?* Jeff era un uomo completamente irresponsabile. Quando Jamie aveva solo sei mesi, l'aveva lasciata sola in casa per andare a comperare le sigarette. E un'estate al mare, la bambina aveva due anni, non si era accorto che era finita nell'acqua alta. A salvarla era stato un bagnino. Come poteva prendersi cura di lei ora? E perché l'aveva voluta con sé?

L'agenzia immobiliare aveva un aspetto festoso grazie alle decorazioni natalizie. Le sedici persone che ci lavoravano erano un gruppo simpatico e Susan apprezzava le occhiate speranzose che gli altri le offrivano ogni mattina. A tutti loro avrebbe fatto piacere ascoltare finalmente una buona notizia. Sembrava che quel giorno nessuno avesse voglia di lavorare, ma lei si tenne occupata rivedendo certi documenti in previsione della chiusura imminente. Ma tutto quello di cui si occupava portava con sé un ricordo. I Wilkes volevano comperare una casa, la prima, perché aspettavano un bambino; i Conway vendevano la loro grande abitazione per trasferirsi più vicini ai nipoti. Quando finì di parlare con la signora Conway, Susan sentì che le lacrime le gonfiavano gli occhi e volse la testa.

Joan Rogers, l'agente che occupava la scrivania accanto alla sua, stava leggendo una rivista. Il titolo dell'articolo suscitò in Susan una fitta di sofferenza: I BAMBINI NON SONO SEMPRE ANGELI IL GIORNO DI NATALE. Il pezzo era corredato da parecchie stravaganti fotografie di bambini con tuniche bianche e aureole.

Susan li guardò, poi di colpo si protese a strappare dalle mani di Joan la rivista. L'angelo nell'angolo in alto a destra. Una bambina. Capelli così biondi da sembrare quasi bianchi. Ma gli occhi. La bocca. La curva morbida della guancia. «Jamie», bisbigliò Susan. Aprì il cassetto della scrivania e vi frugò dentro finché non trovò un pennarello. Con dita tremanti colorò i capelli biondissimi della bambina della foto con il marrone caldo del pennarello e rimase a guardare il viso dell'angelo diventare identico a quello della foto incorniciata che stava sulla sua scrivania.

Davanti alla finestra della camera, Jamie guardava con aria meditabonda il gelido scenario invernale e cercava di non ascoltare le voci irose. Papà e Tina stavano litigando di nuovo. Qualcuno del condominio aveva mostrato la rivista con la sua foto a papà, che ora urlava: «Che cosa diavolo stai cercando di fare? Finiremo tutti in prigione. Quante altre volte ha posato?»

Erano arrivati a New York alla fine dell'estate e da allora papà aveva cominciato a viaggiare spessissimo senza di loro. Tina ripeteva che era annoiata e che tanto valeva che riprendesse il suo lavoro di modella. Ma la donna a cui si era rivolta le aveva detto: «Il tuo tipo non va più. La bambina, invece, credo che potrei utilizzarla».

Posare per la foto dell'angelo era stato facile. Le avevano detto di pensare a qualcosa di bello, e lei aveva pensato alla vigilia di Natale e a come lei e mammina avessero progettato di passarla a New York, quest'anno. Adesso era a New York ed era stata in quasi tutti i posti in cui lei e mammina avevano deciso di andare, ma con papà e Tina non era la stessa cosa.

«Ti ho chiesto quante volte ha posato!» urlò papà.

«Due, tre», gridò Tina di rimando.

Era una bugia. Lei era andata allo studio parecchie volte mentre papà era via. Ma quando lui era a New York, Tina diceva che lei non era «disponibile».

Ora Tina stava sbraitando: «Che cosa pretendi che faccia quando tu non ci sei? Che legga il dottor Seuss e giochi con i sassolini?»

Lungo la strada sottostante la gente camminava in fretta, come se avesse freddo. Durante la notte aveva nevicato, ma era neve che si scioglieva sotto i pneumatici delle auto e si trasformava in cumuli di fanghiglia sporca. Solo con l'angolo dell'occhio lei riusciva a vedere Central Park, dove la neve era bella e candida proprio come sarebbe dovuta essere dappertutto.

Jamie deglutì per sciogliere il nodo che aveva in gola. Sapeva che il Bambino Gesù veniva la notte della vigilia di Natale e ogni giorno lei aveva pregato che quell'anno, insieme con Gesù Bambino, Dio portasse anche la mamma. Ma papà le aveva detto che mammina era ancora molto ammalata. E quella sera avrebbero preso un aereo per andare in un altro posto. Un posto che suonava come banana. No. Era ba-ha-mas.

«Jamie!»

La voce di Tina era sempre irosa quando la chiamava. Lei sapeva di non piacere a Tina. Non faceva altro che ripetere a papà: «È figlia tua».

Papà era seduto al tavolo con indosso l'accappatoio. La rivista con la sua fotografia era per terra e lui stava leggendo il giornale. Di solito la salutava con un: «Buongiorno, principessa», ma quel giorno non le prestò attenzione neppure quando lei lo baciò. Papà non era mai cattivo con lei. L'unica volta che l'aveva picchiata era stato quando aveva cercato di telefonare alla mamma. Lei aveva appena fatto in tempo a sentire la sua voce registrata che diceva: «Siete pregati di lasciare un messaggio», quando era arrivato papà. Ma era riuscita a dire: «Spero che tu stia migliorando, mammina, mi manchi», prima che papà riagganciasse e la colpisse al viso. Da allora chiudeva il telefono con un lucchetto ogni volta che lui e Tina andavano fuori. Papà diceva che mammina era così ammalata che parlare le avrebbe fatto male. Ma a lei non era sembrata ammalata mentre diceva: «Siete pregati di lasciare un messaggio».

Jamie sedette al suo posto dove l'aspettavano cornflakes e succo d'arancia. Era tutto quello che Tina si prendeva la briga di mettere in tavola per lei.

Papà era scuro in faccia e sembrava proprio arrabbiato quando lesse ad alta voce: «La servitù crede che il più basso dei due ladri possa essere una donna». Poi disse: «Te l'avevo detto che la roba che avevi addosso lasciava vedere troppo».

Tina si chinò sulla sua spalla. La vestaglia era aperta e lei sembrava sul punto di schizzare fuori dalla camicia da notte. Aveva i capelli tutti arruffati ed emise un anello di fumo mentre leggeva: «Non è escluso che si tratti di un lavoro organizzato dall'interno. 'Bé? Che cos'altro vuoi?'»

«Comunque ce ne andiamo», replicò papà. «Abbiamo lavorato troppo in questa città.»

Jamie ripensò a tutti gli appartamenti che erano andati a vedere. «Dobbiamo proprio andare a ba-ha-mas?» domandò. Sembrava così lontano. Sempre più lontano da mammina. «Mi piaceva l'appartamento di ieri», insistette. Parlando giocava con i cornflakes, rigirandovi dentro il cucchiaio. «Ti ricordi? Hai detto a quella signora che pensavi che fosse proprio quello che stavi cercando.»

Tina rise. «Be', in un certo senso lo era, piccola.»

«Sta' zitta.» Papà sembrava davvero arrabbiato. Il giorno prima, ricordò Jamie, la donna che aveva mostrato loro l'appartamento li aveva definiti una bellissima famiglia. Lei e Tina erano sempre ben vestite quando andavano a vedere le case, e Tina si era raccolta i capelli in uno chignon e si era truccata appena appena.

Dopo colazione, Tina e papà andarono in camera loro. Jamie decise di mettere i pantaloni rossi e la camicetta a righe a maniche lunghe che portava il giorno in cui papà era venuto a scuola per dire che mammina era ammalata e che lui doveva portarla subito a casa. Anche se cominciavano a diventare piccoli, quegli indumenti le piacevano più dei vestiti nuovi. Ricordava ancora il giorno in cui mammina glieli aveva comperati.

Si spazzolò i capelli e come sempre rimase sorpresa nel constatare com'erano strani, adesso. Avevano l'esatto colore dei capelli di Tina e quando erano in giro papà le diceva di chiamare Tina «mamma». Lei sapeva che Tina non era sua madre, ma dato che chiamava sempre la sua vera madre *mammina,* la cosa non le dava fastidio. Era solo un nome diverso per una persona diversa.

Quando tornò in soggiorno, vide che papà e Tina erano vestiti per uscire. Papà aveva una ventiquattrore che sembrava piuttosto pesante. «Non mi dispiacerà lasciare questo posto stasera», stava dicendo. Non dispiaceva neppure a Jamie. Sapeva che era bello abitare a un solo isolato di distanza da Central Park, ma quell'appartamento era scuro e disordinato e i mobili erano vecchi e nel tappeto c'era uno strappo. Papà continuava a ripetere alle persone che li accompagnavano a vedere le case quanto fosse ansioso di trovare a New York una residenza come si deve.

«Tina e io usciamo per un po'», la informò papà. «Chiuderò a doppia mandata, così sarai al sicuro. Leggi oppure guarda la televisione. Più tardi Tina ti porterà a comperare qualche vestito estivo da mettere alle Bahamas e potrai scegliere un paio di regali di Natale. Non sarà divertente?»

Jamie riuscì a ricambiare il sorriso, ma i suoi occhi sfiorarono il telefono. Papà aveva dimenticato di mettere il lucchetto. Non appena fossero usciti, avrebbe richiamato mammina. Voleva parlare con lei del Natale. Papà non l'avrebbe mai saputo.

Aspettò qualche minuto per essere sicura che se ne fossero andati davvero. Poi sollevò la cornetta. Si era costretta a ripetere il numero ogni sera prima di addormentarsi, così da non dimenticarlo. Sapeva anche che prima doveva comporre l'«1». Recitando i numeri ad alta voce, cominciò a formarli: «Uno... tre uno due-cinque quattro...»

La chiave girò nella serratura. Jamie sentì papà imprecare e lasciò cadere il telefono ancora prima che potesse strapparglielo di mano. Lui si accostò il ricevitore all'orecchio, ascoltò il segnale di libero, poi riappese e fece scattare il lucchetto. A lei disse: «Se non fosse la vigilia di Natale, ti prenderei a scapaccioni».

Ed ecco che se n'era andato di nuovo. Raggomitolata sulla grossa sedia, Jamie si circondò le gambe con le braccia e posò la testa sulle ginocchia. Sapeva di essere troppo grande per piangere. Aveva quasi quattro anni e mezzo. Eppure dovette mordersi forte il labbro per impedirgli di tremare. Dopo un minuto, però, era di nuovo in grado di giocare a «fare finta».

Mammina era con lei e si stavano preparando per la loro specialissima vigilia di Natale. Prima avrebbero fatto un giro per Central Park. I cavalli avrebbero tintinnato, per via delle campanelle sui finimenti. Poi avrebbero pranzato nel grande albergo. Inquieta, realizzò di non ricordarne più il nome. Si accigliò, sforzandosi di rammentarlo. Con la fantasia riusciva a vederlo. Aveva chiesto a papà di mostrarle dov'era. Così avrebbe potuto ricordare. Il *Plaza.* E dopo pranzo avrebbero attraversato la strada per andare al negozio di giocattoli. FAO Swarzzz. Avrebbe scelto due giocattoli. No, si corresse Jamie, mammina aveva detto che poteva sceglierne tre. «Poi scenderemo lungo la Quinta Avenue per andare a vedere il Bambino Gesù e dopo...»

Tina diceva che lei era una vera peste, sempre a chiedere dov'era quel posto e dov'era quell'altro. Ma ora lei sapeva con esattezza come arrivare alla Quinta Avenue da lì e anche come rintracciare tutti i luoghi che lei e mammina avevano progettato di vedere insieme. Mammina era andata a scuola a New York. Ma questo era stato molto tempo prima. Forse mammina aveva dimenticato come arrivare nei posti, ma Jamie l'avrebbe indirizzata sulla giusta strada. Con gli occhi chiusi, infilò la mano in quella di mammina e disse: «L'albero grande e bello è proprio sulla destra...»

Il numero telefonico della rivista era sulla testata. Le dita di Susan premettero sui tasti: 212... Senza accorgersi dei colleghi che le si erano radunati intorno, attese, contando gli squilli. *Fa' che non siano chiusi oggi, fa' che non siano chiusi.*

La centralinista che alla fine rispose si sforzò di esserle utile. «Mi dispiace, ma qui non c'è più nessuno. Una piccola modella? Di sicuro lo sapranno quelli della contabilità, ma hanno già chiuso. Non potrebbe richiamare il ventisei?»

Con un torrente di parole Susan le spiegò di Jamie. «Deve assolutamente aiutarmi. Quali sono le modalità di pagamento per i bambini che lavorano come modelli? Non avete i loro indirizzi?»

«Resti in linea», la interruppe l'altra. «Deve pur esserci un modo per scoprirlo.»

I minuti scivolarono via. Susan stringeva il ricevitore, solo vagamente consapevole di qualcuno che le teneva le mani sulle spalle. Joan, la cara Joan, che il caso aveva voluto leggesse quell'articolo.

La centralinista tornò all'apparecchio, trionfante. «Sono riuscita a contattare uno dei redattori a casa sua. I bambini che abbiamo utilizzato per quell'articolo ci sono stati mandati dalla Lehman Model Agency. Ecco il numero.»

Susan fu messa in comunicazione con Dora Lehman. Sullo sfondo si udiva il tipico frastuono di un party natalizio.

«Certo, Jamie è una delle mie ragazze», confermò la Lehman con voce stridula, ma amichevole. «Ma sì, è qui in città. La settimana scorsa ha fatto un lavoro eccellente.»

«È a New York!» gridò Susan. Quasi non si accorse delle esclamazioni di entusiasmo che si levarono dietro di lei.

Dora Lehman non aveva l'indirizzo di Jamie. «È sempre venuta quella tizia, Tina, a ritirare gli assegni di Jamie. Ma ho un numero telefonico. Avrei dovuto usarlo solo se si fosse presentata l'occasione di un servizio davvero importante. Tina mi ha chiesto di fingere che avevo sbagliato numero se avesse risposto suo marito.»

Fuori di sé per l'impazienza, Susan prese nota del numero e riuscì a non riattaccare quando la Lehman la sollecitò a fare un salto da lei con Jamie, quando fosse andata a New York.

Joan però le impedì di telefonare. «Servirebbe solo a metterlo sull'avviso. Dobbiamo informare la polizia di New York. Loro potranno risalire all'indirizzo. Tu pensa piuttosto a prenotare il volo.»

Dopo tutti quei mesi d'attesa, poter finalmente fare qualcosa! Qualcuno si mise a studiare l'orario dei voli. Avrebbe potuto prendere l'aereo di mezzogiorno. Ma quando lei cercò di prenotare un posto, l'impiegata quasi scoppiò a ridere. «Non è rimasto un solo posto libero sugli aerei in partenza da Chicago oggi», le spiegò. A forza di suppliche, Susan riuscì ad arrivare fino al vicepresidente. «Venga qui», le disse lui. «La faremo salire su quell'aereo a costo di buttare fuori il pilota.»

Joan finì di parlare con la polizia di New York nello stesso momento in cui Susan riattaccava. Lei impiegò qualche istante per accorgersi che il viso dell'amica era tetro e ogni eccitazione era scomparsa dai suoi occhi. «Jeff è appena stato arrestato per un furto che lui e quella donna, Tina, hanno commesso ieri notte. Un vicino crede di avere visto Jamie e la donna arrivare con un taxi proprio mentre lui veniva fatto salire sull'autopattuglia. Se Tina sa che Jeff è in carcere, chi può indovinare dove andrà a nascondersi con Jamie?»

Papà e Tina non erano rimasti fuori a lungo. Jamie sapeva leggere le ore ed entrambe le lancette dell'orologio erano sulle undici quando tornarono. Tina le disse di mettere la giacca a vento perché andavano da Bloomingdale.

Ma non era divertente fare compere con Tina. Jamie capì che perfino la signora che vendette loro i vestiti era sorpresa dalla sua indifferenza. Tina aveva detto soltanto: «Oh, ha bisogno di due costumi da bagno e di qualche paio di calzoncini e magliette. Dovrebbero essere sufficienti».

Poi andarono nel raparto giocattoli. «Tuo padre dice che puoi scegliere due cose», brontolò ancora Tina.

In realtà lei non aveva voglia di nulla. Le bambole, con i loro occhietti lucidi e i vestiti pieni di gale, non erano carine neppure la metà della Minnie di pezza con cui dormiva quando era a casa. Ma Tina s'infuriò talmente quando le disse che non voleva nulla che alla fine si decise a indicare un paio di libri.

Tornarono all'appartamento in taxi, ma, appena l'autista si fermò accanto al marciapiede, Tina cominciò a comportarsi in modo strano. C'erano due auto della polizia parcheggiate davanti a casa e Jamie vide papà che camminava in mezzo a due agenti. Fece per parlare, ma Tina le pizzicò il ginocchio e disse al tassista: «Ho dimenticato una cosa. Per favore, ci riporti da Bloomingdale».

Jamie si fece piccola piccola sul sedile. Quella mattina papà aveva detto qualcosa a proposito della polizia. Forse era nei guai? Non si azzardò a chiederlo a Tina. Le labbra di lei erano una linea cattiva e le dita con cui soleva pizzicarle il ginocchio erano sospese a mezz'aria, pronte a scattare di nuovo.

Tornati da Bloomingdale, Tina fece acquisti per sé. Comperò una valigia, un vestito, un cappotto, un cappello e grandi occhiali scuri. Quando ebbe pagato, tolse tutte le etichette e disse alla commessa che aveva deciso di indossare subito i vestiti nuovi.

Ora Tina sembrava una persona completamente diversa. La giacca di visone bianco e i pantaloni di pelle erano in valigia. Il cappotto nuovo era nero, come quello che indossavano quando andavano in giro per case. Il cappello le nascondeva completamente i capelli e gli occhiali scuri erano talmente grandi da coprirle quasi tutto il viso.

Jamie aveva una fame terribile. In tutto il giorno non aveva preso che un po' di cornflakes e succo d'arancia. La strada era affollata di gente carica di pacchetti. Alcuni avevano l'aria stanca e preoccupata; altri sembravano felici. C'era un Babbo Natale in piedi sull'angolo e molti gettavano monetine nella scatola posata ai suoi piedi.

Vicino all'angolo Jamie vide un carrettino protetto da un ombrellone che vendeva hot dog e bibite. Timidamente tirò Tina per la manica. «Potrei avere... Va bene se...?» Per qualche motivo si sentiva la gola chiusa. Ma aveva così fame! Non sapeva perché papà fosse con quei poliziotti, ma sapeva di non piacere a Tina.

La donna stava cercando di fermare un taxi. «Sei una peste», brontolò. «D'accordo. Sbrigati.»

Jamie chiese un hot dog e una Coca-Cola. Il taxi arrivò prima che l'uomo potesse aggiungere la senape e Tina esclamò: «Svelta, lascia stare la senape!»

In taxi, Jamie si sforzò di mangiare con attenzione in modo da non fare briciole. Il conducente si voltò e disse a Tina: «La bambina non sa leggere, d'accordo. Ma lei?»

«Oh, mi scusi, non me n'ero accorta.» Tina indicò un cartello. «Dice che non si può mangiare su questo taxi. Aspetta finché non arriviamo a Port Authority.»

Port Authority era un edificio grande grande con tantissima gente. Si accodarono a una lunga fila. Tina continuava a guardarsi intorno, come se avesse paura di qualcosa. Quando arrivarono al banco, si informò sui pullman per Boston. L'uomo rispose che forse facevano in tempo a prendere quello delle due e venti. In quel momento un poliziotto si mosse verso di loro. Tina girò la testa e a denti stretti sibilò: «Oh, mio Dio».

Jamie si chiedeva se il poliziotto volesse farle salire su un'auto come avevano fatto gli altri con papà. Ma lui non si avvicinò affatto e invece si fermò a parlare con due uomini che stavano litigando. Mammina le diceva sempre che i poliziotti erano amici, ma lei sapeva che a New York era diverso, perché papà e Tina avevano paura di loro.

Tina la guidò verso una fila di panche dove sedeva un po' di gente. Una vecchia signora dormiva con una mano sulla valigia. «Aspettami qui, Jamie», le intimò Tina. «Devo sbrigare una commissione e forse ci vorrà parecchio tempo. Finisci il tuo hot dog e la Coca e non parlare con nessuno. Se qualcuno ti rivolge la parola, di' che sei con questa signora.»

Jamie era ben contenta di potersi sedere e mangiare in pace. L'hot dog era freddo e le dispiaceva che non ci fosse la senape, ma il sapore era buono lo stesso. Guardò Tina che si avviava di nuovo verso la scala mobile.

Aspettò molto, molto tempo. Dopo un po' gli occhi le si appesantirono e cominciò a sentirsi insonnolita. Quando si svegliò, un sacco di gente le passava accanto di corsa, come fosse in ritardo per qualcosa. La vecchia signora seduta accanto a lei la stava scuotendo. «Sei sola?» aveva l'aria preoccupata.

«No. Tina torna subito.» Parlare le riusciva difficile, assonnata com'era.

«Da quanto tempo sei qui?»

Jamie non lo sapeva con certezza, così ripeté: «Tina torna subito».

«D'accordo, allora. Io devo prendere la corriera. Non parlare con nessuno finché la tua Tina non torna.» La vecchia prese la valigia, che sembrava pesantissima, e si allontanò.

Jamie doveva andare in bagno. Certo Tina si sarebbe infuriata se non l'avesse trovata ad aspettarla, ma proprio non poteva farne a meno. Si chiese dove fosse la toilette e come sarebbe riuscita a trovarla se non poteva chiedere a nessuno. Poi sentì la donna seduta dietro di lei dire alla sua amica: «Facciamo un salto al gabinetto prima di partire».

Jamie capì che andavano in bagno. Anche Tina diceva sempre gabinetto. Prese il pacco che conteneva i suoi nuovi vestiti e i libri e le seguì da vicino, in modo che chi la guardava pensasse che era con loro.

La toilette era piena di donne, molte accompagnate da bambini, e non le fu difficile entrare e uscire da una delle cabine senza farsi notare. Si lavò le mani e lasciò quel bagno sporco il più in fretta possibile. Per la prima volta si accorse del grande orologio sulla parete. La lancetta piccola era sulle quattro, quella grande sull'una. Il che significava che erano le quattro e cinque. L'uomo al banco aveva detto a Tina che il pullman partiva alle due e venti.

Si fermò; di colpo capì che Tina non aveva mai avuto intenzione di farla salire su quel pullman con lei e che Tina non sarebbe tornata.

Jamie sapeva che se fosse rimasta lì, prima o poi un poliziotto l'avrebbe avvicinata. Ma non sapeva dove andare. Papà non era a casa e Tina l'aveva lasciata sola. Forse se avesse telefonato a mammina, lei, anche se era ammalata, avrebbe mandato qualcuno a prenderla. Ma non aveva soldi e desiderava tanto rivedere mammina. Capì che stava per mettersi a piangere. Era la vigilia di Natale e lei e mammina sarebbero dovute essere insieme.

La grande porta in fondo alla stanza... gente che entrava e usciva in continuazione. Probabilmente dava sulla strada. Il pacco era pesante e sebbene portasse i guanti la cordicella le segava le mani. Poi capì che cosa avrebbe fatto. L'appartamento si trovava tra la Cinquantottesima Strada e la Settima Avenue. Era quello l'indirizzo che Tina e papà davano sempre ai tassisti. Se fosse riuscita a trovarlo, sarebbe stata a un solo isolato da Central Park. Da lì poteva arrivare al *Plaza.* Avrebbe giocato a fare finta. Avrebbe fatto finta che mammina fosse con lei e che avessero appena pranzato al *Plaza* dopo la passeggiata in carrozza per Central Park. Poi sarebbe entrata nel negozio di giocattoli proprio di fronte al *Plaza,* proprio come lei e mammina avevano progettato di fare. E dopo avrebbe disceso la Quinta Avenue per andare a vedere il Bambino Gesù e il grande albero e le vetrine di Lord and Taylor.

Era in strada. Si stava facendo buio e il vento le mordeva le guance. Non aveva cappello e sentiva freddo alla testa. Un uomo con un maglione grigio e un grembiule bianco vendeva giornali. Lei non voleva che capisse che era sola, così indicò una donna con un bambino in braccio che lottava per aprire un passeggino.

«Dobbiamo andare tra la Cinquantottesima Strada e la Settima Avenue», disse all'uomo.

«Un bel pezzo di strada», rispose lui. Indicò con la mano. «Sono diciotto isolati in quella direzione e uno in quell'altra.»

Jamie aspettò che fosse occupato a cambiare i soldi a qualcuno prima di attraversare di corsa la strada e imboccare l'Ottava Avenue. Una figuretta minuscola con indosso una giacca a vento rosa e un caschetto di capelli biondissimi, quasi bianchi, che le incorniciava il viso.

L'aereo era in ritardo e impiegò un'ora e un quarto per arrivare all'aeroporto La Guardia. Erano le tre quando atterrò. Susan attraversò di corsa il terminal, sforzandosi di ignorare gli allegri benvenuti rivolti agli altri passeggeri sbarcati con lei.

Mentre il tassista avanzava nel traffico del ponte della Cinquantanovesima, cercò di non pensare che quello era il giorno che lei e Jamie avevano progettato di passare a New York. Faceva freddo e il cielo era buio e l'autista le disse che probabilmente avrebbe nevicato ancora. Il parasole dell'auto era coperto di foto della sua famiglia. «Dopo questa corsa, stacco e vado a casa dai miei ragazzi. Lei ha figli?»

Alla stazione di polizia, un certo tenente Garrigan l'aspettava nel suo ufficio.

«Avete trovato Jamie?»

«No, ma posso assicurarle che stiamo controllando tutti gli aeroporti e le stazioni dei pullman.» Le mostrò un'istantanea. «Questo è il suo ex marito, Jeff Randall?»

«È così che si fa chiamare?»

«A New York, sì. A Boston, a Washington, a Chicago e in una dozzina di altre città è qualcun altro. Sembra che lui e la sua amichetta si siano spacciati per una coppia agiata venuta da fuori a cercare un appartamento a New York. La presenza della bambina rendeva più convincente la commedia. Lui aveva con sé dei biglietti aerei, contavano di partire stasera per Nassau.»

Susan vide la compassione nei suoi occhi. «Posso parlare con Jeff?»

In quell'ultimo anno lui non era cambiato. Gli stessi capelli castani ondulati, gli stessi ingenui occhi azzurri, lo stesso sorriso pronto, lo stesso atteggiamento sollecito, protettivo. «Susan, è bello rivederti. Stai benissimo. Più magra, ma ti dona.»

Sarebbero potuti essere due vecchi amici che si incontrano per caso. «Quella donna. Dove vuole portare Jamie?» Susan serrò le mani, per non cedere all'impulso di martellargli la faccia di pugni.

«Di che cosa stai parlando?»

Erano seduti l'uno di fronte all'altra nel piccolo ufficio affollato. L'atteggiamento noncurante di Jeff faceva apparire irreali le manette che gli stringevano i polsi. I due poliziotti che gli stavano a fianco sarebbero potuti essere delle statue, dal modo in cui li ignoravano. Il tenente era ancora seduto alla sua scrivania, ma non c'era più compassione nei suoi occhi. «È molto probabile che passerà parecchi anni in prigione anche senza caricarsi di un'imputazione di sequestro di persona», disse. «Ho l'impressione che la sua ex moglie lascerebbe cadere volentieri l'accusa se la bambina venisse ritrovata subito.»

Ma lui non rispose a nessuna domanda, neppure quando Susan perse il controllo e urlò: «Se le capita qualcosa, ti ucciderò». Mentre gli agenti portavano via Jeff, si morse la mano per trattenere i singhiozzi convulsi.

Il tenente la guidò in una sala d'attesa, dove c'erano una panca rivestita di pelle e qualche vecchia rivista. Qualcuno le portò un caffè. Susan si sforzò di pregare, ma non riusciva a trovare le parole. Un solo pensiero occupava la sua mente. «Voglio Jamie. Voglio Jamie.»

Alle quattro e dieci il tenente Garrigan la informò che un impiegato del Port Authority ricordava che una donna accompagnata da una bambina somigliante a Jamie aveva comperato due biglietti per la corriera per Boston delle due e venti. Avevano già provveduto ad avvertire le autorità competenti perché il pullman venisse controllato durante una delle soste. Alle quattro e mezzo si seppe con certezza che le due non erano sulla corriera. Alle cinque e un quarto Tina venne fermata all'aeroporto di Newark mentre cercava di salire a bordo di un aereo diretto a Los Angeles.

Il tenente Garrigan si sforzò di mostrarsi ottimista quando riferì a Susan quello che avevano scoperto. «Tina ha lasciato Jamie seduta nella sala d'attesa del terminal di Port Authority. Uno degli agenti in servizio laggiù è ancora di turno. Ricorda di avere visto una bambina rispondente alla descrizione da lei fornita; si stava allontanando in compagnia di due donne.»

«Potrebbero averla portata ovunque», bisbigliò Susan. «Che razza di gente è quella che non porta alla polizia un bambino smarrito?»

«Ci sono donne che prima lo porterebbero a casa per consultarsi con il marito», rispose il poliziotto. «Mi creda, sarebbe molto meglio se fosse andata così. Significherebbe che la bambina è al sicuro. Non voglio neppure pensare che Jamie forse sta vagabondando tutta sola per Manhattan. Durante le vacanze ci sono un sacco di balordi per le strade; cercano di individuare i bambini che la folla ha separato dai loro accompagnatori.»

Doveva avere visto il terrore sul viso di Susan, perché aggiunse in fretta: «Cercheremo di far diffondere un appello dalle stazioni radio e di mostrare la foto di sua figlia al telegiornale della sera. Secondo quella Tina, Jamie conosce l'indirizzo dell'appartamento e anche il numero telefonico. Abbiamo mandato sul posto un agente, nell'eventualità che qualcuno arrivi o telefoni. Forse preferirebbe aspettare lì. Dista solo pochi isolati da qui. La faccio accompagnare da un'autopattuglia».

Un giovane poliziotto guardava la televisione in soggiorno.

Aggirandosi per l'appartamento, Susan notò una fondina con qualche cornflakes ormai secco sul tavolo del tinello e una pila di libri colorati posata lì vicino. La camera più piccola: il letto era disfatto e il cuscino recava ancora l'impronta di una testa. Jamie aveva dormito lì quella notte. La camicia da notte ripiegata sulla sedia. La prese e la strinse a sé, nell'assurda speranza di vedere materializzarsi la sua bambina. Jamie era stata lì solo poche ore prima, ma la stanza non conservava nulla di lei.

Susan sentì che i polmoni le si chiudevano, le labbra cominciavano a tremarle, l'isteria le montava dentro. Andò alla finestra, l'aprì e inspirò l'aria fresca. Abbassò gli occhi sul traffico che scorreva lungo la Settima Avenue. A sinistra, sul limitare di Central Park South, si allineavano carrozze e cavalli. Pur con gli occhi offuscati, vide una famiglia sbucare da dietro l'angolo della Settima ed entrare nel parco. Padre e madre camminavano in testa, seguiti dai tre bambini, due maschietti che continuavano ad allungarsi delle spinte e alle loro calcagna una bambina. La vigilia di Natale. Lei e Jamie sarebbero dovute essere insieme. Quella doveva essere la loro giornata speciale. Un pensiero improvviso, irrazionale, le attraversò la mente: e se Jamie non avesse lasciato il terminal in compagnia di quelle donne? Se fosse uscita da sola?

Il poliziotto, ormai completamente dimentico dello spettacolo televisivo, prese nota dei posti che lei elencava. «Chiamo subito il tenente», esclamò poi. «Setacceremo tutta la Quinta Avenue per trovarla.»

Susan afferrò il cappotto. «E così farò io.»

Jamie aveva i piedi stanchi. Aveva camminato e camminato e camminato. All'inizio contava tutti gli isolati, ma poi si era accorta dei cartelli con i numeri, agli angoli delle strade. Quarantatré, quarantaquattro. Non le piaceva camminare così. Non c'erano vetrine graziose da ammirare e le signore che stavano appoggiate ai muri o dentro i portoni erano vestite come Tina.

Stava molto attenta a camminare sempre accanto a qualche famiglia. Era stata mammina a raccomandarglielo. «Se mai dovessi perderti, resta vicino a qualcuno con dei bambini.» Ma non voleva parlare con quella gente. Voleva giocare a fare finta.

Sapeva di avere raggiunto la Cinquantottesima. Lo capiva dai negozi. Ecco il posto in cui comperavano la pizza. E là c'era l'edicola dove papà acquistava i giornali. L'appartamento era in quell'isolato.

Un uomo le si avvicinò e le prese la mano. Inutilmente lei cercò di divincolarsi. «Sei sola, vero, tesoro?» sussurrò lui.

Non la lasciava andare. Sorrideva, ma chissà perché a Jamie faceva paura. Aveva gli occhi così stretti che lei quasi non riusciva a vederli e indossava una giacca sporca e i pantaloni gli cascavano da tutte le parti. Capì che non doveva dirgli che era sola.

«No», rispose in fretta. «Mammina e io abbiamo fame.» Indicò la pizzeria, e una signora che stava comperando delle pizze guardò nella sua direzione e abbozzò un sorriso.

L'uomo le lasciò andare la mano. «Pensavo che tu avessi bisogno d'aiuto.»

Jamie attese di vederlo attraversare la strada, poi si mise a correre. Era a tre palazzi di distanza quando vide un'auto della polizia fermarsi davanti al condominio. Solo per un minuto ebbe paura che fossero lì per prendere anche lei. Poi una donna scese, corse dentro e l'auto si allontanò. Lei si passò il dorso della mano sugli occhi. Piangere era una cosa da bambini piccoli.

Quando fu davanti al condominio, abbassò la testa. Non voleva che qualcuno la vedesse e magari la fermasse per portarla in prigione. Ma il pacco era talmente pesante! Si chinò a nasconderlo dietro le fioriere di pietra. Forse poteva lasciarlo lì per un po'. E comunque, se anche qualcuno l'avesse preso, lei non aveva bisogno di costumi o di pantaloncini. Non andava a ba-ha-mas.

Camminare senza quel peso era molto più facile. Quando fu all'angolo si voltò a guardarsi alle spalle. L'uomo con la giacca sporca la stava seguendo. Quella scoperta la spaventò e fu contenta quando una famiglia le passò accanto, una mamma e un papà con due ragazzi. Si affrettò ad accodarsi a loro. All'angolo successivo, la famigliola girò a destra. Lei sapeva quale direzione doveva seguire. Central Park era dall'altra parte della strada. Si fermò a guardare un gruppetto di persone che scendeva da una carrozza. Ora poteva ricominciare a giocare a fare finta.

Susan percorse in fretta Central Park South, interpellando a uno a uno tutti i conducenti delle carrozze. Ai finimenti dei cavalli erano stati intrecciati nastri e campanelli; sulle carrozze sfolgoravano luci verdi e rosse.

Gli uomini avrebbero dovuto aiutarla. Esaminarono tutti la foto di Jamie. «Una bella bambina, sembra un angelo.» Promisero tutti di tenere gli occhi bene aperti. Al *Plaza,* Susan parlò con gli addetti alla reception, con il portiere e con la hostess del Palm Court. La hall sfolgorava di decorazioni natalizie. Proprio al centro, il ristorante del Palm Court era affollato di gente elegante che sorseggiava cocktail, gente uscita per gli ultimi acquisti che beveva stancamente il tè e gustava i sandwich.

Susan teneva la rivista aperta alla pagina in cui compariva la foto di Jamie. E a tutti chiedeva: «L'avete vista?»

Intravide la propria immagine nello specchio vicino agli ascensori. L'umido le aveva arricciato i capelli intorno al viso e sulle spalle. Aveva il viso pallidissimo, ma era il viso che Jamie avrebbe avuto una volta cresciuta. Se fosse cresciuta.

Nessuno al *Plaza* ricordava di avere notato una bambina da sola. La fermata successiva fu da FAO Schwarz. Il negozio di giocattoli straripava di clienti dell'ultima ora che si impadronivano di orsacchiotti, bambole e giochi da tavolo. Nessuno ricordava una bambina non accompagnata. Andò al secondo piano. Una commessa esaminò meditabonda la fotografia. «Non ne sono sicura. C'è troppo da fare, sa. Ma è capitata una bambina che ha chiesto di prendere in braccio una Minnie di pezza. Suo padre voleva comperargliela, ma lei ha detto di no. Mi è sembrato strano. Sì, in effetti era molto somigliante a questa bambina.»

«Ma era con suo padre», mormorò Susan, aggiungendo: «Grazie». Poi si allontanò, troppo in fretta per sentire la commessa aggiungere che, ovviamente, lei aveva creduto che fosse il padre.

La donna rimase a guardare Susan che andava verso la scala mobile. Ora che ci pensava, quale bambina tanto desiderosa di una bambola non permetterebbe a suo padre di regalargliela? E lei aveva notato qualcosa di viscido in quel tipo. Ignorando le insistenze di una cliente, lasciò il banco e si lanciò sulla scia di Susan. Troppo tardi, lei era già scomparsa.

La vista della Minnie di pezza aveva fatto venire a Jamie una gran voglia di piangere. Ma non poteva permettere a quell'uomo di comperarle un regalo. Lo sapeva. E aveva paura perché lui si ostinava a seguirla.

Fuori, le strade non erano più tanto affollate. Probabilmente tutti stavano tornando a casa. A un angolo, un gruppo di persone cantava canzoni natalizie. Jamie si fermò ad ascoltarle. Sapeva che anche l'uomo che la seguiva si era fermato. Al posto del cappello, le donne che cantavano portavano delle cuffie. Quando la canzone finì, una di loro le sorrise. Jamie sorrise di rimando e la donna le chiese: «Bambina, non sarai sola, vero?» Non sarebbe stata una vera bugia perché lei stava facendo finta di essere con mammina. Così ripose: «C'è mammina con me. È laggiù.» Indicò la piccola folla radunata davanti alle vetrine di un negozio e corse in quella direzione. Alla Cattedrale di San Patrizio si fermò a guardarsi intorno. Finalmente aveva trovato il presepe. C'era parecchia gente assiepata intorno, ma il Bambino Gesù non era nella mangiatoia. Un uomo stava infilando delle candele nuove negli appositi contenitori e Jamie sentì una donna chiedergli dove fosse la statua dell'Infante. «Verrà messa nella culla a mezzanotte», le rispose l'uomo.

Jamie riuscì a piazzarsi proprio davanti alla mangiatoia e lì bisbigliò la preghiera che recitava da tanto tempo. «Quando verrai stasera, porta anche mammina. Ti prego.»

La chiesa si stava riempiendo. L'organo cominciò a suonare. La musica le piacque subito. Sarebbe stato bello sedersi lì per un po', in un posto così bello e caldo, e riposare.

Ma in qualche modo, l'avere detto alla signora che cantava che mammina era lì con lei sembrava avere reso reale la sua presenza. Ora sarebbe andata a vedere l'albero e poi le vetrine di Lord and Taylor. Dopodiché, se l'uomo avesse continuato a seguirla, forse avrebbe chiesto a lui che cosa fare. Forse, se gli piaceva al punto da seguirla, significava che voleva davvero prendersi cura di lei.

Gli occhi di Susan scrutavano il viso di ogni bambina che incontrava. Per un istante la vista di una ragazzina le tolse il fiato: i capelli d'oro, la giacchina rossa. Ma non era Jamie. Ogni pochi isolati incontrava volontari vestiti da Babbo Natale che raccoglievano denaro per scopi caritatevoli. A tutti lei mostrava la foto di Jamie. All'angolo con la Cinquantatreesima si imbatté in un coro dell'Esercito della Salvezza. Una delle donne aveva visto una bambina che assomigliava a Jamie. Ma la piccola le aveva detto di essere con la madre.

Il tenente Garrigan la raggiunse quando stava per entrare nella cattedrale. Era a bordo di un'autopattuglia. Susan vide la pietà nei suoi occhi mentre lanciava un'occhiata alla foto che lei teneva in mano.

«Temo che stia sprecando il suo tempo, Susan. Un conducente d'autobus della Trailways ci ha riferito di avere visto due donne con una ragazzina a bordo della corsa delle quattro e dieci in partenza da Port Authority. L'agente le ha viste uscire più o meno a quell'ora.»

Susan aveva le labbra aride. «Dov'erano dirette?»

«Sono scese alla fermata di Pascack Road a Washington Township, nel New Jersey. La polizia locale sta collaborando. Ancora non escludono la possibilità di una telefonata da parte di quelle donne, se sono state loro a prenderla. La CBS ha acconsentito a diffondere un appello speciale subito prima del notiziario delle sette. Ma dobbiamo sbrigarci.»

«Non potremmo arrivare fino in fondo alla Quinta, da Lord and Taylor?» chiese Susan. «Non so perché, ma ho questa sensazione...»

Dietro sua insistenza, l'autopattuglia procedette con estrema lentezza. Susan continuava a girare la testa da un lato all'altro, sforzandosi di vedere i pedoni che camminavano su entrambi i marciapiede. Con voce piatta raccontò della commessa che aveva visto una bambina somigliante a Jamie, ma accompagnata dal padre; del membro dell'Esercito della Salvezza che aveva parlato con una bambina somigliante a Jamie, ma accompagnata dalla madre.

Insistette perché si fermassero davanti a Lord and Taylor. Molta gente aspettava pazientemente di arrivare davanti al fiabesco scenario installato nelle vetrine. «Se Jamie è a New York e si è ricordata...» Si interruppe, mordendosi il labbro inferiore. Sapeva che il tenente Garrigan giudicava sciocca la sua ostinazione. La bambina con la tutina blu e verde. Più o meno della corporatura di Jamie. No. La ragazzina quasi nascosta dietro l'uomo tarchiato. La studiò con attenzione, poi scosse la testa.

Il tenente Garrigan le sfiorò in braccio. «In tutta onestà, credo che la cosa migliore che lei possa fare per Jamie sia diffondere un appello per televisione.»

Riluttante, Susan acconsentì.

Jamie guardava i pattinatori. Volavano sulla pista ghiacciata davanti all'albero di Natale come bambole animate. Prima che papà la portasse via, mammina e lei erano andate a pattinare su uno stagno ghiacciato vicino a casa loro. Mammina le aveva dato i pattini che usava quando era una principiante.

L'albero era talmente alto che lei si chiese come avessero fatto ad attaccarvi le luci. L'anno prima mammina era salita su una scala per adornare il loro albero mentre lei, da terra, le tendeva le decorazioni.

Jamie appoggiò il mento sulle mani. La ringhiera era alta e lei riusciva a malapena a vedere la pista. Mentalmente cominciò a parlare con mammina. «Possiamo venire a pattinare qui l'anno prossimo? I pattini mi andranno ancora bene? Forse potremo scartarli e prenderne un paio più grandi.» Le sembrava quasi di vedere mammina che sorrideva e diceva:

«Sicuro, folletto». O forse avrebbe scherzato e avrebbe detto: «No, credo che ti strizzeremo i piedi fino a farli entrare in quelli vecchi».

Jamie volse le spalle all'albero. Le restava un solo posto da vedere. Le vetrine di Lord and Taylor. L'uomo e la donna vicino a lei si tenevano per mano. Lei richiamò l'attenzione della donna tirandola per la manica. «Mia madre mi ha detto di chiedervi quanto è lontano Lord and Taylor.»

Altri dodici isolati. Era parecchio. Ma doveva finire il gioco del fare finta. Ora la neve aveva ripreso a cadere, più fitta. Infilò le mani nelle maniche e chinò la testa per evitare che i fiocchi le andassero negli occhi. Non si voltò per vedere se l'uomo la seguiva ancora, sapeva che era lì. Ma finché avesse camminato accanto ad altra gente, lui non si sarebbe avvicinato troppo.

L'autopattuglia si fermò davanti agli studi della CBS nella Cinquantasettesima Strada, vicino alla Undicesima Avenue. Il tenente Garrigan entrò con Susan. Furono mandati di sopra, dove un'assistente alla produzione parlò con lei. «Abbiamo deciso di chiamare il servizio 'L'angelo smarrito'. Effettueremo un primo piano della foto di Jamie, poi lei farà il suo appello.»

Susan attese in un angolo dello studio. Qualcosa stava per esplodere dentro di lei, le pareva quasi di sentire Jamie che la chiamava. Con lei, aspettava anche il tenente Garrigan. Lo afferrò per il braccio. «Gli dica che ci pensino loro a mostrare la fotografia. Che qualcun altro faccia l'appello. Io devo tornare indietro.»

Un brusco «ssst» le fece capire che aveva alzato troppo la voce, che i microfoni avrebbero potuto captarla. Scosse la manica del tenente. «Per favore, io devo tornare indietro.»

Jamie aspettava in fila di arrivare davanti alle vetrine di Lord and Taylor. Erano belle come mammina le aveva detto, come i quadri dei suoi libri di favole, anche se queste figure si muovevano, si inchinavano e salutavano. Si accorse che stava rispondendo ai saluti. Erano persone finte, ed era quasi come se anche loro capissero il gioco. «L'anno prossimo mammina e io torneremo insieme.» Avrebbe voluto restare lì, a guardare quelle figurine che si chinavano e giravano e sorridevano, ma qualcuno continuava a ripetere: «Siete pregati di non fermarvi. Grazie».

Il guaio era che il gioco del fare finta era terminato. Era stata in tutti i posti che lei e mammina avevano pensato di visitare e ormai non sapeva dove andare. La neve le aveva bagnato la fronte e lei respinse indietro i capelli. Sentiva l'aria fredda e umida ai lati della testa.

Non voleva smettere di guardare le vetrine. Aderì tutta contro la transenna, in modo che la gente potesse passarle accanto. «Ti sei perduta, vero, tesoro?» Alzò gli occhi. Era l'uomo che l'aveva seguita. Parlava a voce così bassa che faceva fatica a sentirlo. «Se sai dove abiti, posso accompagnarti a casa», sussurrò ancora lui.

Una bolla di speranza le si gonfiò nel petto. «Non telefonerebbe alla mia mamma?» chiese. «Il numero lo so.»

«Ma certo. Andiamo subito.» Allungò la mano per prendere quella di lei.

«Siete pregati di non fermarvi», ripeté la voce.

«Forza», sussurrò l'uomo. «Dobbiamo andare.»

C'era qualcosa che non piaceva a Jamie. Qualcosa di peggiore dell'essere stanca e infreddolita e affamata. Aveva paura. Si sporse verso le vetrine, guardò le bambole animate e bisbigliò la sua preghiera al Bambino Gesù. «Ti prego, ti prego, fa' che mammina arrivi adesso.»

L'autopattuglia si fermò. «So che pensate che io sia pazza», disse Susan, e la voce le morì mentre guardava la folla che ancora si accalcava davanti alle vetrine. La neve aveva cominciato a cadere fitta e tutti alzavano i baveri dei cappotti e i cappucci e si avvolgevano nelle sciarpe. C'erano parecchi bambini in coda, ma era impossibile guardarli in faccia perché erano tutti rivolti verso il negozio. Stava aprendo la portiera quando sentì il tenente Garrigan dire all'autista: «Sam, vedi quel tizio che sta facendo la coda? È quel fottuto molestatore di bambine che non si è presentato in tribunale. Forza!»

Scioccata, Susan li guardò precipitarsi verso il marciapiede, aprirsi un varco tra la ressa, afferrare per le braccia un uomo magro con indosso una giacca sporca e trascinarlo verso l'autopattuglia.

E allora la vide. La figuretta che non si voltò con gli altri attoniti spettatori, la figuretta con il caschetto di capelli biondissimi, quasi bianchi, sotto cui s'intravedeva la curva familiare della guancia e del collo.

Come stordita, Susan si avvicinò a Jamie. Tese avida le braccia, si chinò e sentì sua figlia che implorava: «Ti prego, ti prego, fa' che mammina arrivi adesso».

Susan crollò sulle ginocchia. «Jamie», bisbigliò.

Jamie pensò di stare ancora giocando a fare finta.

«Jamie.»

Non era per finta. Si girò di scatto e fu avvolta in un abbraccio. Mammina. Era mammina. Allacciò con le braccia il collo di mammina. Seppellì la testa nella spalla di mammina. Mammina la teneva stretta stretta. Mammina la cullava. Mammina continuava a ripetere il suo nome. «Jamie. Jamie.» Mammina piangeva. E intorno a loro la gente sorrideva e applaudiva. E dietro le vetrine, nel paese incantato, le bambole si inchinavano e salutavano.

Jamie accarezzò la guancia di mammina. «Sapevo che saresti venuta», bisbigliò.

Collana «Superbestseller»

Romanzi

185. W. Katz, *Festa a sorpresa*
186. S. Birmingham, *Il segreto dei LeBaron*
187. J. Jakes, *Il richiamo dell'Ovest*
188. M. Rich, *Un uomo due donne*
189. D. Francis, *Il pericolo*
190. J. Briskin, *I sogni non bastano*
191. S. King, *Gli occhi del drago*
192. V. Cowie, *I ricchi e i potenti*
193. J. Higgins, *Il tocco del Diavolo*
194. B. Wood, *Momenti d'amore*
195. S. Quinn, *Rimpianti*
197. J. Herbert, *Il sepolcro*
198. I. Rainer Dart, *Spiagge*
199. S. Casati Modignani, *E infine una pioggia di diamanti*
200. N. Barber, *L'altra metà del paradiso*
201. M.M. Kaye, *Vento dell'Est*
202. J. Archer, *La figlia di Abele*
203. S. Shagan, *La vendetta*
204. R. Thomas, *Gli anni della passione*
205. W. Adler, *Cuori sbandati*
209. R. Cook, *Contagio*
210. J. Dailey, *Il rito della notte*
211. D. Mortman, *Nemiche*
212. S. Cooper Cohen, *Gente che ama*
215. C. Cookson, *Il vestito di velluto nero*
216. M. Rose, *Un'altra occasione*
217. C. Gray, *La Maharani Bianca*
218. J. Briskin, *Onyx*
220. S. King, *Cujo*
221. L. Sanders, *Il secondo peccato mortale*
222. B. Plain, *Il giardino che brucia*
223. V. Holt, *Il bacio di Giuda*
224. A. Vázquez-Figueroa, *Manaos*
225. H. Van Slyke, *I visitatori devono farsi annunciare*
226. I. Wallace, *L'onnipotente*
227. D. Steel, *Stagione di passione*
228. M. Higgins Clark, *Nella notte un grido*
229. E. Leonard, *Imbroglio*
230. E. Segal, *Dottori*
231. C.L. Grant, *La carezza della paura*
233. S. Bradford, *I Borgia*
235. E. Stewart, *Una diva*
236. D. Koontz, *Mostri*
237. B. Taylor Bradford, *Sempre di più*
238. J. Archer, *Sette giorni per il presidente*
239. G. Green, *L'ultimo raggio d'estate*
241. S. Sheldon, *Le sabbie del tempo*
242. N. Thayer, *La forza di cambiare*
246. L. Sanders, *Il quarto peccato mortale*
248. N. Barber, *Tanamera*
249. J. Susann, *La valle delle bambole*
250. J. Harlowe, *Desiderio segreto*
251. D. Steel, *Una volta nella vita*
252. E. Leonard, *Dissolvenza in nero*
256. S. King, *Tommyknocker - Le creature del buio*
258. V. Cowie, *I belli e i malvagi*
259. S. Sheldon, *Il volto nudo*
260. J. Higgins, *La notte della volpe*
263. M. Blake, *Balla coi lupi*
264. D. Steel, *Un amore così raro*
265. L. Sanders, *L'amante del sogno*
266. A. Vázquez-Figueroa, *La ragazza del mare*
267. W. Katz, *Gli occhi del terrore*
268. C. Cookson, *La ragazza*
269. R. Daley, *Le mani di uno sconosciuto*
270. H. Van Slyke, *Una donna necessaria*
272. M. Higgins Clark, *Non piangere più, signora*
274. M. Swindells, *Ombre sulla neve*
275. S. Woods, *In fondo al lago*
277. B. Plain, *La coppa d'oro*
278. M. Druon, *Il re di ferro*
279. C. Clément, *La favorita dell'harem*
280. J. Cooper, *Rivali*
281. R. Cook, *Progetto di morte*
282. D. Francis, *Purosangue*
284. C. Black, *I predatori dell'arca perduta*
285. A.L. Singer, *Mamma, ho riperso l'aereo*
288. I. Wallace, *L'angelo del piacere*
289. J. Michael, *L'eredità del patriarca*

290. P. Zindel, *Quando calano le tenebre*
291. D. Eddings, *I Guardiani della luce*
293. D. Steel, *Amarsi*
294. S. Sheldon, *Ricordi di mezzanotte*
295. P. Gregory, *Sensi*
296. R. McGill, *Omamori*
297. J. Wein, *L'amica*
299. T.C. Cline Jr., *Preda*
300. J. Farris, *La montagna infernale*
301. J. Garwood, *La dama delle nebbie*
305. S. Cooper Cohen, *Desideri di donne*
306. M. Druon, *La regina strangolata*
307. L. Sanders, *Il dossier*
308. S. Spruill, *Bisturi di sangue*
310. V. Cowie, *Due donne un impero*
311. J. Lindsey, *L'amante del guerriero*
313. D. Steel, *Amare ancora*
315. R. Cook, *Febbre*
316. D. Eddings, *Il Re dei Murgos*
322. S. King, *La zona morta*
323. J. Briskin, *Il gelo nel cuore*
324. B. Plain, *L'arazzo*
325. W. Katz, *Visioni di terrore*
326. D. Steel, *Due mondi due amori*
327. N. Barber, *Le figlie del principe*
328. J. Higgins, *La spia di vetro*
329. D. Mortman, *Solo mio*
330. A. Vázquez-Figueroa, *Tuareg*
331. M. Higgins Clark, *Mentre la mia piccola dorme*
333. J. Michael, *Una sola passione*
334. C. Bartel, *Una donna come lei*
335. J. Jakes, *California Gold*
336. W. Strieber, *L'ombra del gatto*
337. D. Eddings, *Il Signore dei Demoni*
338. D. Eddings, *La maga di Darshiva*
342. I. Holland, *L'uomo senza volto*
343. R. Osborne, *Demolition Man*
344. R. Tine, *Beethoven*
345. R. Tine, *Beethoven 2*
347. K. Douglas, *Danza con il Diavolo*
349. L. Sanders, *Vite rubate*
350. V.C. Andrews, *L'ombra del peccato*
352. D. Steel, *Una perfetta sconosciuta*
353. S. King, *L'incendiaria*
354. M. Rich, *Il sogno di una vita*
355. J. Manning, *Magnolia*
356. J. Wylie, *Il trono di Ark (Libro primo)*
357. M. Lackey, *Un araldo per Valdemar (Libro primo)*
358. J. Chant, *La grigia criniera del mattino*
359. R. Cook, *La mutazione*
360. J. Higgins, *Viaggio all'inferno*
361. G. Seymour, *Una canzone all'alba*
362. G. Davis, *La città di giada*
363. D. Eddings, *La profetessa di Kell*
364. S. Casati Modignani, *Saulina*
365. J. Dailey, *Il pascolo dei Calder*
366. S. Beauman, *L'angelo caduto*
367. L. Blair, *Un mondo di differenza*
368. L. Spencer, *L'amore più vero*
369. H. Turtledove, *La legione perduta (Libro primo)*
370. D. Koontz, *Visioni di morte*
371. F. Hébrard, *Madame l'Ambassadeur*
374. S. Lord, *La collina d'oro*
375. B. Taylor Bradford, *Le donne della sua vita*
376. B. Erskine, *La signora di Hay*
378. S. King, *L'ultimo cavaliere (Serie La Torre Nera)*
379. D. Steel, *Cose belle*
381. J. Wylie, *Gli eredi di Ark (Libro secondo)*
382. M. Lackey, *Le frecce di Valdemar (Libro secondo)*
383. V. De Angelis Fey, *L'avventuriera*
384. L. Sanders, *Il decimo comandamento*
385. S. Sheldon, *La congiura dell'Apocalisse*
386. N. Gage, *Eleni*
387. R. Mason, *Il mondo di Suzie Wong*
388. E. Stewart, *In ricchezza e in povertà*
390. J. Lynch, *Il diario segreto di Laura Palmer*
391. E. Leroe, *Il mio amico Zampalesta*
393. S. King, *Christine (La macchina infernale)*

395. B. Plain, *Più forte del tempo*
396. D. Greenburg, *Nanny*
397. P.A. Whitney, *La piuma sulla luna*
398. R. Forrest, *Il vento dell'India*
399. O. Goldsmith, *Il Club delle Ex Mogli*
400. W. Gill, *Tenera rosa, selvaggia orchidea*
401. D. Steel, *Il cerchio della vita*
402. S. Birmingham, *Scie di profumo*
403. J. Higgins, *Il nido del falco*
404. C. Gray, *La terza vita*
405. J. Saul, *I figli della palude*
406. C. Arnothy, *Vento africano*
407. M. Bosse, *I cancelli del cuore*
408. L. Sanders, *Esca fatale*
409. S. Lord, *Il prezzo della bellezza*
410. C. Francis, *L'inverno del lupo*
411. D. Francis, *Soldi che scottano*
412. L. Waller, *Al di là dei sogni*
414. H. Turtledove, *Un imperatore per la legione (Libro secondo)*
415. R. Emerson, *Le montagne incantate (Libro primo)*
416. K.L. Davis, *La scia di un sogno*
417. L. Spencer, *A braccia aperte*
418. R. Cook, *Segni di vita*
420. J. Briskin, *L'altra faccia dell'amore*
421. C.S. Baehr, *Figlie del deserto*
422. J. Dailey, *Il rondò delle maschere*
424. T. Strasser, *Miracolo nella 34ª strada*
425. L. Lawlor, *Piccole donne*
435. V. Cowie, *Scandali e segreti*
436. S. King, *La chiamata dei tre (Serie La Torre Nera)*
437. P. Straub, *Mystery*
438. I. Trump, *Soltanto per amore*
439. B. Erskine, *L'ombra di una voce*
440. G. Seymour, *Caccia all'uomo*
441. S. Casati Modignani, *Lo splendore della vita*
442. D. Koontz, *Il posto del buio*
443. M. Higgins Clark, *Le piace la musica, le piace ballare*
444. R. Jaffe, *L'amore com'è*
445. M. Tem, *Lucy*
446. S. Sheldon, *E le stelle brillano ancora*
447. D. Steel, *Il caleidoscopio*
448. S. Coonts, *L'ultimo volo*
449. J. Wylie, *Il mago di Ark (Libro terzo)*
450. S.P. Cohen, *Gli abissi del vizio*
451. V. Holt, *Ventaglio indiano*
452. J. Higgins, *Il tempio del deserto*
453. F. Mustard Stewart, *Bagliori d'oro*
454. R. Campbell, *Antiche immagini*
455. L. Sanders, *Il sesto comandamento*
456. M. Lackey, *Il destino di Valdemar (Libro terzo)*
457. J. Cooper, *Polo*
458. J. Michael, *Quella sconosciuta emozione*
459. D. Morrell, *La quinta professione*
460. R. Emerson, *Le caverne dell'esilio (Libro secondo)*
461. E. Segal, *Atti di fede*
462. B. Plain, *Nel sole della vita*
464. G. Masterton, *L'inno delle Salamandre*
465. H. Turtledove, *La legione di Videssos (Libro terzo)*
466. B. Taylor Bradford, *Ricorda*
467. J. Archer, *Sulle ali di un sogno*
468. W. Katz, *Somiglianza fatale*
469. L. McMurtry, *Una voce da lontano*
470. P.L. Sulitzer, *Una donna in prima pagina*
472. N. Holmes, *Scandalo nell'alta società*
473. D. Steel, *Zoya*
474. S. King, *Scheletri*
475. E. Stewart, *Ragnatela di sangue*
476. J. Scott, *La sposa d'inverno*
478. R. North Patterson, *Grado di colpevolezza*
479. H. Thomas, *Il segreto di Klara*
480. G. Petievich, *Alto tradimento*
481. R. Emerson, *Sui mari del fato (Libro terzo)*
482. S. King, *La metà oscura*
483. J. Burchill, *Ambizione*
484. J. Farris, *L'angelo delle tenebre*
485. L. St. Clair Robson, *Tōkaidō*
486. D. Steel, *Daddy-Babbo*
487. E. Lanza, *Una pazza voglia d'amore*
488. D. Francis, *I binari della paura*
489. L. Sanders, *Delitti capitali*
490. J. Weber, *La violinista*
491. M. Higgins Clark, *La Sindrome di Anastasia*

Finito di stampare nel gennaio 1996
da Officine Grafiche Stianti s.r.l. - San Casciano (FI)
Printed in Italy